악녀는 변화한다 1

악녀는 변화한다

I

누노이즈 장편소설

마카롱

차례

인물 소개

엘쟈네스 크로커스 크로커스 공작가의 첫째 영애.

루카르엔 윈터나이트 윈터나이트의 대공.

리리엘 크로커스 엘쟈네스 크로커스의 여동생.

란제크 카멜리아 엘쟈네스의 전(前) 약혼자.

엘리나 블루벨 화이트 기사단의 고고한 여기사.

사교계의 꽃들 루이자 바이올렛, 세실리아 에델바이스, 레이
라 시네라리아로 이루어진 사교계의 실세들.

유진 바이올렛 루이자 바이올렛의 오라버니.

라시아 블렌시아 루카르엔 윈터나이트의 첫사랑.

헬 수수께끼의 평민 소년.

1

악녀 엘쟈네스

북방의 대공에게서 청혼서가 오던 날, 엘쟈네스는 약혼자에게 파혼 요청을 받았다.

"엘쟈네스 크로커스 영애께, 정식으로 파혼을 요청합니다."

✻

엘쟈네스는 공작가의 첫째 영애였다. 구불구불 내려오는 적갈색의 머리카락. 귀족다운 하얀 피부와 진갈색의 눈까지. 사람들은 엘쟈네스를 칭할 때 늘 귀족답다거나 레이디답다는 수식어를 붙이고는 했다. 엘쟈네스의 행동거지는 우아했고 사교계에서의 입지도 탄탄했기 때문이다.

그러나. 엘쟈네스의 뒤에 따라붙는 표현은 이런 것들이 아니었다. 사람들은 엘쟈네스를 이렇게 불렀다. 리리엘의 언니. 그리고 악녀. 그녀가 뒤에서 악녀 엘쟈네스로 불린다는 사실을 모르는 사람은 없었다. 심지어 엘쟈네스 자신조차도.

엘쟈네스가 우아한 귀족 영애의 표본이라면, 공작가의 둘째 영애인 리리엘은 자유로운 귀족 영애의 표본이라 할 수 있었다. 리리엘은 사교계와는 거리가 멀었고 검과 정치에 관심을 두었기 때문이다. 그러나 리리엘을 배척하는 사람은 아무도 없었다. 리리엘의 긴 금발은 사람들이 살면서 단 한 번도 보지 못한 밝고 찬란한 것이었다. 그것만으로도 리리엘에게 시선이 집중될 만했는데, 리리엘의 외모는 인형처럼 아름답기까지 했다.

리리엘의 영롱한 녹색 눈이 빛나며 누군가를 향할 때면 그 사람은 사랑에 빠지고는 했다. 리리엘은 밝고 선한 마음씨를 가진 영애였다. 리리엘은 모두의 꽃이었고 연인이었다. 사람들은 리리엘의 귀족답지 못한 행동들마저도 사랑했다. 그녀는 성녀와도 같았으니까. 엘쟈네스는, 그런 평판들에 크게 연연해본 적이 없었다.

사실 엘쟈네스에게 있어 리리엘이란 골칫거리에 가까운 존재였다. 리리엘은 늘 승마복이나 바지 차림을 한 채 바깥과 서민들이 사는 거리를 다녔고, 그 뒷수습은 언제나 엘쟈네스의 몫이었다. 리리엘이 다니는 산길은 너무 험해 리리엘 모르게 길을 터놓아야 했고, 리리엘이 서민들에게 준 음식은 물기가 많아 오래가지 않았기에 엘쟈네스가 다시 손을 봐야 했다.

사람들은 그런 사실을 잘 몰랐다. 그들에게 있어 리리엘은 눈부시게 아름다우나, 하는 행동은 귀족 영애답지 않으면서 선하고 밝은 아가씨였다. 그랬기에 리리엘의 말을 거절하거나 리리엘의 의견을 늘 막는 엘쟈네스는 상대적으로 나쁜 영애처럼 비쳤을 것이다.

엘쟈네스도 처음부터 이런 귀족적이고 단호한 성격이었던 것은 아니었다. 한때는 엘쟈네스도 리리엘의 선행이라는 것에 관심을 가지고 동참한 적이 있었다. 그러나 돌아오는 것은 리리엘이 친 사고들의 뒷수습뿐이었다.

엘쟈네스는 조용한 성격이었다. 그랬던 그녀가 냉정하고 단호한 사교계의 악녀로 자리 잡게 된 이유는, 오로지 리리엘이었다. 리리엘이 바지 차림을 하든 선행을 하든 관심은 없다. 다만 그걸 엘쟈네스에게 강요하지 않기만을 바랄 뿐. 리리엘의 강요를 거절한 날이면 리리엘 주변의 수많은 남자들이 엘쟈네스를 죽일 것처럼 노려보았으니까.

'마치 지금처럼.'

엘쟈네스가 생각했다. 지금 엘쟈네스의 눈앞에 있는 카멜리아 백작 역시도 그런 남자였다. 카멜리아 백작이 아카데미 시절부터 리리엘을 사랑했다는 사실을 모르는 이가 로벨리아 왕국에 없을 정도였으니. 백작은 오로지 리리엘과 가까운 자리에 있기 위해 엘쟈네스와 약혼했다.

그리고 3년이 지난 지금, 리리엘을 위해 파혼하자고 하고 있다.

엘쟈네스는 카멜리아 백작을 바라보며 무심하게 대답했다.

"그러든지요."

"파혼하지 않겠다는 뜻입니까?"

"백작."

엘쟈네스가 악녀로 불린다지만 이렇게 아랫사람을 대하듯 따지는 행위는 무례한 것이었다. 크로커스가의 막내이자 유일한 후계자인 남동생이 성인이 되지 않아 아직까지는 엘쟈네스가 공작가의 후계자를 맡고 있기 때문이다. 신분을 잊은 것처럼 행동하는 백작을 상대하는 상황도 이제 익숙했다. 카멜리아 백작은 엘쟈네스를 보며 인상을 썼다.

"무슨 생각을 하는지 모르겠지만 그만두는 게 좋을 겁니다."

"이쯤 하죠."

엘쟈네스는 무례한 발언을 정정하는 대신 백작을 빠르게 내보내기로 했다. 엘쟈네스의 우아한 손동작을 본 백작은 다시 자리에 앉았다.

백작은 엘쟈네스가 달갑지 않을 것이다. 엘쟈네스 또한 이 남자가 썩 달가운 것은 아니었다. 그럭저럭 잘 지내던 엘쟈네스와 리리엘의 사이가 틀어질 무렵, 이 남자도 함께 있었다. 리리엘은 눈물을 보였고 그때부터 백작은 엘쟈네스에게 적대감 어린 시선을 보내고 있다.

"이미 파혼서를 백작의 집으로 보냈습니다. 지금쯤이면 도착했을지도 모르겠군요."

엘쟈네스는 무표정하게 말했다. 백작이 저런 시선을 보내든 말든 알 게 뭐란 말인가. 리리엘의 남자들은 늘 엘쟈네스의 말을 들은 리리엘이 풀 죽을 때마다 엘쟈네스를 죽일 듯이 노려보았다. 그것을 여러 해 겪으니 이런 일에도 그저 무덤덤해졌다. 파혼을 언급하면서도 엘쟈네스의 진한 갈색 눈은 변화가 없었다.

"당신은…."

무언가를 말하려던 백작은 입을 다물어버렸다. 이런 상황에서도 엘쟈네스는 담담했다. 백작은 그 모습을 보며 경멸의 시선을 보냈다. 그는 리리엘의 자유분방함과 풍부한 감수성을 사랑했다. 리리엘의 곁에 있기 위해 엘쟈네스와 어쩔 수 없이 약혼했지만 몇 년이 지나도 엘쟈네스의 생각을 알 수가 없었다.

한때는 엘쟈네스 역시도 백작에 대한 이성적 호감을 가지고 있다고 생각했으나 그것조차도 이제는 모르겠다. 저 단호한 눈동자의 얼굴은 찔러도 피가 나오지 않을 것 같다. 파혼당하는 순간조차도 엘쟈네스는 우아했다. 백작은 자신도 모르게 이를 악물었다. 그런 점에서 엘쟈네스는 참 정이 가지 않는 여자였다. 그는 일어나 허리를 숙였다.

"허락에 감사드립니다. 엘쟈네스 크로커스 영애."

"천만에요."

그가 먼저 응접실을 떠나는 것을 보며 엘쟈네스는 차를 한 모금 마셨다. 문이 닫힌다. 그리고 엘쟈네스는 찻잔을 다시 내려놓았다. 카멜리아 백작과 파혼했다. 실감이 나지 않았다. 엘쟈네스는 반쯤 비워진 백작의 찻잔을 바라보았다.

"정말로 끝났구나."

이 모든 일이 일어난 것은 로벨리아 왕가와 아마릴리스 황가의 복잡한 정치적 이해관계 때문이었다. 아마릴리스 제국의 대공이 리리엘에게 청혼서를 보냈다.

아주 오래전, 마법을 사용한 전쟁이 일어났었다. 마법으로 인해 대륙의 중간지대가 파괴되었고 대륙은 북쪽과 남쪽으로 나뉘게 되었다. 이전의 마법 문명은 전쟁으로 인해 완전히 끝났으나 그 잔재가 북쪽에 남아 있었다.

오로지 아마릴리스 황가의 기술공들만이 다룰 수 있는 돌, 에너지석. 에너지석은 무궁무진한 곳에 쓰일 수 있었으나 에너지석 기술을 보유한 곳은 오로지 북쪽의 아마릴리스 황가뿐이었다. 그러다 어느 날, 생각지도 못한 일이 일어났다. 북쪽에서만 난다고 알려졌던 에너지석이 남쪽에서 대량으로 발견된 것이다. 로벨리아의 섬들 중 한 곳이었다.

아마릴리스 황가는 로벨리아 왕가에 서신을 보내 섬을 사들이겠다고 제의했으나 섬은 전대 왕비의 소유였고, 국가적으로도 중요한 유산이었기에 양도할 수 있는 것이 아니라며 거절했다. 그것을 계기로 서신을 주고받던 두 나라는 양가의 향기의 일원이 혼인을 하는 형태의 동맹을 맺고 대신 섬을 아마릴리스에 넘기자는 타협점을 찾기에 이르렀다. 대공의 청혼서는 그 결과물이었다.

로벨리아 왕가의 세 공주는 이미 시집을 갔고, 왕가의 방계들 역시도 결혼을 한 후였다. 최종적으로 혼약이 들어오게 된 곳이 엘쟈네스의 가문인 크로커스 공작가였다. 크로커스 공작의 조모가 로벨리아의 막내 공주였기 때문이다. 약혼을 한 엘쟈네스와는 다르게 리리엘은 아직까지 미혼의 몸이었다.

청혼서가 리리엘에게 오게 되며 공작가는 발칵 뒤집어졌다. 리리엘은 그 영롱한 초록빛 눈에 눈물을 담으며 자유를 빼앗기고 싶지 않다고 호소했다. 리리엘을 사랑하는 공작가의 일원들은 리리엘 앞에서 어쩔 줄 몰라 하며 리리엘을 달래었다.

엘쟈네스의 입장에서는 이해할 수 없는 일이었다. 리리엘은 그동안 귀족의 특권을 누려왔고 거부하지 않았다. 이제 와서 자기 불리한 부분에서만 귀족이 아니라고 발을 빼는 건 어떤 경우란 말인가. 또한 이 결혼은 단순히 섬을 양도한다는 뜻이 아니었다. 아마릴리스 황가가 전쟁을 일으킬 경우 로벨리아 왕가가 전폭적으로 지지하겠다는 뜻까지 함께 있었다. 그렇기에 대공과 공작가 여식의 결혼이라는 형태를 취하는 것이다. 확실한 동맹의 형태를 보이기 위해.

리리엘은 그런 상황에도 아랑곳하지 않았다. 리리엘의 머릿속에 든 것은 오로지 자기 자신뿐인 듯했다. 엘쟈네스의 설명에도 불구하고 리리엘은 결혼하느니 자결하겠다며 부모님 앞에서 검을 빼어 들었다.

그래서 리리엘을 사랑하는 남자들과 리리엘을 심하게 편애하는 엘쟈네스의 부모님은 결국 결심하게 된 것이다. 사랑스러운 리리엘의 자유를 빼앗느니 엘쟈네스가 결혼하는 게 낫겠다고.

방금 전 백작과 파혼하며 청혼서로 인해 일어난 소동은 끝이 나게 되었다. 그러나 나쁘지는 않았다. 결혼에는 크게 불만이 없었다. 귀족 여식으로 사는 이상 언젠가 일어날 일이라고 생각했기 때문이다.

엘쟈네스는 문득 웃음을 터뜨렸다. 사람들은 엘쟈네스가 피도 눈물도 없는 귀족 영애라고 생각했다. 하지만 그것은 틀린 말이었다. 엘쟈네스는 단지 웃을 일이 없어서 웃지 않는 것뿐이었다. 지긋지긋한 리리엘의 사람들에게 둘러싸인 기분은 썩 즐겁지 않았다. 하지만 지금은 즐거워졌다. 북방의 대공이 어떤 사람인지는 모르겠지만 꼴 보기 싫던 백작을 치워준 것만으로도 그는 감사 인사를 받을 자격이 있었다. 이제 리리엘과 엘쟈네스를 비교하며 가시 돋친 말을 내뱉는 백작을 볼 일은 없을 것이다. 약혼자가 누구든 크게 상관은 없으나 백작은 마음에 들지 않는 인간이었다. 어쩌면 대공은 백작보다는 나을지도 모른다. 파혼서를 보냈다는 말에 구겨지던 그 얼굴을 떠올리자 다시 웃음이 나왔다. 청량하고 맑은 웃음소리가 응접실에 은은히 울려 퍼졌다.

"언니!"

응접실의 문이 갑작스레 열린다. 엘쟈네스의 웃음소리가 멈추었다. 이렇게 노크도 없이 갑작스럽게 들어올 인물은 공작가에 단 한 명밖에 없다.

엘쟈네스는 눈앞의 리리엘을 바라보았다. 리리엘의 아름답고 긴 금발이 흩날렸다. 녹음 같은 눈동자에는 눈물이 고여 있었다. 리리엘은 엘쟈네스를 내려다보며 말했다.

"백작님과 파혼했다는 소식을 들었어요. 정말로 카멜리아 백작님과 파혼하신 거예요?"

기사들과 검 수련을 하다 곧바로 뛰쳐나온 것인지 리리엘은 바지 차림이었다. 엘쟈네스는 고아하게 대답하며 리리엘을 보았다.

"그래. 백작과는 파혼했단다."

"그럴 수가…."

리리엘은 충격을 받은 것 같았다. 백작이 나간 지 불과 30분도 되지 않았다. 백작과 파혼했다는 소식이 다소 둔감한 편인 리리엘의 귀까지 전달된 것은 공작가 내부의 누군가가 리리엘에게 알렸음을 뜻했다. 공작가의 아랫사람들이 마음대로 입을 열지는 않을 것이니 알려준 사람은 기사일 것이다.

남쪽에서 기사들의 권세는 드높았다. 소문이 퍼진 것에 대해 추궁할 수는 없으리라. 기사들은 파괴 마법을 가지고 태어난 데다 검에는 관심이 없는 엘쟈네스와 달리 치유의 마법을 가져 기사들을 치료해주고 검에도 재능을 보이는 리리엘만을 따랐다.

'대공과 내가 결혼하는 게 확정되었구나.'

엘쟈네스는 깨달았다. 기사들의 소문의 출처는 기사단장이었다. 그 뒤에는 엘쟈네스와 리리엘의 아버지인 공작의 암묵적인 동의가 실려 있겠지. 리리엘이 다가왔다.

"그렇다면 언니가 대공과 결혼하는 건가요?"

"그래. 아마릴리스 제국으로는 내가 가게 될 거야."

"어떻게 그럴 수가 있어요? 너무 잔인하지 않아요? 이런 게 귀족의 의무라니, 말도 안 돼요."

리리엘이 새하얗게 질린 채 비틀거렸다. 그녀는 늘 귀족을 이해하지 못하겠다거나 엘쟈네스를 이해할 수 없다는 말을 자주 하고는 했다. 리리엘이 보기에 귀족들의 생활은 끔찍하도록 계산적이고 딱딱한 모양이었다.

"저는 귀족들을 이해할 수 없어요."

"그러니."

엘쟈네스야말로 그런 리리엘을 이해할 수 없었다. 리리엘은 그 누구보다도 귀족의 권리만을 확실하게 누리는 사람이었다. 리리엘의 자유분방한 행실도, 리리엘이 가난한 사람들에게 소화하지도 못할 기름진 음식을 가져다주면서 그 어떤 원성도 듣지 않는 것도 다 리리엘이 귀족이기에 가능한 일이었다.

심지어 리리엘은 보석과 드레스를 좋아하는 사람들을 이해하지 못하겠다고 말한 동시에, 선물을 받았으니 입는 게 예의라는 이유로 왕실의 연회에 그 누구보다도 값비싼 드레스를 입고 나타나곤 했다.

엘쟈네스의 이런 지적은 늘 리리엘을 비난하는 악녀의 공격 시도로 받아들여졌기에 엘쟈네스는 더 이상 그것들에 대해 지적하지 않았다. 엘쟈네스는 차분히 말했다.

"리리엘 크로커스. 나는 네가 이해하지 못하는 그 귀족 중 하나기에 딱히 불만이 없단다."

"하지만 언니. 누군가의 아내로 팔려 가는데도 괜찮으세요?"

"이건 왕실과 황실 간의 거래야. 나쁜 조건은 아니지, 대공이라니."

"엘쟈 언니. 정말로 아무렇지도 않은 거예요?"

리리엘이 오랜만에 엘쟈네스의 이름을 부르며 끔찍하다는 얼굴을 했다.

"저는 이해하지 못하겠어요. 왜 귀족이라는 이유만으로 우리가 거래되어야만 하는 거죠?"

"가진 자의 의무지."

엘쟈네스는 대답했다. 따지고 보면 이 결혼은 리리엘이 거부했기에 엘쟈네스에게 넘어온 셈이었다. 그런 생각을 하지는 못하는 것일까.

리리엘은 엘쟈네스가 낯선 남자와 정략결혼을 한다는 사실에 격분하고 있지만 혼담이 자신에게 들어왔을 때 울고불고 음식을 거부했던 것에 비해 반응이 약했다. 물론 리리엘이 엘쟈네스의 결혼을 반대한다고 해도 딱히 달라지는 일은 없을 것이다.

엘쟈네스의 대답에 리리엘은 낯설고 무지한 사람을 바라보듯 비난 어린 눈을 했다. 만일 이 자리에 다른 사람이 있었다면 리리엘의 눈빛에 설득당해 엘쟈네스를 차갑고 매정한 귀족 영애라고 생각했으리라는 건 장담할 수 있다.

"리리엘, 나는 이 혼약이 나쁘지 않다고 생각해. 불만도 없지."

"하지만…. 대공의 성이 뭔지 들었잖아요! 윈터나이트라니, 이건 말도 안 돼요. 어떻게 아마릴리스 황가의 대공의 성이 이럴 수 있죠?"

리리엘은 귀족임을 부정하지만 이럴 때는 엘쟈네스보다 더 완벽한 귀족 같았다. 리리엘이 청혼서를 보며 가장 기겁한 부분은 대공의 성인 윈터나이트가 꽃 이름이 아니라는 것이었다. 각 나라의 황실이나 왕실의 일원들 그리고 고위 귀족들은 꽃의 이름을 딴 성을 가진다. 아마릴리스 황가가 그러했고 엘쟈네스의 가문인 크로커스 공작가가 그러했으며, 로벨리아 왕가가 그러했다.

북쪽에서 윈터나이트는 하나의 대명사로 받아들여지는 모양이었으나 남쪽의 사람들에게 황가의 일원이면서 윈터나이트라는, 꽃과 아무런 관련도 없는 성을 가진 대공가는 이상하게 비쳤다. 엘쟈네스도 조사를 해 대대로 윈터나이트라는 성을 써왔다는 것을 알지 못했다면 이상하게 여겼을 것이다. 리리엘은 여전히 말하고 있었다.

"그리고 대공의 소문을 들었어요. 우리가 남쪽 아카데미에 다녔기에 몰랐던 거지, 북쪽 아카데미에서 대공은 괴물이라는 소문이 돌았다고 해요. 그런데도 태평하실 수 있나요?"

"리리엘."

엘쟈네스는 말했다.

"이건 내 일이야."

엘쟈네스도 그 모든 것들을 알고 있었다. 조사하기도 전, 리리엘이 괴물 대공과 결혼해 그의 아내로 삶을 마치기 싫다며 부모님의 앞에서 눈물을 흘렸던 것이다.

엘쟈네스는 소문을 믿는 편이 아니었다. 소문은 너무나도 와전되기 쉬운 것이었다. 나쁜 소문을 달고 다니는 것은 엘쟈네스도 마찬가지였다. 사람들 입에 의해 심하게 와전돼 엘쟈네스는 천사 같은 여동생을 질투하고 괴롭히는 악한 언니로 알려져 있는 데다 손찌검을 한다는 말까지 나돌 정도인데 소문이라는 것을 어떻게 신뢰할 수 있을까. 그 사람을 직접 보기 전까지는 믿을 수 없었다.

"내 결혼에 대해 네가 간섭할 이유는 없는 것 같구나."

엘쟈네스는 말을 마치고 자리에서 일어났다. 리리엘은 심한 충격을 받은 것 같았다. 저 상태도 오래가지는 않을 것이다. 리리엘은 늘 그래왔으니까. 리리엘이 하지 않은 일을 엘쟈네스가 수습하면 리리엘은 늘 부당하다는 의견을 내세우다 엘쟈네스의 말에 충격을 받고는 했다. 오래가는 편은 아니었다. 리리엘 주변에 있는 남자들이 위로하고 달래줄 것이다.

엘쟈네스는 밖으로 걸어 나왔다. 리리엘이 결혼을 거부하며 시간을 끈 탓에 남은 시간이 얼마 없었다.

일주일 후면 아마릴리스 제국이 있는 북방으로 떠나는 날이 온다.

※

첫째 영애가 동맹 형태의 정략결혼을 하러 떠나가는데도 크로커스 공작가는 조용했다. 대공가에서 모든 것을 준비한다고 했으니 준비해야 할 것은 없었다.

엘쟈네스는 많은 일을 알아서 하는 것이 습관화되어 있었다. 늘 리리엘이 저지른 일을 수습해야 했기 때문에. 엘쟈네스의 부모님은 엘쟈네스를 사랑했으나 리리엘만큼 아끼지는 않아, 늘 그랬듯이 엘쟈네스가 알아서 준비를 하리라고 믿는 듯했다. 엘쟈네스도 공작 부부에게 무언가를 기대하지는 않기에 크게 신경 쓰이지 않았다.

'윈터나이트 대공.'

엘쟈네스는 대공의 청혼서를 떠올렸다. 받는 이는 리리엘이었으나 청혼서 내에 리리엘의 이름은 단 한 글자도 들어가 있지 않았다.

엘쟈네스는 그것을 보며 대공은 결혼할 사람이 리리엘이든 엘쟈네스든 신경 쓰지 않는 것 같다고 생각했다. 대공가가 존재하는 아마릴리스 제국은 로벨리아 왕국에서도 엄청나게 먼 곳에 있었다. 그래서 엘쟈네스의 소문을 듣지 못했기에 크로커스가의 영애 중 누구라도 상관없다는 듯한 내용을 담은 걸까.

'아니면, 그에게 결혼은 중요하지 않은 것인가.'

일주일 후면 엘쟈네스는 로벨리아를 떠나 대공과 결혼식을 올리기 위혜 북방으로 향할 것이다. 창으로 드는 햇빛에 엘쟈네스의 적갈색 머리칼이 붉게 빛났다. 갈색 눈동자는 창밖의 북쪽을 향했다. 두렵거나 떨리지는 않았다. 드디어 이곳에서 벗어난다는 생각에 이상하게도 가슴이 설레었다. 엘쟈네스는 미미하게 웃었다.

※

아마릴리스의 최북단에 윈터나이트 대공가가 있었다. 북쪽 끝에 있어 영지가 춥지 않겠느냐고 우려하는 사람들이 있었지만 그렇지는 않았다. 윈터나이트 영지는 2개월간 겨울이 찾아오는 것 외에는 큰 특징이 없었다. 특징이 있다면 2개월의 혹독한 추위를 제외하고는 늘 가을과 비슷한 기후가 이어진다는 정도일 것이다. 겨울을 제외한다면 윈터나이트 영지는 늘 같았다. 변하는 것은 없었다.

영지처럼 서늘한 느낌을 주는 남자는 창밖의 남쪽을 바라보고 있었다. 집사는 그런 주인의 뒷모습을 보다 조용히 목소리를 가다듬었다. 주인의 시간을 방해하는 것은 집사의 덕목이 아니었지만 이 사항만은 알려야 했기에 어쩔 수 없었다. 집사는 대공을 불렀다.

"각하."

"무슨 일입니까."

낮고 서늘한 목소리로 대공이 대답했다. 집사는 대공에게 정중히 고개를 숙였다.

"신부가 결정되었다고 합니다. 일주일 후 도착할 예정입니다."

"알겠습니다."

대공은 창밖에서 시선을 떼고 몸을 돌렸다. 대공을 괴물이라고 불렀던 리리엘이 이 광경을 보았다면 그 말을 두 번 다시 떠올릴 수조차 없을 것이다.

그는 그만큼 잘생긴 미남이었다. 검은 머리칼과 수려한 얼굴. 검은 눈동자. 그의 탄탄한 몸은 검을 잡는 자만이 가질 수 있는 것이었다. 대공의 낮은 목소리를 들은 여자들은 대공에게 매료되었지만 대공은 그들 모두를 정중히 거절했다. 단 한 번도 누군가를 함부로 대한 적이 없는 남자였다. 그러면서도 지키는 선이 명확해 여자들은 늘 애를 태웠다. 대공은 아카데미 시절 이후 여자에 대해 별다른 관심을 보인 적이 없었다. 결혼 생각도 크게 하지 않는 것 같았다. 이렇게라도 안주인이 들어오게 되니 다행인 것인가. 대공은 집사가 정중하게 내민 서류를 받아 들었다. 집사는 집사 일을 수행함과 동시에 정보를 관리하는 인력 중 하나였다. 이 서류에 나와 있는 사람이 대공의 아내가 될 여자일 것이다.

"엘쟈네스 크로커스."

대공은 그 이름을 조용히 한번 읽어보았다. 우아한 인상이다. 대공은 북쪽에서 찾기 드문 색의 머리칼과 얼굴을 바라보았다. 아름다운 여자였다. 그녀의 차분한 눈동자는 어쩐지 사람의 시선을 사로잡는 부분이 있었다. 그러니 대공이 사진을 자세히 들여다본 것은 엘쟈네스를 처음 보았기 때문이었다.

본래 아마릴리스 황가에서는 리리엘 크로커스를 염두에 두고 청혼서를 보내게 했다. 숱하게 보았던 리리엘 크로커스가 아닌 다른 여자의 초상화가 서류에 그려져 있었다.

신부가 바뀌었다라…. 대공에게는 크게 상관없는 부분이었다. 로벨리아의 귀족들이 그녀에게 붙인 별명이 악녀라는 것까지 읽었지만 그조차도 상관은 없었다. 중요한 것은 이 결혼이 아마릴리스와 로벨리아의 동맹이라는 사실이었다. 대공은 그녀에게 모든 것을 해줄 자신이 있었다.

사랑 하나를 제외하고는.

엘쟈네스의 초상화가 붙여진 서류가 책상 위에 놓였다.

※

떠나는 날이 다가왔다. 엘쟈네스는 자신이 관리하던 공작가 내정의 일부와 후계자로서의 일들을 인수인계하는 데 남은 시간을 보냈다. 하지만 엘쟈네스가 하던 일이 너무 많아 공작 부인과 남동생인 요하네스가 반도 채 이어받지 못했다.

잠을 거의 자지 않으면서 일을 알려주었으나 그들은 제대로 따라하지 못했다. 엘쟈네스는 공작가의 일 절반 이상을 맡아서 하고 있는 상태였다. 엘쟈네스가 많은 일을 혼자 하다시피 하는데도 불구하고 아무도 문제라고 느끼지 못한 것이 더 이상할지도 모른다.

공작가의 일원들은 뒤늦게 닥쳐온 일감들에 허둥지둥하며 발을 동동 굴렀다. 혼잡하다 보니 먼 곳으로 시집을 가는 귀족 영애가 가지는 가족들과의 시간 역시도 거의 없었다. 이편이 다행인지도 모른다. 엘쟈네스는 그렇게 생각했다.

부모님인 공작 부부는 아카데미 시절 엘쟈네스와 리리엘의 사이가 틀어진 이후 엘쟈네스와 어색한 관계를 줄곧 이어 가고 있었다. 남동생인 요하네스 역시 엘쟈네스를 어려워하는 눈치였다. 요하네스와 엘쟈네스가 대화를 나누는 일은 거의 없었다. 요하네스는 둘째 누님인 리리엘을 따랐다.

떠나기 전, 엘쟈네스는 태어난 후 계속 써온 방을 둘러보고 있었다. 챙겨 갈 물건은 조모가 물려준 보석함 하나가 전부였다. 유일하게 그녀를 챙겨주던. 엘쟈네스의 방문을 두 번 두드리는 소리가 들렸다.

"들어오렴."

"언니…. 마차가 왔어요."

들어온 것은 리리엘이었다. 지난 일주일간 리리엘 역시도 엘쟈네스를 따로 찾지는 않았다. 다른 가족들과는 일에 대해 이야기를 하느라 만났지만 리리엘은 내정 살림을 내팽개친 탓에 엘쟈네스에게 이어받을 일이 없었다.

"그렇구나."

엘쟈네스는 보석함을 들고 창밖을 바라보았다. 리리엘의 추종자들 몇이 서성거리며 서 있었다. 리리엘이 아카데미 시절부터 사귀어온 남자인 친구들. 그들 모두 재력이나 정치적 세력 면에서 뛰어난 집안의 영식들이다.

리리엘은 그들을 늘 친구라고 주장했으나 리리엘을 보는 그들의 눈에는 이성적 호감이 담겨 있었다. 그것을 모르는 무지함이 용인될 수 있었던 것도 리리엘이라서겠지. 리리엘의 적이었던 영애들은 리리엘이 승마복 차림으로 검을 휘두르는 것을 보면 곧 리리엘에게 빠져들어 그녀의 친구가 되고는 했다.

일주일 동안 크로커스 공작가에 가장 많이 방문한 외부인은 리리엘의 그런 추종자들이었다. 그들은 엘쟈네스가 정말로 순순히 시집을 갈 것인지와 리리엘을 끝까지 괴롭히지는 않을지에 대해 알고 싶어 했다.

엘쟈네스는 단지 리리엘과 다를 뿐이었다. 평범한 귀족 영애였기에 보석을 좋아했고 새 드레스를 맞추는 걸 좋아했다. 리리엘의 사상에 큰 영향을 받은 그들의 눈에 엘쟈네스의 그런 면모들이 악녀로 보였을 것이다.

크게 신경 쓸 필요는 없다. 엘쟈네스를 건드릴 수 있는 이는 없었기 때문이다. 엘쟈네스는 사교계의 실세인 귀족 부인들과 주로 어울리는 편이었다. 부인들은 엘쟈네스의 확실한 방패가 되어주었다.

그들은 오히려 지나치게 자유로운 사상을 지닌 리리엘을 별로 좋아하지 않았다. 대신 엘쟈네스를 흠모했다. 악명이 높은 데도 불구하고 엘쟈네스가 사교계의 여왕처럼 받아들여진 것은 그런 이유에서였다. 그녀는 사교술에도 능한 편이었다.

"엘쟈."

윈터나이트 대공가의 마차에 다가가자 크로커스 공작이 엘쟈네스를 불렀다. 아마릴리스 황가 일원의 결혼식에는 오로지 황실의 핏줄들만 참석할 수 있었다. 황실의 일원을 처음 맞는 신성한 자리에는 황실의 일원만이 참가할 수 있다는 뜻이 담긴 전통이었다.

물론 피로연에는 신부의 가족들과 하객들도 참석할 수 있었다. 그러나 크로커스 공작 부부와 리리엘은 참석하지 않는다. 리리엘이 울음을 터뜨렸기 때문이다. 대공이 자신에게 보복할 상황이 꺼려진다면서.

그런 설득은 받아들여졌다. 역사상 처음으로 가지 않겠다고 말한 이들이라는 오명에도 아랑곳하지 않고, 그들은 엘쟈네스를 혼자 보냈다.

"타십시오."

대공가의 기사들이 은빛 마차의 문을 열어주었다. 이 마차를 타면 무슨 일이 있지 않는 한은 이곳에 다시 올 일이 없을 것이다. 엘쟈네스는 로벨리아 왕국에 대한 미련이 별로 없었다. 좋은 기억이 없다 보니 애착이 가지 않는 것이 당연했다. 귀부인들을 제외하고는 친한 부류도 없었기에 고향을 떠나는 것에 대한 감흥도 거의 없었다.

"엘쟈."

엘쟈네스는 은빛의 마차에 오르기 전 자신을 부른 아버지에게 대답했다.

"네."

"행복하거라."

이제 중년을 넘어가는 공작은 엘쟈네스의 손을 잡으며 당부했다. 옆에 있던 공작 부인도 엘쟈네스를 향해 걱정스러운 표정을 지었다. 눈물이 고인 눈을 하고 있는 리리엘도 마찬가지였다. 아직 아카데미를 졸업하지 못한 요하네스는 이 자리에 없었다. 감동적으로 보이는 광경이었으나 엘쟈네스는 그렇게 생각하지 않았다.

그들이 정말로 엘쟈네스를 아낀다면, 리리엘의 요청에 따라 이곳에 남을 게 아니라 북방으로 따라가 피로연에 참석했을 것이므로. 오랜 세월 만에 불린 애칭이 낯설었다. 공작 부부는 엘쟈네스를 사랑했으나 좋은 부모는 아니었다. 리리엘도 마찬가지였다. 리리엘이 엘쟈네스를 사랑하지 않는 것은 아니었지만, 그보다도 자기 자신을 더 사랑했다.

'행복이라.'

"…그렇게 하죠."

엘쟈네스는 대답했다. 여기서 무슨 말을 더 해도 좋을 것이 없다는 사실을 알았기 때문이다. 엘쟈네스는 이미 리리엘을 아는 모든 사람들을 포기한 지 오래였다. 엘쟈네스는 가족들의 배웅을 받으며 마차에 올랐다. 엘쟈네스가 가져온 것은 보석함 하나가 전부였다. 이내 마차가 출발한다. 로벨리아를 떠나는 순간이었다.

은빛 마차는 로벨리아 왕가에서도 본 적 없는 세련된 장치들로 이루어져 있었다. 아름답게 빛을 발하는 마차의 섶넌은 사람들의 시선을 사로잡기에 충분했으며 동시에 튼튼했다. 마차를 호위하는 대공가의 기사들은 수준급의 실력자들이었다. 엘쟈네스는 휴식을 위해 마차에서 잠시 내리고 나서야 그 사실을 알아차렸다.

'신경을 써준다는 이야기겠지.'

이 결혼의 규모를 생각한다면 당연한 것이겠지만. 엘쟈네스는 잠시 마차 밖에서 나무를 바라보고는 다시 마차에 올랐다.

북쪽으로 갈수록 기온이 서늘해지는 것이 조금씩 느껴졌다. 따뜻한 기후였던 크로커스 공작 영지에서는 볼 수 없던 나무들이 점차 보이기 시작했다. 정말로 다른 곳으로 간다는 실감이 났다. 엘쟈네스조차도 긴장이 되는 것은 어쩔 수 없었다.

결혼이다. 언젠가는 결혼할 날이 올 것이라고 스스로를 다독였지만 마냥 평온하게만은 생각할 수 없는 것이다. 눈썰미가 좋은 엘쟈네스가 마차의 외양을 뒤늦게야 깨달은 것도 그 증거였다.

결혼식과 첫날밤. 그리고 아직 얼굴도 모르는 이제 남편이 될 대공. 엘쟈네스는 도착해 결혼 준비를 하게 될 것이다. 리리엘이 시간을 끈 탓에 결혼식 전까지 시간이 얼마 없다. 마차는 다시 출발했다. 북으로. 북쪽 끝으로.

※

남쪽에 위치한 로벨리아 왕국에서 북방의 윈터나이트 영지까지 단기간에 가는 데에는 무리가 있었다. 그러나 마법을 쓴다면 이야기가 달라졌다. 대공은 천문학적인 금액을 제시하고 단기간에 신부가 북방으로 올 수 있도록 마법을 이용했다. 덕분에 엘쟈네스는 몇 개의 마법 게이트를 거치면서 빠르게 윈터나이트 영지에 도착할 수 있었다. 모든 여정이 엘쟈네스의 편의에 맞추어졌기에 이틀 정도가 걸렸다.

'일을 하지 않고 쉬는 것은 생각보다 지루한 일이구나.'

시시각각으로 바뀌는 창밖의 풍경이 있어서 다행이었다. 엘쟈네스는 곧 대공의 성에 도착할 거라는 말을 들으며 바깥을 바라보았다. 신비한 느낌을 가져다주는 나무들이 보인다. 오는 내내 보았던 침엽수인데도 대공령의 것은 어쩐지 느낌이 달랐다. 북쪽의 기사들은 말수가 적었다. 그러나 모든 기사들이 대공에게 철저히 복종한다는 사실만큼은 잘 알 수 있었다. 이들에게 이렇게 완벽히 존경받는 사람은 대체 어떤 사람일까. 엘쟈네스는 문득 궁금해졌다.

마차가 고풍스러운 모습의 커다란 성벽에 가까워지고 이내 성문을 통과했다. 엘쟈네스는 북방의 건축물들을 눈여겨보았다. 남쪽이 상대적으로 화려하고 세세한 장식을 한다면 북쪽은 상대적으로 크기가 크고 적은 수의 장식을 선호한다고 볼 수 있었다. 화려함보다는 우아함을 강조하는 것일까. 조각상이 적은 것 또한 눈에 들어오는 부분이었다.

곧 마차가 멈추고 기사들이 엘쟈네스에게 도착했음을 알렸다. 엘쟈네스가 내리겠다는 의사를 밝히자 마차의 문이 열렸다. 그녀가 내리도록 누군가가 손을 내밀었다. 엘쟈네스는 손을 내밀다 목소리를 냈다.

"아…."

정략결혼을 위해 먼 곳에서 온 신부는 치장을 제대로 하지 않았기에, 짐을 풀고 씻은 후 저녁에서야 비로소 남편이 될 사람을 만날 수 있었다. 그것이 관례였다. 하지만 마차 문밖에서 엘쟈네스에게 손을 내민 남자는 집사가 아니었다. 누구도 이 남자를 집사로 볼 수 없을 것이다. 그는 엘쟈네스가 본 사람 중 가장 지배자다운 느낌을 가진 남자였다. 검은 머리칼의 남자는 엘쟈네스가 내민 손을 맞잡았다. 남자의 검은 눈동자가 엘쟈네스를 향했다.

엘쟈네스는 주위를 둘러보았다. 지금까지 엘쟈네스를 호위했던 기사들이 모두 예를 갖추고 있었다. 마차에서 내리자 엘쟈네스의 손을 여전히 맞잡고 있던 남자가 입을 열었다. 생각했던 것보다도 훨씬 낮은 목소리가 들려왔다.

"먼 길을 오느라 수고하셨습니다."

윈터나이트 대공. 엘쟈네스는 확신할 수 있었다. 대공은 엘쟈네스가 살면서 본 사람 중 가장 훌륭한 미남이었다. 그는 리리엘의 말처럼 괴물은 아니었고 기사들이 표현한 것보다는 괴물이었다. 리리엘의 주변 남자들이 잘생겼다고 생각했으나 그들 중 누구도 대공에게는 비할 바가 아니었다. 마차에서 내리는 엘쟈네스의 손을 잡아준 대공의 손은 단단했다. 검을 잡는 남자의 손이다. 엘쟈네스는 치맛자락을 살짝 들어 예의를 갖춘 간략한 인사를 건넸다.

"크로커스가의 엘쟈네스예요. 엘쟈네스라고 부르셔도 되고요."

"루카르엔 윈터나이트입니다. 엘쟈네스."

대공이 낮은 목소리로 정중하게 답했다. 조금 혼란스러웠다. 먼 곳에서 오는 신부를 직접 맞는 남자는 거의 없었다. 있다고 한다면 신부에게 위급한 일이 생겨 반드시 보러 가야 할 상황이 와서이거나, 신부를 미친 듯이 원하거나. 둘 중 하나일 것이다. 후자의 경우는 인내심이 없고 성급한 사람으로 불리며 가벼운 비웃음을 사기도 했다. 엘쟈네스는 감사 인사를 했다.

"맞으러 나와주셔서 감사해요. 대공 각하."

"당연한 일입니다."

이곳에 있는 것이 엘쟈네스가 아닌 다른 영애였다면 대공의 말에 설레었을 것이다. 그러나 대공의 검은 눈을 본 순간 엘쟈네스는 대공이 엘쟈네스에게 별다른 감정을 가지고 있지 않다는 사실을 깨달았다. 있다면 곧 아내가 될 사람에 대한 존중과 예의일 것이다. 이 남자는 무슨 생각으로 엘쟈네스를 직접 맞이하는 것일까. 대공은 긴말을 하지 않았다. 그는 뒤에 서 있던 집사를 손짓해서 불렀다.

"엘쟈네스. 머물 방은 여기 있는 집사가 안내해줄 겁니다."

"호의에 감사드립니다."

"먼 길을 와 피로할 테니 편히 쉬십시오. 저녁에 뵙겠습니다."

대공은 레이디에 대한 예를 취하고 기사들과 함께 자리를 떴다. 그 뒷모습이 시선에 깊이 박혔다. 잠깐의 대화였지만 엘쟈네스는 알 수 있었다. 대공은 사람을 존중할 줄 아는 사람이었다. 그리고 생각보다도 엘쟈네스에게 호의적인 것 같았다. 대공이 인사를 나누자마자 바로 자리를 뜬 것이 그 증거였다. 엘쟈네스가 피로해 긴 대화를 나누지 못할 것을 염두에 두었을 뿐만 아니라 먼 길을 와 거의 치장하지 못했을 귀족 영애에 대한 배려가 깔린 행동이었다.

남편이 될 대공이 나쁘지 않아 보여 다행이다. 집사가 엘쟈네스에게 정중히 인사했다.

"이 대공성의 총괄 집사입니다. 아직 결혼식을 올리지 않았으니 엘쟈네스 님이라고 부르겠습니다. 방은 이쪽입니다. 제가 안내해드리지요."

집사가 안내해준 엘쟈네스의 방은 마음에 드는 곳이었다. 조명은 은은했고 방의 가구 배치 역시 전체적으로 신경을 많이 쓴 티가 났다. 마차와 방 모두 대공이 준비한 걸까. 엘쟈네스는 생각에 잠겼다.

대공을 처음 본 순간 엘쟈네스는 알 수 있었다. 대공은 자신과 비슷한 부류였다. 성격을 말하는 것이 아니다. 사랑. 남녀 간의 감정에 대해 대공과 자기 생각이 비슷하다는 확신이 들었다.

엘쟈네스는 기본적으로 사랑에 대해 회의적인 편이었다. 리리엘을 사랑하는 남자들은 친구라는 이름을 달고 어떻게든 리리엘의 주변을 맴돌 만큼 리리엘에게 푹 빠져 있었다. 엘쟈네스의 전 약혼자인 카멜리아 백작 역시도 마찬가지였다. 그는 공작가에 득이 되는 조건을 내세워 엘쟈네스에게 청혼했다. 리리엘은 그 소식에 자신과 친한 친구인 백작이 언니인 엘쟈네스와 결혼한다는 게 무척 기쁘다는 듯한 반응을 보였다.

그래도 백작은 양호한 편이었다. 리리엘을 극단적으로 사랑하는 사람들은 엘쟈네스를 증오하다시피 했으니까. 엘쟈네스가 파괴의 마법을 쓰지 않았다면 좋지 못한 일을 여러 번 겪었을 수도 있었다.

그들로 인해 엘쟈네스의 사랑에 대한 미련이 사그라졌다. 엘쟈네스는 사랑을 믿지 않았다. 엘쟈네스가 아는 사랑은 리리엘을 사랑하는 사람들이 보여주는 행동뿐이었다. 리리엘에 대한 사랑에 취한 사람들은 눈이 멀어 한 치 앞도 보지 못했다. 사랑하는 사람인 리리엘의 말에 모든 것을 결정하고, 엘쟈네스에 대한 편견을 가지는 것은 정상이 아니었다. 엘쟈네스는 늘 생각했다.

'그런 것이 사랑이라면.'

절대로 하지 않겠다고.

대공은 엘쟈네스에게 이성적인 호감을 보였으나 그 이상 마음을 내주지는 않을 것처럼 보였다. 엘쟈네스는 그 점이 마음에 들었다. 대공은 엘쟈네스에게 최선을 다할 것이다. 정중히 선을 그으면서. 엘쟈네스가 그렇듯이 사랑하지는 않으면서. 그야말로 최적의 조건이 아닌가.

"엘쟈네스 님. 물의 온도를 좀 더 높일까요?"

"아니. 지금이 좋구나."

생각이 끝난 후 엘쟈네스는 대공이 보낸 시녀들의 시중을 받으며 목욕을 하는 중이었다. 대공이 보낸 시녀들 역시도 영민했다. 시녀들은 엘쟈네스의 작은 제스처에도 엘쟈네스가 원하는 것을 바로 알아차리고는 했다.

"정말 고우세요."

시녀들이 엘쟈네스의 하얀 피부를 보며 감탄한다. 엘쟈네스도 피부가 덜 타기는 했지만 리리엘만큼은 아니었다. 리리엘은 바깥을 다녀도 피부가 타지 않았다. 리리엘이 관리받지 않아도 타고난 아름다움을 빛내던 데 비해 엘쟈네스는 늘 관리가 필요했다. 그 결과가 이제야 나타나는 것이다. 잘 관리한 하얀 피부가 백조처럼 아름다웠다. 감탄사를 누가 내뱉었는지는 알 수 없었다. 시녀들은 내심 놀라고 있었다.

마님은 정말로 아름다운 분이었다. 북쪽에서는 붉은 머리의 여자는 천하다는 오명이 떠돈다. 북쪽에서 붉은 머리칼의 소유자들은 기피되는 존재였다. 그러나 엘쟈네스의 붉은빛이 도는 적갈색의 머리칼은 흔히 볼 수 없는 아름다운 빛깔이었다.

북쪽에서 금발이나 백금발은 흔했으나 이런 아름다운 빛깔의 머리칼은 찾아볼 수가 없었다. 옅거나 푸른 계열이 아닌 진갈색의 눈동자 역시도 마찬가지였다. 엘쟈네스의 행동거지 하나하나가 우아하고 기품이 넘쳤다.

남쪽에서는 어떨지 모르겠으나 북쪽에서는 이런 귀족다운 사람을 우상시하는 면이 있었다. 시녀들은 엘쟈네스의 시중을 들며 계속해서 속으로 감탄했다.

대공과의 저녁 식사를 위해 간단한 화장을 했다. 옷은 대공이 직접 보낸 실내 드레스였다. 대공 각하는 먼 길을 온 신부가 힘들어하기를 바라지 않는다며 옷을 가져온 시녀가 미소 지었다. 엘쟈네스는 시중을 받으며 간단한 장신구를 걸친 뒤 그리 굽이 높지 않은 구두를 신었다. 곧 대공을 만나러 간다. 마지막으로 머리칼의 앞쪽 부분만을 뒤로 넘겨 묶자 모든 준비가 끝났다. 때마침 노크 소리가 들렸다. 시녀가 엘쟈네스의 의사를 물어왔다.

"엘쟈네스 님, 문을 열까요?"

"그래. 열어주렴."

노크를 한 것은 집사였다. 저녁 식사 준비가 되었다는 것을 알리기 위해 온 것이다. 엘쟈네스는 집사를 따라 방을 나섰다.

'북쪽은 예술적인 곳이구나.'

복도를 둘러보며 엘쟈네스는 속으로 감탄했다. 토벨리아 왕실조차 이렇게 웅장하고 고풍스러운 곳은 아니었다. 북쪽의 건축 양식 때문인지 로벨리아 왕국의 건축물에 비해 더 크고 세련된 느낌이다. 간간이 보이는 장식품들은 가격을 매길 수도 없을 만큼 귀한 것들이었다. 그렇게 어느 정도 주위를 구경하며 걷자 커다란 문이 나타났다.

"이곳이 식당입니다."

집사가 정중하게 문을 열어주었다. 식당의 안쪽인 테이블의 상석 부근에 대공이 앉아 있었다. 시선을 잡아끄는 그의 눈이 엘쟈네스 쪽으로 향했다.

'밤처럼 새까만.'

눈이라고 생각한 엘쟈네스는 식기가 준비된 곳에 앉았다. 대공과 바로 마주 보는 자리였다. 자리에 앉자마자 준비된 요리가 식탁에 올랐다. 결혼 당사자들이 이야기하게 되는 저녁 식사 자리였기에, 두 사람이 오래 대화할 수 있도록 식어도 맛이 변하지 않는 요리가 주 메뉴였다. 집사가 정중히 인사하고 밖으로 나갔다. 조금 시간이 지난 후, 먼저 입을 연 것은 대공이었다.

"식사는 입에 맞으십니까."

"네."

"다행입니다."

대화는 생각 외로 부드럽게 이어졌다. 대공의 손이 은식기를 내려두었다.

"오시는 길에 불편한 것은 없으셨습니까."

"각하가 염려해주신 덕분인지 무사히 올 수 있었습니다."

문득 그가 말했다.

"렌."

"렌?"

"북쪽 발음으로는 루카르엔을 루카렌이라고 표기하기도 합니다. 어머니가 부르시던 애칭입니다. 렌이라고 불러주십시오. 엘쟈네스."

"저는 엘쟈라고 불러주세요, 렌."

대공, 렌은 처음으로 웃었다.

"귀여운 애칭입니다."

의아해하는 엘쟈네스에게 그는 엘쟈에 대한 이야기를 해주었다. 〈작은 엘쟈〉는 북쪽의 유명한 동화였다. 북쪽의 겨울 숲에 살며, 눈이 내려야 나타나는 요정. 작은 엘쟈는 마법의 나뭇가지를 흔들어 반짝이는 가루를 뿌리고 다닌다. 북쪽 사람들은 숲에 눈이 오는 것을 작은 엘쟈가 눈이 들어 있는 가지를 흔든다고 표현하고는 했다.

엘쟈네스는 그 이야기를 들으며 웃음을 터뜨렸다. 즐거운 기색이 담긴 웃음소리가 식당에 맑게 울려 퍼졌다. 그것을 보며 대공, 렌은 다소 놀라고 있었다. 그는 신부에 대해 큰 기대를 하지 않았다. 렌이 황제에게 결혼을 명령

받은 것은 불과 몇 주 전의 일이었다. 그는 잠시 그날을 회상했다.

윈터나이트 대공가는 대대로 북방 끝의 영지에 머무른다. 윈터나이트 가문의 핏줄에 깃들어져 내려오는 겨울의 마법 때문이었다. 따라서 후계를 가지는 것은 윈터나이트 가문에 있어 가장 중요한 일이었다.

렌은 북쪽 사교계의 영애들에게 큰 관심이 없었다. 그들 중 누가 렌의 결혼 상대가 될지는 렌에게 있어서 중요한 일이 아니었다. 다가오는 영애의 춤을 거절하지는 않았지만 먼저 신청하는 일도 없었다. 그나마 렌이 춤을 신청하는 상대는 혈육인 황녀들뿐이었다.

남쪽과 북쪽의 첫 결합인 만큼 이번 청혼서를 보낼 사람은 본래 황자 중 한 명이었으나, 이런 렌을 보다 못한 황제가 결국 그를 지목했다.

로벨리아 왕국의 리리엘 크로커스는 렌과 정반대인 사람이라고 했다. 그녀는 아름다운 외모를 지녔으나 같은 여성 귀족들의 마음마저 홀릴 정도로 검술과 승마에도 능한 사람이라고. 로벨리아 왕국의 사람이라면 리리엘 크로커스를 모르는 이가 없다고 했던가.

렌은 자기 자신에 대해 잘 알고 있었다. 윈터나이트 대공은 내내도 황위 계승권을 가지고 있었다. 역사상 단 한 번도 황위에 오른 적은 없으나 원한다면 황위에 오를 수 있을 것이다. 그렇게 생각하는 귀족들이 생각보다 많았다. 유서 깊은 대공가였기에 재력도 넘쳐났다.

이 두 가지를 가졌다는 이유만으로도 렌과 결혼하기를 원하는 영애들은 넘쳐났다. 하지만 결혼 상대로서 렌을 꺼리는 영애들도 많았다.

그는 괴물이었다. 아카데미를 나온 귀족들은 렌을 그렇게 불렀다. 거기에 렌은 귀족들이 말하는 야심이란 게 없었다. 황제의 자리를 원하지 않는다. 전쟁을 원하지도 않는다. 정치를 할 생각은 더더욱 없었다. 렌이 원하기만 한다면 모든 것들을 손에 넣을 수 있을 것이다. 그러나 렌은 한 번도 무언가를 원해본 적이 없었다.

그렇게 살아왔기에 이 서늘한 미남자는 결혼 상대가 바뀐 것을 보고도 별다른 관심을 가지지 않았던 것이다. 렌에게 있어서는 리리엘 크로커스나 엘쟈네스 크로커스나 다를 것이 없었다. 오히려 잘되었다고 생각했다. 사교계의 소문이 사실이어서 엘쟈네스가 진짜 악녀라면 밝고 찬란한 여동생보다 아마릴리스에서의 생활을 더 잘 견디지 않을까 생각했는데.

그러나 렌의 눈앞에 있는 엘쟈네스는 상상과 전혀 다른 여자였다. 차분한 얼굴이 즐거워하는 빛을 띤다. 그녀의 눈동자는 렌이 들려준 이야기 속에 머무는 것처럼 웃음기를 띠고 있었다. 렌은 소문이라는 것이 얼마나 와전될 수 있는지 알았다.

엘쟈네스는 여동생에게 손찌검을 할 만한 여자가 아니었다. 또한 소문처럼 피도 눈물도 없는 영애가 아니다. 오히려 엘쟈네스는 단호하고 합리적인 편에 가까웠다. 그러면서도 겨울 숲에 사는 요정 엘쟈의 일화에 웃는 모습은 평범한 다른 사람들과 같았다. 렌은 그답지 않은 충동에 이끌려 입을 열었다.

"결혼이 싫지는 않으십니까."

"만족하고 있어요. 나쁘지는 않으니까요. 렌은 제가 마음에 들지 않나요?"

"당신이 마음에 듭니다. 그러나."

그답지 않았다. 그는 신부에게 냉정하게 말할 수 있으리라고 생각했다. 그러나 엘쟈네스에게는 잘 되지 않았다. 이상한 감정이었다. 엘쟈네스는 그가 하려던 말을 맞출 수 있었다. 렌의 당신이 마음에 든다는 말에는 열렬한 사랑의 감정이 없었다. 알아챌 수 있었다. 그것은 엘쟈네스 또한 마찬가지였으니까. 엘쟈네스는 입을 열어 천천히 말했다.

"사랑은 기대하지 말라."

렌은 엘쟈네스를 바라보았다. 엘쟈네스는 렌이 아는 다른 영애들과 달랐다. 렌은 결혼을 할 상대에게 이런 말을 들으리라고 생각하지 못했다. 엘쟈네스는 렌의 모든 예측을 빗나갔다. 렌은 물었다.

"어떻게 아셨습니까."

"저 또한 그것을 바라니까요."

엘쟈네스는 대답했다. 렌의 서늘한 검은 눈이 엘쟈네스를 향했다. 이 순간 둘은 미묘한 유대감을 쌓고 있었다. 사랑은 독과 같다. 두 사람은 사랑에 대해 회의적이었다. 배우자를 사랑할 수 있을 것이라고는 생각도 하지 않았다.

그랬기에 사랑에 대한 서로의 의견이 일치한 순간 엘쟈네스와 렌은 동질감을 느꼈다. 누군가가 보면 둘의 모습을 기묘하기 그지없다고 생각할지도 모른다. 곧 결혼식을 올릴 두 남녀가 서로에 대해 알아가는 저녁의 식탁에 앉아 사랑을 기대하지 말라는 이야기를 정중하게 나누고 있었다. 엘쟈네스가 말했다.

"아내로서의 의무는 최선을 다할 거예요. 하지만 사랑의 감정으로 렌을 대하기는 어려울 것 같네요."

"저 역시 그렇게 생각합니다. 엘샤. 원하시면 보는 것을 주겠습니다. 이 윈터나이트 영지도, 재화와 권력마저도 드리겠습니다. 사랑을 제외한 모든 것을 줄 수 있습니다."

렌 역시도 자신의 아내에게 최선을 다할 생각이었다. 엘쟈네스와 마찬가지로. 두 남녀는 배우자 외의 다른 이성과 외도하지 않을 것이라는 뜻과 결혼 생활을 충실히 할 것이라는 대화를 서로 주고받았다.

엘쟈네스는 렌을 마주 보았다. 검은 머리칼. 누구에게라도 무심할 것처럼 보이는 얼굴. 엘쟈네스를 보는 검은 눈. 렌은 좋은 배우자가 될 것이다. 이 순간 렌 역시도 엘쟈네스를 보며 동일한 생각을 하고 있었다.

식사가 끝났다. 렌이 테이블 위의 종을 세 번 흔들었다. 둘의 대화가 끝났음을 알리는 신호였다. 이내 저녁 식사가 시작되며 나갔던 집시기 들어와 시중을 들었다. 디저트 접시가 식탁에 올랐다.

차가운 영지에서만 자라는 산딸기의 한 종류가 있다. 왕실 연회 때 본 적이 있기에 엘쟈네스는 그것을 바로 알아볼 수 있었다. 새하얀 셔벗 위에 그 산딸기가 올라가 있었고, 그 위로 얇은 초콜릿의 띠가 둘러져 있었다. 위에 뿌린 시럽은 꽃과 함께 숙성시킨 종류인 듯했다. 한 입을 떠 입에 넣자 표현할 수도 없을 만한 향과 맛이 혀 위를 감돌았다. 먼 길을 온 신부를 위해 주방장이 혼신의 힘을 다해 만든 디저트였다.

엘쟈네스는 문득 묘한 기분을 느끼고 말았다. 먼 곳에서 온 데다 다른 나라의 공작 영애이기에 이렇게 세세한 것들도 신경 써 주는 것이겠지만. 로벨리아 왕국에서는 단 한 번도 이런 대접을 받은 적이 없다. 엘쟈네스는 언제나 알아서 자신의 입지를 확보해 이득을 보는 편이었다. 그 과정에서도, 입지를 다진 후에도 엘쟈네스를 이렇게 신경 써주는 사람은 없었다. 사실 엘쟈네스는 늘 스스로 모든 것을 요구하고 받아내왔다.

정략결혼인데도 대공가의 사람들은 엘쟈네스를 세심하게 신경 써준다. 잠시간 렌이 신경 쓰였지만 그것은 찰나일 뿐이었다. 엘쟈네스는 식사를 마치고 렌과 자리에서 일어났다. 둘은 결혼식에 대해 이야기를 나누었다.

"내일은 황실의 의상 담당 시녀들이 웨딩드레스를 가져올 겁니다."

"웨딩드레스와 피로연에서 입을 드레스는 새로 맞추는 게 아닌가요?"

렌은 답했다.

"황실 일원의 경우 황실 측에서 만들어 보냅니다. 황실의 신부에게는 고귀한 옷을 하사해야 합니다. 이미 엘쟈를 위한 드레스가 몇백 벌은 있을 겁니다. 내일부터 며칠간은 그중 원하는 것들을 고르시면 됩니다."

"제가 다 고른다면요?"

"그것들 모두가 당신을 위해 준비된 것들입니다. 엘쟈."

농담처럼 던진 말에 정중한 대답이 돌아왔다. 여기서 대화는 더 이어지지 못했다. 시종이 렌에게 급한 소식을 전했던 것이다. 렌은 능력 있는 대공이라는 평을 듣는 편이었지만 할 일이 너무 많았다. 자식에게 대공위를 물려준 순간 대공의 부모는 겨울에 윈터나이트 영지를 떠나야만 한다. 렌의 부모인 전대 대공 부부 역시도 마찬가지였다. 그랬기에 몇 년 전부터 렌은 혼자였다. 렌이 보좌관조차 들이지 않았기에 모든 일은 그 하나만의 손에서 돌아가고 있었다.

엘쟈네스를 마중하러 나가고 저녁 식사를 함께한 것은 사실 무리에 가까웠다. 그럼에도 불구하고 이상하게 그는 후회하지 않았다. 시녀장이 없는 것을 보며 렌의 업무량에 대한 상황을 유추해낸 엘쟈네스는 치마 한쪽 자락을 살짝 들어 보였다.

"내일의 저녁 식사도 기대되네요. 그러면 내일 뵈어요, 렌."

"감사합니다. 엘쟈."

렌은 엘쟈네스를 혼자 두는 것을 신경 쓰고 있었다. 사랑을 제외한 모든 것을 자신의 아내가 될 사람에게 해주리라 생각하지 않았던가. 먼 길을 와 이는 사람이 아무도 없는 곳에 혼자 있을 엘쟈네스를 보살펴주는 것이 그가 생각하는 예의였다.

엘쟈네스는 그런 렌에게 호감을 느꼈다. 렌은 좋은 사람이었다. 렌을 배려해 그를 먼저 보내는 엘쟈네스에게 호감을 느낀 것은 렌도 마찬가지였다. 그는 그답지 않은 충동을 한 번 더 느꼈다. 엘쟈네스의 웃는 얼굴을 본 그는 엘쟈네스의 손등에 정중하게 키스했다.

"내일 뵙겠습니다."

낮은 목소리가 들린다. 엘쟈네스의 손등에 키스하는 남자는 있었지만 정치적 목적이 없는 입맞춤을 한 남자는 처음이었다. 엘쟈네스는 자리를 뜨는 렌의 뒷모습을 바라보았다. 어쩐지 어딘가 이상해진 듯한 기분이었다. 그 기분은 오래가지 않았다. 엘쟈네스는 집사의 안내를 받아 방으로 돌아갔다.

내일 드레스를 맞추려면 일찍 자두어야 할 것이다. 엘쟈네스를 위해 꾸며진 방은 안락했다. 엘쟈네스는 시녀들의 시중을 받아 세안을 하고 옷을 갈아입은 후 잠자리에 들었다. 윈터나이트 대공. 렌. 그와의 결혼 생활은 나쁘지 않을 거라는 확신이 들었다.

※

엘쟈네스 크로커스가 사라졌다. 사람들이 그 사실을 실감하기까지는 오래 걸리지 않았다. 로벨리아의 젊은 귀족층은 엘쟈네스를 광기에 가까울 정도로 미워했다. 그 사실을 모르는 것은 오랜 미움에 젖어 있던 젊은 귀족층뿐이었다. 리리엘 크로커스의 주변에 있는 귀족들은 몰랐으나 나이 든 귀족들은 엘쟈네스 크로커스에 대한 여론이 극단적이라는 사실을 알고 있었다.

로벨리아 왕국의 여론이 이상할 정도로 리리엘 크로커스에 대해 호의적이라는 사실을 눈치채지 못할 정도로 많은 시간이 지나 누구도 그 이야기를 꺼내지는 않았다.

하지만 사람들은 이제야 엘쟈네스의 빈자리가 생각보다 크다는 사실을 깨닫고 있었다. 로벨리아 왕실이 연 가면무도회에서 귀족들이 대화를 나누고 있었다.

"…그러고 보니 요즘 조용하네요."

한 귀부인이 말을 꺼내자 나머지 귀부인들이 맞장구를 쳤다.

"그렇죠. 확실히 전보다 조용해진 것 같아요."

"젊은이들이 조용해진 것이라면, 저는 그 이유를 엘쟈네스 크로커스 영애 때문이라고 생각하고 있어요."

"어머나. 그런가요?"

의심이 많은 귀부인은 가면을 쓴 부인들을 둘러보았지만 누가 누구인지 알 수 없었다. 가면무도회의 묘미는 누가 누구인지를 모른다는 데 있었다. 귀부인들은 목소리를 바꾸기 위해 마법을 쓰기도 했고 몇 시간가량 목소리를 바꿔주는 가루를 마시기도 했다. 귀부인은 결국 상대의 정체를 캐내는 것을 포기하고 이야기에 집중하기로 했다.

"왜 엘쟈네스 크로커스 영애 때문이라고 말하시나요?"

"대부분의 소문은 크로커스가의 영애들 때문이니까요. 리리엘 크로커스 영애는 좋은 소문을, 엘쟈네스 크로커스 영애는 나쁜 소문을 몰고 다니죠."

"저는 엘쟈네스 영애와 개인적인 친분이 있긴 하지만 그렇게 나쁜 분은 아니에요."

나이가 지긋한 귀부인이 끼어들었다. 나이가 있는 귀부인들은 그 말에 동의하는 눈치였다. 비교적 젊은 층에 속하는 귀부인들은 고개를 저으며 자리에서 멀어졌다. 그 뒷모습을 바라보던 한 귀부인이 중얼거렸다.

"상황이 그녀를 악녀로 만들었어요. 그렇다고 해도 젊은이들이 왜 저렇게까지 반응하는지 알 수 없어요. 때때로 저는 그런 생각이 들어요."

"이상하다는 생각이 많이 들죠. 토벨리아의 중심은 리리엘 크로커스 영애니까요. 이런 생각이 오래가지는 않아요."

"쓸데없는 이야기는 깊게 하지 말아요. 그런데 요즘 허전하긴 하네요."

이번 가면무도회의 분장은 실로 완벽했다. 귀부인들은 서로를 알아보지 못했다. 그것을 확신하자 더욱 마음 놓고 이야기를 나눌 수 있었다.

"저도 이상하게 빈자리가 크다는 생각이 들어요. 저는 엘쟈네스 크로커스 영애를 좋아하는 편이 아니었는데도 말이에요."

"부인만 그런 건 아닐 거예요. 제 아들은 엘쟈네스 크로커스 영애와 사이가 좋지 않은데도 빈자리가 크다는 이야기를 하거든요."

"리리엘 크로커스 영애가 생각보다 까다롭다는 말은 들었어요."

"에이, 부인. 가면무도회니 솔직하게 말하죠. 생각보다 골칫덩어리라고 하는 게 정확하지 않겠어요?"

끼어드는 귀부인의 목소리에는 약간의 악의가 실려 있었다. 크게 틀린 말은 아니었다. 엘쟈네스 크로커스가 사라지자 리리엘 크로커스의 이상한 점이 조금씩 보이기 시작한 것이다. 그것을 가장 먼저 느낀 것은 리리엘의 추종자들이었다. 귀부인들은 리리엘 크로커스를 향해 악의를 드러내는 귀부인의 정체를 유추하려고 노력했으나 알아낼 수 없었다. 그만큼 들키지 않을 자신이 있기에 본심을 내뱉은 것이겠지. 귀부인 하나가 은밀히 목소리를 낮추었다.

"그런데⋯. 그러면 크로커스 공작 부인은 요즘 무얼 하고 계시는 건가요? 저택에 틀어박혀 있다던데요. 엘쟈네스 크로커스 영애가 무언가를 한 걸까요?"

"이건 제가 공작 부인의 친우로부터 들은 말인데, 일을 하고 계신다고 해요."

"일이라고요? 어머나. 그게 무슨?"

일에 대한 이야기를 꺼낸 귀부인은 약을 올리기라도 하듯 깃털 부채를 살랑살랑 흔들었다. 귀부인들은 호기심에 깃털 부채를 든 귀부인을 재촉했다.

"어서 말해주세요. 알고 싶어요, 부인."

"그만 애태우시고요."

귀부인이 싱긋 웃었다. 비웃음에 가까운 미소였다.

"내정 살림을 하고 계신데 일이 밀리고 밀려 계속 집에 계신다나 봐요. 한 나라의 공작 부인으로서 흠이 될 만한 사실이죠."

"어머나. 아무리 할 일이 많다고 하지만 사교계에 나오지도 못할 정도로 통제하지 못하시다니."

"한심하네요. 그러면 그동안 내정 살림은 엘쟈네스 크로커스 영애가 맡아서 한 걸까요?"

"그분이 뒤늦게 후회하신다는 말은 들었어요."

"세상에는 정말 별일이 많아요."

"그러게 말이에요."

귀부인들은 가면 아래서 속살거렸다. 가면무도회의 분위기가 무르익어가는 밤이었다.

다음 날 일어난 엘쟈네스는 자신이 한가하다는 사실에 놀라고 말았다. 이곳은 엘쟈네스가 일해야만 했던 크로커스 공작가가 아니다. 주어진 시간은 많았으나 일에 익숙해진 몸이 이른 아침에 눈을 뜨게 했다. 엘쟈네스는 어슴푸레한 바깥 풍경을 바라보았다. 이렇게 한가하게 아무것도 하지 않고 시간을 보내는 것은 몇 년 만의 일이었다. 대공비 작위를 받으면 전처럼 바빠지겠지만, 리리엘이 저지른 일을 수습하거나 크로커스 공작가의 일을 처리하는 것보단 보람차리라.

책을 읽으려던 엘쟈네스는 책장을 덮었다. 모처럼 휴식이 주어졌으니 즐기는 것도 나쁘지 않다. 한두 시간 후 침실로 아침을 가져온 시녀가 엘쟈네스의 스케줄을 알렸다.

"점심부터는 황실의 의상 담당 시녀들과 수석 디자이너가 찾아오기로 되어 있습니다."

"고맙구나. 내가 특별히 주의할 사항이 있니?"

"그런 것은 없으니 걱정하지 않으셔도 될 것 같습니다."

시녀는 정중하게 말한 후 엘쟈네스의 시중을 들었다. 엘쟈네스는 여유 있게 아침을 먹었다. 정말이지 얼마 만에 여유를 가지는 건지 알 수 없었다. 과거, 크로커스 공작가의 일원들은 끊임없이 일을 만들어냈다. 비단 그것은 리리엘만의 일이 아니었다. 다른 가족들 역시도 자신이 벌이는 일에 어떤 결과가 따라올지 신경 쓰지 않은 채 움직였으니까.

아침을 먹고 쉬던 엘쟈네스는 황실에서 보낸 사람들이 도착한다는 전갈에 옷을 갈아입었다. 다른 때와는 달리 웨딩드레스를 고를 때는 민얼굴을 드러낸다. 그 사람 본연의 얼굴을 보고 적합한 화장법과 어울리는 드레스를 유추해내기 위함이다. 귀족 영애들은 이때를 결혼식 당일보다 더 중요하게 생각했다. 신부의 평판이 결정되는 시간이기도 해서일까.

황실에서 보낸 사람들은 집사가 맞이하고 있다고 했다. 엘쟈네스는 시녀의 안내를 받아 걸었다. 윈터나이트성. 여러 건물들 중 가운데 있는 것이 엘쟈네스와 렌이 머무르는 저택이었다. 저택도 어마어마하게 넓었지만 창밖으로 보이는 건물들도 만만치 않았다. 특유의 고풍스러움이 담겨 있는 건물들이었다. 엘쟈네스의 시선에 시녀가 공손하게 설명했다.

"건물 한 채는 기사들이 쓰며, 구석 쪽의 건물은 고용인들이 씁니다. 저곳에 보이는 별채는 주로 아마릴리스 황가나 외부 손님들이 내려올 때 쓰입니다."

"그렇구나. 시녀들은 어디에서 지내니?"

"저희는 이 건물의 바로 옆쪽에 있는 건물을 쓴답니다."

시녀의 말을 들으며 엘쟈네스는 고개를 끄덕였다. 도착한 커다란 응접실에는 여러 사람이 오가고 있었다. 황실에서 보낸 사람들이었다. 시녀들 사이에서 무언가를 지시하던 수석 디자이너가 나와 엘쟈네스에게 인사했다.

"만나 뵈어서 영광입니다. 도란 카렌이라고 합니다."

"엘쟈네스 크로커스입니다. 잘 부탁드립니다."

도란 카렌은 아마릴리스 황실의 인척으로, 귀한 신분임에도 불구하고 디자인에 뛰어든 영애였다. 사람들은 그녀를 비웃었으나 그녀가 만들어낸 옷을 보고는 곧 입을 벌리고 만다. 그만큼 도란 카렌의 옷은 모든 면에서 최고였다. 엘쟈네스의 조국인 로벨리아 왕가에도 도란 카렌의 옷은 단 한 벌뿐이었다. 그녀는 아마릴리스 황가를 위해서만 일하기 때문이다.

그런 디자이너가 엘쟈네스의 웨딩드레스를 담당하게 되었다. 모든 드레스들은 청혼서를 보내던 날부터 도란 카렌이 엘쟈네스와 리리엘 둘 모두를 염두에 두고 디자인했다가 신부가 엘쟈네스로 결정된 뒤부터 만들어진 것이었다.

응접실 문이 닫힌 후 황실의 시녀가 엘쟈네스의 몸에 줄자를 대였다. 엘쟈네스의 치수를 알고 있었지만 혹시 모를 상황에 대비해 한 번 더 치수를 재기 위함이었다. 한 치의 실수도 없어야 했다.

"변함없음. 적어놔."

일을 시작한 도란 카렌은 냉철한 여인이 되었다. 치수를 잰 도란 카렌은 엘쟈네스에게 상냥하게 말했다.

"몇 벌의 드레스를 보여드릴 테니 그중 원하시는 디자인이 있다면 골라주세요. 그 위주로 보여드릴게요."

"알겠이요. 기대되는군요."

이내 많은 의상 전담 시녀들이 응접실로 드레스를 가져다 날랐다. 엘쟈네스는 그제야 이 응접실이 왜 이렇게 큰지를 알 수 있었다. 조금 과장하자면 작은 연회장 수준이었는데도 드레스가 옮겨지자 응접실의 빈 공간들이 금방 차버렸기 때문이다. 옆의 대기실도 이미 가득 찬 상태일 것이다. 몇백 벌이라는 숫자는 결코 적은 것이 아니었다. 엘쟈네스의 가문인 크로커스 공작가도 이만큼 많은 드레스를 가져올 수는 없었다.

"대단하네요."

"아마릴리스 황족의 배우자가 되시는 거니까요."

도란 카렌이 빙긋 웃었다. 아마릴리스 황족의 일원은 이혼을 할 수 없다. 만에 하나 이혼을 한다고 해도 그 절차는 무척 까다로웠다. 그렇다 보니 아마릴리스 황실의 사람은 배우자를 평생 함께할 사람이라고 생각하는 게 일반적이었다. 렌 역시도 마찬가지였다.

"이런."

도란 카렌이 자신의 드레스들을 훑어보았다. 마음에 들지 않는다. 도란 카렌은 내심 엘쟈네스의 몸매와 초상화로도 담아낼 수 없었던 머리칼에 대해 놀라고 있었다. 붉은 머리에 대한 은연중의 인식을 날려버릴 만한 아름다운 빛깔이었다.

혹여나 머리색이 문제가 될까 봐 드레스를 일부러 단순하면서도 인상적인 것들로 만들어보았지만, 오히려 엘쟈네스의 외모 때문에 드레스가 묻혀버릴 지경이었다. 한숨을 쉰 도란 카렌은 가져온 것들 중 백여 벌을 목록에서 빼버렸다. 이것들은 신부에게 묻힐 것이 분명했다.

"북쪽은 가을이 빨리 와 목을 덮거나 팔을 가리는 것이 유행이에요. 어머, 이것도 잘 어울리시겠네요. 올해는 단순해 보이지만 세련된 것이 유행했거든요. 화장법에 따라 화려한 인상을 주시면 기억에 남으실 거예요."

"이 디자인은 제 취향은 아니네요. 목을 덮거나 팔을 가리는 것도 피하고 싶어요."

"좋은 생각이에요. 목 부분과 팔 부분의 선이 고우셔서 드러내는 편도 좋겠네요. 아, 엘쟈네스 님. 유행과 다른 화려한 디자인은 어떨까요?"

도란 카렌은 한 번도 시도해보지 않았던 도안을 꺼냈다. 위는 자수와 레이스가 세밀하게 수놓아져 있고, 허리에서부터 화려하게 퍼지는 디자인이었다. 그것이 이제야 주인을 찾았다는 생각이 들었다.

"가장 대중적인 형태지만 이렇게 화려한 것이 어울릴 사람은 별로 없답니다. 엘쟈네스 님이라면 완벽하게 소화해내실 수 있을 거예요."

"좋네요. 여러 개를 보여주세요."

엘쟈네스는 화장이나 옷에 따라 단정한 여인이 될 수도, 화려한 여인이 될 수도 있는 사람이었다. 단정한 것도 아름답지만 보기 드물게 극단적으로 화려한 의상도 자기 것으로 만들 수 있는 사람이었다. 한창 드레스를 고르던 중, 시녀 하나가 도란 카렌의 귀에 속삭였다. 도란 카렌이 엘쟈네스에게 정중하게 권했다.

"마침 웨딩드레스가 거의 다 도착했다네요. 한번 둘러보시겠어요, 엘쟈네스 님?"

"그래요."

짧은 대답에 시녀들이 웨딩드레스들을 응접실로 옮겨왔다. 역시 많은 숫자였다. 엘쟈네스가 그것들을 보는 동안 도란 카렌은 천천히 기다렸다.

'다 볼 수 있을지 모르겠어.'

엘쟈네스는 가벼운 상념을 흘려보내며 커다란 옷걸이에 걸린 드레스들을 둘러보았다. 이 중에서 어떤 것을 골라야 할까. 그녀는 그러느라 사방이 조용해진 것은 눈치채지도 못했다. 낮은 목소리가 들려온 것은 그때였다.

"크림색이 좋겠습니다."

짙은 머리칼이 눈에 들어온다. 들려온 목소리는 쉽사리 잊을 수 없는 낮은 것이었다. 엘쟈네스는 뒤를 돌아보았다. 렌이 엘쟈네스의 뒤에 서 있었다.

엘쟈네스는 렌이 오지 않을 것이라고 생각했다. 아니, 저녁 식사 자리를 제외한 모든 때에 만나기 어려울 것이라고 생각했다. 시녀의 이야기를 들으며 대공가의 모든 일을 렌 혼자서 다 처리하고 있다는 사실을 알게 되었기 때문이다.

그는 자연스럽게 다가와 엘쟈네스 곁에 섰다. 엘쟈네스는 렌의 키가 생각보다 크다는 것을 알게 되었다. 엘쟈네스가 작은 키가 아닌데도 렌을 많이 올려다보아야만 했으니까. 엘쟈네스는 렌에게 물었다. 미세한 떨림은 차분한 음성에 가려졌다.

"크림색이 나은가요?"

"엘쟈를 돋보이게 해줄 거라고 확신합니다."

엘쟈네스는 대답하는 렌을 바라보았다. 렌은 왜 엘쟈네스에게 온 것일까. 알 수 없는 남자였다.

스스로의 행동에 대해 이해하지 못한 것은 렌 역시도 마찬가지였다. 엘쟈네스에게 자연스럽게 대답하면서도 렌은 자신의 행동에 대한 의문을 감추지 못했다. 아침에 일어나자마자 렌은 엘쟈네스를 떠올렸다. 어제의 저녁 식사. 렌은 많은 생각을 했다. 정말로. 상대에게 먼저 사랑만은 줄 수 없다는 말을 들을 줄은 몰랐다. 몇 년간 정체되어 있던 대공가가 활기차진 것은 엘쟈네스를 맞이할 준비를 하면서였다. 대공가의 일원들은 렌보다 더 들뜬 기색을 하고 있었다.

그 때문일까. 렌은 아침에 방을 둘러보며 생각했다. 정말로 결혼을 한다고. 혼자 써왔던 이 방에 신부가 들어오게 되는 것이다.

렌이 조금이나마 이상한 기분을 느끼게 된 것은 엘쟈네스의 호의적인 반응을 보고서였다. 엘쟈네스는 렌의 친절에 감사해했고 돌려주려고 노력했다. 기본적인 예의와는 별개로 사랑해주지 못한다는 말에 실망할 것이라고 생각했다.

하지만 엘쟈네스는 예상과 달랐다. 자신 또한 그렇지만 대신 최선을 다하겠다고. 사랑에 대한 의견이 일치하면서도 렌이 그랬던 것과 마찬가지로 배우자에게 노력하려는 태도를 보인 사람은 엘쟈네스가 처음이었다.

렌은 가벼운 미소를 짓는 엘쟈네스를 내려다보았다. 오늘은 할 일이 많았다. 그런데도 일이 손에 잡히지 않았다. 계속해서 엘쟈네스가 떠올랐던 탓이다. 일이 많다고 양해를 구하기는 했지만 먼 곳에서 온 그녀가 혼자 웨딩드레스를 고르는 것이 몹시 신경 쓰였다.

그가 계속해서 생각에 잠겨 있자 집사는 유능하게도 주인의 상태를 눈치채고 렌에게 엘쟈네스에게 가볼 것을 권했다. 렌이 일을 미루고 누군가에게 온 것은 처음이었다. 엘쟈네스가 고개를 돌려 렌에게 물었다.

"렌, 일이 많다더니 여기 와도 괜찮으신 건가요?"

"괜찮습니다. 한가해져서 왔습니다. 이 드레스도 잘 어울릴 것 같군요."

"그렇다면 다행이지만요. 정말로 이것도 괜찮네요."

드레스의 디자인이 눈에 들어올 리가 없었다. 그녀가 더 신경 쓰였으니까. 미심쩍어하던 엘쟈네스가 넘어갔다. 엘쟈네스를 보자 일에 대한 생각은 사라졌다. 렌은 그녀와 함께 있어줄 수 있어 다행이라고 생각했다. 엘쟈네스는 즐거워 보였다. 렌은 그 역시도 그렇게 보인다는 사실을 알지 못했다. 도란 카렌은 예비부부의 다정한 모습에 흐뭇한 미소를 짓고 있었다.

렌과 도란 카렌 모두 아마릴리스 황가의 핏줄이었기에 둘은 일면식이 있었다. 렌은 몰랐으나 도란 카렌이 디자이너가 되기로 결심한 것은 감각이 뛰어난 전대 윈터나이트 대공비를 존경했기 때문이었다. 도란 카렌은 존경하는 전대 대공비의 아들인 렌을 걱정하고 있었다. 새로 들어온 수습 디자이너가 속삭였다.

"정말 잘 어울리는 한 쌍이에요."

"그렇지."

도란 카렌은 싱긋 웃었다. 정략결혼을 한 신부 중 생각보다 많은 수가 남편을 거부하거나 미워하고는 했다. 도란 카렌은 결혼식 준비를 하거나 타인의 결혼식을 참고하러 참석하면서 그런 광경을 많이 보았다. 그랬기에 렌의 결혼을 우려했으나 엘쟈네스는 그럴 영애가 아니었다. 서로 이야기를 주고받는 둘의 모습은 한 폭의 그림과도 같았다. 도란 카렌은 렌이 고른 드레스 몇 벌을 살펴보는 엘쟈네스에게 다가갔다.

"한번 입어보시겠어요? 한쪽 구석에 탈의 커튼을 칠 거예요. 시녀들 몇이 옷을 갈아입으실 때 도와드릴 거예요."

엘쟈네스는 시녀들의 도움을 받았다. 드레스를 입는 과정이 끝난 후 밖으로 나가자, 엘쟈네스가 옷을 갈아입는 사이 가져온 듯한 커다란 거울이 놓여 있었다. 엘쟈네스는 거울에 비친 모습을 보았다.

"어머. 정말 아름답네요. 대공 각하의 말씀대로예요. 크림색이 정말 잘 어울리세요."

도란 카렌이 감탄사를 내뱉었다. 도란 카렌의 말은 진심이었다. 도란 카렌은 여태껏 붉은 계열의 머리가 이토록 웨딩드레스와 잘 어울릴 수 있다고 생각해보지 않았다. 그녀는 눈을 내리깔았다.

'이 아마릴리스에서 붉은색이란, 제국의 적에 불과하니까.'

이유를 알 수 없는 그런 시각이 이 새 대공비로 인해 사라지기를, 도란 카렌은 바랐다.

크림색은 엘쟈네스의 흰 피부와 붉은 보석 같은 머리칼을 돋보이게 만들었다. 엘쟈네스의 진갈색 눈동자가 렌을 향했다. 렌은 엘쟈네스를 바라보고 있었다. 그는 말했다.

"아름답습니다."

진중한 한마디였다. 엘쟈네스는 그것이 렌의 진심이란 것을 알았다. 실제로도 렌은 감탄하고 있었다. 그는 처음 응접실에 온 순간부터 크림색이 엘쟈네스에게 다른 색보다도 더 잘 어울릴 거라고 생각했다. 그 생각은 맞아떨어졌다. 크림색을 권유한 그조차도 놀랄 만큼 엘쟈네스는 은은하게 빛났다. 렌은 그 모습을 계속 지켜보고 있었다. 엘쟈네스가 처음 나온 순간부터 눈을 뗄 수가 없었다. 엘쟈네스는 눈부셨다. 화장기 없는 얼굴인데도 드레스를 입은 엘쟈네스의 자태가 너무 찬란해 눈을 뗄 수 없었다. 엘쟈네스는 렌에게 다가가 빙긋 웃으며 물었다.

"어때요, 렌?"

"완벽합니다."

렌은 그보다 더 적합한 표현을 찾지 못했다. 그래. 엘쟈네스는 완벽했다.

렌은 대공으로 살아오며 아름다운 여자를 수도 없이 접했다. 렌에게 구애하던 귀족 영애들 모두가 아름다운 외양을 지니고 있었다. 하지만 그 여자들보다도 엘쟈네스가 더 아름답다고 느껴지는 이유는 무엇일까. 렌은 말했다.

"엘쟈보다 완벽한 신부는 세상에 존재하지 않을 겁니다."

이유를 알 수 없지만 그런 말을 하고 싶었다. 다른 사람에게 그었던 선은 엘쟈네스 앞에서 서서히 희미해졌다. 렌은 원하는 대로 행동했다. 엘쟈네스는 그의 말에 잠시 말을 잃었다. 렌을 올려다보았다. 두 사람은 서로를 마주보았다. 사랑이라기에 둘 사이에 존재하는 것은 예의와 정중함 그리고 유대감이었다. 그러나 이 순간 둘은 서로 눈을 마주하고 있었다. 모든 것을 빨아들일 듯 검은 눈동자와 진갈색의 눈동자가 만났다. 엘쟈네스는 그 순간 웃었다. 이 순간이 좋았다. 문득 로벨리아 왕국을 떠나서 다행이라는 생각이 들었다.

"고마워요."

이번에 말을 잃은 것은 렌이었다. 렌은 그 미소를 보면서 어떤 말도 할 수 없었다. 순간 엘쟈네스의 미소가 그에게 스며들 듯 맞닿았다. 그는 잠시나마 이상한 기분을 느꼈다. 신부는 눈부시게 아름다웠다. 응접실에 사람과 드레스가 많았으나 엘쟈네스만이 보였다. 오롯이 엘쟈네스만 이 공간에 서 있는 것처럼 느껴졌다. 그런 감각은 오래가지 않았다. 렌은 상념을 지워버렸다. 지우려고 해도 지워지지 않는 그것을.

"녹색과 푸른색과 보라색은 입지 않을 거예요."

"그렇군요. 따로 생각하고 있는 색이 있습니까."

"아직 모르겠네요. 렌은요?"

"엘쟈라면 무엇이든 잘 어울릴 겁니다."

둘의 대화는 화기애애했지만 서로를 향한 조심스러운 선이 그어져 있었다. 이성적인 감정은 서로에 대한 존중과 예의에 가려져버렸다. 엘쟈네스도 렌도 배우자를 중요하게 여기는 사람이었다. 그들은 사랑이라는 감정을 제외하기로 서로 합의한 일을 잊지 않을 것이다.

"북쪽은 피로연에서 신부가 검은 드레스를 입기도 하나요?"

"본래는 남쪽과 마찬가지로 결혼식에서 신부가 검은색을 입는 것을 불길하게 여겼습니다. 하지만 검은색이 신성한 색이었다는 일설이 알려진 후 피로연에서는 종종 입게 된 모양입니다."

렌은 대답했다. 그는 새삼 옆에 선 엘쟈네스가 가녀리다고 생각했다. 렌이 이 정도로 가까이한 여자는 아마릴리스 황가의 황녀들과 몇 안 되는 여자들이 전부였다. 나머지 여자들과는 춤을 춘 적이 있었으나 잘 기억나지는 않았다.

"신성한 색이라는 말이 마음에 드네요. 렌의 머리카락도 눈도 검은색이니까요."

"그건 생각지도 못했군요."

단 한 번도 생각해본 적이 없는 말. 엘쟈네스는 그를 올려다본다. 그는 엘쟈네스를 내려다보았다. 그녀는 이렇게 여려 보이면서도 여왕처럼 우아하고 단호한 얼굴을 할 줄 아는 것이다. 렌은 엘쟈네스에게 드레스 한 벌을 가리켜 보여주었다.

"진홍색은 어떠십니까."

"마음에는 들지만 적합하지 못해요. 지금은 가을인걸요. 진홍색은 주로 겨울에 많이 입어요."

엘쟈네스는 말을 할 때 질질 끌거나 돌려서 말하는 법이 없었다. 단호하게 의사표현을 하는 편이었다. 그러면서도 기분 나쁘게 말하지는 않았다. 덕분에 렌은 엘쟈네스가 무슨 생각을 하는지 몰라 고민할 필요가 없었다. 엘쟈네스는 무척 합리적으로 생각하는 사람이었다. 그리고 어떤 일을 할 때는 이유를 반드시 밝혔다. 그런 성향이, 마음에 든다.

모든 과정이 끝났다. 엘쟈네스는 아직도 어마어마하게 많은 드레스를 보며 렌과 대화를 나누었다.

"렌. 나머지 드레스들은 어떻게 되는 건가요?"

"모든 게 엘쟈의 것입니다. 웨딩드레스는 원한다면 다른 귀족들에게 선물로 보낼 수 있을 겁니다. 도란 카렌의 드레스에다 대공의 결혼식에 보내졌던 드레스를 받는 것은 그쪽에서도 영광일 테니까요."

"몇 년 치 드레스는 다 산 기분이네요. 예산이 많이 들어갔을 것 같아요."

"대공가의 자산에 비하면 적습니다. 저것의 열 배를 사들이더라도 엘쟈에게 뭐라 말하는 사람은 아무도 없을 겁니다."

그럴 일은 없겠지만 대공비에게 그런 말을 하는 사람이 나타난다면. 렌이 그 사람을 침묵하게 할 것이다. 렌은 엘쟈네스가 듣지 못한 뒷말을 생각으로 흘려보냈다.

현재 윈터나이트 대공가는 대대로 재산이 쌓이고 쌓여 남아도는 상태였다. 렌 역시도 사치를 부리는 성격이 아니었다. 윈터나이트 대공의 핏줄이 대대로 욕심이 거의 없는 편이듯이. 대공가가 오래도록 유지돼오면서도 민란 한 번 일어난 적이 없는 이유였다.

"엘쟈네스 님. 마지막으로 장신구를 봐주시겠어요?"

도란 카렌이 일정을 마무리하려는 듯 엘쟈네스에게 말했다. 엘쟈네스는 카탈로그를 든 채 혼자 섰다. 그렇게 생각한 순간이었다.

"다이아몬드가 좋겠습니다."

그의 목소리가 귓가와 가까운 뒤쪽에서 들렸다. 엘쟈네스는 뒤늦게야 렌이 자신의 바로 뒤에 서 있다는 것을 깨달았다. 둘의 거리는 가까웠다. 렌은 엘쟈네스의 바로 뒤에 선 상태에서 손을 뻗어 그녀가 든 카탈로그를 펼쳤다. 그는 엘쟈네스가 마지막 웨딩드레스를 입고 나온 순간부터 다이아몬드가 좋겠다고 생각했다. 엘쟈네스가 걸친 다이아몬드 장신구들은 찬란하게 빛나며 엘쟈네스를 더 돋보이게 할 테니.

시간이 지났다. 렌은 응접실에 걸린 커다란 시계를 보았다. 이제 정말로 가야 할 시간이었다. 렌은 엘쟈네스에게 말했다.

"엘쟈. 이만 가보겠습니다."

더 있어주고 싶었지만, 오늘 처리할 일을 더 미룬다면 그는 결혼식 밤마저도 일을 해야 할 것이다. 엘쟈네스는 그런 렌의 상황을 이해했다. 조금 아쉽기는 했으나, 렌과 대화를 나누는 것은 즐거웠다. 대공비가 된 후 엘쟈네스와 마음 편히 이야기를 나누어줄 사람은 배우자이면서도 같은 신분인 렌일 것이다. 엘쟈네스는 웃었다.

"결혼식 때 뵈어요, 렌."

"이해해주셔서…. 감사합니다."

렌은 잠시 말문이 막혔다. 검은 눈동자가 엘쟈네스를 향했다. 엘쟈네스는 렌이 바쁘다는 것을 이해할 뿐만 아니라 결혼식 전에 할 일이 많아 엘쟈네스를 보러 올 시간이 없다는 것도 알아주고 있었다. 렌이 본 여자들은 렌에게 사랑을 갈구하는 여자들뿐이었다. 아니면 렌을 괴물로 생각하거나. 렌은 자신의 외모가 객관적으로 아주 드물 정도로 잘생겼다는 것을 알았다. 윈터 나이트만 아니었다면 렌은 잘생겼을 뿐인 평범한 사람이었을 것이다.

렌을 온전히 같은 사람으로서 존중하고 배우자로 대해주는 엘쟈네스를 보면 이상한 기분이 들었다. 이제는 그의 예상을 벗어나는 엘쟈네스를 온전히 한 사람으로서 볼 수 있었다.

엘쟈네스는 그를, 그의 일을 존중하고 있었다. 무언가를 표현하고 싶었다. 그러나 방법을 알 수 없었다. 그는 엘쟈네스에게 정중하게 말했다.

"그날 엘쟈는 최고의 신부가 될 겁니다."

"렌의 신부니까요. 렌과 평생을 함께할 수 있어서 다행이에요."

엘쟈네스의 머리칼이 눈에 들어온다. 렌은 그것을 붙잡아 끝에 가볍게 입

50

맞추었다. 경의의 표시였다. 이 여자와는 평생을 함께해도 좋을 것이다.

이제는 엘쟈네스와 혼담이 진행된 것이 다행이라고 생각했다. 스쳐 지나간 사람은 많았다. 하지만 렌이 오래도록 함께하고 싶다고 생각하는 사람은 엘쟈네스다. 렌은 엘쟈네스에게 인사했다. 밖으로 나오자 집사가 서 있었다.

"엘쟈네스 님과의 시간은 즐거우셨습니까?"

"무척 즐거웠습니다."

렌은 대답했다. 렌의 발걸음 소리가 복도에서 멀어졌다. 이제 업무를 처리할 시간이다. 일이 많이 밀려 있는데도 돌아가는 길은 어쩐지 피로하지 않았다.

엘쟈네스는 역대 신부 중 결혼식에서 입을 드레스를 손가락 안에 들 정도로 빨리 고른 신부였다. 드레스를 빠르게 고른 대공비들이 꾸미는 일에 전혀 흥미가 없어 손에 집히는 것을 내킹 고른 네에 비해 엘쟈네스는 완벽한 드레스를 골라냈다. 장신구 역시도 마찬가지였다. 도란 카렌은 카탈로그를 넘기는 엘쟈네스를 눈여겨보았다. 책을 훑어보고 표시하는 속도가 빠르다. 원하는 것만을 추려내는 능력이 뛰어나다는 뜻이었다. 엘쟈네스는 어떤 일을 맡아 진행하고 결정하는 일이 능숙한 사람이었다.

'어쩌면 사교계의 흐름이 달라질 수도 있겠어.'

도란 카렌은 부드럽게 웃으며 마차에 올랐다. 창밖으로 도란 카렌의 무리가 떠나가는 모습이 보였다. 그들을 배웅하고 온 집사가 엘쟈네스에게 말했다.

"하루 종일 고생 많으셨습니다. 엘쟈네스 님."

"아니에요. 대공 각하가 함께 있어서 즐거웠는걸요."

집사는 렌이 태어나기도 전부터 윈터나이트 대공가의 집사직을 맡았던 사람이라고 했다. 고위 귀족의 경우 집사에게 반말을 하는 것이 보통이다. 하지만 이 집사처럼 귀족 작위가 있고 오래된 사람에게는 존대를 사용한다. 그런 경우를 제외하면 귀족은 고용인들에게 하대를 해야 한다.

신분제가 부당하다고 생각하는 리리엘은 존대와 반말을 제멋대로 섞었고, 엘쟈네스는 관례를 따르는 편이었다. 렌은 누구에게나 존대를 썼다. 엘쟈네스는 그에 대한 이야기를 집사에게 듣고 있었다.

"그분은 철이 들 무렵부터 누구에게나 존대로 말하셨습니다. 이 늙은이야 주인의 의중까지는 파악하지 못하니 그에 따랐을 뿐이지요. 각하는 제게 내가 대공인데 그 누가 자신의 품격을 결정하냐고 말씀하셨지요. 허허. 다른 사람을 존중하고자 하는 마음이 아닐까 추측할 뿐입니다."

"렌답네요."

엘쟈네스는 웃었다. 아마릴리스 제국은 북쪽의 여러 나라들 중에서도 가장 거대한 나라였다. 힘도 있다. 로벨리아는 남쪽에서 큰 나라는 아니다. 두 나라의 격차가 컸지만 렌은 단 한 번도 엘쟈네스를 무시하지 않았다. 그런 기색이 은연중에라도 있었다면 엘쟈네스가 바로 눈치챘을 것이다. 이곳이 마음에 든다. 집사는 새 마님을 보며 속으로 좋은 분이라고 생각하고 있었다. 밖으로 저녁노을이 번진다.

※

북쪽의 아마릴리스 제국. 사교계에는 대공에 대한 소문이 파다하게 퍼졌다. 그 대공이 결혼을 하게 된다는 것이다. 에너지석에 관심을 가지는 사람이 상당히 많았기 때문에, 대공이 정략결혼을 한다는 사실을 모두가 알게 되기까지는 오래 걸리지 않았다. 눈처럼 냉랭하고 우아한 북쪽의 영애들은 한자리에 앉아 있었다. 한 영애가 먼저 운을 뗐다. 소식통 역할을 하는 영애였다.

"그러고 보니 그 소식은 아시나요? 대공 각하께서 드디어 비를 들인다고 하셨다지 뭐예요."

"네? 전혀 몰랐는걸요. 알려진 지 얼마 되지 않은 소식인가 봐요."

"전 들었어요. 제 남편이 에너지석 외교 일을 맡고 있잖아요."

"그렇죠. 이번 결혼이 로벨리아의 에너지석 섬을 들이기 위해서라고 말하는 사람들이 많았어요. 어느 분이 대공 각하의 신부가 될까 정말 궁금했는데 말이죠."

"어머. 각하와 결혼하겠다는 여자도 있었나요?"

고운 목소리의 주인이 악의를 담아 나긋나긋하게 외치자 한쪽에서 웃음이 터져 나왔다. 상석에 앉은 사교계의 꽃들이 제지하지 않았기에 눈치를 보던 영애들이 이내 자유롭게 이야기를 나누기 시작했다.

이곳 영애들의 반은 대공에게 호의적이지 않았다. 대공과 함께 아카데미를 나온 영애들은 대공을 기피했고, 그렇지 않은 영애들은 대공에게 집근했다 밀려나 앙심을 품은 이들이었다. 물론 그렇지 않은 영애들도 있었다. 그 영애들은 두 부류로 나뉘었다. 아직까지도 대공을 사랑해 호의적이거나, 사교계의 꽃들처럼 철저하게 무관심하고 중립적인 입장을 취하거나.

사교계의 꽃 중 가장 상석에 앉은 루이자 바이올렛은 차가운 인상의 미녀였다. 그 오른쪽에 앉은 세실리아 에델바이스는 가장 재치 있는 꽃이라고 불리었으며, 왼쪽에 앉은 레이라 시네라리아는 가장 사랑스러운 꽃이라고 불리었다. 레이라 시네라리아가 사랑스럽게 고개를 옆으로 기울이더니 물었다.

"어머나. 둘 다 윈터나이트 대공의 결혼 소식에 대해 이미 알고 있었어?"

"루이자에게는 내가 전해주었지. 네게도 알려줄 것을 그랬나?"

"아니야. 모르는 편이 새롭고 좋아."

꽃들의 의견을 알고자 하는 이목이 쏠린다. 이야기하던 사교계의 꽃들은 다시 입을 다물어버렸다. 영애들의 이야기는 진행되고 있었다. 대공을 사모하는 영애 중 하나가 말했다.

"각하를 깎아내리지는 말아주세요. 대공 각하와 결혼하겠다고 하는 여자는 많을 거예요. 각하는 미남이시니까요. 거기다 윈터나이트 대공비란 위치는 결코 무시할 수 있는 게 아닌걸요."

"영애가 이렇게 옹호하면 뭐하나요? 각하의 옆자리는 각하의 비께서 차지하게 될 텐데."

분위기가 과열되는 것을 막은 것은 재치 있는 꽃, 세실리아 에델바이스의 한마디였다.

"그렇더라도 대공 각하는 흠모받을 가치가 있으시죠. 이토록 유능한 대공은 없었다고 하니까요."

자리의 모든 영애들이 그 말에 고개를 끄덕였다. 도발에 얼굴이 새빨개졌던 영애도 이 말에는 고개를 끄덕일 수밖에 없었다.

어쨌든 이 자리의 영애들 중 절반은 대공에게 관심이 많았다. 그것도 지대하게. 가벼운 이야기를 주고받으며 서로의 의중을 떠보던 중, 맨 처음 입을 열었던 소식통 역할의 영애가 목소리를 낮추었다.

"그런데 그건 아시나요?"

"어떤 것이요?"

"무엇인지 저도 궁금하네요."

목소리를 죽이고 낮췄다는 것은 무언가 은밀한 이야기를 할 것이라는 신호였다. 소문에 관심을 가지는 영애들이 목소리를 낮춘 영애의 말에 너도나도 귀를 기울였다.

소식통 역할을 하는 영애는 이런 때 가장 희열을 느꼈다. 많은 영애들이 그녀가 가져온 정보를 얻기 위해 그녀를 주목하고 있었다. 그다음 은밀히 흘러나온 말은, 영애들을 놀라게 하기에 충분한 것이었다.

"각하의 신부는 붉은 머리라고 하네요."

"어머나!"

"세상에."

"로벨리아 왕국의 크로커스 공작 영애가 아닌가요?"

"남쪽은 붉은 머리를 가진 사람이 많다고도 들었어요."

"어머나, 전혀 몰랐네요."

그녀들은 대공의 신부가 붉은 머리라는 사실에 눈을 크게 뜨며 이야기를 나누었다. 북쪽 사람 중 붉은 머리에 대한 속설을 듣지 못한 사람은 없을 것이다. 그중에서도 귀족들에게는, 먼 옛날부터 붉은 머리에 대한 짙은 경계심이 드리워져 있었다. 이유를 아는 이는 없었다. 그저 오랜 편견이 아닐까.

그럼에도 불구하고 소문에 관심을 가지는 영애들은 얼굴을 찡그리고 있었다. 대공을 싫어하는 영애 무리. 대공을 사랑하는 영애 무리. 대공에게 별나든 사심이 없는 영애 무리. 여러 무리가 이 자리에 있었다. 한 영애가 산드러지게 웃었다.

"세상 듣도 보도 못한 신부네요. 붉은 머리의 신부라니. 다들 아시잖아요? 그들은 거짓말에 능하며 불운을 불러온다고 하는걸요."

"영애도 참."

웃음이 터져 나왔다. 이들이 자유롭게 이야기를 나누며 험담을 할 수 있는 것은 사교계의 꽃들이 별다른 말을 하지 않아서였다. 이야기가 진행되며 엘쟈네스에 대해 별생각이 없던 영애들도 다소 부정적인 견해를 드러내고 있었다.

그중 초연한 것은 사교계의 꽃들뿐이었다. 세 사람은 이야기를 나누고 있었다. 레이라 시네라리아가 세실리아 에델바이스에게 물었다.

"그녀는 어떤 사람일까?"

"모르지. 로벨리아에서 악녀라고 불린다는 소문은 들은 적 있어."

"악녀? 공작 영애에게 붙이기에는 과격한 소문인데. 루이자, 어떻게 할 거야?"

"글쎄. 직접 봐야 알겠지. 모든 건 그때 판단해도 늦지 않아."

루이자 바이올렛은 말했다. 신부를 보고 싶어 하는 이는 사교계의 세 꽃 만이 아니었다. 다른 영애들 역시도 마찬가지였다. 황실의 일원들이 모여 결혼식을 올리고 나면 신부가 공개된다. 귀족들은 결혼식이 끝날 무렵에 대 연회장으로 와 연회에 참석한다. 그러고 나면 열린 문에서 신부가 나올 것이다.

피로연. 신부에게 악의를 가진 영애들은 그때를 기다리고 있었다. 붉은 머리의 여자에게 새하얀 웨딩드레스는 우스꽝스러울 것이다. 북부의 옅은 빛 머리칼들 앞에서 붉은 머리는 더 천하게 보이리라. 그들은 얼굴도 보지 못한 신부를 비웃었다. 결혼식을 기대하면서.

※

드레스를 맞춘 후부터 엘쟈네스는 상당히 다채로운 일과를 보냈다. 결혼 을 앞둔 신부가 알아야 할 것이 많았다. 북쪽은 남쪽과 많은 점에서 달랐다. 남쪽의 분위기는 상당히 혼란스러운 편이었다. 신분제의 의미는 많이 사라 지고 있었으며, 재력이 좀 더 중시되기 시작했다. 동시에 아직 안정되지 않 았기에 힘을 가진 남성들을 중시했다.

북쪽은 남쪽과 달리 아마릴리스 제국을 중심으로 철저한 신분제 사회가 이루어졌다고 했다. 그것이 흔들린 일은 단 한 번도 없다고 했다. 아마릴리 스 제국은 가장 큰 국가임에도 불구하고 폭정이나 비리를 저지른 적이 없다. 최고 권력층에 존재하는 아마릴리스 황제가 오랜 세월 동안 맑은 정치를 펼치자 다른 귀족들도 그를 따라 깨끗하고 흠 없는 삶을 추구했다.

'그 가장 큰 지지자가 윈터나이트 대공가라고 했던가.'

생각하던 엘쟈네스는 아마릴리스나 윈터나이트 내부에만 있는 예법을 떠올렸다. 그녀는 집사가 낸 문제를 맞히고 있었다.

"걸음은 세 번. 드레스는 왼쪽 옆을 살며시 잡되, 쥐는 것처럼 보이면 안 되고요. 고개는 정면을 향하죠."

"놀랍군요. 저녁 식사 시 생화가 올라오면 어떻게 해야 하는지 혹시 기억하고 계십니까?"

"작은 생화일 경우에는 꽃봉오리를 따 물잔에 띄우는 것이 관례죠. 향을 내도록 만들어진 꽃이니까요. 큰 꽃은 손을 사용해야 하는 요리가 나온다는 뜻이에요. 요리를 먹은 후 작은 대야가 나오고 그 위에 시중인이 큰 꽃을 띄운다고 들었어요. 아마릴리스 황실에서 전해진 관습이죠."

"정말 놀랍다는 말밖에 나오지 않습니다. 이토록 배움이 빠르실 줄은 몰랐습니다."

집사는 감탄하고 있었다. 엘쟈네스는 생활에 필요한 것들을 빠르게 배워 나갔다. 가르친 것을 바로바로 사용하는 응용력도 있었다. 덕분에 엘쟈네스를 교육하는 시간이 절반 이하로 줄어들었다.

엘쟈네스에게 이 정도 예법을 익히는 일은 어려운 것이 아니었다. 크로커스 공작가의 내정을 맡을 때에는 그에 맞게 행동해야 했고, 사교계에서는 완벽한 사교계의 일원으로서 행동해야 했고, 후계자로서 행동할 때에는 완벽한 남성 예법을 지켜야 했다. 윈터나이트의 관습을 익히기까지는 오래 걸리지 않았다. 집사는 새 마님의 배움 속도에 감탄을 거듭할 뿐이었다.

"엘쟈네스 님. 잠시 머리칼 끝에 꿀을 바르겠습니다."

저녁에는 결혼 전의 신부를 위해 황실에서 보낸 시녀들이 엘쟈네스의 시중을 들었다. 매일 저녁마다 더운 우유가 목욕물로 나왔고 꿀과 과일이 섞인 팩이 온몸에 발라졌다.

"이것으로 모든 일정이 끝났어요."

관리를 집중적으로 받는 이 기간도 끝이었다. 최종적으로 목욕 시중을 마친 시녀가 정중히 엘쟈네스의 옷을 입혀주었다. 황실의 시녀들은 엘쟈네스의 휴식을 위해 눈치 빠르게 인사한 후 방에서 나갔다.

엘쟈네스는 방 안의 소파에 앉아 휴식을 취하고 있었다. 많이 자지 않는 것이 습관이 되다 보니 초저녁에 잠들 수가 없었다. 지금 잔다면 너무 일찍 깨버릴 것이다. 조금 편해지니 렌이 생각났다. 렌은 무엇을 하고 있을까. 지금도 바쁜 걸까.

어느새 저녁노을이 지고 있었다. 엘쟈네스는 밖을 바라보았다. 한적하고 조용한 시간이었다. 누군가가 문을 두 번 두드린 것은 그때였다.

"네."

엘쟈네스는 문 앞에 있는 사람이 집사라고 생각했다. 집사는 안주인이 될 엘쟈네스의 상태를 살피러 자주 왔다. 저녁 식사는 생략하겠다고 말했으니 결혼식에 대해 할 말이 있는 모양이었다.

달칵. 문을 연 순간 엘쟈네스는 조금 놀라고 말았다. 문 앞에서, 서늘한 느낌의 미남자가 엘쟈네스를 내려다보고 있었다. 엘쟈네스는 살짝 놀라 뒤로 물러섰다.

"렌."

"엘쟈."

"무슨 일이에요?"

"잠시 보러 왔습니다."

들어가려던 엘쟈네스를 잡은 것은 렌의 손이었다. 왜 온 것일까. 렌 스스로도 답을 알 수 없었다. 렌은 이곳에 왜 왔는지 모르겠다는 말 대신 다른 답을 택했다. 내일이 결혼식이었다. 그 사실은 렌의 감정마저도 다소 혼란스럽게 만들었다.

렌은 눈앞의 엘쟈네스를 내려다보았다. 붉은 석양이 엘쟈네스를 비추었다. 이 공작 영애는 내일이면 그의 아내가 될 것이다. 온전한 그의 사람이. 렌의 말에 엘쟈네스가 가볍게 웃었다. 웃는 모습이 눈부시게 아름다웠다.

"긴장되네요. 렌은 어때요?"

"저도 마찬가지입니다. 엘쟈와의 결혼이 싫은 것은 아닙니다."

"알아요. 낯설어서잖아요. 우리 둘 다 이런 일은 처음이고요."

엘쟈네스는 가벼운 실내 드레스를 입고 있었다. 렌의 검은 눈동자에 노을의 붉은빛이 약간 서렸다. 검은 머리와 검은 눈은 석양의 빛깔마저도 삼킬 것처럼 새까맸다. 렌 역시도 가벼운 드레스셔츠와 바지 차림이었다. 렌은 엘쟈네스에게 말했다. 낮고 매혹적인 목소리가 들려왔다.

"괜찮습니다."

"어떤 것이?"

"내일 결혼식에는 제가 있을 겁니다. 엘쟈, 괜찮을 겁니다."

렌은 막연하게 엘쟈네스를 달래주고 싶다고 생각했다. 엘쟈네스가 울거나 심하게 동요하고 있는 것처럼 보이지 않는데도 그랬다. 복도의 창문에서 들어오는 붉은 석양빛 아래서 둘은 서로를 마주 보았다. 이 사람과 결혼해서 다행이다. 둘은 동시에 그렇게 생각했다. 두 사람의 사이에는 서로에 대한 호의적인 감정이 존재하고 있었다. 단지 그것만이 아니라는 사실을, 두 사람 모두 아직 몰랐다.

"렌. 언제나 감사해요."

"당신을 만난 것에 감사하고 있습니다. 엘쟈."

렌은 그제야 엘쟈네스가 리리엘 크로커스 대신 온 신부였다는 것을 기억해냈다. 리리엘 크로커스에 대해서는 완전히 잊어버렸기 때문이다. 리리엘 크로커스가 어떻든 이제 그와 관계없는 일이다. 그에게 중요한 것은 그의 동반자가 되어줄 엘쟈네스 크로커스였다. 그는 내심 생각하고 있었다. 리리엘 크로커스 대신 엘쟈네스가 이곳으로 와 다행이라고. 렌은 엘쟈네스의 얼굴을 보자 이상한 감정이 멎었다는 것을 깨달았다.

"이만 가보겠습니다."

"벌써요?"

"얼굴을 보러 왔을 뿐입니다. 푹 쉬시길."

엘쟈네스를 방에 들여보낸 후 렌은 자신의 방으로 걸어갔다. 전대 윈터나이트 대공 부부는 사이가 좋았다. 그랬기에 아주 어릴 적 어머니와 아버지를 보며 신부에 대해 상상한 적이 있었다. 그의 신부는 웃는 얼굴이 고울 것이라고 어머니에게 말하던 시절이 있었다.

그렇게 막연하게 상상했던 결혼이 현실로 다가왔다. 생각했던 것보다 나쁘지 않았다. 아니, 좋았다. 그는 그래서 눈치채지 못했다. 잠시나마 그가 조금 떨렸다는 사실을.

방 안에 들어온 엘쟈네스는 일찍 잠자리에 들었다. 렌의 얼굴을 보고 나니 이상하게 긴장감이 풀렸다. 내일 결혼식에서는 렌이 엘쟈네스의 곁에 있어줄 것이다. 안심이 되자 조금씩 잠이 왔다. 엘쟈네스는 눈을 감았다. 내일 있을 결혼식을 위하여.

2

결혼식

다음 날 새벽부터 윈터나이트 저택은 분주해졌다. 엘쟈네스는 황실의 시녀들이 도착하기 훨씬 전에 일어났다. 일찍 잤기에 일찍 눈을 뜬 것이다. 시녀들의 손놀림은 분주했다. 향긋한 향이 나는 목욕물이 만들어지는 동안 다른 시녀들은 엘쟈네스의 주위를 살폈다.

"산난한 판리가 끝난 후 곧바로 황궁으로 향하게 되실 거예요."

"물에 들어간 후에는 몸의 힘을 빼주세요."

엘쟈네스는 시녀들의 시중을 받으며 향긋한 향이 나는 목욕물에 몸을 담갔다. 보통의 물이 아니었으나 무엇으로 만들었는지는 알 수 없었다.

"이 물에 들어간 건 무엇이니?"

"윈터데이의 꿀이에요."

"윈터데이의 꿀?"

"네. 윈터데이는 윈터나이트에서만 나는 하얀 꽃이에요. 향기가 나지만 꿀이 나는 꽃이 많이 없어서 윈터데이의 꿀을 채취하기는 무척 힘들어요. 황실에서도 잘 쓸 수 없는 재료랍니다."

엘쟈네스는 고개를 끄덕였다. 윈터나이트 영지에만 나는 특수한 식물이 있다는 말을 들은 적이 있다. 엘쟈네스는 몰랐으나 윈터데이의 꿀은 미용 효과가 어마어마하게 좋지만 값이 매우 비쌌기에 황후도 잘 쓸 수 없는 재료였다. 목욕물에 몸을 담그자 기분이 좋아졌다. 피로가 풀리는 느낌에 엘쟈네스는 눈을 감았다.

시녀 둘이 엘쟈네스 몸의 물기를 제거한 후 부드러운 수건으로 조심스럽게 머리칼을 감쌌다. 이내 밖으로 나가도 피부의 수분이 날아가지 않도록 도와주는 오일이 발라졌다. 엘쟈네스는 시녀들의 손길에 이끌려 목욕 가운을 걸친 채 밖으로 나왔다. 그때 노크 소리가 들렸다. 시중을 들던 시녀가 문을 열었다.

"집사님께서 황궁으로 떠날 준비가 되었다고 하셨습니다."

집사가 보낸 시녀가 정중하게 고개를 숙였다. 엘쟈네스는 가운을 벗고 등 뒤에 단추가 달려 있어 갈아입기 편한 드레스를 입었다. 결혼식과 피로연 준비는 황실에서 맡기로 되어 있었다. 렌의 행방을 묻자 시녀는 대공 각하께서는 먼저 일찍 출발했다는 말을 했다.

엘쟈네스는 준비된 마차에 올랐다. 마차 안은 따뜻했으나 시녀들은 엘쟈네스가 감기에 걸릴까 우려하며 담요를 덮어주었다. 로벨리아는 여름이 막 지나 따뜻했으나 북쪽의 아마릴리스에는 이미 가을이 와 날씨가 쌀쌀했기 때문이다. 창밖으로 북쪽의 풍경이 스쳐 지나간다. 잠시 후 마차가 곧 워프 게이트에 도착했다.

워프 게이트는 대륙의 곳곳에 존재했다. 그러나 왕궁이나 황궁으로 향하는 워프 게이트는 흔하지 않았다. 왕족과 황족에 대한 암살 시도를 우려해서였다. 엘쟈네스가 워프 게이트를 통해 황궁으로 갈 수 있었던 것은 윈터나이트 대공이라는 이름의 무게 덕분이었다. 마차가 도착한 곳은 황실 안쪽이었다. 엘쟈네스는 마차에서 내렸다.

커다란 문 안으로 시녀의 안내를 받아 들어가자, 도란 카렌이 있었다. 도란 카렌은 엘쟈네스를 보며 반갑게 웃어 보였다.

"엘쟈네스 님, 며칠 만이네요. 기분은 어떠세요?"

"나쁘지 않네요. 긴장은 되지만요."

"걱정 마세요. 정말 아름다우신 걸요. 오늘은 최고의 신부가 될 거예요. 이곳이 대기실이에요. 지금 웨딩드레스를 입으시겠어요?"

"그러죠."

엘쟈네스에게서 조금 떨어진 곳에 모형에 걸려 있는 크림색의 드레스가 보였다. 드레스는 엘쟈네스가 기억하는 것보다도 훨씬 더 우아하고 아름다웠다. 화려하고 세밀한 자수들과 허리선을 잡아주며 허리 밑에서부터 크게 퍼지면서 내려가는 치맛자락이 눈에 들어온다.

이 모든 것들을 보면서도, 자꾸만 떨리는 것은 어쩔 수 없었다. 렌을 생각하자 떨림이 조금 가라앉았다.

"잠시만 팔을 조금 들어주세요."

도란 카렌을 보조하는 시녀들이 엘쟈네스에게 부탁했다. 크림색 드레스를 입자 엘쟈네스의 분위기가 화사해졌다. 황실에서 몇 년 만에 열리는 결혼식이었기에 시녀들 역시 다소 들떠 있었다. 엘쟈네스는 시녀들의 도움을 받아 드레스를 완전히 입은 뒤 의자에 앉았다. 도란 카렌이 화장 도구가 가득 담긴 카트를 가지고 이쪽으로 다가왔다. 엘쟈네스가 눈을 감았다. 이내 도란 카렌이 바쁘게 손을 움직였다.

"이렇게 잘 관리된 피부는 흔치 않아요. 아니, 거의 없죠. 북쪽은 붉은 머리가 적어요. 엘쟈네스 님의 이 아름다운 머리색에 맞춰 화장을 할 수 있는 사람은 없을 거예요. 오로지 저만이 엘쟈네스 님을 완벽하게 완성시킬 수 있죠."

엘쟈네스는 눈을 감고 얼굴 위로 지나가는 붓이나 얼굴 위에 발리는 엷은 크림의 감촉을 느끼고 있었다. 도란 카렌이 누군가를 열성껏 꾸며주는 일은 전혀 없었다. 황족의 전속이기도 했지만 도란 카렌에게 영감을 가져다주는 여자가 전대 대공비 외에 없었기 때문이다. 엘쟈네스는 달랐다. 도란 카렌은 엘쟈네스가 지금 웨딩드레스를 입고 걸어 나온 순간 그녀를 아름답게 완성시켜주고 싶다는 욕구를 느꼈다. 예술혼에서 기인하는 욕구였다. 도란 카렌의 손이 섬세하게 움직였다.

"얼굴의 비율이 좋으신 편이에요. 눈도 적절히 크신 편이고 코도 높으세요. 입술은 더할 것도 없죠. 화장을 하기에 가장 적합한 얼굴이에요. 어떤 화장이냐에 따라 충분히 달라질 수 있으니까."

엘쟈네스는 화장을 할 줄은 알았지만 도란 카렌만큼의 기술은 없었다. 눈을 감은 채 기다리자 속눈썹 부근 쪽으로 얇은 무언가가 지나갔다. 한 번. 두 번. 세 번. 잠시 후 얼굴 부분 부분에 무언가가 다시 발라지더니 붓이 그 자국들을 털듯 가볍게 쓸어냈다. 어떤 가루가 뺨에 부드럽게 발라진다. 이제는 눈꼬리 쪽에 무언가가 그려지는 느낌이 났다. 엘쟈네스가 눈을 감은 상태인데도 도란 카렌의 손길에는 거침이 없었다. 마침내 속눈썹이 올라가며 무언가가 발라진다. 입술에 촉촉한 무언가가 발라지는 것으로 과정은 끝이 났다.

"엘쟈네스 님. 이제 눈을 떠주세요."

도란 카렌이 말했다. 엘쟈네스는 그 말에 따라 눈을 떴다. 거울 속에는 형용할 수 없을 만큼 아름다운 미녀가 있었다. 이번에는 엘쟈네스 자신조차도 놀라고 말았다. 거울 속의 신부는 그만큼 아름다웠던 것이다.

신부의 귀에 걸린 귀고리는 빛을 흩뿌리며 눈부시게 빛났다. 목걸이는 신부의 우아한 목을 돋보이게 했고, 크림색 드레스가 신부를 고귀해 보이게 만들었다. 마지막으로 가져온 것은 베일이었다. 황궁에서 열리는 결혼식인 만큼 티아라는 쓸 수 없다. 오직 황후에게만 허락되는 것이기 때문이다.

"예식이 얼마 남지 않았어요!"

신부에게 감탄하느라 시간을 보지 못했던 시녀가 다급히 말했다. 얇은 자수 레이스가 있는 장갑이 신부의 손을 감싼다. 도란 카렌은 서둘러 신부의 들러리를 들여보냈다. 둘은 아마릴리스 황가의 인척들이었다. 황실의 일원이 아닌 사람이 참여할 수 없는 결혼식 특성 때문이었다. 쌍둥이 백작 영애는 신부의 베일을 조심스럽게 들어 올렸다.

엘쟈네스는 잠시 눈을 돌려 거울에 비친 자신의 모습을 훑어보았다. 머리부터 발끝까지 눈부시다. 모든 것이 완벽했다. 엘쟈네스는 우아하게 웃었다.

"가죠."

신부가 등장할 시간이다. 렌은 먼저 식장에 등장했을 것이다. 엘쟈네스는 황성의 큰 통로를 따라 어느 문 앞에 도착했다. 신부가 들어가는 문이었다.

결혼식을 올리는 장소는 황실의 홀이었다. 오로지 고귀한 황족만이 새 황족을 맞이하는 자리에 참석할 수 있었다. 예식장의 큰 문 밖에는 귀족들이 대기하는 커다란 연회장이 있다. 피로연은 그 연회장에서 주최되었다. 시녀하나가 보고했다.

"귀빈들이 토착하셨습니다."

"아직 결혼식도 시작되지 않는데, 이유가 있니?"

"그게…. 정확히는 잘 모르겠습니다."

대공의 결혼식이어서일까. 아니면 다른 이유가 있어서일까. 시녀들 역시 당혹스러워하고 있었다. 결혼식을 올리기 전 사교의 장처럼 연회장을 이용한다는 사실은 알지만 이번에는 거물급 영애들마저 일찍 도착했던 것이다. 젊은 귀족들이 유달리 많았다. 이유를 추측할 수 없었다. 어떤 말이라도 오고간 것일까.

"어떤 이유가 있겠지."

새 대공비는 현명하게 답했다. 엘쟈네스가 차분하게 걷는 것을 본 시녀도 평정을 되찾았다. 통로를 따라 홀의 오른쪽으로 들어가는 문에 도착했다.

렌이 왼쪽 문에서 등장한 후에 엘쟈네스가 이 오른쪽 문을 통해 들어갈 것이다. 서로 다르게 살던 두 사람이 한길을 가게 된다는 상징적 의미가 담겨 있었다. 안에서 중후한 오르간 소리가 들려왔다.

황가나 왕가에서 열리는 결혼식에는 새하얀 제단이 쓰였다. 신 앞에서 두 사람이 부부가 됨을 고한다는 뜻이다. 렌은 도착했을까. 렌과 눈을 마주하고 대화했던 순간들이 떠올랐다. 짧은 순간이었지만 긴장을 풀 동기를 주기에는 충분했다. 엘쟈네스는 음악 소리에 맞춰 천천히 발걸음을 옮겼다.

한 걸음 한 걸음 걸어가는 길이 유달리 낯설었다. 자리에 앉아 있는 사람 모두가 황실의 혈족일 것이다. 맨 뒤는 작위가 낮은 혈족이, 맨 앞은 최고 권력자인 황제와 황후가 앉는다. 주례를 서는 사람 역시도 황실의 피가 섞인 사제였다.

화려하면서도 성스러운 분위기를 내는 길에 엘쟈네스의 드레스 자락이 어우러졌다. 아마릴리스 황가와 피가 섞이지 않은 귀족들은 참석할 수 없다는 것이 다행일지도 모른다. 그렇지 않았다면, 크로키스 공작가의 일원들이 참석하지 않은 것은 두고두고 사람들 입에 오르내렸을 것이다. 오롯이 엘쟈네스 혼자서 모든 것을 해내야 했다. 피로연에 오지 않은 가족들의 얼굴을 떠올리던 엘쟈네스가 옅은 숨을 내뱉었다.

아, 새하얀 제단 앞에는 렌이 서 있었다. 렌은 엘쟈네스를 바라보고 있었다. 엘쟈네스는 혼자가 아니었다. 렌이 이 과정을 함께하고 있다. 아름다운 음악 소리와 낮은 오르간 소리가 은은히 울렸다. 신부의 뒤로 늘어진 베일이 진주처럼 빛난다. 마침내 엘쟈네스는 렌의 앞에 도착했다. 제단 앞에 서 있던 렌이 엘쟈네스에게 손을 내밀었다. 엘쟈네스는 그 손을 잡았다. 마침내 두 사람이 완전히 닿았다. 두 사람은 손을 잡은 채 하얀 천이 깔린 제단 앞에 섰다. 사제가 둘을 내려다보고 있었다. 이내 음악이 멈추었다. 사제가 엄숙하게 말했다.

"신은 사람을 만드셨습니다."

그 말이 울려 퍼지자 식장이 조용해졌다. 본격적인 주례의 시작이었다. 사제는 두 사람을 내려다보며 흰 표지의 책을 펼쳐 들었다. 신의 권위는 퇴색되었지만 결혼이라는 일에서 신의 존재는 절대적으로 받아들여졌다. 사제는 말을 이었다.

"사람은 누구나 짝을 찾아 배우자로 함께 살아갑니다. 이 자리에서는 아마릴리스 황국의 루카르엔 윈터나이트 각하와 로벨리아 왕국의 엘쟈네스 크로커스 영애의 결혼식이 있겠습니다."

하객석에서 박수가 나왔다. 맹세의 서약을 하고 반지를 교환한다. 그것이 결혼식의 과정이었다. 거기까지는 다른 결혼식과 다를 바가 없었지만 연회장으로 향하는 문에서 귀족들에게 모습을 한 번 보인다는 것이 달랐다. 이후 다시 옷을 갈아입은 뒤 피로연에 참석하는 것이 새로운 부부가 할 일이었다.

엘쟈네스는 장갑 위로 느껴지는 렌의 손이 단단하다는 것을 느꼈다. 렌은 엘쟈네스의 손을 잡아주고 있었다. 함께 있기 멀리지 않았다. 서약은 느리게 진행되어야 했지만 상당히 빠르게 진행되었다. 다른 때보다 귀족들이 지나치게 일찍 도착했기 때문이다. 사제는 필요 없는 말 중 여러 마디를 생략하며 주례를 이어나갔다.

"먼저 서약이 있겠습니다. 이 결합은 신성한 것이며 두 사람의 맹세는 영원히 남아 생이 흩어지는 재로 돌아갈 때까지 지속될 것입니다."

마침내 운명처럼, 사제가 물었다.

"먼저 루카르엔 윈터나이트 각하께 묻겠습니다. 신부를 영원히 사랑하며 일생을 함께할 것을 맹세합니까?"

"맹세합니다."

렌은 대답했다. 흔들림 한 점 없는 목소리.

"엘쟈네스 크로커스 영애께도 묻겠습니다. 신랑을 영원히 사랑하며 일생을 함께할 것을 맹세합니까?"

"네. 맹세합니다."

엘쟈네스의 대답도 망설임이 없었다. 정략결혼임에도 불구하고 엘쟈네스와 렌은 서로 함께한다는 것에 대한 두려움이 없었다. 단 며칠간이었지만, 두 사람 사이에는 신뢰가 쌓였다. 또한 사랑은 이성 간의 것만이 아니다. 어쩌면 그런 의미의 사랑은 이미 시작되었을지도 모른다.

엘쟈네스는 고개를 약간 숙였다. 베일 아래 드러난 하얀 목덜미가 아슬아슬하게 느껴졌다. 잠시 아래를 향했던 진갈색의 눈동자와 검은 눈동자가 마주쳤다. 렌은 기묘한 충동에 이끌려 손을 들어 엘쟈네스의 뺨을 감쌌다. 엘쟈네스는 렌을 바라보았다. 검은 머리의 서늘한 미남자가 엘쟈네스를 내려다보고 있었다. 검은 눈에 잠식당할 것만 같았다. 때마침 사제가 다음 순서로 넘어가준 것이 다행이었다.

"두 사람은 신의 앞에서 서로의 반려가 될 것을 고했습니다. 이제 우리는 두 사람이 부부인 것을 알게 되었습니다. 황실의 피가 흐르는 이곳의 고귀한 많은 분들이 신 앞에서 증인이 되어줄 것입니다. 이제 반지 교환을 하겠습니다. 신랑은 신부에게 반지를 끼워주십시오."

렌은 사제가 건넨 반지함을 받았다. 이 반지는 황실에서 세공된 물건이었다. 반지에 박힌 다이아몬드 안에는 은은한 푸른빛이 빛나고 있었다. 윈터나이트 영지에서만 나는 다이아몬드였다. 엘쟈네스의 넷째 손가락에 들어간 반지가 주인을 찾았다는 양 눈부시게 빛났다. 그다음은 엘쟈네스의 차례였다.

"신부는 신랑에게 반지를 끼워주십시오."

엘쟈네스가 렌의 한 손을 잡고 반지를 끼웠다. 렌의 넷째 손가락에 반지가 들어갔다. 엘쟈네스의 손에 있는 것과 동일한 반지가 완전히 빛났다. 둘은 서로를 마주 보다 사제를 바라보았다. 사제는 엄숙히 선언했다.

"신이 지켜보았고 고귀한 분들이 증인이 되었습니다. 이 자리에서 대리자로서 선언합니다. 이로써 두 분은 부부가 되었습니다."

귀족들이 피로연장에 어마어마하게 도착했던 탓에 결혼식은 더욱더 빨리 진행되었다. 하객들은 두 사람에게 축복의 박수를 쳤다.

"귀족들이 빨리 도착했다고 하더니 일찍 끝났어요."

"아마 역대 결혼식 중 손에 꼽힐 정도로 일찍 끝났을 겁니다."

"그래도 다행이에요."

"결혼식이 오래 진행되는 것보다는 낫군요."

두 사람은 소곤거리며 대화를 나누었다. 사람들의 시선이 느껴진다. 신경 쓰는 대신 걸어 나갔다. 마침내 엘쟈네스와 렌의 발걸음이 연회장으로 향하는 커다란 문 앞에 다다랐다. 문을 지키고 있던 기사 둘이 양옆으로 문을 연다. 그 사이로 연회장의 화려한 불빛이 보였다. 이제 부부가 된 엘쟈네스와 렌은 손을 잡은 채 연회장의 문 밖으로 나왔다.

사람 키 만 샹들의 아래에 서 있는 수많은 귀족들이 보였다. 잠시 사방이 조용해졌다. 엘쟈네스는 그들을 바라보았다. 침묵은 오래가지 않았다. 짝짝 짝. 누군가의 박수를 시작으로 귀족들이 일제히 박수를 치기 시작했다. 환호의 목소리도 들려왔다. 두 사람은 계속해서 손을 잡고 걸었다. 옷을 갈아 입기 위해 대기실의 문으로 들어갈 때까지.

✳

귀족 영애들은 이날만을 기다려왔다. 윈터나이트 대공의 결혼식을 기대하지 않은 영애는 없을 것이다. 모두가 대공의 결혼식에 관심을 가지고 있었다. 신부는 붉은 머리였다. 악의적인 소문이 아닌 사실을 기반으로 한 소문이라는 것이 알려졌기에 사교계는 들썩거리고 있었다. 몇몇 사모하는 영애들은 눈물을 보였으며, 악감정을 가진 영애들은 대공의 신부에 대해 이야기하며 웃음을 터뜨리고는 했다.

대공이 사교계나 정치와 거리가 멀어 생긴 일이었기에 나이가 있는 귀족들은 그저 고개를 젓고 말았다. 젊기에 가능한 일이라고 생각했기 때문이다. 그러나 그들도 신부에 대해 궁금해했다.

악감정을 가진 영애들은 소문을 조롱거리로 삼았다. 대공을 간접적으로 깎아내릴 수 있는 기회는 흔치 않다. 그들은 신부의 붉은 머리칼과 천박한 몸가짐을 흉내 내고는 했다. 절반 정도의 사람들은 대체로 무관심한 편이었는데, 사교계의 꽃들이 아직 이렇다 할 입장을 취하지 않아서였다.

결혼식 당일, 많은 귀족들이 피로연장에 지나치게 일찍 도착했다. 도저히 호기심을 참지 못했기 때문이다. 영애들은 모여서 신부에 대한 이야기를 나누고 있었다.

"도란 카렌의 드레스를 맞췄다지 뭐예요."

"세상에. 너무 과분한 옷 아닌가요?"

"과분한 건 옷이 아닌 대공 각하 그 자체죠. 옷을 아까워할 때가 아닌걸요."

대공을 사모하는 영애 중 몇은 자신들이 신분을 제외하고 신부보다 못한 것이 없다고 생각하며 악의적인 말들을 뱉어내고 있었다. 그들이 조용해진 것은 사교계의 가장 높은 위치에 있는 루이자 바이올렛의 차가운 한마디 때문이었다.

"과해지는군요."

"죄송해요, 바이올렛 영애."

"바이올렛 영애의 기분을 상하게 하려는 의도는 아니었어요."

시끄럽게 떠들던 영애들이 얼른 입을 다물었다. 사교계의 가장 고귀한 꽃인 루이자 바이올렛이 나서는 경우는 흔하지 않았다. 선을 넘지 말라는 경고의 뜻을 담은 말에 영애들이 즐거운 이야기를 시작했다.

"루이자, 무슨 생각 해?"

사교계의 다른 두 꽃인 레이라와 세실리아가 물었다.

"아무것도. 굳이 말하자면, 윈터나이트도 번거롭겠다는 생각을 하고 있었어."

"그건 그렇지. 존재하는 것만으로도 저렇게 시기 질투를 받는 집안이라니 말이야."

레이라의 대답은 거기서 끊겼다. 홀에서 축복의 노래가 연주되고 있었다. 축복의 노래는 두 사람을 축복한다는 의미도 있었지만 곧 두 사람이 걸어나와 자신들의 모습을 귀족들 앞에 선보인다는 숨겨진 뜻도 있다. 루이자 바이올렛은 시선을 돌렸다.

많은 영애들 역시 문을 바라보고 있었다. 대공의 신부가 아무리 아름답게 치장한다 한들 그 붉은 머리를 감출 수는 없을 것이다. 몇몇 영애들은 그 모습을 비웃기 위해 기다리고 있었다. 신부가 나오는 순간 그들은 웃을 것이다. 많은 이들은 치장한들 우스꽝스러운 그 모습을 보며 기겁할 것이다. 그들은 분명 그렇게 생각했다. 신부가 나오기 전까지는.

문이 서서히 열린다. 그 안에 서 있는 두 명의 모습이 서서히 드러나고 있었다. 막 결혼식을 올린 대공과 붉은 머리의 신부였다. 이제 신부의 모습이 완전히 드러났으나 영애 중 그 어느 누구도 신부를 비웃을 수 없었다.

조금 전까지 악감정을 가지고 떠들던 영애들이 멍하니 입을 벌리고 있었다. 사람들은 두 사람을 주목했다. 붉은 머리에 대해 말하던 영애들은 넋을 잃은 채 신부의 머리칼을 바라보고 있었다. 그들은 이런 고운 빛깔을 단 한 번도 본 적이 없었다. 적갈색의 머리칼에 도는 붉은빛은 그 어떤 보석보다도 아름다운 것이었다.

신부가 입은 화사한 크림색 웨딩드레스는 신부의 우아한 하얀 목과 어깨를 드러내며 가슴께에서 시작되다가 허리선을 따라 내려와 퍼지는 형태였다. 유행을 지나치게 앞서갔다고 평가될 만한 화려한 것이었으나 너무나도 아름다웠다. 신부의 긴 베일은 신부가 황족의 일원이 되었음을 뜻하고 있었다. 고귀한 여인이었다. 누군가가 입으면 과도하게 화려해 보일 듯한 옷이 신부에게는 우아하고 아름답게 어울리기만 했다. 영애들은 벌린 입을 다물지 못했다.

붉은 머리칼을 비웃어주겠다는 결심과는 달리 그들의 시선은 멍했다. 북부의 옅은 머리색들과 비교하자 그 아름다움은 더 두드러졌다. 우연히 신부와 눈이 마주친 한 영애는 무어라 제대로 말도 하지 못한 채 얼굴을 붉히고 말았다. 신부는 이 자리의 그 누구보다도 귀족다웠고 고상했다. 멍하니 신부를 바라보는 남성 귀족들이 생겨났다.

뒤이어 눈에 들어온 대공 또한 그에 뒤지지 않았다. 서늘한 느낌의 윈터나이트 대공은 본래도 보기 드물게 잘생겼다는 평가를 받고 있었으나 오늘은 압도적인 존재감을 빛내고 있었다. 결혼식에서마저도 대공은 잘생긴 남자였다. 누군가가 중얼거렸다.

"과연 윈터나이트…."

대공의 검은 머리칼과 정중한 태도, 무심한 검은 눈을 찬양하는 레이디들이 얼마나 많았던가. 대공의 선을 긋는 태도에 앓는 소리를 내던 영애들이 무수히 많았다. 대공을 미워하는 영애 중 상당수는 아직도 대공에 대한 미련을 가지고 있었다. 그들은 오늘도 역시 대공에게서 눈을 떼지 못했다. 하지만 그들이 나서지 못한 것은 대공의 옆에 너무나 눈부시고 완벽한 신부가 있기 때문이었다.

신부에게는 기품이 넘쳤다. 그들 중 누구도 신부처럼 될 자신이 없었다. 저렇게 고귀하게 보일 수 없었다. 신부가 소문과 같은 사람이었다면 영애들은 수군거리며 신부를 비웃고 대공에게 마음껏 접근했을 것이다.

소문은 거짓이었다. 그것도 완벽한 거짓. 악의적인 말을 했던 몇몇 영애들은 부끄러움마저 느끼고 있었다. 그들은 대화 한번 나눠보지 못한 신부에게 완전히 압도당해버렸다.

신부는 태생부터 그들과 다른 사람이었다. 영애들은 그제야 그녀가 로벨리아 왕국의 크로커스 공작 영애라는 사실을 다시금 실감했다. 감히 따라갈 수 있는 사람이 아니다. 그렇게 생각한 순간 엘쟈네스를 향했던 영애들의 적의는 힘없이 꺾이고 말았다. 악의적인 말을 하던 영애 중 그 어떤 영애도 엘쟈네스가 들어갈 때까지 다시 입을 열지 못했다.

嶽

연회장으로 나가 귀족들에게 모습을 보여주었다. 이제 남은 일은 옷을 갈아입고 하객으로 온 황실의 혈족들과 귀족 귀빈들을 맞이하는 것이었다. 엘쟈네스의 대기실 문과 렌의 대기실 문은 한 복도에서 마주 보고 있었다. 문 앞에서 엘쟈네스는 잡고 있던 렌의 손을 조심스럽게 놓았다.

"렌. 수고했어요. 떨리지는 않았어요?"

"엘쟈가 있어서 떨리지 않았습니다."

"저도 그래요."

이제 엘쟈네스와 렌은 부부였다. 일생을 함께할. 결혼식 하나를 끝마쳤을 뿐이지만 둘은 함께 큰일을 넘겼다는 감정을 느끼고 있었다. 갓 부부가 된 둘의 모습은 무척 다정했다. 렌이 물었다.

"다시 만나는 시간은 몇 분 후가 편하십니까."

"드레스를 갈아입고 화장을 약간 손보면 15분 후 정도일 것 같아요. 빠르게 준비할 수 있어요. 렌은요?"

"엘쟈에게 맞추면 됩니다."

"그러면 조금 이따 봐요, 렌."

시녀가 문을 열었고 엘쟈네스는 다시 신부 대기실로 들어왔다. 들어오자마자 의상을 담당하는 시녀들이 엘쟈네스의 베일을 조심스럽게 벗겨냈다. 도란 카렌이 엘쟈네스를 반겼다.

"엘쟈네스 님, 새 신부가 된 기분은 어떠세요?"

"아직 잘 실감이 나지 않네요. 나쁘지는 않아요."

"결혼이란 게 다 그래요. 이 사람과 결혼했다는 실감이 바로 나지는 않죠. 그래도 잘 해내시던걸요."

피로연에 나가기 전이었다. 머리칼은 틀어 올린 상태였다. 붉은 머리에 대한 속설 때문일까. 거울을 본 엘쟈네스는 도란 카렌에게 명확히 말했다.

"머리는 풀어주세요."

도란 카렌은 의문을 표하는 눈치였다.

"네? 지금 머리가 아니라요? 주목을 받게 되어 피곤하지 않으시겠어요?"

도란 카렌에게 시선을 주지 않은 채, 엘쟈네스가 정면을 바라보았다.

"상관없어요. 주목받기를 원하니까요."

"알겠어요. 잠시만요."

도란 카렌의 우려는 새 신부의 피곤함에 대한 것이었다. 이내 도란 카렌은 엘쟈네스의 의견을 받아들여 조심스럽게 머리를 풀어냈다. 엘쟈네스는 생각에 잠겼다.

리리엘이 아카데미에서 만난 남자들. 주요 권력층인 그들이 엘쟈네스를 적대하자 젊은 귀족층은 엘쟈네스를 적대했고, 엘쟈네스를 적대하지 않는 사람도 권력층의 심기를 거스르지 않기 위해 엘쟈네스에게 다가오지 않았다.

엘쟈네스가 택할 수 있는 방법은 하나였다. 사교계의 주요 인사인 귀부인들에게 다가가는 것. 사교계를 손에 쥐는 것. 젊은 영애가 하기에는 쉽지 않은 일이었다. 하지만 엘쟈네스는 해냈다. 엘쟈네스는 사교계를 장악해 입지를 다졌다. 많은 사람들이 엘쟈네스를 악녀라고 부르면서도 감히 덤비지 못한 것은 엘쟈네스에게 그만큼의 입지와 권력이 있었기 때문이다. 엘쟈네스는 스스로의 능력만으로 사교계의 주요 인사가 되었다.

'여기에서도 그렇게 하는 편이 좋겠지.'

낯설고 새로운 미지의 것에 사람들은 매혹되기 마련이다. 또한 붉은 머리를 풀어 내렸다는 파격적인 사실로 크로커스 공작가의 일원들이 피로연에 참석하지 않은 사실에서 주의를 돌릴 수도 있다. 사실은 그 이유 때문이었다. 붉은 머리로 주목을 받는 것이 친정인 크로커스 공작가가 참석하지 않은 피로연의 주인공으로 받아들여지는 것보다는 나을 테니.

잠시 눈을 내리깔았던 엘쟈네스는 대기실에서 복도로 향하는 문을 열었다. 그러고 나서 곧바로 복도 앞에 있던 렌과 마주쳤다.

"렌?"

"엘쟈."

그는 이번에 엘쟈네스의 옷에 맞춘 어두운 남색의 제복을 입고 있었다. 황실의 일원이 사교 자리에 참석할 때 종종 입는 옷이었다. 이 결혼식으로 아마릴리스 황실을 대표해 로벨리아 왕가와의 연을 기쁘게 받아들이며, 우호적인 태도를 보일 것이라는 뜻을 담고 있었다. 렌은 지금까지 외양에 대해 신경을 쓴 적이 없지만 이번에는 거울을 들여다보았다. 엘쟈네스는 그가 멋지다고 이야기했으나 알 수 없었다.

"각하, 걱정하지 않으셔도 됩니다. 완벽하니까요."

황실의 전문가는 손볼 것이 없다는 평을 했다. 렌을 오래 보아온 그는 새신랑이라 신부에게 잘 보이고 싶어서 거울을 본다고 생각해 흐뭇한 얼굴을 하고 있었다. 맞는 말은 아니었지만, 틀리지도 않았다. 어떤 대답을 해야 할까 생각하던 렌은 그저 아무 말도 하지 않고 나와버렸다. 엘쟈네스가 나오기 조금 전 일이다.

결혼식에 대해 떠올렸다. 엘쟈네스가 그의 손에 반지를 끼우던 순간을 떠올렸다. 어쩐지 그녀를 보아야겠다는 생각이 들었다. 왜 그런 생각을 했는지 알 수 없었다. 렌은 엘쟈네스를 향해 정중히 손을 내밀었다. 엘쟈네스는 렌의 손 위에 손을 올렸다.

"렌."

일상을 이야기하듯, 엘쟈네스가 말했다.

"렌이 제 곁에 있듯 렌의 곁에도 제가 있어요. 앞으로도 그럴 거예요."

순간 그 말이 얼마나 가슴 깊이 와닿았는지 그녀는 모를 것이다. 대공이라는 위치는 높았고 그만큼 다가오는 사람들도 많았지만 마음을 터놓을 만한 대상은 없었다. 고용인들은 대공의 위치에 있는 렌을 어려워했다. 그들에게 필요 이상의 관심을 가지지 않는 것이 좋다는 것을 렌은 알고 있었다. 선 안에 사람을 쉽사리 둘 수도 없었다. 그들은 렌에게 큰 야망이 없다는 것을 깨달으면 떠나가기 일쑤였다.

같은 황실의 피가 흐르는 황태자와 황자들은 렌을 경계했다. 오래도록 유지된 윈터나이트 대공가를 위협 세력으로 여겼기 때문이다. 황자나 황태자가 윈터나이트 대공가의 비밀을 알게 되는 것은 황제가 된 후였다. 그전까지 그 세대의 황족들은 윈터나이트 대공가를 경계했다. 아카데미를 같이 다녔던 귀족들은 뒤에서 쉬쉬하며 렌을 괴물이라고 불렀다.

'곁에 있는 것.'

렌은 엘쟈네스의 말을 다시 한 번 되뇌었다. 렌이 엘쟈네스의 곁에 있듯 렌의 곁에도 그녀가 있다. 렌의 검은 눈이 엘쟈네스를 향했다. 렌은 이 많은 말들 중 어떤 말도 할 수 없었다. 아직까지는. 대신 이 말은 할 수 있다.

"엘쟈."

"네."

"언젠가 당신에게 말하고 싶은 것이 있습니다."

"그렇다면 렌이 원할 때 천천히 말해줘요. 저 역시도 말하고 싶은 것들이 많으니까."

렌의 말을 들으며 엘쟈네스는 로벨리아 왕국과 크로커스 공작가를 떠올렸다. 가문의 임시 후계자이자 장녀가 먼 곳으로 시집을 가는데도 오지 않는 것은 매우 이상해 보일 것이다. 그러나 렌은 그에 대해 단 한마디도 묻지 않았다. 의문 역시도 표한 적이 없다. 그렇기에. 언젠가는 크로커스 공작가에서 어떻게 지냈는지에 대해 직접 말하고 싶다고 생각했다.

두 사람은 모두 서로에게 감춘 어떤 상처 어린 비밀이 있었다. 아직은 그것을 털어놓을 때가 아니었다. 렌과 엘쟈네스의 서로에 대한 신뢰와 유대감이 더 깊어지는 날, 이 비밀을 공유하게 되리라.

부부는 이내 연회장의 입구에 도착했다. 피로연의 주인공들이 도착한 것을 본 시종이 잔잔한 분위기였던 피로연장에 큰 소리로 외쳤다.

"윈터나이트 대공 부부가 드십니다!"

본래 황실의 연회에서는 귀족들의 이름을 다 큰 소리로 불러 참가자를 알리는 것이 관례였지만 결혼식은 예외였다. 갓 결혼한 부부가 등장하는 것만을 큰 소리로 외친다. 주인공인 부부를 위해서였다. 주목받는 사람을 부부로 한정하겠다는 의미였다.

이 순간부터 엘쟈네스는 윈터나이트 대공비로 대우받게 될 것이다. 윈터나이트 대공비는 대공과 동일한 권력을 지니며, 동일한 대우를 받았다. 다른 나라와는 다른 아마릴리스만의 전통이었다. 윈터나이트 대공비는 다른 대공비와 달리 각하라는 호칭으로 불렸다.

엘쟈네스와 렌은 피로연장에 입장했다. 본래라면 축복을 의미하는 환호나 박수가 나올 차례였지만 주인인 황제가 아직 아무 반응도 하지 않았기에 조용했다. 잔잔한 음악 연주만이 피로연장에 흐를 뿐이었다. 황제는 곧바로 박수를 쳤다.

"참으로 잘 어울리는 한 쌍의 부부이지 않은가."

옆의 귀족에게 건넨 말이 뚜렷하게 피로연장에 퍼졌다. 그제야 피로연장의 모든 사람들이 박수를 치기 시작했다. 황제가 윈터나이트 대공비를 인정했다. 사람들은 환호하면서도 두 사람에게서 시선을 떼지 못했다. 대공은 정중했으나 선을 긋는 것이 철저했던 남자였다. 그런 남자가 대공비에게는 한없이 다정한 검은 눈을 하고 있었다. 대공비는 더없이 윈터나이트 대공비에 어울리는 여자였다. 사람들의 선입관은 이 순간 모두 날아가버렸다.

사교계의 세 꽃이 대공비가 수많은 관심에도 자연스럽게 군림하는 모습을 지켜보고 있었다. 렌과 엘쟈네스는 상석의 황제에게 다가가 인사했다. 엘쟈네스가 새로운 황족이자 윈터나이트 대공비가 된 것을 가장 먼저 보고한다는 의미였다.

"루카르엔 윈터나이트. 폐하를 뵙습니다."

"엘쟈네스 윈터나이트. 폐하를 뵙습니다."

가슴에 손을 올리고 약간 고개를 숙였다 올린 대공과 치맛자락을 잡고 우아하게 인사한 신부의 인사는 절도 있었다. 한 치의 흠도 잡을 수 없을 동작이었다. 황제는 렌을 보며 흐뭇해하고 있었다.

황제가 되면 역대 황제들의 기억을 이어받는다. 황제가 된 순간 그도 윈터나이트 대공가에 대해 알게 되었다. 강한 힘과 완벽한 외모, 그들은 얼핏 보면 축복받은 자들처럼 보이기 쉬웠으나 실상은 가엾은 이들이었다. 단지 '겨울'만을 위해 존재하는 자들. 더군다나 렌은 황제의 아들들과 비슷한 나이 대였다. 아들 또래인 렌을 보면 언제나 신경이 쓰였다.

황제는 엘쟈네스에 대해 조사했었다. 로벨리아 왕국의 크로커스 공작가와 결혼을 추진하면서 신부가 바뀌게 되었다는 말을 들었기 때문이다. 성녀라고 불리는 리리엘 크로커스와 달리 악녀라고 불리는 그녀가 온다니 걱정되었는데 실제로 보니 마음이 놓였다. 이제 윈터나이트가 된 엘쟈네스 윈터나이트는 소문과 달리 현명하고 사려 깊은 여인이었다. 그동안 많은 사람들을 봐온 황제의 눈은 정확했다. 황제는 렌을 보며 속으로 흐뭇한 웃음을 흘렸다. 아카데미 시절 이후로 그 어떤 여인에게도 마음을 주지 않던 렌이 엘쟈네스에게는 무른 태도를 보였다. 좋은 징조다. 황제는 모른 척 사람들에게 말했다.

"윈터나이트 대공가는 대대로 아마릴리스 황가와 함께 제국을 수호해왔소. 이 기쁜 날에 축배를 들고 싶군. 두 사람을 위해 축배를 들어주시오. 이토록 아름다운 한 쌍이 태어난 경사스러운 날이니."

"윈터나이트 부부를 위하여!"

황실에서 열리는 결혼식의 마지막 관례였다. 다 같이 축배의 잔을 들어 올림으로써 황제가 둘이 부부가 되었음을 인정하고 다른 이들이 그것을 받아들였음을 간접적으로 알리는 과정이었다. 연회장에 일제히 목소리가 울려 퍼졌다. 모든 사람들은 잔을 들어 올렸다. 한 모금을 마실 정도의 시간이 흐르고, 연회장에 음악이 울려 퍼지기 시작했다. 엘쟈네스와 렌은 황제에게 인사하고 물러난 뒤 연회장 가운데로 나아갔다. 춤의 시작이었다.

결혼식을 올린 새 부부가 춤을 춘 후 다른 사람들이 춤을 출 수 있었다. 엘쟈네스는 물었다.

"렌, 춤을 잘 추나요?"

"못 추는 편은 아닙니다. 엘쟈는 어떻습니까."

"저도 못 추지는 않아요."

오늘의 주인공인 윈터나이트 대공 부부는 서로를 향해 작게 미소 짓고 있었다. 몇몇 이들은 두 사람이 전대 윈터나이트 대공 부부의 뒤를 이어 모든 이들 위에 완벽히 군림할 것이라는 사실을 깨닫고 있었다. 대공 부부가 춤을 추기 시작하자 본격적인 연주가 시작되었다.

렌의 손이 엘쟈네스의 허리에 닿았다. 엘쟈네스는 렌의 등에 손을 올렸다. 다른 쪽 손을 잡은 자세였다. 음악에 맞추어 두 사람의 발이 움직였다. 엘쟈네스의 검은 힐에 박힌 다이아몬드가 언뜻언뜻 보일 때마다 귀부인들과 영애들은 입을 다물지 못했다. 엘쟈네스의 몸이 한 번 가볍게 빙글 돌자 금빛 가루가 뿌려진 진한 노란색의 드레스 자락이 천천히 빙그르르 돌았다. 한 송이의 꽃 같았다. 두 사람은 유연하게 움직였다. 엘쟈네스는 렌을 올려다보았다. 렌은 춤을 잘 추는 편이었다. 엘쟈네스와 함께 춤을 추었던 그 어떤 남자보다도. 엘쟈네스를 받치는 손길은 정중했고 렌의 팔은 탄탄해 엘쟈네스를 아무런 어려움 없이 받쳐줄 수 있었다.

"춤을 잘 추시네요."

"엘쟈만큼은 아닐 겁니다."

렌은 그렇게 말했으나 엘쟈네스보다도 춤을 더 잘 추는 건 렌이었다. 엘쟈네스가 춤을 못 추는 편은 절대 아니었다. 오히려 엘쟈네스는 로벨리아 왕국의 어느 누구보다도 뛰어난 춤 솜씨를 가지고 있었다. 엘쟈네스가 춤을 출 때 로벨리아 왕국의 사람이 눈을 떼지 못했을 정도로. 미혼의 영식들은 신부를 열심히 훔쳐보았으나 대공의 검은 눈과 마주치면 곧 고개를 돌렸다. 신부 곁의 대공이 두려웠기 때문이다. 그럼에도 불구하고 자꾸 눈길이 가는 것은 어쩔 수 없었다. 렌은 말했다.

"엘쟈를 바라보는 사람들이 많습니다."

"새 신부이기에 그런 걸까요?"

"아마도. 그럴 겁니다."

렌은 남성 귀족들이 엘쟈네스에게 매료되었다는 사실을 알았지만 말하지 않았다. 그들은 렌과 눈이 마주치면 알아서 눈을 피하고는 했다. 여성 귀족들은 오히려 담담하게 두 사람을 바라보았다. 간혹 미련 어린 눈길로 그들을 보는 영애도 있었지만 이제 마지막이었다. 대공에게 대공비보다 더 잘 어울리는 여자는 없을 것이다. 완벽하게 어울리는 한 쌍이었다. 그것을 인정했기에 오히려 순수하게 두 사람을 바라볼 수 있었다. 음악이 절정에 달했다. 엘쟈네스의 등이 가볍게 뒤로 넘어갔다. 렌은 그녀를 완벽하게 받쳐 주었다.

"괜찮습니까."

"수도 없이 춘 춤인걸요."

남자가 고개를 숙이는 자세였기에 목소리가 가까운 곳에서 들려왔다. 순간 둘은 거리가 가깝다는 것을 자각했다. 처음이다. 몇 초도 되지 않는 시간이었지만 그 순간 둘의 몸과 얼굴이 가까웠다. 숨결마저 느껴지는 거리였다. 두 사람은 순간 서로의 눈을 피했으나 이내 잊어버렸다. 음악이 끝났다. 다음 음악이 시작되기 전 둘은 서로를 향해 간단히 인사하고 연회장의 가장자리로 나왔다. 렌이 엘쟈네스에게 말했다.

"수고하셨습니다. 엘쟈."

"렌도요. 이제 사교 활동을 할 차례네요."

부부가 인사의 의미의 춤을 추고 나면 둘은 각각의 사교 활동을 하기 위해 남성 귀족 무리와 여성 귀족 무리로 가게 되어 있다. 엘쟈네스는 빙긋 웃었다. 누군가가 렌을 언뜻 보면 차가운 남자라고 생각할 것이다. 선이 확실했고 렌의 표정은 큰 변화가 없었다. 그러나 렌의 검은 눈은 엘쟈네스에 대한 우려를 담고 있었다. 렌은 다정한 사람이다.

같이 춤을 추면서 렌은 엘쟈네스가 가볍다고 생각했다. 여리다. 그런 그녀가 낯선 곳에서 처음 보는 여성 귀족들 무리에 들어가야만 한다는 사실이 걱정되었다. 엘쟈네스가 잘 해낼 것이라는 사실을 알고 있음에도 불구하고.

"괜찮겠습니까."

"괜찮아요. 렌."

엘쟈네스는 렌을 올려다보며 웃었다. 렌은 걱정하지 않기로 했다. 엘쟈네스는 그녀의 말대로, 괜찮을 것이다. 둘은 헤어져 각각의 무리로 가게 되었다. 렌이 남성 귀족들의 무리로 가자 순식간에 사람들이 렌을 둘러쌌다. 엘쟈네스는 그것을 보다 시선을 돌려 주위를 둘러보았다.

로벨리아의 젊은 귀족층은 엘쟈네스에게 적대적인 시선을 보냈으나. 아마릴리스의 젊은 영애들은 그들과 달리 엘쟈네스를 은근히 주시하고 있었다. 냉랭한 인상의 미녀들이었으나 눈빛에는 호기심이 가득했다. 몇몇 영애는 신부를 무시하고 말을 받아주지 않는 식으로 배척할 생각을 하고 있었지만 이제는 그런 생각조차 하지 않았다.

엘쟈네스는 사교계에서 가장 높은 곳에 위치한 영애들을 둘러보았다. 고귀한 영애들이 둘러싸고 있는 세 영애가 사교계의 중심일 것이다. 천천히 다가갔다. 굳이 주목을 끌 필요는 없었다. 엘쟈네스가 나타나자마자 영애들의 눈길이 절로 엘쟈네스를 향했기 때문이다.

"반가워요."

크로커스 영애인 엘쟈네스와 윈터나이트 대공비인 엘쟈네스는 달랐다. 영애들은 당장 엘쟈네스에게 어떤 반응을 해야 할지도 몰라 우물쭈물하고 있는 상태였다. 엘쟈네스의 인사는 우아했다. 신분이 낮은 영애들은 모두 고개를 숙였다. 엘쟈네스가 올 때부터 사교계의 세 꽃은 대화를 나누고 있었다.

"루이자. 대공비 각하야. 난 그녀가 마음에 들어. 세실, 너는?"

"나도 마찬가지야. 난 그녀와 가까워지고 싶어. 하지만 가장 중요한 건 루이자의 의견이지. 루이자, 너는 어떻게 생각해?"

새 윈터나이트 대공비는 귀족적이었다. 루이자 바이올렛은 차가워 보이는 외양만큼 맺고 끊는 것이 냉정한 편이었다. 눈이 까다로웠기에 세실리아와 레라 외에는 친우를 사귀지 않았다. 세 꽃의 대화가 끊긴 것은 엘쟈네스가 다가오면서부터였다.

많은 영애들이 세 꽃을 바라보았다. 그들의 행동에 따라 새 대공비에 대한 평가가 갈릴 것이다. 그리고 다음 순간, 루이자 바이올렛이 엘쟈네스를 향해 우아하게 절했다.

"반갑습니다. 윈터나이트 대공비 각하. 루이자 바이올렛입니다."

"반가워요, 루이자 바이올렛 영애."

엘쟈네스는 답했다. 사교계의 주인인 루이자 바이올렛이 먼저 고개를 숙였다. 영애들이 충격에 휩싸였다. 그 루이자 바이올렛이 엘쟈네스를 향해 호의적인 반응을 취하고 있었다. 그녀의 부드러운 미소를 본 영애들은 놀라 눈을 크게 떴다. 다른 두 꽃 역시도 새 윈터나이트 대공비를 향해 우아하게 절했다.

"세실리아 에델바이스입니다."

"레이라 시네라리아예요, 각하."

세 사교계의 꽃이 인사하자 다른 영애들도 앞다투어 엘쟈네스에게 인사하기 시작했다. 사교계의 꽃들이 새 대공비를 인정했다. 순식간에 많은 영애들이 대공비 주위에 모여들기 시작했다. 영애들이 대공비 가까이 다가가지 못한 것은 세 명의 꽃이 대공비의 주위에 있었기 때문이었다. 엘쟈네스는 빙긋 웃었다.

"엘쟈네스 윈터나이트예요. 북쪽은 미녀가 많다는 이야기를 들었는데 영애들을 보니 사실인 것 같네요."

"어머나."

"과찬의 말씀이에요."

세 미녀가 고개를 숙이자 그다음부터는 일사천리였다. 영애들은 엘쟈네스의 말에 호응하기 위해 까르르 웃음을 터뜨렸다. 갑작스러운 권력이 주어졌지만 엘쟈네스는 노련하게 영애들을 이끌어나갔다. 엘쟈네스의 존재감과 사교계에 능숙한 모습은 북쪽의 사교계에서도 찾아보기 힘든 것이었다. 대공을 사모하던 영애들도, 대공에게 악의를 가졌던 영애들도 엘쟈네스에 감히 거역하겠다는 마음을 버렸다. 경쟁하겠다는 생각이 들 리가 없었다.

엘쟈네스는 마치 여왕 같았다. 모든 영애들은 스스로 머리를 조아리고 엘쟈네스를 받들었다. 엘쟈네스의 발음은 북쪽의 다소 딱딱한 발음이 아닌, 남쪽의 부드러운 발음이었지만 그것마저도 세련되게 느껴졌다. 영애들은 이제 엘쟈네스에게 완전히 매료된 상태였다.

"비 각하는 어쩌면 이렇게 피부가 고우세요?"

"부드러운 발음이 정말 좋아요."

엘쟈네스가 남쪽의 사교계를 장악했던 것은 운이 아니었다. 아마릴리스의 영애들은 스스로 비켜나 엘쟈네스가 있을 곳을 만들었다. 엘쟈네스의 손짓이나 목소리에 주의를 기울였다. 영애들의 웃음소리에 남성 귀족들이 귀를 기울였다. 중년의 남성 귀족들과 이야기하던 렌 역시도 고개를 돌렸다. 그가 바라본 곳은 영애들이 모인 곳이었다. 렌이 찾는 이는 단 하나였다.

"좋을 때군요."

"대공비 각하의 아름다움은 북쪽에는 드문 것이지요."

"한때는 저도 아내의 위치를 찾고는 했습니다. 신혼 시절이었지요."

렌의 주변에 있던 남성 귀족들이 껄껄 웃으며 농담을 던졌다. 렌은 옅은 머리색의 영애들 사이에 있는 엘쟈네스를 찾아낼 수 있었다. 많은 영애들이 엘쟈네스에게 매혹된 것 같았다. 엘쟈네스는 영애들의 말을 받아주며 웃고 있었다. 그녀가 모든 영애들 위에 우아하게 군림하던 중. 문득 엘쟈네스의 눈동자가 렌을 향했다. 옆의 영애가 무어라 말을 한 것 같았다. 엘쟈네스가 웃었다. 렌 역시도 손을 흔들었다. 순간이었다. 곧 둘은 서로의 주변에 있는 무리에게 집중하기 위해 고개를 돌렸다. 엘쟈네스의 옆에 있던 세실리아 에델바이스가 엘쟈네스에게 살짝 웃으며 말했다.

"대공 각하가 엘쟈네스 님에게서 눈을 떼지 못하셨어요."

엘쟈네스의 이름을 허락받은 영애는 사교계의 세 꽃뿐이었다. 그 아래의 다른 영애들은 세 사람을 부러워하며 엘쟈네스를 바라보는 수밖에 없었다. 엘쟈네스는 영애들이 상상했던 천박한 신부와 너무나도 달랐다. 오히려 대화를 나눌수록 매료되는 존재였다. 엘쟈네스는 영애들이 말하는 보석이나 드레스, 더 나아가서 정세 이야기에도 뛰어난 통찰력을 가지고 있었다.

엘쟈네스는 로벨리아 왕국에 있을 때나 지금이나 다를 것이 없었다. 달라진 것은 주변 환경이었다. 리리엘을 둘러싼 채 엘쟈네스를 적대하는 무리가 없자 엘쟈네스의 진가가 비로소 드러났다.

물론 로벨리아 왕국에서도 엘쟈네스의 가치를 알아본 이들은 있었다. 엘쟈네스와 어울리던 귀부인들이었다. 귀부인들은 자신들의 자제들이 엘쟈네스를 적대시하는 것을 자주 골치 아파했다. 영애들의 이야기가 로벨리아 왕국과 아마릴리스 황국의 친교와 다른 나라들의 반응 등으로 접어들기 시작했다.

리리엘이 이 광경을 보았다면 놀랄 것이다. 리리엘은 사교계의 영애 무리들을 저평가했기 때문이다. 리리엘은 영애들이 무거운 정세 이야기나 지식에 대해 이야기하는 대신 보석이나 드레스, 예술품들에 대해서 늘어놓는 것이 한심하다고 말하고 다녔다. 그러나 그것은 틀린 말이었다. 리리엘은 사교계에 아주 얕게 발을 걸치고 있을 뿐이었다. 그랬기에 영애들의 이야기에 대해 깊이 듣지 못했을 것이다. 귀족 영애들은 귀족 영식들과 마찬가지로 아카데미에 가고 교육을 받았다. 다만 더 조심성이 있을 뿐이다. 영애들은 남쪽과 북쪽의 마찰 가능성에 대해 점치며 현 국제 정세 상황에 대해 이야기하고 있었다.

"남쪽의 나라 중 하나는 신분제가 없어졌다고 들었어요."

"북쪽에서는 있을 수 없는 일이죠. 아마릴리스와 윈터 나이트가 건재하니까요."

"하지만 남쪽과 북쪽이 많이 다른 건 사실이에요. 아마릴리스가 로벨리아와 동맹을 맺었지만 다른 남쪽의 나라는 잘 모르니까요."

남쪽은 다소 혼란스러운 시기였다. 남쪽 끝의 국가 중 하나인 델피늄이 혁명국이 되었기 때문이다. 델피늄의 국민들은 독특한 사고방식과 발상으로 특이한 나라로 평가되고 있었다. 그런 평가가 정점을 찍은 것은 귀족들과 평민들이 손을 잡고 힘을 합쳐 권력 구조 자체를 타파하고 혁명국으로 국가의 이름을 개명했을 때였다.

많은 피가 흘렀다. 많은 평민들이 그들에게 감명을 받았다. 그 영향이 미쳤기에 남쪽은 고위 귀족이 아니면 신분 자체에 큰 의미가 없는 상황이었다. 정세가 혼란스러웠기에 무력이 뛰어난 남자들이 높은 평가를 받았다. 리리엘은 델피늄의 사상에 무척 심취해 있었다. 엘쟈네스는 말했다.

"오히려 남쪽의 신분제는 굳건해진 상황이에요."

"어머나. 어째서인가요?"

"혁명국 델피늄에 여러 문제가 생겼거든요."

리리엘에게 영향을 받은 로벨리아 왕국의 젊은 귀족층 사이에서도 델피늄의 사상이 유행했다. 엘쟈네스는 별다른 말을 하고 싶지 않았으나, 리리엘에게 네가 권리만을 원하고 의무는 지지 않으려고 한다는 말은 하지 않을 수가 없었다. 리리엘은 영롱한 녹색 눈동자를 떨며 엘쟈네스에게 피도 눈물도 없다고 말했다. 엘쟈네스는 그저 한숨을 쉬었을 뿐이다. 델피늄이 신분제를 없애는 데 성공한 것은 그전부터 귀족들이 평민들과 동일한 생활을 하고 같은 시각을 가지기 위해 서로 노력했기에 가능한 일이었다. 평민들의 시각에 대해 전혀 이해가 없는 리리엘이 한 번에 밀어붙이는 것은 역효과만을 낳을 수 있었다. 리리엘의 위험한 사상을 귀부인들은 좋아하지 않았다. 리리엘은 델피늄이 신분제 타파 이후 재산에 따른 보이지 않는 권력이 생겨

골머리를 앓고 있다는 이야기는 듣지 않았다.

"신분으로 사람을 나누지 않자 재력이 중시되기 시작했다고 해요. 오히려 계층 간의 간격이 더 벌어졌기에 많은 평민들이 신분제의 지속을 외치는 상황이죠. 빈부 격차가 심각해졌으니까요."

엘쟈네스가 다니는 사교계의 영애들은 정세나 지식, 델피늄에 대한 이야기를 했다. 리리엘이 그런 이야기를 들을 만큼 영애들 집단에 가까이 가지 않았기에 사교계의 영애들이 머리가 비었다는 평가를 할 수 있었던 것이다. 영애들은 엘쟈네스의 이야기를 들으며 감탄하거나 폭넓은 시야에 감탄하고는 했다.

엘쟈네스는 이야기를 들으며 아마릴리스 제국에 대해 감탄하고 있었다. 북쪽은 신분에 따라 의무를 진다는 사상이 강했기에 사람들이 귀족과 황족을 존경했다. 그 정점이 아마릴리스 제국이었다. 모든 나라가 혁명국이 되어도 바뀌지 않을 나라. 영애들은 이런 평가를 내리고 있었다. 결코 부패하지 않는 정치가 이루어진다는 것은 놀라운 일이었다. 이야기를 나누던 루이자 바이올렛이 엘쟈네스를 보며 미소 지었다.

"비 각하는 정말로 드문 분이네요."

"그런가요."

"칭찬이에요. 저는 비 각하가 정말로 마음에 들어요."

루이자 바이올렛의 눈에는 호감이 가득했다. 사람을 까다롭게 평가하는 루이자 바이올렛이 누군가에게 이렇게 호의적인 태도를 보이는 것은 처음이었다. 레이라 시네라리아와 세실리아 에델바이스도 엘쟈네스에게 말했다.

"저희도 비 각하가 정말 좋아요. 루이자가 저희 외의 다른 친우를 사귀고 싶어 하는 것은 처음인걸요."

"혹시 편지를 보내도 될까요?"

"물론이죠. 저도 세 분과 친우가 되고 싶은걸요."

엘쟈네스의 말을 들은 세 영애는 미소 지었다. 눈처럼 차가워 보였지만 따스한 사람들이었다. 세 영애와 엘쟈네스는 완전히 가까워졌다. 루이자 바이올렛은 엘쟈네스에게서 떨어지고 싶어 하지 않으나 갈 시간이 다가오고 있었다. 모든 영애들이 아쉬워하며 탄식했다. 영애들은 엘쟈네스에게 완전히 매료당해 있었다.

"엘쟈."

영애들과 마지막 인사를 나누던 엘쟈네스는 뒤를 돌아보았다. 영애들은 수려한 대공의 모습에 눈을 떼지 못했다. 대공은 대공비를 다정하게 내려다보고 있었다. 검은 눈동자가 즐거운 빛을 띤 엘쟈네스를 내려다보았다. 렌은 엘쟈네스가 즐거워하는 모습에 잠시 웃었다. 낮은 목소리가 울렸다. 영애들은 넋을 잃은 채 둘의 모습을 바라보고 있었다.

"데리러 왔습니다."

"정말 아쉽네요."

엘쟈네스는 연회장에 걸린 커다란 시계를 바라보았다. 어느새 오후였다. 결혼식의 당사자들이 영지로 떠나야 할 시간이었다. 엘쟈네스는 렌의 손 위에 손을 올렸다. 이 완벽한 부부는 많은 사람들을 둘러보며 인사했다. 약간의 꺼림칙함을 느꼈던 귀족들도 엘쟈네스를 완전히 인정했다. 젊은 영애들은 존경심과 동경을 담은 채 엘쟈네스를 바라보았다. 대공을 사모하던 영애들도 이제는 엘쟈네스만을 바라보고 있었다. 엘쟈네스는 영애들에게 인사했다.

"아쉽게도 가야 할 시간이네요. 다시 뵙길."

"다음에 또 만나고 싶어요."

"가을 무도회에 꼭 참석해주셔야 해요?"

엘쟈네스에 대한 험담을 하던 영애들도 아쉬워하며 엘쟈네스를 마지못해 보냈다. 엘쟈네스에 대해 이야기하며 악의를 드러냈던 것과는 정반대의 태도였다. 부부는 다른 귀족 무리들에게 인사하고 마지막으로 황제에게 인사한 후 피로연장을 빠져나왔다. 엘쟈네스와 렌은 마차에 올랐다. 창밖으로 풍경이 스쳐 지나가기 시작했다. 마차 안은 조용했다. 다소 떠들썩했던 피로연장에서 벗어나 쉬게 된 둘은 편안한 마음으로 대화를 나누었다.

"엘쟈. 잘했습니다."

"렌도요. 날 믿어주어서 고마워요."

"엘쟈라면 잘 해낼 거라고 믿었습니다."

창밖의 하늘이 푸르렀다. 이제 배우자가 된 상대와 이야기하는 시간은 한적했다. 렌은 며칠 간 일을 하느라, 엘쟈네스는 교육과 관리를 받느라 바빴다. 그랬기에 이렇게 한가하게 앉아 있는 것은 며칠 만이었다. 기분 좋은 초가을의 바람이 불어왔다. 북쪽의 공기는 남쪽의 공기보다 서늘했다. 창밖으로는 북쪽의 나무들이 스쳐 지나갔다. 북쪽의 나무들은 벌써부터 잎의 끝자락이 붉은빛과 노란빛으로 물들어가고 있었다.

억지로 대화를 나누기 위해 말을 꺼낼 필요도 없었다. 서로 함께 있는 것만으로도 편안했기 때문이다. 말을 하지 않아도 알 수 있는 것이 있다. 마차가 워프 게이트 부근에 다다랐다. 돌아가는 길에는 황궁의 뜰에 바로 연결된 것이 아닌 다른 워프 게이트를 이용할 예정이었다. 엘쟈네스는 렌에게 말했다.

"아침에 이용했던 워프 게이트가 열리는 건 드문 일이라는 말을 들었어요."

"맞습니다. 몇 년 전 폐하께서 위독하셨을 때를 제외하고는 열린 적이 거의 없습니다."

"황족에 대한 암살 우려가 커서가 아닌가요?"

"그렇습니다. 실제로도 시도가 여러 번 있었다고 알고 있습니다."

"그런 게이트를 제가 어떻게 이용할 수 있었나요? 우리가 윈터나이트여서 가능했던 건가요?"

렌은 잠시 고민하다 솔직하게 말했다. 아내에게 거짓말을 하고 싶지는 않았다. 서늘한 느낌을 주는 그의 얼굴은 담담했다.

"그렇지는 않습니다."

"그렇다면 왜인가요?"

"제가 요청했습니다."

그 요청을 듣는 순간 황태자와 황자들이 펄쩍 뛰었다는 소식은 굳이 말하지 않았다. 본래였다면 엘쟈네스는 북부에 도착하자마자 곧바로 아마릴리스 황성을 향해 렌과 함께 떠나야 했을 것이다. 렌은 먼 곳에서 온 신부를 힘들게 하고 싶지 않았다. 신부는 그의 아내가 될 사람이었고 그렇기에 더 귀중하게 대접받아야 한다고 생각했기 때문이다.

그는 미리 황제에게 워프 게이트를 이용하겠다는 뜻을 전했다. 책임을 지겠다는 말을 전하면서. 아무런 일도 일어나지 않았고 일어났더라도 렌이 나섰다면 해결되었을 것이다. 윈터나이트에 대해 잘 모르는 황태자와 황자들은 렌이 윈터나이트의 기사들을 데려오는 상황을 무척 우려했다. 그런 일은 일어나지 않을 것임에도 불구하고. 엘쟈네스가 렌을 불렀다.

"렌."

"네."

"고마워요, 배려해주어서."

엘쟈네스는 그렇게 말하며 빙긋 웃었다. 아카데미 시절 이후 그는 언제나 막연히 생각했었다. 사랑은 하지 않겠다고. 누구에게도 마음이 가지 않았다. 그 누구도 렌의 눈길을 사로잡을 수 없었다. 아름다운 영애들을 보면 객관적으로 아름답다는 생각은 들었지만 이성적인 호감이 들지는 않았다. 그래서 생각했다. 그의 아내가 될 사람을 사랑할 수 없다면 그 사람이 원하는 것은 다 해줄 것이라고. 이것 때문이 아니라도 그의 곁에서 평생을 함께할 사람에게는 더 귀한 대접을 하겠다고 생각했다.

엘쟈네스는 렌의 노력을 알아주었다. 그뿐 아니라 고맙다는 인사를 전하고 진심으로 고마워했다. 이런 엘쟈네스를 볼 때면 엘쟈네스를 위해 무언가를 하는 데 대한 보람과 더욱더 소중히 여기고픈 감정을 느꼈다. 미묘한 감정이었다. 마차가 워프 게이트를 통과했다. 이내 윈터나이트 대공 영지에 접어들었다. 렌은 엘쟈네스에게 말했다.

"저야말로 감사합니다. 엘쟈."

엘쟈네스는 렌을 믿었다. 렌을 바라보는 진갈색의 눈동자에는 신뢰만이 가득했다. 렌의 검은 눈동자 역시도 엘쟈네스를 향한 믿음이 깔려 있었으나 렌 스스로는 알지 못했다.

결혼이라는 것을 어렵게만 생각했던 것 같다. 실제로도 누군가와 가정을 이루고 자녀를 양육하며 평생을 사는 일은 쉽지 않다. 맞지 않는 사람과 살게 되었다면 서로 맞춰가는 데 많은 시간이 걸릴 것이다. 혹은 평생을 부딪치며 살거나.

둘은 상대를 보면 편안한 기분과 기댈 수 있는 사람이라는 유대감을 느꼈다. 그리고 이상한 설렘도. 같은 마차에 함께 있는 지금 이상하게 상대를 보면 묘한 기분이 가끔씩 든다는 것을 깨달은 것이다. 이내 마차가 윈터나이트 대공 저택에 도착했다. 렌은 먼저 마차에서 내려 뒤따라 내리는 엘쟈네스의 손을 잡아주었다. 둘은 잠시 휴식을 취한 뒤 밤에 신방에서 만날 예정이었다.

"이따 보아요, 렌."

"밤에 뵙겠습니다. 엘쟈."

둘은 인사를 한 뒤 각자의 방으로 올라갔다. 엘쟈네스의 보석함은 렌의 방으로 옮겨져 있었다. 대공의 침실은 현재 렌 혼자 쓰는 상태였다. 오늘 밤부터는 엘쟈네스 역시도 그 침실을 쓰게 될 것이다. 엘쟈네스는 눈을 감았다. 밤이 오기 전까지 조금 쉬어야 할 것 같았다.

❈

눈을 뜨자 저녁 무렵이 되어 있었다. 잠시 잠들었던 모양이다. 엘쟈네스는 낮에 자는 법이 없었다. 몹시 피곤했던 듯싶다. 시녀들이 소리 없이 저녁 식사를 나르고 있었다. 엘쟈네스를 깨우지 않기 위한 배려였다. 얼굴의 화장은 지워져 있었다. 시녀들이 화장을 지워주는 줄도 모르고 잔 듯했다. 팔다리는 가벼웠다. 대공가의 시녀들은 엘쟈네스에게 필요한 것이 무엇인지 바로바로 알아채고 제공해주는 이들이었다. 이들이 엘쟈네스의 팔과 다리를 주물렀을 것이다.

"마님."

엘쟈네스가 깬 것을 확인한 시녀가 조용한 음성으로 말했다. 잠에서 덜 깬 마님을 배려하기 위해서였다. 대공비로 인정받은 이후 엘쟈네스의 호칭은 마님으로 바뀌었다.

"저녁 식사가 준비되었습니다."

"고맙구나."

엘쟈네스는 시녀들이 가져다주는 따뜻한 수프를 입에 넣었다. 고소한 향이 입안 가득 퍼졌다. 따뜻한 음식을 먹자 더 편안해지는 기분이었다. 엘쟈네스는 문득 궁금해져 시녀에게 물었다.

"각하께서 신경 써주신 것이니?"

"네, 마님. 각하께서 직접 명하셨습니다."

시녀는 미소를 지으며 고개를 한 번 끄덕였다. 예상은 했지만 말로 직접 들으니 더 가슴이 따뜻해지는 느낌이 들었다. 시녀는 속으로만 두 분의 사이가 좋은 것에 대해 감탄했다.

대공은 좋은 고용주였다. 아랫사람들의 일의 방식을 존중했고 시녀들과 하녀들, 하인들의 업무는 그들이 더 잘 알 것이라는 점을 인정했다. 과도한 간섭을 하는 일이 없으면서도 너무 방치하는 것도 아니었다. 그랬기에 대공 가의 아랫사람들은 대공을 존경하고 흠모했다. 그리고 늘 바랐다. 그의 신부가 좋은 사람이기를.

엘쟈네스는 그들이 꿈꾸었던 상상 속의 마님보다도 더욱 우아했고 기품 있었다. 잘 관리된 외모는 아름다워 때때로 시녀들도 종종 넋을 잃고는 했다. 흠모할 만한 점들이 아주 많았지만 무엇보다도 가장 감사한 것은 엘쟈네스가 오게 된 이후 대공의 분위기가 조금 더 부드러워졌다는 것이다.

아카데미 시절 이후 대공의 보이지 않는 벽이 더 두꺼워졌다는 것을 대공 저택의 고용인들은 알고 있었다. 마님이 온 후로 그 벽은 조금씩 얇아져갔다. 무심하고 차가웠던 대공의 얼굴 역시도 조금씩 부드러워지기 시작했다. 아랫사람들은 그래서 마님을 흠모했다. 마님이 온 이후로 대공이 마님을 배려해 세세한 것들까지 지시한다는 사실을 모르는 아랫사람은 이 저택에 없을 정도였다.

엘쟈네스는 천천히 식사를 마쳤다. 이 손님 방에서의 생활도 오늘이 마지막이다. 오늘 밤부터 렌과 같은 침실을 쓰게 될 테니까. 식사를 마치자 시녀들이 엘쟈네스를 욕실로 모셨다. 엘쟈네스는 시녀들의 손길을 받으며 나른하고 노곤한 기분을 느꼈다. 새벽부터 일어나 행사를 치르느라 힘들었던 것이 거짓말 같을 정도로 몸은 개운했다.

"마님. 향유를 바르겠습니다."

"그래. 대신 과하게는 바르지 말아주렴."

"알겠습니다."

목욕이 끝난 후 엘쟈네스의 몸에 시녀들이 향유를 발랐다. 은은하면서도 달콤한 매혹적인 향기가 풍겼다. 시녀들은 엘쟈네스의 젖은 머리를 정성스럽게 말렸다.

이제 하늘이 완전한 검은색으로 물들어 있었다. 어느새 밤이 찾아온 것이다. 고용인들은 엘쟈네스가 렌에게 가는 과정을 누구에게도 보이지 않기 위해 사람들의 출입을 금했다. 엘쟈네스의 몸에는 얇고 투명해 속이 비치는 슬립이 입혀졌다. 몸 부분은 불투명한 편이었으나 팔 부분은 투명했고, 허리를 잡아주면서 무릎 쪽까지 내려오는 형태였다. 옅은 보랏빛이 어딘가 묘하고도 야릇했다.

그 상태로 엘쟈네스는 시녀들의 안내에 따라 대공의 방으로 향했다.

대공의 방은 윈터나이트 대공가가 존재해온 대대로 대공 부부가 써오던 곳이다. 렌의 부모였던 선대 대공 부부가 이 방을 사용했으며 렌이 대공위를 물려받은 이후로는 렌이 이 방을 사용해왔다. 오늘 엘쟈네스가 이 방에 들어오게 되면 이제 함께 방을 쓰게 될 것이다.

렌은 방 안의 풍경을 바라보았다. 대공의 방은 고풍스러운 큰 침대와 그 옆의 서랍, 벽면의 화장대로 이루어져 있었다. 바닥에는 카펫이 깔려 있었다. 고용인들이 마님을 위해 꾸몄기에 평소의 삭막한 풍경과는 달리 방 안은 촛불과 아름다운 천들로 인해 화려했다. 렌은 조금 동요하고 있었다. 엘쟈네스는 렌이 진심으로 아름답다고 생각한 여자였다. 그녀가 치장하든 그렇지 않든 간에. 이내 노크 소리가 들렸다. 시녀가 공손히 문을 열었다.

"각하, 마님이 도착했습니다."

"들어오게 하십시오."

렌의 말에 다른 시녀가 엘쟈네스를 조심스럽게 모셨다. 이내 문으로 엘쟈네스가 천천히 걸어 들어왔다.

비칠 듯 비치지 않는, 얇고 투명한 보라색의 슬립이 먼저 눈에 들어온다. 긴 머리칼은 약간 젖은 채 늘어뜨려져 있었다. 엘쟈네스가 들어오자 은은하면서도 달콤한 향기가 전해졌다. 시녀들은 문을 닫고 나간 지 오래였다.

엘쟈네스가 천천히 다가온다. 렌은 엘쟈네스에게서 눈을 뗄 수가 없었다. 아찔하리만치 매혹적이었다. 그 외의 어떤 다른 표현도 할 수가 없었다. 엘쟈네스가 렌에게 가까워졌다.

"렌."

"엘쟈."

렌의 목소리는 깊게 가라앉은 듯 낮았다. 이내 렌이 눈을 감았다. 렌은 난생처음으로 느껴보는 충동을 절제하는 중이었다. 단 한 번도 누군가에 대해 이런 갈증을 느낀 적이 없었다.

엘쟈네스가 렌의 옆에 앉았다. 달콤한 향기가 은은히 훅 끼쳐온다. 침대 모서리에 같이 앉아 있는 시간은 고문이었다. 어두운 충동이 일어났다. 드러났던 목과 하얀 팔. 그 아래의 선까지도 상상할 수 있었다.

갈증이 인다. 지금 당장 눈을 떠 침대 위로 쓰러뜨린다면. 흐드러진 엘쟈네스의 모습이 보이는 듯했다. 렌은 다시 눈을 떴다. 검은 눈동자에 깊고 어두운 빛이 감돌고 있었다. 엘쟈네스는 그에게 물었다.

"괜찮아요?"

"괜찮지 않습니다. 전혀."

단 한 번도 여자를 안고 싶다고 생각한 적이 없었다. 엘쟈네스가 얇은 슬립 차림으로 나타나기 전까지는 그렇다고 생각했다. 엘쟈네스가 움직일 때마다 아찔한 향이 퍼진다. 엘쟈네스의 손목은 한없이 가녀렸다. 렌에게는 그렇게 느껴졌다. 렌이 여린 손목 두 개를 붙잡기만 해도 그녀는 금세 무력해질 것이다. 그는 자신에게 이런 충동이 있다는 것을 처음 깨달았다.

엘쟈네스는 렌에게 조금 더 다가갔다. 렌은 엘쟈네스를 바라보았다. 그녀의 단호한 진갈색 눈동자와 마주치자 어쩐지 이상한 기분이 들었다.

'이게 아니야.'

좀 전과 같은 충동이 아니었다. 렌은 참을 수 있다는 생각이 들었다. 그는 엘쟈네스에게 말했다.

"엘쟈…. 지금은 안지 않겠습니다."

그가 원하는 것은, 좀 더 다른.

"어째서죠?"

"당신이 저를 원할 때, 안겠습니다."

엘쟈네스는 그 말에 놀라고 있었다. 리리엘이 저지른 다채로운 일에 의해 무감각해졌다고 생각했으나, 렌의 말은 그녀를 다소 동요시켰다.

엘쟈네스는 첫날밤에 대해 무수히 교육받아왔다. 아직까지도 정략결혼한 부부의 첫날밤은 고통스러운 것으로 인식되고 있었다. 남편과 아내가 서로를 원하지 않는 상황에서도 강제로 밤을 보내야 한다. 엘쟈네스는 최대한 고통을 참으라는 말을 들었고 렌은 억지로라도 안으라는 말을 들었다. 그녀는 아직까지도 낯선 남자와 밤을 보낼 각오는 되어 있지 않았다. 렌은 그것을 알아챘던 것이다.

렌은 엘쟈네스가 웃었으면 좋겠다고 생각했다. 그리고 가능한 그를 원하는 눈빛으로 올려다보았으면 좋겠다고 생각했다. 그런 생각을 하는 이유는 알 수 없었다. 엘쟈네스는 물었다.

"괜찮은가요? 당장 저를 안지 않아도?"

"엘쟈. 남자가 충동을 느낀다고 해서 무조건 자신의 욕망을 위해 여자를 안지는 않습니다. 당신을 배려하고 싶습니다. 안지 않겠다는 이야기가 아닙니다. 당신이 저를 원할 때 안겠습니다."

"몇 년이 지나더라도요?"

"몇 년이 지나더라도. 당신을 원합니다. 그렇기에 당신도 저를 원했으면 좋겠다고 생각하고 있습니다."

"왜죠?"

"모르겠습니다."

렌은 정말로 그 말처럼 엘쟈네스를 강제로 안으려고 하지 않았다. 대신 엘쟈네스를 안아 눕혀주었고 이불을 덮어주었을 뿐이다. 침실의 불이 꺼졌다. 벽 쪽의 은은한 촛불만이 방을 약간 밝히고 있었다. 엘쟈네스는 잠이 오지 않았다. 결혼 생활은 나쁠 거라고 생각했던 것 같다. 남편이 어떻게 하든 참아야 할 일이 많을지도 모른다고 생각했었다. 첫날밤에 대해 두려워했다. 하지만 아니었다. 언젠가 엘쟈네스가 렌에게 익숙해지고 렌에게 마음을 좀 더 연다면 엘쟈네스는 그에게 비로소 안기게 될 것이다. 이제는 그 날이 두렵지 않았다. 엘쟈네스는 렌을 불렀다.

"렌, 자요?"

"아직 자고 있지 않습니다."

"손을 잡아줄래요?"

"작군요. 여린 손입니다."

"작지 않은걸요. 렌의 손은 크네요."

"저보다 큰 사람도 있습니다. 보통보다 큰 편은 맞습니다."

"저도 그래요. 전 보통 여자보다 손이 조금 큰 편인걸요."

"제 손에는 다 들어옵니다. 제게는 작습니다."

"그런가요."

어둠 속에서 엘쟈네스의 낭랑한 웃음소리가 들려왔다. 렌은 엘쟈네스의 웃음소리가 맑아 듣기 좋다고 생각했다. 엘쟈네스는 어둠 속에서 들려오는 렌의 낮은 목소리에 심장이 약간 반응했던 것을 느끼고 눈을 감았다. 곧 둘은 잠에 빠져들기 시작했다. 생전 모르던 타인과 함께 자는 것인데도 편안했다. 서로의 온기가 서로에게 안정감을 가져다주었다. 엘쟈네스는 졸음이 눈꺼풀을 무겁게 덮을 때 렌에게 인사했다.

"잘 자요, 렌."

"주무십시오. 엘쟈."

그의 서늘하고 낮은 목소리가 기분 좋았다. 엘쟈네스는 그대로 잠이 들었다. 엘쟈네스의 숨소리를 듣던 렌 역시 이내 잠이 들었다. 밤이 지나갔다. 다음 날 엘쟈네스는 눈을 떴다. 가까운 곳에서 숨결이 느껴졌다. 따뜻하다. 허리에 단단한 팔이 감겨 있었다. 엘쟈네스를 안은 채 자고 있던 렌이 엘쟈네스의 기척에 눈을 떴다. 잠에서 덜 깬 가라앉은 목소리가 낮게 들려왔다.

"일어났습니까."

"더 자요, 우리."

이유는 알 수 없었으나 엘쟈네스는 렌에게 안겨 있었다. 엘쟈네스가 베고 있던 것은 렌의 한쪽 팔이었다. 엘쟈네스는 렌에게 안겨들었다. 렌의 몸이 조금 흠칫, 하는 것이 느껴졌다. 이 느낌이 좋았다. 리리엘이 태어난 이후 부모님과도 이런 포옹을 한 적이 없었다. 외로웠던 건지도 모른다. 엘쟈네스는 이내 다시 잠에 들었다. 렌은 품 안에 안긴 엘쟈네스가 잠이 든 것을 보고 눈을 감았다. 혼자 쓰던 침실에 아내가 들어오고 서로 안고 함께 잠을 잔다는 것은 생각과 다르게 불편하지 않았다. 오히려 좋았다. 이내 부부는 서로의 체온을 느끼며 다시 안락한 잠에 빠져들었다. 아침 햇살이 방 안을 화창하게 비출 때까지.

3

기사

밝은 아침 햇살이 침대 위를 비추었다. 이내 엘쟈네스가 눈을 떴다. 엘쟈네스의 기척에 렌도 눈을 떴다. 엘쟈네스는 렌이 누군가의 기척에 민감하다는 것을 눈치챘다. 윈터나이트 대공의 검술 실력에 대해서는, 결혼식 피로연에서 영애들에게 들었기에 실감할 수 있었다.

"렌."

엘쟈네스는 렌을 불렀다. 둘은 아직까지도 떨어지지 않고 있었다.

"네."

"검을 잡나요?"

"어릴 적부터 잡아왔습니다."

"그렇구나. 영애들에게 렌이 윈터나이트 대공가의 기사들보다도 강하다는 이야기를 들었어요."

"제국에서 저보다 강한 이는 없을 겁니다."

사실이었으나 렌은 어쩐지 민망함을 느꼈다. 엘쟈네스의 진갈색 눈동자가 그를 신뢰하는 빛을 띤 채 이쪽을 향하고 있었다. 일어나고 싶었으나 엘쟈네스가 다칠까 봐 그렇게 할 수가 없었다. 엘쟈네스는 가벼운 편은 아니었으나 렌에게는 한없이 부서질 것처럼 연약하게만 느껴졌다.

'이 이야기를 리리엘이 듣는다면, 검의 강자라고 관심을 가지겠지.'

하지만 이 남자만은 리리엘 곁에 있게 하고 싶지 않았다. 이렇게 따뜻한 체온을 나누고 있어서일까. 렌과 밀착하듯 누운 채 엘쟈네스는 물었다.

"어떻게 강해질 수 있었는데요? 수련을 열심히 했나요?"

"그것은 제가 윈터나이트 대공이기 때문입니다."

엘쟈네스는 렌이 이 이상을 말하기 주저하고 있다는 사실을 눈치챘다. 렌은 이 시간이 좋았다. 따뜻한 체온을 지닌 엘쟈네스가 그에게 안겨 있고 도란도란 이야기를 나누는 시간이 이어지고 있었다. 어두운 생각이 간혹 들기는 했지만 지금 엘쟈네스와 이런 시간을 보내는 것이 좋아 이제 그다지 끌리지는 않았다. 이 시간을 깨뜨리고 싶지 않다. 엘쟈네스의 차가운 얼굴을 보고 싶지도 않았다. 렌이 주저한다는 사실만을 깨달은 엘쟈네스는 렌의 반응을 모른 척하며 빙긋 웃었다.

"어제 일찍 잤더니 배가 고프네요. 아침 식사를 하는 게 좋겠어요."

"줄을 잡아당기면 시녀들이 식사를 내올 겁니다."

엘쟈네스는 자리에서 일어났다. 엘쟈네스가 일어난 것을 확인한 렌도 일어났다. 렌은 엘쟈네스가 잡아당기기 전에 먼저 줄을 잡아당겨 주었다. 곧 시녀들이 노크를 하고 들어와 아침 식사를 나르기 시작했다. 간이 테이블과 의자가 침실 안에 설치되었다. 엘쟈네스는 음식이 놓이는 동안 렌에게 침실 양옆에 있는 문에 대해 물어보았다.

"렌, 왼쪽의 문은 뭔가요?"

"욕실입니다. 저곳에서 씻으면 될 겁니다."

"오른쪽의 문은요?"

"드레스 룸입니다. 왼쪽 방은 엘쟈가, 오른쪽 방은 제가 쓰게 되어 있습니다."

"집무실은 여기서 먼 편인가요?"

"그다지 멀지는 않습니다. 식당과는 가까운 편입니다."

이내 아침 식사가 다 차려졌다. 시녀들은 식사를 마치면 불러달라는 말을 하고 나가서 문을 닫았다. 엘쟈네스와 렌은 식사를 했다. 오늘의 아침 메뉴는 매콤한 양념을 넣은 스튜였다. 자칫 잘못하면 너무 맵기 일쑤지만 이 스튜는 감칠맛이 감돌았고 고소한 버터향이 마지막을 장식했다. 함께 나온 빵은 부드러워 달콤한 사과잼과 조화를 이뤘다. 엘쟈네스는 문득 궁금해져 렌에게 물어보았다.

"대공가의 음식은 원래 이렇게 훌륭한가요?"

"꼭 그렇지는 않습니다. 본래도 맛있었으나… 엘쟈가 온 후로 이렇게 되었습니다."

원인은 엘쟈네스가 왔다는 소식을 듣고 혼신의 힘을 다해 일하는 주방의 고용인들이었다. 이유는 알 수 없었으나 윈터나이트 저택의 모든 사람들이 새 대공비에게 호의적인 태도를 보이고 있었다. 렌은 그들을 치하해야겠다고 생각하며 빵에 잼을 조금 발랐다. 엘쟈네스가 맛있게 먹는 것이 좋았다. 아침을 먹으며 렌은 엘쟈네스의 일정을 알려주었다.

"엘쟈의 업무는 이틀 정도 후부터 시작될 예정이기에 공식 일정은 없습니다. 다만 오늘은 윈터나이트 기사단에 인사를 하러 가야 합니다."

"윈터나이트 가문만의 관례인가요?"

"비슷합니다. 윈터나이트에서 가장 중요한 이들은 기사단입니다. 이들에게 새 대공비가 주인으로 인정받음으로써 엘쟈는 가문의 일원으로 자리 잡게 됩니다."

"특이한 관례네요. 인정은 어떤 식으로 받나요?"

"기사단은 두 개로 나뉘어 있습니다. 한 곳은 아직 어려울 것 같고, 다른 곳에 가서 인사를 주고받은 뒤 그들에게 충성의 맹세를 받아 오면 됩니다.

다른 한쪽은 어려우나 이쪽은 이미 엘쟈를 인정하고 있을 겁니다."

"저 혼자 가야 하나요?"

"그렇습니다. 제가 개입하면 엘쟈를 부족한 사람으로 여긴다는 뜻이 됩니다."

"그렇구나. 잘하고 올게요."

식사를 마친 뒤 렌은 먼저 씻고 옷을 갈아입고 집무실로 갔다. 엘쟈네스는 그를 배웅한 후 혼자 씻고 시녀들의 도움을 받아 옷을 갈아입었다. 남자의 옷은 대개 혼자 입기 쉬운 것들이다. 그런 점은 부럽다는 생각이 들었다. 드레스를 입는 것은 좋지만 남의 도움을 받아야만 옷을 갈아입을 수 있는 점은 무척 불편했다.

엘쟈네스의 옷이 가득 있는 방은 넓었다. 엘쟈네스는 결혼식 때 입지 않은 드레스들뿐만 아니라 낯선 새 드레스들까지 모조리 거기 걸려 있음을 깨달았다. 다 입을 수 있을지 걱정됐지만 하루하루 새 드레스를 입는다면 가능할 것도 같았다.

'그 하루를 다 합친다면 몇 년이겠지만.'

오늘은 푸른 드레스를 입기로 결정했다. 엘쟈네스는 옷을 갈아입은 후 시녀에게 물었다.

"내 일정은 보통 누가 알려주지?"

"전속 시녀입니다. 마님."

"그렇구나. 내게 배정되는 거니?"

"그렇지 않습니다. 마님이 직접 누군가를 선택하셔야 합니다."

시녀들은 벌써부터 마님을 가까이에서 모시고 싶어 하고 있었다. 누가 전속 시녀가 될지는 모르겠지만 그 누군가는 정말 행운아일 것이다. 시녀는 마음속으로 안타까움을 삼켰다. 전속 시녀가 오기 전까지는 집사가 엘쟈네스의 일정을 관리한다고 했다. 오늘은 집사 대신 집사가 보낸 후계자가 오기로 했다는 말을 전해 들었다.

집사의 집안은 대대로 윈터나이트가를 모셔왔다. 그러나 집사의 아들은 위험을 무릅쓰면서까지 집사 일을 하길 원치 않았다. 집사가 나이가 들도록 이 집안을 혼자 쭉 관리해온 것은 그런 이유에서였다. 다행히도 집사의 어린 손자가 자발적으로 예비 집사 과정을 밟으며 노력해주고 있었다.

엘쟈네스는 침대에 앉아 소년을 기다렸다. 이내 노크 소리가 두 번 들렸다. 시녀가 문을 열었다. 엘쟈네스는 밖으로 나왔다. 집사와 어렴풋이 닮은 소년이 정장을 입고 서 있었다. 소년은 또랑또랑한 목소리로 인사했다.

"안녕하세요, 마님. 오늘 하루 마님을 모시게 되었어요. 오늘은 블랙 기사단에 인사를 하러 가시고 나면 일정이 마무리됩니다."

"블랙 기사단? 다른 기사단의 이름은 무엇이니?"

"화이트 기사단이에요! 블랙 기사단은 누구나 생각하는 기사들의 업무를 하고, 화이트 기사단은 저도 잘 모르겠어요. 아직까지 화이트 기사단에 대해서는 자세한 교육을 받지 못했거든요. 그들을 관리하는 것도 집사의 일이라고 하니 할아버지는 알고 계실 거예요. 우선은 제 뒤를 따라와주세요."

소년은 밝고 명랑했다. 엄숙하고 기품 있던 집사와는 정반대였다. 그래도 복도를 지나며 고용인들의 업무를 눈여겨보거나 무언가를 적는 태도는 제법 집사다워 보이기도 했다. 작은 수첩에는 업무에 대한 소감이 적히기도 했고 주의할 점이 적히기도 했다. 엉뚱한 것이 적히기도 했다. 엘쟈네스는 미소를 참으며 소년 집사의 뒤를 따라갔다.

기사단 건물은 대공 부부가 쓰는 저택에서 조금 떨어져 있었다. 소년, 율리히는 명랑한 태도로 엘쟈네스를 안내해주었다. 정원을 지나자 기사단 건물이 곧 눈에 들어왔다. 말을 탈 수도 있었지만 직접 눈으로 보며 산책하듯 걷고 싶었기에 걸어가고 있는 것이었다. 소년 예비 집사는 엘쟈네스에게 말했다.

"저곳이에요, 마님!"

"두 기사단은 건물을 같이 쓰니?"

"네."

"왜 기사단이 둘로 나뉘어 있는 건지 설명해줄 수 있을까? 업무의 차이 때문이니?"

"그렇기도 하지만 화이트 기사단이 강해서이기도 해요! 블랙 기사단과 함께 수련하기에는 무리가 있다고 들었어요. 화이트 기사단의 건물은 특별히 설계되었다고 해요."

율리히가 어린 편이었기에 엘쟈네스의 말투도 상냥해졌다. 힘차게 대답한 소년이 웃었다. 남자치고는 고운 얼굴이었기에 웃는 모습이 예쁘게 보였다. 엘쟈네스는 율리히에게 물었다.

"몇 살이니?"

"열네 살이에요, 마님!"

"열네 살?"

"네. 저희 집은 조금 늦게 성장하는 편이거든요. 나이에 비해 어리게 보인다는 말을 많이 들어요!"

나이에 비해 어려 보여 놀랐지만 열네 살도 어렸다. 엘쟈네스는 굳이 그 점에 대해 지적하지 않고 미소를 참았다. 이내 두 사람은 기사단 건물 입구에 도착했다. 가운데에 있는 입구에서 양쪽으로 두 갈래의 길이 있었다. 두 개의 복도였다.

예비 집사 소년은 당황하고 말았다. 기세 좋게 마님을 데리고 왔지만 어느 쪽이 블랙이고 어느 쪽이 화이트인지 전혀 구별할 수 없었던 것이다. 집사가 율리히에게 분명 일러줬지만 마님을 모시는 중대한 업무를 한다는 생각에 들떠 제대로 듣지 못하고 말았다. 할아버지가 신신당부를 했었는데. 율리히의 얼굴이 금세 울상으로 변했다. 뒤에서 따라가던 엘쟈네스가 물었다.

"어느 쪽으로 가야 하니?"

"저쪽이에요! 마님."

율리히는 그만 거짓말을 하고 말았다. 애써 웃는 얼굴로 오른쪽을 가리켰다. 여기서 할아버지에게 물어보러 간다면 집사 일을 제대로 하지 못했다며 꾸지람을 들을 것이다. 할아버지는 다정했지만 집사 업무에 대해서는 매우 엄격했다. 그리고 율리히 역시도 예비 집사였다. 모른다는 대답을 해 마님의 실망한 얼굴을 보고 싶지 않았다. 율리히는 눈을 질끈 감았다. 엘쟈네스는 기사단에 대해 생각하느라 율리히의 그런 얼굴을 보지 못했다. 이 길에서부터는 집사가 따라갈 수 없다. 엘쟈네스는 율리히가 가리킨 방향으로 걸어가버렸다.

"제발 블랙 기사단이어라…."

소년은 엘쟈네스가 향한 오른쪽이 제발 블랙 기사단의 것이기를 바라는 수밖에 없었다. 화이트 기사단은 곤란했다. 마님은 아직 윈터나이트에 대해 제대로 알지 못하니까. 귀족 영애였던 마님이 화이트 기사단을 감당하기는 어려울 것이다. 율리히는 마님이 블랙 기사단으로 갔을 것이라고 애써 생각했다. 그러나 소년에게는 불운하게도, 마님이 걸어간 방향은 화이트 기사단이 있는 곳이었다.

✼

겨울의 마법은 저주처럼 소유자를 옭아맨다. 알렉은 가끔 그렇게 생각할 때가 있었다. 알렉은 전대 윈터나이트 대공이 대공위를 가지고 있었을 때부터 화이트 기사단에 있던 기사였다. 화이트 기사단 내부를 둘러보던 알렉은 혀를 차며 고개를 저었다.

"기사라고는 할 수 없지. 이게 기사단이가."

기사란 그 주인에게 충성을 맹세하며 주인을 지키는 자들이다. 또한 타인에게 예의를 갖추고 검을 진지하게 다룬다. 그런 세간의 이미지대로라면 화이트 기사단은 절대 기사단이라고 할 수 없었다. 물론 무식하게 강하고 검을 잘 다루니 용병쯤으로는 쳐줄 수 있겠다.

"어이, 알렉! 너도 할래?"

"됐다, 됐어."

"엘리나의 기록을 깨야지!"

"됐다고!"

알렉이 여러 번 소리치고 나서야 기사들은 알렉을 포기하고 물러났다. 겨울의 마법은 그 소유주를 강하게 만들었다. 겨울의 마법을 가지고 태어나는 이가 있었고, 윈터나이트 대공에게 겨울의 마법을 받는 이가 있었다. 알렉 역시도 겨울의 마법을 가지고 태어난 이들 중 하나였다. 그러나 겨울의 마법을 사용할 수 있게 된 것은 윈터나이트 대공에게 맹세의 서약을 한 후부터였다. 영혼에 대고 맹세하지 않으면 잠재된 겨울의 마법을 사용할 수 없었다.

"그리고 저 바보들은 겨울의 마법을 쓸데없는 데 쓰고 있지."

알렉이 중얼거렸다. 화이트 기사단원들은 커다란 장작을 맨손으로 부러뜨리고 있었다. 사람이 도끼로 수백 번을 내리찍어야 겨우 자를 수 있을 법한 장작이었다. 손힘에 깃든 겨울의 마법이 결코 부러지지 않는 굵은 장작을 부수었다. 알렉은 한심한 듯 그 장면을 바라보았다. 이것은 요즘 유행하는 내기였다. 장작을 가장 빨리 부러뜨린 사람이 이긴다. 보상은 딱히 없었다. 화이트 기사단원들이 이 쓸데없는 내기를 하는 것은 단순히 경쟁심 때문이었다.

"아자! 기록에 가까워진다!"

기사단원 중 하나가 소리를 질렀다. 저 짓을 왜 하는 거야. 알렉은 고개를 저었다. 저번에는 검 두 자루를 다리 삼아 천장에 얼마나 빨리 올라가는지 내기했으니 이번이 나은지도 모른다. 노집사의 웃는 얼굴은 어쩐지 무서웠다. 그러니 기물을 망가뜨리지는 않는 거겠지.

사실 화이트 기사단은 기사라고 하기에 지나치게 자유로웠다. 기사단장은 용병이고, 부기사단장은 전직 암살자 출신이다. 그것도 현재 윈터나이트 대공을 암살하려던 이였다. 내기를 하지 않는 기사들은 쉬고 있거나 무거운 분위기를 풍기며 허공을 바라보고 있었다.

화이트 기사가 선발되는 기준은 단 하나. 겨울의 마법이었다. 겨울의 마법이 발현되는 기준은 누구도 알지 못했다. 대대로 윈터나이트를 관찰하고 보좌해온 집사의 집안조차도 그 규칙성을 파악하지 못했다.

확실한 것은 겨울의 마법이 화이트 기사단원들을 윈터나이트 영지로 불러들인다는 사실이다. 어떤 과정을 거치든 간에 겨울의 마법을 지닌 이들은 모두 화이트 기사단원이 되었다.

'이쯤 되면 괴짜 기사단이라고 불러야 하는 게 아닌가 싶지만. 우리만 한 기사도 없지.'

대공을 인정해 맹세의 서약을 하는 순간 영혼이 묶이게 되니 말이다. 대공에게 겨울의 마법을 사용할 권한을 받는 대신 화이트 기사단은 대공을 결코 배신할 수 없었다. 배신할 일도 없을 것이다. 화이트 기사단은 대공을 주인으로 인정해야만 맹세의 서약을 바치니까. 영혼이 악하거나 유약하면 화이트 기사단의 주인이 될 수 없었다.

대공을 인정하더라도 대공비를 인정하지 않을 수도 있다. 화이트 기사단은 블랙 기사단과 달랐다. 그들은 주인이 될 윈터나이트 대공과 대공비의 영혼을 본능적으로 느낄 수 있었다. 그것은 강렬한 직감에 가까웠다. 역대 윈터나이트 대공 중 화이트 기사단원들에게 인정받지 못한 이들도 있었으나 전대의 윈터나이트 대공과 이번 대 윈터나이트 대공은 그 부류에 속하지 않았다. 물론 어딜 가나 예외는 있다.

"그건 바로 저 괴짜 녀석이지."

"날 말하는 건가?"

"아니야, 엘리나. 가서 쉬어. 아직도 기록은 깨지지 않은 거야?"

"날 이길 사람은 없지."

엘리나 블루벨. 기사와는 거리가 먼 화이트 기사단 중 유일하게 기사다운 녀석이었다. 유일한 여자이기도 했으나 화이트 기사단원들 자체가 성별을 따지는 편은 아니었다. 대개의 기사단원들이 산전수전을 다 겪었기 때문이다. 화이트 기사단원들이 엘리나 블루벨이 들어온 순간 술렁거린 이유는 단 한 가지였다. 고고한 아마릴리스의 기사.

신비로운 금발과 파란 눈동자는 엘리나를 요정처럼 보이게도 했으나 엘리나가 검을 드는 순간 누구도 엘리나를 약하게 보지 못했다. 아마릴리스에서는 엘리나 블루벨이라는 기사 자체가 유명한 상황이었다. 더군다나 블루벨가는 아마릴리스의 고위 귀족이었다. 그런 녀석이 알렉의 파트너로 온 순간 얼마나 놀랐던지. 대공을 본 엘리나는 고고하게 한마디 했다.

"당신을 인정하지 않겠습니다."

겨울의 마법을 받은 순간부터 화이트 기사단원은 화이트 기사단에 속하게 된다. 대공을 인정하고 말고는 엘리나의 의지였다. 엘리나가 대공을 인정하지 않는다고 해서 화이트 기사단에서 나가는 것은 아니다. 다만 아까웠다. 한쪽에서 다시 비명이 터져 나왔다.

"으아악!"

"내 승리군. 신기록은 내 차지인가."

엘리나가 말하고 있었다. 블루벨 가문 자체가 문무 모두에 능한 이능을 타고난다고 하지만 저 녀석은 어찌 된 게 괴물처럼 강했다. 기본 악력 자체도 보통 남자를 능가했고 검술 실력도 뛰어났다. 겨울의 마법을 사용하지 않는데도 엘리나를 이길 수 있는 기사단원이 화이트 기사단에 거의 없을 정도였다. 대공을 인정하지 않을 법도 했다.

'생각해보니 그때 각하의 반응도….'

대공은 서늘한 얼굴로 "그렇습니까"라고 답했을 뿐이었다. 엘리나와 대공은 서로에게 무관심했다. 아무렇지도 않은 그들 때문에 알렉만 추울 지경이었다.

하지만 엘리나가 겨울의 마법을 사용하게 된다면 볼 만할 텐데. 그때는 대공을 제외한 그 누구도 엘리나를 꺾지 못할 것이다. 엘리나의 검술 실력은 아마릴리스 내에서도 손에 꼽힐 정도였다. 지금은 기사단장과 부기사단장이 엘리나를 이기지만 그것도 아슬아슬한 차였다. 용병 출신인 기사단장은 노련한 경험으로 엘리나를 이겼고, 암살자 출신의 부기사단장은 빠른 속도로 엘리나를 이겼다.

정말 아깝다. 알렉은 기사단원 둘을 상대로 내기 대련을 하는 엘리나를 보며 혀를 찼다. 그때 갑작스럽게 문을 활짝 열고 들어온 망나니 조제프가 외쳤다.

"각하께서 신부를 들이셨다는데?"

"한 달 전에 청혼서를 보냈잖아!"

"정신을 어디에 두고 다니는 거냐?"

"난 몰랐지. 넌 알고 있었냐?"

"그래."

조제프의 머쓱한 반응에 그의 파트너가 무심하게 대답했다. 화이트 기사단원들은 극과 극이었다. 유쾌하거나 아니면 기사단장과 부기사단장처럼 가라앉은 분위기이거나. 그래도 모든 기사단원들에게는 겨울의 마법으로

묶였다는 동지 의식이 있었다. 그것만으로도 이 화이트 기사단의 분위기가 좋아졌다.

파트너 제도의 도입도 기사단의 분위기를 좋게 하는 데 한몫했을 것이다. 파트너는 같은 방을 쓰고 함께 생활하는 동료였다. 알렉의 파트너가 바로 엘리나였다. 엘리나가 여자이기는 했지만 같은 방을 써도 설레는 감정은 전혀 들지 않는다. 오히려 엘리나의 무지막지한 강함에 괴물이라는 생각만 들 뿐이었다. 엘리나는 엘리나대로 알렉을 연약하다고 생각하는 듯하지만. 알렉은 갑작스럽게 궁금해져 엘리나에게 물었다.

"엘리나, 넌 알고 있었지? 각하의 결혼 말이야."

"당연하다. 블루벨 가문에서 에너지석 외교를 맡았으니까."

"아, 그렇지."

"그럼 대공비 각하에 대해서도 알겠네?"

"그것까지는 들은 적이 없어 모르겠군."

문득 평화롭다는 것을 인지한다. 화이트 기사단이 활동하는 것은 겨울이 오는 2개월 정도였다. 10년 전까지는 할 일이 꽤 많았지만 전대 대공 부부가 아룬델을 대다수 소탕하며 할 일이 없게 되었다.

아룬델은 윈터나이트와 완전히 반대되는 세력이었다. 그들은 겨울의 마법과 비슷한 마법을 받아 끊임없이 윈터나이트를 방해해왔다. 전대 대공 부부는 대다수의 아룬델을 추적해 없애버렸다. 무료할지언정, 평화로운 것이 낫다. 아룬델 세력을 다시 만나고 싶지는 않으니까. 유년 시절부터 성인을 넘긴 지금까지 화이트 기사단에서 지내온 알렉은 그렇게 생각했다.

그 순간 알렉은 상념에서 깨어났다. 다시 밖으로 나갔던 망나니 조제프가 소스라치게 놀라 뛰어 들어왔다. 그가 외쳤다.

"웬 귀족 영애가 이리로 오고 있는데?"

"과음했나?"

"아니, 그게 아니라."

조제프가 횡설수설하자 몇몇 기사들이 낄낄 웃었다.

"정신 차려라."

"꿈이라도 꿨나 보네. 귀족 영애라니."

"진짜야. 빨간 머리였는데 이쪽으로 오고 있다고."

"유령이라도 본 거 아냐?

"잠깐만. 빨간 머리?"

알렉의 눈이 긴장감을 띠었다. 붉은 머리칼은, 아룬델의 상징이다. 그러나 아룬델이 여기에 어떻게? 마침내 알렉은 가까스로 새로 온 대공비의 머리칼이 붉은색이라는 사실을 떠올렸다. 고용인들이 대공비에 대해 이야기를 하는 것을 듣다 알아낸 사실이었다.

"그분, 새로 온 대공비 각하 아니야?"

알렉이 마침내 결론을 내렸다.

"뭐? 그분이 왜 여길 와?"

"블랙 기사단에 가겠지."

평화로운 일상이 끝나는 소리가 들려왔다. 노크와 함께 문이 열린 것이다. 집사의 노크 소리라고 하기에는 작은 소리였다. 화이트 기사단 중 노크를 하고 들어오는 사람은 아무도 없었다. 이내 우아한 미녀가 등장했다. 아룬델 같은 선연한 붉은 머리칼이 아니어서, 안심해야 할까. 화이트 기사단이 조용해졌다. 알렉은 자신도 모르게 엘리나를 바라보았다. 평소처럼 고고한 얼굴을 하고 있으리라 생각했던 엘리나는 눈을 크게 뜨고 새 대공비를 바라보고 있었다.

'말도 안 돼.'

알렉은 저런 얼굴을 한 사람을 어떻게 표현해야 하는지 알고 있었다.

누구에게도 이끌린 적이 없다는 고고한 기사, 엘리나 블루벨은 새 대공비에게 완전히 빠져버렸다.

※

엘쟈네스는 복도를 걸었다. 기사단의 건물은 엘쟈네스와 렌이 쓰는 저택만큼 큰 편이었다. 건물은 잘 관리되어 있었고 건물을 이루는 자재들도 모두 튼튼한 종류이다. 군데군데 보이는 보수된 자리들은 마법을 이용한 것이었다. 보수 마법을 사용할 수 있는 이가 많지 않아 비용이 많이 들었을 것이다. 기사단을 위해 신경 쓴 여러 흔적들을 보자 렌이 윈터나이트에서 가장 중요한 이들이 기사단이라고 말했던 것을 실감할 수 있었다.

크로커스 공작가도 기사단의 규모는 나름 큰 편이었다. 공작가의 둘째 아가씨인 리리엘이 기사단과 잘 어울리고 수련을 자주 했기 때문이다. 공작 부부는 리리엘을 위해 아낌없이 많은 것을 투자했다. 리리엘은 운동 신경이 좋았다. 아카데미를 다닐 때도 검술에 능했고 졸업 후에는 웬만한 기사를 꺾을 만한 실력을 갖추게 되었다.

크로커스 공작가의 기사들은 그런 리리엘을 좋아했다. 리리엘은 보통의 여자와 달리 승마복을 입고, 검술을 했고, 다친 기사들을 치유의 힘으로 늘 치료해주고는 했다. 성격도 밝고 활기찼다.

"언니도 검을 배우시는 건 어때요?"

리리엘은 늘 그렇게 권유했지만 엘쟈네스는 항상 거절했다. 피부가 타는 것도, 근육통에 시달리는 것도 싫었다. 엘쟈네스가 좋아하는 일이 아니었다. 리리엘이 언니도 어쩔 수 없는 귀족 영애라고 했던가. 그래도 엘쟈네스가 리리엘 강요하듯 권유하는 수련을 함께 해주는 일은 없었다.

이내 엘쟈네스의 발걸음이 커다란 문 앞에서 멈추었다. 더 이상 갈 곳은 없었다. 작은 문들이 있었지만 기사단원들이 다 함께 있기에는 작아 보였다. 문은 닫혀 있었다. 엘쟈네스는 두 번 문을 두드렸다. 안에서는 아무 소리도 들리지 않았다. 이것도 시험의 일부일까. 열지 않는다면 직접 열고 들어가면 그만이었다.

엘쟈네스는 문을 열고 들어갔다. 안에는 놀란 얼굴을 한 기사단원들이 있었다.

"윈터나이트 대공비로서, 맹세의 서약을 받기 위해 왔어요."

엘쟈네스는 말했다.

"어서 오시오."

대답한 이는 기사단장이었다. 기사단장은 말수가 적고 위험한 분위기를 풍기는 남자였다. 기사단장의 분위기가 용병을 떠올리게 했다. 잠시 조용해졌던 기사단원들이 조금씩 시끄러워지기 시작했다. 기사단원들은 엘쟈네스를 그다지 신경 쓰지 않는 것 같았다. 기사단장이 말했다.

"맹세의 서약을 받기 위해서라면 제대로 오셨소."

"바로 받는 것이 아닌가요?"

"그렇소. 우리의 시험을 통과해야 하지. 아니면 우리에게 인정받거나."

"여기는 블랙 기사단이 아니군요."

엘쟈네스는 기사단을 둘러보았다. 기사들은 기사단 제복을 입고 있지 않았다. 갑옷조차 없었다. 기사단장 역시도 엘쟈네스를 존중했으나 주인으로 대하지 않았다. 무엇보다도 엘쟈네스가 아는 기사 중 이렇게 강한 기사는 없었다. 이들은 위험하고 강한 사람들이었다. 예사로운 자들이 아니다. 화이트 기사단장, 렉더 마이어는 고개를 끄덕였다.

"맞소. 이곳은 화이트 기사단이오. 나는 기사단장인 렉더 마이어요."

"엘쟈네스 윈터나이트예요."

기사단장과 부기사단장에게는 존대해야 했다. 엘쟈네스는 마주 보고 통성명을 했다.

한편, 블랙 기사단은 오지 않는 대공비를 기다리고 있었다. 블랙 기사단의 커다란 문은 화이트 기사단의 것과 달리 활짝 열려 있었다. 화이트 기사단원들이 대공비에 대해 알지 못하는데 비해 블랙 기사단은 대공비에 대해 잘 알고 있었다. 통상적인 기사 임무를 맡았기 때문이다. 블랙 기사단은 이미 대공비를 인정했다. 대공비가 도착하는 즉시 대공비에게 맹세를 바로 올릴 예정이었다. 대공비가 나타나지 않자 기사들은 조금씩 수군거렸다.

　"분명히 집사님이 비 각하를 안내하겠다고 하셨는데….”

　"지금 한 시간이 지나도록 오시지 않고 있습니다, 단장.”

　"혹시 비 각하께 일이 생긴 걸지도 몰라. 당장 집사님께 전갈을 보내라. 길을 잃으셨을지도 모르니 찾아보고.”

　"알겠습니다.”

　윈터나이트의 사람 중 화이트 기사단과 블랙 기사단을 구별하지 못하는 사람은 없었다. 그랬기에 블랙 기사단은 대공비가 설마 화이트 기사단으로 갔으리라고는 생각하지 못했다. 더군다나 화이트 기사단에 도착했다면 누군가가 블랙 기사단에 연락했을 것이다. 이 생각은 화이트 기사단을 지나치게 정상적으로 본 블랙 기사단원들의 큰 실수였다. 블랙 기사단원들은 대공비를 찾기 위해 황급히 뛰어나갔다.

　화이트 기사단원들은 보지 않는 척하면서 대공비를 흘끔거리는 중이었다. 엘쟈네스의 말투는 세련됐고 흠잡을 구석 하나 없었다. 여러모로 화이트 기사단원들과 거리가 먼 사람이었다. 묵묵한 이들은 대공비에게 신경 쓰지 않았고, 다른 절반의 기사단원들은 대공비를 바라보고 있었다. 기사단원 둘이 중얼거렸다.

　"어떤 사람인지 모르겠어.”

　"나도. 느낌조차 오지 않아.”

마지막 말은 나직했다. 겨울의 마법은 상대를 본능적으로 가늠할 수 있게 했으나 이상하게 대공비만은 알 수가 없었다. 이렇게 아무런 가늠이 되지 않는 것은 윈터나이트의 반대 세력인 아룬델들뿐이었다. 그러나 겨울의 마법은 잠잠했다. 만일 새 대공비가 아룬델의 일원이었다면 겨울의 마법이 으르렁거리며 경고했을 것이다.

"겨울의 마법이 파악할 수 없을지도 모르지. 남쪽의 사람이잖아."

"하긴, 북쪽과 남쪽은 다르니까."

"그런데 이렇게 되면 맹세의 서약을 할 수도 없잖아. 어떤 사람인지도 모르는데."

렉더 마이어는 남쪽의 정세가 혼란스러울 때 전쟁에 참가한 용병이었다. 용병왕이라고 불린 적도 있으나 그것도 한때였다. 우연히 들른 윈터나이트 영지에서 잠재되었던 겨울의 마법을 깨우치게 된 것이다. 용병으로 지낸 경험으로, 렉더 마이어는 눈앞의 대공비가 고귀한 여자라는 사실을 알아차렸다.

그러나 그것만으로는 부족했다. 겨울의 마법은 대공비에 대해 알리지 않았다. 그러므로 대공비는 직접 입증해야 할 것이다. 자신이 화이트 기사단의 주인이 될 가치가 있음을. 영혼의 강인함을.

"왜 착오가 있었는지는 모르나 이것도 인연이라면 인연일 것이오. 화이트 기사단은 두 번의 기회를 주지 않소. 비 각하는 한 번의 시험에 통과해야 할 것이오."

"그렇다면 어떤 시험을 통과해야 하죠?"

두 번의 기회는 줄 수 없다. 화이트 기사단의 관례였다. 렉더 마이어는 엘쟈네스에게 어떤 시험을 내려야 할지 생각했다. 무력은 아니다. 대공비의 손은 고왔다. 검을 잡는 사람은 아니라는 뜻이다. 그렇다면 어떤 식으로 그녀의 자격을 입증하게 할 수 있을까. 구석에서 언쟁하는 소리가 들려온 것은 그때였다.

"틀렸다니까. 숲으로 지나갔어야 했어."

"숲에는 낭떠러지가 있어. 차라리 호수 쪽으로 갔어야 해. 숲으로 가면 다 죽는다고."

파트너임에도 불구하고 정반대의 성향을 가져 매번 싸우는 기사단원 둘이었다. 둘은 용병 출신이었다. 한 사람은 성질이 급했고 한 사람은 냉소적이었다. 둘 다 호전적인 성격이었다. 두 사람은 피스와 헤븐으로 불렸다. 용병 시절에 쓰던 이름이다. 평화와 천국이라는 뜻의 이름을 쓰는 두 사람은 이내 검을 빼어 들었다.

"호수로 갔으면 다들 물귀신이 되었을걸."

"건너갈 수 있었을 거다. 네 말에 따르다가는 다들 개죽음을 당하겠지."

"말 다 했어?"

피스가 이내 검을 빼어 들었다. 평화를 뜻하는 별명을 가진 남자는 검을 겨누며 상대를 위협했다. 헤븐은 마주 검을 빼어 들었다. 기사 몇은 헤븐이 사람을 천국으로 보내려고 한다며 낄낄 웃었다.

엘쟈네스는 기사들을 둘러보았다. 검이 나왔는데도 놀라는 이는 아무도 없었다. 오히려 기사들은 둘의 대치를 흥미롭게 바라보고 있었다. 정말로. 이곳은 평범한 기사단이 아니었다.

"그래. 본때를 보여주지. 죽고 나서 후회나 하지 마라."

"네 하찮은 실력으로는 무리일걸!"

두 기사의 검이 순식간에 맞붙었다. 파창-! 빠른 속도에 불꽃이 튀었다. 두 기사가 검을 부딪친 순간 엘쟈네스는 두 사람의 실력을 곧바로 파악할 수 있었다. 두 기사가 남쪽에 있었다면 이름을 널리 떨쳤을 것이다. 그만큼 강했다. 피스는 빠른 속도로 검을 밀어붙였다. 헤븐은 힘으로 그 검을 흘려 보내거나 막았다. 실내가 둘의 싸움의 여파로 조금씩 흔들리기 시작했다.

116

의자 몇 개는 이미 금이 간 후였다. 이 상황에서도 건물은 튼튼했다. 건물 내부에도 마법 처리가 되어 있었기 때문이다. 기사단장 렉더 마이어는 이 광경을 보다 시험의 내용을 결정했다. 그는 엘쟈네스에게 말했다.

"저 둘을 말려보시오."

"싸움을 말리면 되나요?"

"그렇소. 어떤 수를 써도 좋소. 무력을 써도 좋고 큰소리를 내도 괜찮소. 검을 잡은 손은 아니군. 다른 좋은 수가 있다면 써도 상관없소."

싸움이 일상이다 보니 말리는 사람은 없었지만 말릴 수도 없었다. 두 사람 모두 다혈질에 가까워 싸울 때 주변의 소리는 듣지 못했던 것이다. 화이트 기사단원들은 렉더 마이어의 말을 놓치지 않았다. 대공비가 어떤 발상을 하고 어떤 방법을 시도하는지를 본다면, 대공비에 대해 알 수 있을 것이다. 아무도 렉더 마이어의 말에 반박하지 않았다. 모든 기사단원들은 이 시험의 내용을 인정했다. 그들은 입을 다물고 엘쟈네스가 어떤 방법을 시도하는지 보고 있었다.

헤븐과 피스는 사납게 싸우기 시작했다. 실내의 가구 몇 개는 이미 손쓸 수 없을 만큼 망가져 버렸다. 화이트 기사단 내에서 욕설은 금지였다. 서로 싸울 우려가 있었기 때문이다. 겨울의 마법을 받은 실력자들이었기에 기사 단원들 간의 싸움은 치명적이었다. 피스와 헤븐은 욕설을 섞지 않은 채 서로를 욕하고 있었다.

"작년 겨울 기억하나? 내가 저승으로 갈 뻔한 그 일 말이다. 뇌가 아니라 돌을 달고 다니나 보지?"

"네 성급한 판단력 때문에 작년 겨울에도 죽을 뻔했지. 네 머리를 가르면 텅 빈 공간이 나올 게 분명해."

검이 쉴 새 없이 섞였다. 엘쟈네스는 두 사람을 바라보았다. 기사들을 보니 리리엘이 떠오르는 것은 어쩔 수가 없었다. 리리엘이었다면 여기서 검을 들고 끼어들어 둘을 막았을 것이다. 무모한 짓이라는 생각은 하지 않은 채. 그런 리리엘에게 기사들은 매료되었다. 그러나 엘쟈네스는 검술을 알지 못했다. 단 한 번도 검술을 배우겠다고 생각해본 적도 없다.

왜냐하면, 그럴 필요가 없었기 때문이다.

엘쟈네스는 아카데미에서마저도 성녀라고 불리던 리리엘과 대칭되는 호칭인 악녀로 불렸다. 그 이유는 엘쟈네스가 타고난 파괴의 마법 때문이었다. 리리엘이 치유의 마법을 타고난 것과는 반대로 엘쟈네스는 무언가를 파괴할 수 있었다. 그게 무엇이든지 간에.

엘쟈네스의 손이 약간 들렸다. 기사단원들은 평범한 여인으로 보이는 엘쟈네스가 무엇을 할지 궁금해하고 있었다. 엘쟈네스는 그들의 기대처럼 기발한 방법을 쓰지는 않았다. 다만 마법을 그러모아 줬을 뿐이다. 오랜만에 발현된 파괴의 마력이 엘쟈네스의 손목을 타고 흘렀다. 엘쟈네스는 검을 배울 필요조차 없었다. 원한다면 불필요한 검술에 비해 더 효과적으로 누군가를 쓰러뜨리고 자신의 몸을 지킬 수 있었으니까.

파괴의 마법은 흔한 것이 아니었다. 그랬기에 기사단원들은 엘쟈네스의 마력을 아직 감지하지 못했다. 엘쟈네스는 담담하게 손을 들었다.

그 순간, 싸우던 두 단원의 사이에서 무언가가 폭발하는 듯한 커다란 소리가 났다.

기사단원 하나가 자기도 모르게 소리를 냈다.

"뭐야…"

파괴의 마력이 순식간에 두 사람 사이를 갈랐다. 싸우던 두 기사단원은 강한 마력에 본능적으로 서로 물러난 뒤였다. 등골이 서늘해졌다. 바닥에서는 연기가 나고 있었다. 공간은 잿더미가 되거나 죄다 뭉그러져 있었다. 헤븐과 피스 모두 더 이상 싸우지 않았다. 파괴의 마력이 둘이 싸우던 자리를 모조리 없애버렸다.

118

헤븐과 피스는 말을 잃었다. 싸움을 멈추자 마력의 흔적이 보였다. 간발의 차로 피해 다행이었다. 엘쟈네스의 단호한 진갈색 눈동자는 별다른 빛을 띠고 있지 않았다. 화이트 기사단원들마저도 잠시 말을 잃고 말았다. 검술과는 연관이 없어 보이던 대공비가 순식간에 벌인 참사였다. 엘쟈네스는 렉더 마이어에게 말했다.

"두 사람을 말렸어요. 이것으로 되었나요?"

기사단원들은 무슨 말을 해야 할지 몰라 우물거렸다. "맞기는 한데…." 몇몇이 중얼거렸다. 대공비의 경악스러운 마법에 놀라지 않을 수 없었다. 파괴의 마법을 가지고 태어나는 이는 흔치 않았다. 있더라도 이런 힘을 발휘할 수 있는 마법사는 없었다. 파괴의 마력 자체가 다루기 까다로웠기 때문이다.

대공비는 태연했다. 마법을 썼는데도 힘든 기색 하나 없는 눈치였다. 기사단장은 생각했다. 로벨리아 왕국에서 대공비를 신부로 보낸 이유를 알 것 같았다. 이런 힘을 감당할 수 없어서였을 것이다. 대공비는 공작 영애였다고 들었다. 왕가의 혈족이 이런 강한 힘을 가졌다는 사실만으로도 왕권에 위협이 되었으리라. 남쪽의 정세가 듣던 대로 혼란스럽다면 말이다.

윈터나이트 대공들은 겨울의 마법을 직접적으로 소유했기에 악에 반응했다. 그럴 일은 없겠지만 대공비가 허튼짓을 할 시 대공이 즉시 대공비를 벨 것이다. 그러니 파괴의 마법을 지녔다고 해도 아마릴리스 황제는 크게 걱정하지 않은 것이리라. 렌과 엘쟈네스가 함께 있는 모습을 아직 보지 못한 기사단장은 막연히 그렇게 생각했다.

"이제 알았다."

엘리나 블루벨은 말했다. 알렉은 기겁해 엘리나를 바라보았다. 새 대공비가 들어온 순간부터 눈을 떼지 못했던 엘리나가 결연한 얼굴을 하고 있었다. 엘리나가 이런 얼굴을 할 때에는 무언가 일이 일어났다. 아마릴리스 최고의 기사라고 불리던 헤르만 경을 꺾었을 때 엘리나는 이런 얼굴을 하고 나가지 않았던가. 파트너지만 정말 알 수가 없다. 알렉은 물었다.

"뭘 알게 되었는데?"

"저분이 유일한 내 주인이다. 결정했다."

"야, 엘리나. 미쳤냐?"

경악한 얼굴로 말하던 알렉은 뜨끔해 입을 가렸지만 대공비를 바라보는 엘리나의 눈은 진지했다. 알렉이 무슨 말을 했는지에 대해서는 관심이 없는 모양이었다. 엘리나는 엘쟈네스의 앞에 섰다. 엘쟈네스는 눈앞의 여기사를 바라보았다. 기사단장인 렉더 마이어도 엘리나를 바라보았다. 엘리나는 말했다.

"대공비 각하. 드릴 말씀이 있습니다."

"무엇이지?"

대공비는 대공과 거의 동일한 권한과 지위를 가진다. 대공과 비등한 지위를 차지하는 기사단장을 제외하고는 누구에게나 하대를 해야 했다. 엘쟈네스의 하대는 당연한 것이었다. 다음 순간, 엘리나 블루벨은 엘쟈네스 앞에 한쪽 무릎을 꿇었다.

"제 평생의 절대적인 서약을 비 각하께 바치고 싶습니다."

북쪽 출신 특유의 옅은 긴 금발과 신비로운 파란 눈. 요정과도 같은 외모를 가진 여기사가 고했다. 갑작스러운 상황에 엘쟈네스는 당황스러운 듯 엘리나를 바라보았다.

엘리나가 윈터나이트 영지에 대한 꿈을 꾼 것은 겨울 마법의 속삭임 때문이었다. 블루벨 가문에서 겨울의 마법을 지닌 채 태어난 사람은 엘리나 혼자뿐이었다. 왜 겨울의 마법이 엘리나를 택했는지는 몰랐다. 확실한 것은 겨울의 마법이 엘리나를 윈터나이트 영지로 이끌었다는 사실이었다.

블루벨 가문은 문무에 대한 마법을 가지고 있었다. 머리를 쓰는 쪽의 마법을 타고난 일원들은 정치나 외교를 맡았고 몸을 쓰는 쪽의 마법을 타고난 일원들은 기사가 되었다. 엘리나는 최근 몇 세기 중 가장 강한 마법을 가지고 태어났다. 엘리나가 열 살이 되었을 때 가문의 일원들은 엘리나의 검을 받아내지 못했다. 성인이 된 후에는 엘리나의 강함에 반한 수많은 이들이 엘리나를 기사로 맞이하고 싶어 했다. 그러나 엘리나는 모두 거절했다. 화이트 기사단에 쉽게 들어온 것도 모시는 주인이 없어서였다.

엘리나는 오랜 시간 주인을 찾았으나 대공조차도 엘리나의 주인이 아니었다. 단 한 번도 끌림을 느낀 적이 없었기 때문이다. 엘리나 블루벨의 기준에서 주인이 될 만한 자는 적어도 엘리나를 단번에 매료시킬 수 있을 만한 존재여야 했다. 아니면 최소한 엘리나를 끌리게 하거나.

그러다 오늘 엘쟈네스가 나타난 것이다. 엘리나는 엘쟈네스가 들어온 그 순간부터 눈을 떼지 못했다. 특이한 빛깔의 머리카락 때문일까. 아니다. 귀족적인 우아한 자태와 부드러운 말씨도 그 이유는 아니었다. 그러나 엘쟈네스는 엘리나의 주인이었다. 직감적으로 그것을 알 수 있었다. 엘쟈네스가 물었다.

"내 기사가 되고 싶다고 하는 거니?"

"네. 비 각하의 기사가 되고 싶습니다."

엘쟈네스가 어떤 사람인지는 이제부터 차차 알아갈 것이다. 엘리나는 난생처음 심장이 두근거리며 뛰고 있는 것을 느꼈다. 평생 꿈꿔오던 것을 찾은 아이처럼 호흡이 가빠졌다. 이 순간을 후회하지 않을 것이다. 엘쟈네스 앞에 한쪽 무릎을 꿇고 절대 서약을 바치고 싶다는 말을 하는 지금 이 순간이 여태껏 살아온 나날 중 가장 생생했다. 엘리나는 자신이 생생하게 살아 있음을 느꼈다. 엘쟈네스가 화이트 기사단에 먼저 찾아온 것이 다행이었다. 화이트 기사단은 기사로서의 자각이 부족했다. 그러나 블랙 기사단이었다면 엘쟈네스의 가치를 바로 알아보았을 것이다.

엘리나는 윈터나이트 일원 중 엘쟈네스에게 처음 서약을 바치는 기사라는 사실에 보람을 느꼈다. 아마릴리스의 기사들은 모시는 주인의 소유가 되고 수족이 된다는 사실에 기쁨을 느낀다. 엘리나도 예외는 아니었다. 꿈꾸어오던 주군이 눈앞에 있다. 엘쟈네스는 잠시 침묵했다. 엘리나는 엘쟈네스의 무심한 모습마저도 완벽한 주인의 모습이라고 생각했다. 그러나 엘쟈네스는 담담하게 말했다.

"거절하지."

"어째서입니까?"

엘리나는 애가 끓었다. 늘 냉담했던 그녀로서는 처음 느껴보는 감정이었다. 화이트 기사단은 처음 보는 엘리나의 모습에 숨을 죽이고 있었다. 엘리나는 자신을 거절하는 주인에게 간절함을 담아 애타게 말했다.

"저는 아마릴리스에서 가장 강한 기사를 꺾은 적이 있습니다. 육체의 힘과 속도를 제외하고 순수한 검술로만은 대공 각하께도 뒤지지 않습니다. 제 평생의 서약은 지켜져 대공비 각하를 지킬 것입니다."

"미안하지만, 내게는 기사가 필요 없단다. 나는 강하니까."

엘쟈네스는 이번에는 엘리나를 달래며 부드럽게 말했다. 하지만 어조는 단호했다. 엘쟈네스의 마력은 기사들보다 훨씬 더 강했다. 엘쟈네스가 원한다면 무수한 것들을 파괴할 수 있다. 아직까지도 한계에 다다라본 적은 없었다. 엘쟈네스에게 깃든 파괴의 마법은 상상을 초월할 정도로 강력했다. 엘리나는 엘쟈네스를 설득했다.

"대공비 각하께서 가장 무방비한 순간에도 제 검이 각하를 지킬 것입니다. 각하가 모르시는 암습 또한 제가 막을 수 있습니다."

"그런 문제가 아니야."

"그럼 무엇입니까?"

"나는 기사를 원하지 않는단다. 그저 기사단에게 맹세의 서약을 받으러 왔을 뿐이야."

엘리나는 처음으로 충격에 휩싸였다. 지고한 여기사는 그제야 자신에게 거절당하고 충격받은 얼굴을 하던 수많은 사람들을 이해하게 되었다. 엘쟈네스는 반짝거리며 빛나고 있었다. 그런 엘쟈네스의 곁에 있을 수 없다는 사실은 고통스러웠다. 최고의 기사인 엘리나를 거절하는 그 모습마저도 엘리나의 눈에는 완벽하게 비칠 뿐이었다. 기사단장 렉더 마이어는 엘리나를 제지했다.

"엘리나, 그만. 그리고 대공비 각하. 각하는 우리의 시험을 통과하셨소. 우리는 각하를 인정하오. 각하는 돌발적인 상황에서 바로 판단을 내렸소. 마법과는 별개로 그 결단력이 빛났소. 화이트 기사단은 각하를 주인으로 모실 것이오."

"겨울의 심장이 그대와 함께."

그 자리에 있던 모든 기사들이 일제히 외침과 동시에 가슴에 손을 올리며 예를 표했다. 겨울의 마법에 대고 하는 맹세였다. 울리는 목소리는 엄숙했다. 엘리나 또한 어쩔 수 없이 예를 표했다. 화이트 기사단이 겨울의 마법을 사용하는 대가로 거는 것은 목숨이었다. 화이트 기사단은 오로지 대공과 배우자, 그 사이의 자손들만을 주인으로 섬길 수 있다. 그 서약을 어기고 다른 누군가를 주인으로 삼으면 피에 깃든 겨울의 마법이 기사의 목숨을 앗아갔다.

엘리나는 그 맹약도 걸 수 있었다. 엘리나는 영원히 주군을 모실 테니까. 하지만 그 주인은 엘리나를 원하지 않았다. 엘쟈네스는 나가기 위해 문 앞에 섰다. 무뚝뚝한 화이트 기사단원 하나가 아까와는 다른 존중하는 태도로 문을 열어주었다. 엘리나는 엘쟈네스가 나가기 직전에 물었다.

"제가 기사이기에 원치 않으신다는 겁니까?"

"그래. 나는 기사를 믿지 않는단다."

엘쟈네스가 나가고 문이 닫혔다.

엘쟈네스의 기억 속에 있는 기사들은 언제나 엘쟈네스를 은근히 깔보곤 했다. 뛰어난 검술 실력을 가지고 귀족답지 않은 시원시원한 면모를 가진 리리엘에 비하여 엘쟈네스는 까탈스럽다고 생각했기 때문이다. 엘쟈네스는 기사들의 무거워 보이는 입안에 감추어진 혀가 얼마나 날카로울 수 있는지를 알았다. 영원한 비밀은 없다. 기사들이 엘쟈네스와 리리엘을 비교하고 평가한 것은 소문의 살까지 덧대어져 엘쟈네스의 귀에 들려오고는 했다.

엘쟈네스는 그들의 말처럼 까탈스럽지도 않았고 독설가도 아니었다. 동생을 질투하지도 않았다. 편견이라는 것은 얼마나 무서운가. 사람의 입으로 전해지는 소문의 이미지 또한 마찬가지다.

엘쟈네스의 머릿속에 평생의 서약을 바치겠다던 여기사가 떠올랐다. 그 기사에게는 미안하지만 엘쟈네스는 좋은 주인이 될 수 없을 것이다. 기사를 불신하니까. 기사가 누구든 마찬가지였다.

"엘리나, 기운 내."

"고맙다."

엘쟈네스가 떠난 후 엘리나를 위로하려던 알렉은 엘리나의 눈동자에 어떤 빛이 서려 있다는 사실을 깨달았다. 맙소사. 그제야 알렉은 엘리나가 포기하지 않았다는 사실을 깨달았다.

"너 설마 포기하지 않은 거야?"

"내가 기사이기에 원하지 않는다면 기사가 아닌 민간인으로서 다가가면 그만이다."

"엘리나! 진짜 미쳤냐?"

지고한 기사로 유명한 엘리나 블루벨이 저런 소리를 하다니! 더군다나 무슨 일을 저지르려는지 감조차 오지 않았다. 무슨 사고를 치려고! 알렉의 경악을 뒤로한 엘리나는 기사단장인 렉더 마이어에게 요청했다.

"마이어 경, 겨울이 오기 전까지 휴가를 갖겠습니다."

※

윈터나이트 저택은 발칵 뒤집혔다. 마님이 사라졌기 때문이다. 블랙 기사단원들의 보고를 받은 집사는 고용인들에게 마님의 행방을 물었다. 소동은 오래가지 않았다. 심부름을 끝내고 돌아온 소년, 율리히가 집사와 눈을 제대로 마주치지 못했던 것이다. 집사가 마님의 행방에 대해 묻자 율리히는 마님을 화이트 기사단 쪽으로 보낸 것 같다며 사실대로 털어놓았다. 다행스럽게도 마님은 화이트 기사단에 도착한 것이 맞았다. 덕분에 대공에게 마님을 찾았다는 빠른 보고를 올릴 수 있었다. 집사가 엘쟈네스에게 고개를 숙였다.

"죄송합니다, 마님. 손자 녀석을 제대로 교육시키지 못한 제 탓입니다."

"일이 잘 풀려서 다행이에요. 이 일은 추후에 다시 이야기하도록 하죠."

어쩌면 전화위복인지도 모른다고 생각했다. 시간이 지나 화이트 기사단이 엘쟈네스에 대해 잘 알게 되었을 때 갔다면 그들이 파괴의 마력에 그토록 놀라지 않았을지도 모른다. 운이 따라주었다. 엘쟈네스는 업무에 들어가면 사용할 집무실을 둘러보았다. 시녀장이 없는 것은 불편한 일이었다. 고용인을 늘리고 시녀장과 보좌관들을 들여야 할 것이다. 엘쟈네스는 저택의 인력 사항이 적힌 서류를 보며 생각했다.

윈터나이트는 크로커스와 다른 체제로 돌아가고 있었다. 크로커스가에서는 크로커스 혈족들이 중점적으로 일을 맡았지만 윈터나이트가에서는 고용인들이 일을 중점적으로 맡았다. 윈터나이트 대공 부부는 일을 감독하고 최종적으로 검토하는 일을 했다. 현재는 고용인들과 시녀들을 총괄할 시녀장이 없어 일이 미루어지고 있었다. 보완점을 적고 계획서를 작성하다 보니 저녁이 되었다.

대공의 침실. 문이 열린다. 노크 없이 이 방에 자연스럽게 들어올 사람은 한 사람뿐이었다. 엘쟈네스는 렌을 바라보며 빙긋 웃었다.

"렌, 다녀왔어요?"

결혼식이 끝나자 제법 한가해졌다. 렌은 겨울에 대한 계획안을 검토하고 일을 마쳤다. 그의 일과는 늘 같았다. 아카데미 시절부터 이 기계적인 일과는 변하지 않았다. 렌은 기계적으로 일을 했고, 식사를 했으며 기계적으로 잠을 잤다. 무미건조한 생활이었다. 일에 몰두하면 저녁이 되었다. 렌은 언제나처럼 대공의 방에 도착해 문을 열었다. 옷을 갈아입을 생각이었다. 언제나처럼.

그리고 그 안에 엘쟈네스가 있었다. 렌은 잠시 발걸음을 멈추었다. 텅 비어 가구만이 존재해 아무도 없으리라고 생각했던 곳에 그의 아내가 있었다. 무기질적인 방 안에 색채가 입혀진 듯했다. 어떤 감상이 렌을 찾아왔다. 대공위를 물려받은 후로 전대 대공 부부는 윈터나이트에 거의 오지 않았다. 렌도 부모를 크게 찾지 않았다. 그들이 바쁘다는 사실을 이해했기 때문이다. 렌이 오랫동안 잊고 있던 온기가 이곳에 있었다. 그는 엘쟈네스에게 다가갔다. 엘쟈네스가 그를 의아하게 올려다보았다.

"렌?"

렌은 엘쟈네스와 시선을 맞추며 천천히 몸을 숙였다. 그는 엘쟈네스의 이마에 입을 맞추었다. 그 순간 그가 느끼는 감정을 이것으로 표현할 수 있다면, 긴 말은 필요하지 않았다. 엘쟈네스의 뺨이 약간 붉어졌다. 어쩐지 어지러운 느낌이 들었던 것이다. 렌은 말했다. 낮고 다정한 음성이었다.

"다녀왔습니다. 엘쟈."

"잘 왔어요, 렌."

이제 잘 다녀왔냐는 말을 하며 렌을 반겨주는 사람이 있다. 엘쟈네스 또한 감상을 느끼고 있었다. 렌이 있을 곳은 엘쟈네스가 있는 곳이었다. 렌은 언제든 엘쟈네스에게 돌아올 것이다. 엘쟈네스는 그것을 느낄 수 있었다.

저녁 식사를 하러 갈 시간이었다. 엘쟈네스는 렌이 내민 손 위에 손을 올렸다. 둘은 손을 잡고 복도를 걸었다. 사람의 온기가 주는 안정감이 기분 좋은 저녁이었다. 복도를 지나던 고용인들은 마님과 각하의 다정한 모습을 보고 속으로 흐뭇한 미소를 지었다. 둘은 식당에 도착했다. 렌은 엘쟈네스가 앉을 수 있도록 의자를 빼주었다. 엘쟈네스가 감사 인사를 전했다. 자리에 앉자 음식이 나오기 시작했다. 곧 집사가 둘의 시중을 들었다. 그동안 렌은 하루 종일 그를 신경 쓰이게 한 소식에 대해 말했다.

"화이트 기사단에 갔다는 이야기를 들었습니다."

"뭔가 착오가 있었나 봐요. 그래도 맹세의 서약을 받아내 다행이에요."

"힘들지는 않았습니까."

"전혀요. 걱정했어요?"

"걱정했습니다."

화이트 기사단은 윈터나이트에 있어 가장 중요한 전력이었으나 까다롭고 예측할 수 없었다. 렌은 화이트 기사단을 신뢰했다. 엘쟈네스를 믿었다. 그런데도 하루 종일 손이 자주 멈추었다. 렌이 안심한 것은 집사에게 화이트 기사단에서 있었던 일에 대한 보고를 받고 엘쟈네스가 무사하다는 것을 확인한 후였다. 그답지 않은 일이었다. 화이트 기사단과의 일에 대해 물으려던 생각은 대공의 방 안에서 렌을 기다리던 엘쟈네스를 보자 녹아내리듯 사라져버렸기에, 묻는 것이 늦어졌다. 엘쟈네스는 렌에게 화이트 기사단에서 있었던 일에 대해 말해주었다.

"그래서 피스와 헤븐이라고 불리는 기사들의 싸움을 말렸어요."

"두 사람은 늘 싸웁니다."

"렌의 앞에서도요?"

"자신들은 몰래 싸운다고 생각할 겁니다. 그나저나 특이하군요. 화이트 기사단이 어떤 말도 하지 않았습니까."

"네. 그랬어요."

화이트 기사단장은 대공비에 대한 간략한 보고서를 휘갈겨 썼다. 보고서 내용은 단 세 줄이었다. 마력을 가졌으며, 이외에 아무것도 느낄 수 없고, 겨울의 마법이 반응하지 않았다는 내용이었다.

식사를 마친 부부는 정원을 걷기로 했다. 렌은 산책하며 윈터나이트성에 대해 설명해주었다.

"가운데는 엘쟈와 제가 사는 저택이 있습니다. 여기서 저 멀리 보이는 건물이 고용인들의 숙소입니다. 기사단은 가보셨으니 알 겁니다. 그리고 이쪽 저 멀리 보이는 건물은 손님을 맞이하기 위한 별채입니다. 주로 여름에 황제 폐하와 그 일가가 머무릅니다."

"황족들만이 사용하나요?"

"그렇습니다. 별채가 생긴 이후 황족 이외의 사람이 별채에 머무른 적은 없습니다."

"그래서 별채가 저렇게 아름답군요. 예쁘다고 생각했어요."

"윈터나이트의 모든 것은 엘쟈의 것이기도 합니다. 가보셔도 됩니다. 별채 주변의 호숫가에는 작은 오두막이 있습니다. 엘쟈가 본다면 분명 좋아할 겁니다. 그곳은 엘쟈와 저 외에는 출입이 불가능합니다."

"나중에 꼭 함께 가봐요. 어머나, 여기 꽃이 있어요. 렌."

정원은 한적하고 아름다웠다. 어느새 하늘의 끝이 어슴푸레하게 물들어 가고 있었다. 붉은 노을이 옅어지고 있었다. 그러던 중 엘쟈네스가 발견한 것은 작은 하얀 꽃이었다. 추운 날씨에도 꽃은 시들지 않은 채 생생하게 피어 있었다.

"윈터데이입니다. 윈터나이트 영지에서만 나고, 여름에 피는 꽃입니다."

"그렇구나. 처음 보는 꽃이라 신기했어요. 결혼식에서 윈터데이의 꿀로 관리받아서 이름을 기억하고 있어요. 예뻐라."

"꽃을 좋아하십니까."

"많이요."

엘쟈네스는 보기 드물게 즐거워하고 있었다. 차분하고 담담한 얼굴도 좋았지만 작은 꽃 한 송이를 보며 기쁜 표정을 하는 얼굴도 좋다고 생각했다. 렌은 꽃의 유래에 대해 설명하기 시작했다. 어릴 적 어머니가 했던 말을 귀담아들었던 게 다행이라고 생각되는 순간이었다.

"윈터나이트는 겨울밤을 뜻하기도 합니다. 윈터나이트 영지는 늘 서늘하거나 다소 쌀쌀한 기온을 유지합니다. 두 달간의 겨울만이 예외적입니다."

"아, 들었던 적이 있어요. 겨울이 단 2개월 온다는 말을요."

"맞습니다. 그러나 겨울은 그만큼 혹독합니다. 대륙 어느 곳보다도 매서운 바람과 추위가 2개월간 하루도 빠짐없이 다가옵니다. 그래서 영지의 모든 건축물들은 삼중창에 크고 벽이 두껍게 설계되어 있습니다. 냉기를 막기 위해서입니다."

적절한 대화 주제가 아니라는 생각을 잠시 했으나, 엘쟈네스는 진심으로 궁금한 얼굴로 렌을 보고 있었다. 말을 이은 것은 충동적이었다.

"윈터나이트 영지에는 무수한 겨울 이야기가 있습니다. 겨울을 밤이라고 부르며 경외시하고 두려워하기도 합니다. 그에 관해 윈터데이를 설명하는 설화가 있습니다."

"어떤 건데요?"

"겨울의 신이 윈터나이트 영지에 입김을 불었습니다. 영원한 겨울이 지속되었고 사람들은 죽어가기 시작했습니다. 그때 한 소녀가 나섰습니다. 소녀는 겨울의 신을 찾아갔습니다. 그리고 겨울을 멈춰주기를 요청했습니다."

"겨울의 신은 두려운 존재였나요?"

"네. 아직도 윈터나이트에서는 말을 듣지 않으면 겨울의 신이 잡아간다는 말을 자주 합니다. 겨울의 신은 잔혹하게 소녀에게 말했습니다. 네 심장에 겨울을 심을 테니 2개월을 버텨라. 도중에 중단하면 겨울은 영원히 끝나지 않을 것이다. 너는 누구에게도 이 사실을 말할 수 없다. 그리고 소녀는 겨울을 품은 채 영지로 돌아갔습니다. 사람들은 추위가 소녀의 몸에서부터 나온다는 것을 깨달았습니다. 소녀의 몸은 얼어붙은 상태였습니다. 겨울 때문에 고통스러워하던 사람들은 소녀에게 돌을 던졌습니다. 겨울이 소녀 때문에 온다고 생각했기 때문입니다. 그들은 큰 소리로 욕을 내뱉고 소녀를 모질게 대했습니다. 겨울보다도 차가운 것은 사람들의 태도였습니다. 소녀는 그렇게 2개월을 버텼습니다. 마침내 2개월째가 되는 날, 소녀는 심장의 겨울에 의해 얼어붙어 죽고 말았습니다."

말을 멈추었던 렌이 말을 이었다.

"사람들은 소녀가 죽고 나서야 그녀가 겨울을 막았다는 사실을 알게 되었습니다. 그 후로 소녀가 2개월째가 되는 날에 죽었기에 2개월간 겨울이 닥쳐온다고 합니다. 그리고 겨울이 끝나는 날부터 싹을 틔워서 자란 새싹이 여름이면 하얀 꽃으로 피어나게 되었습니다. 이 꽃의 이름은 소녀의 이름과 영지의 이름을 따 윈터데이라고 붙였다고 합니다."

"너무 슬픈 이야기예요. 이렇게나 예쁜 꽃인데 안타까워요."

"일부 학자들은 이 전설이 와전되어 내려오는 사실일 가능성이 높다고 합니다. 윈터데이는 윈터나이트 영지에서만 자랍니다. 다른 곳으로 옮겨 심으면 시들고 맙니다. 씨앗 역시 윈터나이트 영지에 심지 않으면 자라지 않습니다."

"신기한 이야기네요. 슬프지만 아름답고요. 렌은 이 이야기를 어디서 들었나요?"

"윈터나이트 영지의 사람이라면 누구나 알고 있을 겁니다. 저는 어머니께 들었습니다. 엘쟈가 귀 기울여 듣는 것을 보니 어머니의 이야기를 빠짐없이 열심히 듣기를 잘했다는 생각이 듭니다."

"렌의 어머니는 윈터나이트 영지 분이신가요?"

"주변의 작은 영지 출신입니다. 고고학에 관심이 있어, 대공비가 된 이유도 윈터나이트 영지를 연구하기 위해서라고 합니다. 어릴 적에는 이 이야기를 주의 깊게 들었지만 크면서 감동은 사라지게 되었습니다."

"어머나. 무슨 이유에서요?"

"어머니께서 이 설화가 실제 일을 각색한 것이며 소녀는 윈터나이트 대공 중 한 사람이 여장을 한 모습이라는 것을 밝혀냈기 때문입니다."

"맙소사."

"…이 일은 비밀에 부치기로 했습니다."

"그렇군요. 이 작은 꽃에 많은 사연이 담겨 있네요."

엘쟈네스는 웃음을 터뜨렸다. 렌도 엘쟈네스 옆에 서서 하얀 윈터데이를 내려다보았다. 여름이 지났는데도 하얀 꽃은 시들지 않고 피어 있었다. 그녀는 꽃을 좋아했다. 크고 화려한 장미 같은 꽃들도 좋아했지만 윈터데이처럼 작은 꽃도 좋아했다. 처음 보았지만 바람에 흔들리는 윈터데이가 마음에 들었다. 윈터나이트 영지에서만 자라는 꽃. 렌이 엘쟈네스에게 말했다.

"여름이 되면 윈터나이트 영지에 윈터데이가 가득 자라납니다. 저택의 주변도 마찬가지입니다. 그때 같이 주변의 들판에 가는 건 어떻겠습니까. 들판에 온통 윈터데이가 피어 있을 겁니다."

"좋아요. 렌, 시간을 내서 소풍을 가는 건 어때요? 분명 즐거울 거예요. 사실 전 몇 번 가본 적이 없지만요."

"앞으로는 셀 수 없을 만큼 가게 될 겁니다. 함께."

렌은 엘쟈네스가 어떤 삶을 살았는지 알지 못했다. 그렇기에 늘 엘쟈네스의 말에 귀를 기울였다. 결혼 전 무감각하게 서류를 들여다보며 신부가 누구든 상관없다고 생각했던 순간이 있었다. 하지만 이제는 달랐다. 엘쟈네스가 이런 여린 눈을 할 때면 무엇이든 해주고 싶다는 생각이 들었다.

날이 어두워진다. 엘쟈네스와 렌은 산책을 마무리하고 저택으로 들어왔다. 함께 쓰는 대공 부부의 침실이 둘을 반겨주었다. 밤이 깊어지자 곧 불이 꺼졌다. 거대한 윈터나이트 저택도 함께 잠이 들었다.

※

화이트 기사단의 하루하루는 같았다. 겨울을 제외하고서는 늘 한가했기 때문이다. 이 무료한 일상이 깨진 것은 엘리나의 휴가 요청 소식 때문이었다. 엘리나는 지금까지 단 한 번도 휴가를 요청한 적이 없었다. 그랬기에 기사단원들은 내기 판을 크게 벌린 참이었다.

"애인이 생겼다, 어때? 난 여기 건다."

"아니지. 성실하게 살던 녀석이 한번 노는 데 맛을 들이면 헤어나질 못해. 난 타락했다는 데 건다."

"엘리나는 약물이나 술에 대한 내성이 강하잖아. 블루벨 가문의 특성이랬어."

"휴식은 어때? 휴식을 취하는 것도 노는 거니, 타락했다는 데 걸어야 하는 건가. 알렉, 너는 어디에 걸 거냐?"

엘리나의 파트너, 알렉이 인상을 찌푸렸다.

"안 해. 안 한다고."

"튕기기는. 그래 봤자 너도 우리 내기에 관심 있잖아."

"전혀 관심 없어. 멍청이들아."

진실을 아는 알렉은 진저리를 쳤다. 엘리나는 빠른 행동력으로 휴가를 승

인받은 상태였다. 그뿐만 아니라 요즘은 검의 기세도 예리해졌다. 기사들은 동료의 변화를 놓치지 않았다. 모처럼 생긴 특별한 일이기 때문이다. 모두가 엘리나의 변화 동기에 대해 궁금해했다. 알렉은 고개를 저었다. 엘리나가 대공비에게 거절당해 충격받았을 것이라는 추측까지는 나왔지만, 그로인해 휴가를 냈을 거라고 상상을 하는 사람은 없다.

알렉은 부기사단장, 원에게 다가갔다.

"부단장. 부단장도 들으셨습니까? 엘리나가 휴가를 낸 이유요."

"이유가 있나요?"

원은 다정한 인상의 남자였다. 알렉은 소름이 돋아 팔을 가볍게 쓸었다. 저 얼굴로 죽인 사람이 수백은 넘을 것이다. 부기사단장인 원은 본래 악명 높은 암살자 조직에 속한 암살자였다. 그는 윈터나이트 대공 암살 사주를 받고 이곳에 왔다 대공에게 감명을 받아 화이트 기사단에 들어왔다고 했다.

'애초에 원이라는 이름도 첫 번째로 사람을 많이 죽였다는 뜻에서 나왔으니까 말이지….'

알렉은 본능적으로 원에게서 두 발자국 뒤로 물러났다.

"엘리나 블루벨이 휴가를 낸 이유가 따로 있나요?"

원의 눈이 웃음으로 가늘어졌다. 알렉은 고개를 저었다. 저것 봐라. 아무리 평범한 사람처럼 보여도 보통 사람과는 달랐다. 원은 공감 능력이 부족했다. 저 인간에게 중요한 건, 엘리나가 탈주하느냐 아니냐 여부뿐이겠지. 알렉은 말하기로 했다.

"비 각하를 따라다니겠답니다. 기사직을 버리고요."

"대공비 각하를 말하는 겁니까? 그로 인해 뭔가 차질이 생기나요?"

"그렇지는 않을 겁니다."

원의 강한 충성심. 무엇이 그를 그토록 움직이게 하는지는 몰랐다. 어쨌든, 원이 엘리나에 대해 관심을 가지는 이유는 그녀가 기사단장이나 부기사단장이 될 수 있을 정도로 강하기 때문이었다. 힘과 속도에서 밀릴지언정 엘리나의 감각과 검술은 누구보다도 뛰어났으니까. 엘리나는 본인이 화이트 기사단 중 중간이라고 말했으나 사실은 세 번째였다.

그때, 기사단원실의 문이 열렸다.

"잘 안 열리는군."

떨어진 문고리가 툭 떨어졌다. 누군가 장난을 치겠다고 문을 잠갔었다. 엘리나는 문고리를 부수고 들어온 것이다. 화제의 주인공이었던 엘리나가 나타나자 기사들이 신이 나 몰려들었다.

"엘리나! 마침 잘 왔다!"

"널 기다렸다고!"

"너희가 나를 이렇게 기다린 건 처음인 것 같은데."

"자, 말해봐. 실연! 일탈! 애인! 도대체 뭐야? 아니면 도박에라도 빠진 거야?"

"실연에 일탈, 애인? 무슨 소리를 하는 건가."

"에이. 우리 사이에 감추지 말고."

"닥쳐라. 망할 놈들아."

요정처럼 아름다운 여기사의 입에서 험악한 말이 나왔다. 이 정도까지는 욕이라고 할 수 없었다. 엘리나는 입이 거친 편이 아니었으나 이곳에서 동료들과 부딪치며 자연스럽게 비속어를 쓰게 되었다. 더 험한 말을 하려던 엘리나는 갑자기 주위를 둘러보았다. 그럴 일은 없겠지만 혹시나 비 각하가 계실까 봐서다. 엘리나는 주위를 둘러보았다.

"말해보라니까. 난 내 시계를 걸었단 말이야. 역시 애인이지?"

"다 아니다."

상황을 파악한 엘리나가 허리의 검을 한 번 만졌다. 위험 신호였다. 몰려들었던 기사들은 엘리나의 눈치를 살피다 흩어졌다. 내기를 건 이들은 역시 자신의 답이 정답이라며 수군거렸다. 동료들은 늘 엘리나에게 전혀 도움이 되지 않는다. 엘리나는 말했다.

"주군을 찾으러 간다."

"뭐? 주인? 네가?"

"정말?"

"역시 대공비 각하에게 거절당한 충격이 컸던 거지. 이것도 실연에 속한다고!"

"끼워 맞추지 마라."

"우우!"

엘리나는 곧바로 부기사단장인 원에게 다가갔다. 엘리나가 든 것은 형식상의 서류였다. 겨울이 오기 전까지 기사 일을 쉴 것이며, 이후 화이트 기사단에 다시 복귀하겠다는 서약이 적힌 것이었다. 기사단장인 렉터 마이어의 서명은 받았다. 이제는 원에게 서명을 받을 차례였다. 엘리나가 말했다.

"서명해주십시오."

"여기. 되었습니다. 정말로 휴가를 가지는군요."

"네. 당분간은 기사로서의 저를 버릴 생각입니다."

골머리가 썩는 것은 엘리나의 파트너인 알렉뿐이었다. 엘리나는 방에서 대공비 각하에 대한 마음을 가감 없이 드러냈다. 그 희생양은 알렉이었다. 다들 대공에게 맹세의 서약을 바쳤기에 비 각하를 새 주인으로 삼을 수는 없겠지만 그래도 허튼 생각은 하지 말라는 말을 몇 번이나 들었는지 모르겠다. 엘리나는 진심이었다.

원에게 서명을 받은 엘리나는 기사단 건물 밖으로 나왔다. 이제 이 서류를 집사에게 가져가면 될 것이다. 엘리나는 대공비가 들어오던 순간을 기억했다. 처음에는 빛이라 언뜻 느꼈고, 그다음에는 어떤 평가를 내릴 수조차 없었다.

엘쟈네스는 엘리나가 늘 그려오던 주군이었다. 엘리나를 거절하던 그 단호한 모습마저도 완벽했다. 그러나 엘리나는 엘쟈네스에게 감히 다가갈 수가 없었다.

'나는 기사를 믿지 않는단다.'

엘리나는 엘쟈네스의 말을 또다시 떠올렸다. 그 말을 하는 엘쟈네스의 진갈색 눈동자는 고요한 진심만을 담고 있었다. 엘리나는 기사였다. 엘쟈네스에게 인정받고 싶었으나 엘쟈네스가 기사에 대한 불신을 가지고 있는 한 기사인 엘리나가 인정받을 리 없을 것이다.

'우선은 기사의 직위를 잠시 내려놓으니 어떻게든 되겠지.'

대공 부부가 사용하는 저택 주변의 나무에 기댄 채 엘리나는 가만히 생각했다. 문득 시녀 둘이 지나가는 것이 보였다. 옷에 달린 리본 모양을 보니 대공 저택에서 일하는 시녀들인 듯했다. 아직까지도 대공 저택에는 시녀가 많지 않았다. 거의 모든 시녀는 새 대공비가 들어오며 윈터나이트에 온 이들이었다. 시녀 둘은 이야기를 나누고 있었다.

"마리는 안 될 거야. 아직도 대공가 내부의 예법에 서툴러. 남쪽에 가까운 지역의 출신이니 마님께 친숙함을 줄 수는 있지만 기본이 되지 않은 거니까. 다이애나는 어때?"

"다이애나는… 상당히 느려. 우리는 시녀니까 마님의 시중을 드는 일만 하면 되지만, 고용인이었다면 바로 해고당했을 거야. 모든 부분에서 느려. 집사님도 곤란하다고 하셨어."

"어머나. 그러면 적임자는 없는 거네?"

"누군가가 되기는 되겠지. 부럽다. 마님의 전속 시녀라니."

이야기를 듣던 엘리나는 억울했다. 시녀들은 하필 대공비에 대한 이야기를 하고 있었다. 엘리나는 주인에게 거절당했다. 시녀들은 적어도 엘쟈네스 주위에 있었다. 그러면서도 전속 시녀가 되지 못해 속상하다는 이야기를 하고 있다.

"이럴 줄 알았다면 자작가에서 태어날 걸 그랬어. 남작 신분 정도로는 전속 시녀가 될 수 없잖아. 넌 속상하지 않아?"

"그래도 마님을 가까이에서 모실 수 있어 기뻐. 상냥한 분이잖아."

전속 시녀는 늘 비 각하의 곁에 있겠지. 엘리나는 더욱 억울해졌다.

힘이라면 그녀가 더 셀 자신이 있었다. 기사단에 신입으로 들어왔던 시절 했던 허드렛일 덕분에 눈치도 빨랐기에 일은 금방 익힐 자신이 있었다. 더군다나 엘리나의 가문인 블루벨가는 후작 가문이었다. 신분마저도 이리 높으니, 어느 누가 오든 결코 떨어지는 조건이 아니다. 차라리 기사가 아닌 시녀로 들어올 것을.

"어…?"

홧김에 떠올린 생각이었지만 그럴싸한 아이디어다. 전속 시녀가 답이었다. 기사로서의 엘리나가 거부당한다면 시녀로서의 엘리나로 다가가면 되는 것이다.

엘리나는 윈터나이트 기사단 소속임을 뜻하는 검을 허리에서 바로 풀어 버렸다. 시녀에게는 검이 필요하지 않았다. 주인을 지키기 위해 검을 몸에서 떼지 않는다는 기사의 명예 따위는 주인에게 인정받는 기쁨에 비하면 소소한 것이었다. 검 따위가 없어도 주인을 지킬 수 있다. 최상의 검술 실력을 가진 엘리나에게는 손에 잡히는 모든 것이 무기가 될 수 있으니까. 엘리나는 두 개의 서명이 적힌 휴가 계획서를 들고 곧바로 집사에게로 향했다. 이른 오전의 일이었다.

※

엘쟈네스는 대공비의 일을 인수인계하는 중이었다. 대공은 주로 영지나 정치에 대외적인 관련된 일을, 대공비는 내정 살림을 담당했다. 보통의 귀족가와 다르게 윈터나이트가는 누구의 지배도 받지 않는, 거의 독립적인 형태를 띠고 있었다. 그랬기에 왕가나 황가가 해야 할 일마저도 윈터나이트의 몫이었다. 그녀는 렌이 드레스를 함께 골라주었던 일이 얼마나 무리한 일이었는지를 오늘에서야 깨달을 수 있었다. 오후가 되자 봐야 할 서류가 오히려 더 늘어났다. 일이 줄어들기는커녕 할 일이 더 많아지고 있었다.

그때 누군가가 집무실의 문을 두 번 노크했다. 정신없이 서류를 훑어보던 엘쟈네스가 대답했다.

"네."

"바쁘실 텐데 죄송합니다, 마님."

"괜찮아요. 무슨 일인가요?"

"제 못난 손자 녀석 때문입니다."

나이 든 집사는 고개를 숙였다. 집사의 뒤로는 엘쟈네스가 보았던 소년이 풀 죽은 채 서 있었다. 율리히는 할아버지께 크게 혼났다. 할아버지를 화나게 한 것도 괴로웠지만 율리히를 가장 힘들게 한 것은 집사가 되어서 주인인 마님께 실례를 저질렀다는 사실에 대한 자책감이었다. 소년은 집사의 업무와 역할에 대해 분명히 인지하고 있었다. 율리히는 고개를 숙인 채 나서서 허리를 숙였다.

"죄송합니다, 마님. 제가 마님을 잘못 인도했어요."

"그랬구나."

엘쟈네스의 어조는 기품 있었으나 담담했다. 화를 내는 것도 아니었고 율리히를 동정하는 것도 아니었다. 집사는 율리히가 벌을 받을 것이라는 사실을 전했다. 징계의 내용은 넓은 윈터나이트 저택 실내의 조각품들을 혼자 닦는 것이었다. 윈터나이트 저택의 조각품들은 무수히 많았다. 누군가가 본다면 어린아이에게 가혹한 일이라고 외치며 용서를 주장했을 것이다. 혹은 율리히에 대한 처벌을 직접 주관하겠다고 말했을 것이다. 엘쟈네스는 그저 고개를 끄덕였을 뿐이다.

"그렇군요. 뜻대로 하세요."

"이유를 여쭤보아도 되겠습니까, 마님?"

"예비 집사에 대한 일인 만큼 집사의 판단이 더 정확할 거라고 생각하니까요. 책으로 물고기를 잡는 방법을 아무리 공부한다 한들 어부의 판단력을 따라가긴 힘든 일이죠."

"감사합니다. 이 아이는 제가 다시 교육시키겠습니다."

엘쟈네스는 집사라는 직책에 대한 중요성을 알았다. 설령 율리히가 예비 집사가 아니었더라도 엘쟈네스는 율리히가 다시 가르침을 받도록 명했을 것이다. 실수를 저지른다면 다시는 실수를 하지 않도록 이끌어주어야 한다.

어린아이라고 무작정 감싼다면, 율리히가 올바르게 자라지 못할 수도 있다고 판단했다. 같은 집사의 업무에 대해서는 집사의 판단이 더 나을 것이다. 그렇기에 율리히의 교육을 집사에게 일임한 것이기도 했다. 집사는 정중히 인사하고 율리히를 먼저 내보냈다. 손자는 재능도 있고 의욕도 넘치지만 아직 어리다. 이번 경험은 손자에게 좋은 경험이 될 것이다. 마님은 현명한 사람이었다. 뒤이어 집사는 추가로 새로운 소식을 전했다.

"오늘 아침에 마님의 전속 시녀가 배정되었습니다."

"제가 시녀를 고르는 것으로 알고 있는데, 배정이 되었나요?"

"시녀장이 도착하기 전까지 임시로 마님을 돕게 될 것입니다."

"누구인가요?"

"마님이 직접 보셔야 할 것 같습니다. 들어오도록."

집사의 말에 집무실 문이 열렸다. 집무실의 문은 방음이 잘 되는 구조로 이루어져 있다. 집사가 그리 크게 말하지 않아 들리지 않았을 텐데 밖에 있던 시녀는 집사의 목소리를 어떻게 들은 것일까. 시녀가 들어왔다. 그녀의 동작은 절도 있었으나 보통 시녀들의 나긋나긋한 동작과는 무언가가 달랐다. 마치 기사와 같은.

시녀의 신비로운 눈동자를 보는 순간 엘쟈네스는 화이트 기사단을 떠올렸다. 자신을 받아달라고 간청하던 그 여기사가 시녀복을 입은 채 서 있었다. 이제 시녀가 된 기사는 말했다.

"앞으로 마님을 전속 시녀로서 모시게 될 엘리나 블루벨입니다. 리나라고 불러주십시오."

마법 전쟁 전에는 시녀가 없었다고 했다. 현재의 귀족들은 시녀를 들였으나 같은 귀족 중에서 들이지는 못했다. 귀족 출신의 시녀를 들일 수 있는 것은 후작가와 공작가, 대공가와 황실 정도기 때문이다. 이것은 그들의 권력을 존중한다는 의미였다.

엘쟈네스가 접한 시녀들은 귀족 출신이 대부분이었다. 나긋나긋하고 조용하게 움직이던 그들에 비해 엘리나의 움직임은 이질적이었다. 엘쟈네스는 새로 배정된 이 전속 시녀를 불러보았다.

"리나."

"네, 마님."

엘리나의 눈동자에는 엘쟈네스를 향한 긍정적인 빛이 가득했다. 엘쟈네스는 내심 속으로 당황스러워하고 있었다. 엘리나는 엘쟈네스가 단 한 번도 겪어보지 못한 종류의 인간이었다.

당황은 하려던 말을 잊게 했다. 엘리나는 엘쟈네스가 부른 것만으로도 기뻐하고 있었다. 엘쟈네스를 동경의 눈으로 보는 사람은 종종 있었으나 그들이 엘쟈네스를 동경하게 된 것은 늘 엘쟈네스가 어떤 분야에서 뛰어난 성과를 이루었을 때였다.

북쪽 사교계의 영애들은 엘쟈네스의 우아한 말씨나 통찰력 있는 이야기에 반했고, 남쪽에서 그나마 호의적이던 사람들은 엘쟈네스의 마력에 반했다. 엘쟈네스가 화이트 기사단에 가서 한 일은 두 기사의 싸움을 말려보라는 요구에 공간을 파괴한 것뿐이었다.

엘쟈네스의 판단력은 정확한 편이었다. 엘리나는 엘쟈네스의 마법에 반하지 않았다. 그렇다면 대체 엘쟈네스의 어디가 엘리나의 마음에 든 것일까. 생각해보았지만 알 수 없었다. 한참 일에 몰두했던 엘쟈네스는 물었다.

"차를 가져다줄 수 있니?"

"당연합니다."

엘리나는 의욕에 가득 차 보였다. 드디어 마님이 엘리나에게 무언가를 지시했다. 기대를 실망시키지 않을 자신이 있었다. 엘리나는 찻잔과 음식을 한 번 점검하고 차를 탔다.

'독은 없군.'

암살 계통의 마법도 감지되지 않았다. 이것이 후작 이상의 신분 계층에서 귀족 출신의 시녀를 뽑는 이유였다. 시녀는 주인의 가장 가까운 곳에서 시중을 들었다. 옷을 입힌다거나 차를 가져다주고 심부름을 하는 것이 다였으나 그만큼 중요하기도 했다. 정보가 새어 나가는 것을 막고 암살 시도를 줄일 수 있었기 때문이다.

잠시 후 차를 가져온 엘리나가 차를 따랐다. 시녀라기보다는 암습을 위해 소리를 죽인 기사 같다. 허술해 보였으나 빈틈 하나 없고, 발소리가 한 번도 들리지 않았다. 그저 바라보던 엘쟈네스는 차를 한 모금 마셨다.

"…맛있구나."

"그렇습니까."

엘리나의 눈이 순수한 기쁨으로 물들었다.

일을 하는 내내 엘리나는 엘쟈네스를 반짝거리는 눈으로 보고 있었다. 처음에는 신경 쓰였으나 할 일이 많아지자 곧 엘리나를 신경 쓸 수 없게 되었다. 렌은 안살림을 잘 처리해두었지만 세밀한 살림까지는 처리하지 못해 내정이 몇 년째 많이 밀린 상태였다.

'시녀장 후보들을 불러들여야겠어.'

노집사가 시녀장이 필요하다는 엘쟈네스의 요청에 거론한 이들이었다. 상당히 급한 사안이기에 빨리 보내야 했다. 안건에 서명을 한 엘쟈네스는, 믿을 수 있는 화이트 기사단원에게 서류를 들려 보냈다.

"후보들이 도착할 시간을 보내달라고 전하렴."

"알겠습니다."

고개를 깍듯하게 숙였던 화이트 기사, 조제프는 엘리나 블루벨을 보고 입을 쩍 벌렸다. 저 녀석이 왜 저기 있어! 시녀복까지 입고! 아니다. 엘리나가 갑작스럽게 시녀가 될 리는 없다. 무언가 착오가 있는 게 분명하다. 애초에 엘리나가 저렇게 한군데에 얌전히 앉아 있을 리 없지. 그는 대공비에게 허리를 숙여 인사하고 뒤돌아 걸어갔다.

저녁이 되도록 엘리나는 앉지 않은 채, 조용히 한구석에 서 있었다. 옆에는 전속 시녀를 위해 준비된 의자가 있었는데도. 엘쟈네스는 물었다.

"리나, 왜 쉬지 않았니?"

"가만히 앉아 있는 것보다 서 있는 게 더 편합니다, 마님."

엘리나는 엘쟈네스가 말을 걸어주었다는 사실만으로도 미소 지어 보인다. 북쪽 특유의 옅은 색소 때문에 차가운 요정 같아 보이는 외모로 충성스러운 웃는 얼굴을 하는 것이 묘했다. 엘쟈네스의 시선이 묘한 빛을 담았다. 엘리나가 지금 시녀 일을 한다 해도 그녀는 기사였다. 하루 종일 연무장을 돌고 수련할 기사가 방 안에서 계속 가만히 있는 것이니 좀이 쑤실 만도 하다. 그러니 서 있는 것이 낫다고 말하는 것이리라.

'마님을 위해서라면 언제라도 이렇게 서 있을 수 있습니다.'

언뜻 마주친 엘리나의 얼굴은 그렇게 외치고 있었다. 엘쟈네스는 내심 당황했다. 엘리나를 조금 쉬게 해주는 것이 좋겠다. 엘쟈네스는 엘리나에게 명했다.

"각하와 저녁 식사를 하고 방으로 갈 예정이란다. 네 방에 가 있으렴."

"알겠습니다, 마님."

전속 시녀의 방은 대공 부부의 방에서 그리 멀리 떨어지지 않은 곳에 있었다. 엘리나가 집무실 안과 복도를 둘러본 후 집무실의 문을 잠갔다. 이 동작도 빈틈 하나 없이 철저했다. 여러 장소들을 체크하는 동안 파란 눈동자에 냉정한 빛이 돌았다.

"리나. 무슨 일이니?"

"윈터나이트의 내부 정보를 캐내려는 시도가 여러 번 있다고 들었습니다. 혹여나 이상한 기척이 있다면 말해주십시오."

그래. 엘리나는 기사였다. 그것도 화이트 기사단에서도 손꼽히는 실력자인. 그런 기사가 시녀 일을 오래할 수 있을 리가 없었다. 엘쟈네스는 엘리나와 다른 방향으로 걸어갔다. 걸어가다 뒤를 돌아보자 눈이 마주친다. 엘리나가 이내 웃었다. 순수한 호의와 존경이 담겨 있는 웃음이었다.

엘쟈네스는 엘리나의 인사에 눈인사로 답하며 다시 몸을 돌려 식당으로 향했다. 식당에 도착하자 렌이 있었다. 렌은 엘쟈네스의 손등에 정중히 입 맞추었다.

"엘쟈. 오늘 일은 힘들지 않았습니까."

"괜찮았어요. 렌이야말로 그동안 힘들지 않았어요? 일이 많았어요."

"결혼식이 끝나서 할 일은 그렇게 많지 않습니다."

둘은 마주 보고 앉아 식사를 시작했다. 곧 엘쟈네스는 렌에게 말을 걸었다.

"렌. 대공가에 업무를 보는 사람이 적은 이유는 무엇인가요?"

"제가 지시했습니다. 저 혼자 직접 하겠다고."

"왜 그렇게 일을 했나요?"

"일에 몰두하지 않으면 달리 할 일이 없었기 때문입니다."

곧 그는 덧붙였다.

"엘쟈는, 사람을 들여도 됩니다. 지금은 전처럼 일할 필요가 없으니까요."

렌의 서늘한 분위기는 타인에게 위압감을 가져다주기에 충분한 것이었다. 그러나 그는 늘 엘쟈네스의 말을 경청하고 있었다. 렌의 눈동자가 진지했다. 그는 엘쟈네스에게 거짓말을 한 적이 없다. 엘쟈네스는 말했다.

"저도 렌과 같아요."

"엘쟈도 일에 몰두했다는 말입니까."

"네. 일에 몰두하지 않으면 할 일이 없었어요. 주변을 보고 싶지 않기도 했고요."

"…저와 같군요."

같은 경험을 한 이들만이 느낄 수 있는 동질감이 이 순간 드러났다.

"이제 저도 전처럼 일하지 않을 거예요. 렌이 있으니까."

"그 말이 좋습니다."

렌은 보좌관조차 두지 않고 일에만 몰두했을 때를 기억했다. 아카데미를 마치고 대공위를 물려받은 직후였다. 괴물이라는 말은 늘 그에게 낙인처럼 새겨져 있었다. 하루에 세 시간도 자지 않고 계속 일을 해왔다. 몇 년 전부터.

문득 엘쟈네스를 만난 후 어딘가 바뀌어버렸다는 사실을 알았다. 더 이상 전처럼 몰두할 대상을 찾아야겠다는 생각이 들지 않았다. 렌의 삶은 이미 바뀌기 시작했다. 엘쟈네스가 그에게 묻는다.

"화이트 기사단은 어떤 일을 하는 집단인가요? 그들의 존재는, 기밀인가요?"

"기밀이지만 엘쟈에게 말하는 것은 상관없습니다. 쉽게 말하자면 그들은 주로 겨울에 일을 합니다."

"어떤 일을요?"

"그들은 *겨울을 베어냅니다.*"

"겨울을요?"

엘쟈네스의 진갈색 눈동자가 그를 향하고 있었다. 신뢰와 호기심이 실린. 아내에게 상세히 설명해주어야겠다는 생각이 들었으나 렌은 이 이상 적합한 표현을 찾을 수 없었다. 그는 말했다.

"가문에 내려오는 마법이 있습니다. 화이트 기사단은 윈터나이트 고유의 마법을 부여받은 자들입니다. 이제 가을이니 겨울이 되면 곧 직접 보실 수 있을 겁니다."

"렌도 겨울을 베어내나요?"

"네. 그것이 윈터나이트가 존재하는 이유니까요."

윈터나이트 고유의 마법이 무엇인지는 알 수 없었다. 렌은 제대로 말해주지 않는데, 설명할 말을 찾지 못해서인 것 같았다. 나중에 알게 되리라. 엘쟈네스는 고개를 끄덕였다.

식사를 마친 둘은 손을 잡고 걸어서 방으로 돌아왔다. 오는 동안 둘은 내정과 바깥일에 대해 이야기했다. 의견이 일치하는 부분도 있었고 다른 부분도 있었다. 일치하는 점은 그대로 진행하고 의견이 다른 점은 둘 중 하나를 택하거나 새로운 방안을 떠올려 보완했다. 엘쟈네스는 북쪽 사람들의 사고방식이나 가치관을 이해할 수 있었고, 렌은 남쪽의 문화와 관습에 대해 배우며 보완할 점을 떠올릴 수 있었다. 이런 토론마저도 즐거웠다.

이번 주말에 엘쟈네스는 따로 항구로 나갈 계획이었다. 시녀장 후보들이 도착하기로 되어 있다.

"직접 나가셔도 괜찮겠습니까."

"기사들을 데려갈게요."

"조심하십시오. 같은 날 저도 순찰을 나갈 생각입니다. 아룬델을 우려하는 목소리가 많습니다."

"아룬델이 무엇인가요?"

"윈터나이트의 적 비슷한 세력입니다."

"귀족은 아니군요."

"네. 최근 윈터나이트의 보안을 뚫으려는 시도가 있었습니다. 아룬델의 짓일지도 모릅니다."

"조심할게요. 렌도 조심해서 다녀와요."

걱정이 되었으나 렌은 고개를 끄덕였다. 무슨 일이 있을 경우 함께 간 윈터나이트 기사들이 엘쟈네스를 지킬 거라고 생각하며, 부부는 이제 조금 익숙하게 서로에게 안기고 기대어 잠을 잔다. 밤이 지났다. 햇살이 찬란하게 비치는 침대 위에서, 이 낯선 떨림이 어쩐지 익숙해지지 않는다고 생각한 것은 누구인지 알 수 없었다.

"나 헛걸 본 것 같아."

"또 뭐야."

망나니 조제프가 알렉에게 말했다. 그는 좋아하는 술로 인해 늘 사고를 치고 다녔다. 취하기만 하면 이것저것을 다 때려 부수고 다녔다. 저번에는 귀신이 있다며 대공가의 본 저택 창문을 깨 집사가 조제프에게 직접 금주령을 내렸던가.

조제프와는 달리 알렉은 가장 평범했다. 적어도 알렉 본인은 그렇게 생각했다. 화이트 기사단은 아주 단순하거나 우중충하거나 둘 중 하나였다. 모든 기사단원들의 공통점이 있다면 그것은 심각한 마이페이스라는 것이다.

망나니 조제프가 이렇게 심각한 얼굴을 할 때는 언제나 쓸데없는 소동이 벌어졌다.

"아니. 알렉, 들어봐."

"사고 치지 마. 계속 집사님 심부름을 하는 처지잖아. 기물 망가뜨리지도 말고."

"난 지금 심각해."

"심각하시겠지. 너는."

"알렉 너도 놀랄걸. 나 엘리나가 여장한 걸 본 것 같다."

알렉은 자신도 모르게 손을 들어 조제프의 뒤통수를 쳤다.

"야, 이 멍청아. 이렇게까지 헛소리를 할 수 있다는 게 놀랍다."

"봐봐. 너도 놀랐잖아!"

"난 너한테 놀랐다. 엘리나는 원래 여자잖아."

"아, 그래?"

조제프가 눈을 둥그렇게 떴다. 아마릴리스에서는 기사의 성별을 구분하지 않았다. 오로지 기사의 강함만을 따졌던 것이다. 그렇다고 해도 몇 년간 함께한 동료의 성별마저도 잊고 있었다니. 알렉은 혀를 찼다.

"여자니까 드레스를 입었겠지."

"아니야! 시녀복을 입고 있던데? 하지만 역시 헛걸 본 거겠지."

"뭐…?"

"오늘 대공비 각하의 집무실에 갔는데 있더라고. 그런데 엘리나가 전속 시녀가 될 리 없잖아."

잠깐만. 알렉은 그답지 않게 입을 쩍 벌렸다. 엘리나는 아침 일찍 나가고 저녁에 들어왔다. 처음에는 대공비에게 다가갈 방법을 찾는다고 생각했는데 그런 것치고는 늘 노래를 흥얼거리고 있었다. 찜찜하게 엄청 기쁜 얼굴을 하고 있었지. 다른 녀석들이었다면 모르겠지만 엘리나는 원하는 것이 있으면 아무것도 보지 않고 쭉 직진하는 타입이었다. 기사단에 처음 와 허드렛일을 할 때 그랬지. 엘리나를 이겼던 기사들은 딱 한 달 후 엘리나에게 꺾였다.

그런 엘리나라면 충분히 가능성이 있었다. 알렉은 머리를 쥐어뜯었다.

"듣지 말걸. 내가 멍청했지."

"너무 놀라서 충격이 크냐?"

"그런 게 아니라고…."

어쩐지 그 냉랭한 얼굴이 하루 종일 풀려 있더라. 어쩐지 대공비 각하에 대한 칭찬을 혼잣말로 늘어놓더라. 이내 알렉의 얼굴은 사색이 되었다. 차라리 몰랐다면 좋았을 파트너의 이야기였다.

"대체 무슨 수로 비 각하의 전속 시녀로 들어간 건데…."

"자식. 심각하기는."

"닥쳐. 제발."

"기사단 내 욕설 금지잖아. 단장한테 이른다?"

"제발 아무 일만 없어라…."

머리를 쥐어뜯던 알렉은 중얼거렸다.

이런 알렉과는 달리 엘리나는 즐겁게 흥얼거리며 집무실의 문 앞에 서 있었다. 저 멀리서 엘쟈네스가 오는 것이 보였다. 엘리나는 엘쟈네스가 들어가도록 문을 열어주었다.

"마님. 간밤에 평안하셨습니까?"

시녀들의 동작을 눈여겨보고 곧바로 배운 동작이었다. 엘리나의 인사와 문을 여는 동작은 나긋나긋했다. 딱딱한 말투만 아니었다면 진짜 시녀라고 생각했을지도 모른다. 엘쟈네스는 잠시 말을 잃고 엘리나를 바라보았다.

세안을 하고 옷을 갈아입는 과정에서 고위 귀족은 취약해진다. 그렇기에 시녀들의 도움을 받아야 했고, 그 일은 가장 가까운 전속 시녀 하나에게 맡기는 것이 보통이었다. 그러나 오늘 엘쟈네스는 엘리나를 부르지 않았다. 아침에 일어난 후 전속 시녀를 불러서 처리해야 할 일을 다른 시녀들의 도움을 받아서 처리했다.

엘쟈네스는 설마 엘리나가 집무실 앞에서 기다리리라고는 생각도 하지 못했다. 전속 시녀를 부르지 않은 것은 주인이 전속 시녀를 외면했다는 의미였다. 혹은 전속 시녀를 불신한다는 어떤 모욕의 뜻이 담겨 있었다. 그런데도 이 여기사는. 집무실 책상에 앉으며 엘쟈네스는 말했다.

"그래, 리나. 좋은 아침이구나."

"네, 마님."

엘리나는 엘쟈네스를 보며 대답했다. 표정의 변화는 크지 않았으나 확연히 보일 정도였다. 엘쟈네스를 진심으로 좋아하고 존경한다는 것이 보이니 어떻게 해야 할지도 모르겠다. 일을 하던 엘쟈네스는 여전히 서 있는 엘리나에게 말을 걸었다.

"리나. 내 전속 시녀로는 어떻게 배정되었니?"

"제가 직접 신청했습니다, 마님."

엘리나는 엘쟈네스의 상냥함에 감동받는 중이었다. 엘리나 역시 귀족이다. 북쪽의 귀족가들은 귀족의 명예와 의무를 중요시 여겼다. 엘쟈네스에게는 엘리나를 외면하는 것 외의 많은 거부 수단이 있었다. 방법에 따라서는 엘리나에게 모욕을 주거나 심한 수치를 줄 수도 있었다. 오늘도 원했다면 엘리나를 아예 무시할 수도 있었을 것이다.

'하지만 그러지 않으셨다.'

엘리나는 엘쟈네스가 자신을 싫어하지 않는다는 것을 알았다. 선을 철저하게 그었지만 엘쟈네스는 엘리나의 호의를 무시하지 못하고 있었다. 엘리나는 이어서 말했다.

"마님이 원하시는 일은 제게 명하시면 됩니다. 오늘은 가지 못했지만 내

일부터는 마님의 시중을 들러 가겠습니다. 지금 뭔가 필요한 건 없으십니까?"

"없단다."

엘쟈네스는 자신도 모르게 업무를 만들어냈다.

"…정 그렇다면, 차에 설탕을 넣어서 타 올 수 있겠니?"

"바로 다녀오겠습니다!"

엘리나는 눈에 띄게 기뻐하는 얼굴을 하며 나갔다. 주인에게 명을 받은 것이 좋았던 것이다. 엘리나를 내보낸 엘쟈네스는 다시 일을 시작했다. 활동량이 많은 엘리나가 방 안에 가만히 서서 답답해하는 것이 신경 쓰였다. 해결했으니 이제 괜찮겠지.

며칠이 순식간에 지나갔다. 이제 엘리나는 말투까지 시녀와 비슷해졌다. 우아하게 쟁반을 든 엘리나가 엘쟈네스를 보며 나긋나긋하게 말했다.

"마님, 차를 내왔습니다."

엘리나는 배우는 속도가 빨랐다. 몸으로 하는 일은 다 잘하는 편이었다. 차를 타는 것부터 시작해서 청소나 옷을 입히는 일까지 못하는 것이 없었다. 엘리나는 전속 시녀의 일에 슬슬 재미를 느끼고 있었다.

"그래, 고맙다. 여기에 놓겠니?"

"알겠습니다."

엘리나는 명령을 받고 그대로 따랐다. 겉으로 보기에는 시녀와 다를 것이 전혀 없으나 이런 점이 시녀와는 다른 것이다. 시녀였다면 주인의 기분이나 상황에 따라 한 번 더 의견을 물어보거나 스스로 판단을 내렸을 것이다. 그 점이 독특하면서도 나쁘지 않았다. 차를 한 모금 마신 후 엘쟈네스는 서류 뭉치를 내려놓았다.

"리나. 이 서류를 집사실로 가져다주렴."

"네, 다녀오겠습니다."

엘리나가 나갔다. 엘리나의 장점 중 하나는 지금처럼 서류를 전달하는 심부름을 시켰을 때 다녀오는 속도가 매우 빠르다는 것이었다. 엘리나는 10분도 채 되지 않아서 올 것이다. 솔직하게 말해서, 엘리나가 전속 시녀로 있으면서 이렇게 편할 것이라고는 상상하지 못했다.

엘쟈네스는 잠시 엘리나에게 무엇을 줄까에 대해 고민했다. 엘리나는 엘쟈네스가 준 것이라면 다과 한 개라도 가보로 삼을 태세로 기뻐했다. 먹는 것이 아닌 것으로 주어야겠다, 생각하면서 엘쟈네스는 어느새 잔잔히 웃고 있었다. 곧 엘리나가 두 번 노크를 하고 들어왔다.

"마님, 전달하고 왔습니다."

"고맙구나."

"이런 것쯤은 하루에 백 번도 더 할 수 있습니다."

"대단하기도 하지."

찰나였지만 엘리나의 입꼬리가 약간 올라가는 것을 엘쟈네스는 놓치지 않았다. 점점 엘리나를 다루는 일에 익숙해지고 있다. 엘리나는 단순했다. 엘쟈네스가 무엇에 대해 감탄하면 자랑스러워했고 다음부터는 그 일을 더 열심히 했다. 시녀들 사이에서도 평판이 좋은 모양이었다.

엘리나가 시녀들과 가까워진 결정적인 계기는 엘쟈네스를 향한 공통된 충심 때문이었다. 엘쟈네스는 엘리나가 다른 시녀들과 마님에 대한 찬양을 늘 늘어놓는다는 사실을 몰랐다.

"리나. 서 있으면서 주로 무슨 생각을 하니?"

조용한 질문에, 엘리나가 대답했다.

"머릿속으로 대련을 하고 있습니다, 마님."

"서 있으면 검에 대한 감각을 잃지는 않아?"

"전혀 그렇지 않습니다. 이 시간이 오히려 저를 발전하게 합니다."

가만히 서서 상대와 검을 섞는 상상. 엘리나는 밍나니라고 불리는 조세프에게 늘 패배했다. 기사단장인 렉더 마이어와 부기사단장인 원과는 오래 검을 섞지조차 못했다. 조제프는 변칙적인 검술을 구사하다 엘리나를 한 번에 찔러왔다. 패턴을 알면서도 늘 패배했다.

그러나 이제는 알 수 있었다. 엘리나는 깊게 생각하지 않았던 것이다. 어제는 조제프를 꺾는 데 성공했다. 명상 비슷한 상태로 다른 화이트 기사단원들의 검술을 생각하자 파훼 방법을 떠올릴 수 있었다. 한자리에 가만히서 있다 보니 집중력과 인내심도 늘었다.

"모두 마님 덕분입니다."

실은, 검술에 대한 도움이 되지 않았다고 해도 엘쟈네스의 곁에 있는 이 시간은 언제나 즐거웠을 것이다. 엘리나는 엘쟈네스가 존경스러웠다. 업무 처리를 할 때 엘쟈네스의 얼굴은 냉정했다. 결정할 때의 얼굴은 단호했다. 엘리나를 향하는 얼굴은 미약하게 상냥한 빛을 띠고 있었다. 엘쟈네스가 그녀의 주인이라는 것을 생각하면서부터 엘쟈네스의 어떤 점이든 늘 빛나는 것처럼 느껴졌다.

"내일, 외출 준비를 하겠니?"

시녀장 후보를 맞이하러 갈 생각을 하다, 엘쟈네스가 물었다. 반쯤 즉흥적인 말이었으나 엘리나의 입꼬리가 올라간다.

"최선을 다하겠습니다, 마님."

엘리나는 기쁜 기색을 누르며 공손히 대답했다. 마님이 엘리나를 데려간다. 생각지도 못한 수확이었다. 엘리나를 조금씩 인정해주는 것일까. 이제 노을 졌던 창밖이 어둑어둑해지고 있었다. 엘쟈네스는 문득 깨닫고 말았다. 이 시녀 기사가, 어느새 천천히 엘쟈네스의 벽을 녹이고 있다는 것을.

"아룬델이 무엇이냐 묻는다면 죽음이라고 하지요. 혈육마저도 잡아먹는 저주라고 하지요."

누군가가 노래를 불렀다. 목소리는 소년의 미성 같기도 했으나 여성의 낮은 목소리 같기도 했다. 아름다운 노랫가락에 비해 가사는 섬뜩하기 그지없었다.

"이미 얼어붙은 겨울의 땅. 망자를 먹어 치우고 되살아난 악령이라지요."

목소리에는 어떤 감정도 실리지 않았다. 기계처럼 억양 없이 불리던 노래가 끊겼다. 목소리의 주인은 발아래의 개들에게 말했다.

"실패는 없어. 너희는 완벽해야만 할 거야."

개들은 발치에 엎드려 고개를 조아렸다. 그들은 목소리의 주인이 명한다면 죽을 수도 있는 자들이었다. 모든 개들은 아룬델의 주인 앞에서 복종했다. 아룬델이 돌아왔다. 목소리의 주인은 마지막으로 말했다.

"겨울이 다가오고 있어."

※

"겨울이 다가오고 있어서입니다."

엘리나가 한 말이었다. 날씨에는 큰 변화가 없었으나 윈터나이트 영지의 모든 사람들이 장작과 식량을 사들이고 있기는 했다. 갑작스럽게 일어난 일이었다. 엘쟈네스는 물었다.

"그걸 알 수 있니?"

"윈터나이트에서 몇 년 생활하다 보니 알게 되었습니다."

"어떻게? 겨울이 늘 일정한 시기에 오는 건 아니라고 들었는데."

"그냥 감이라고밖에 말씀을 드릴 수가 없습니다. 영지민들도 감으로 겨울이 올 것을 알아차린다고 합니다."

한참 생각하던 엘리나가 대답했다. 엘리나는 오늘 아주 일찍 눈을 떴다. 어두운 새벽이었지만 잠은 오지 않았다. 오늘은 비 각하와 밖에 나가는 날이었던 것이다. 시녀장 후보를 데리러 나가기로 되어 있었다. 엘리나는 기분 좋게 검을 휘두른 뒤 씻고 아침 식사가 끝날 무렵 대공 부부의 방에 도착했다. 마님은 오늘도 엘리나에게 상냥하게 인사해주었다. 엘쟈네스는 엘리나에게 지시했다.

"집사에게 외출 준비를 해달라고 할 수 있니?"

"바로 그렇게 하겠습니다."

드디어 나간다. 엘리나는 복도로 나왔다. 지나가던 다른 시녀가 엘리나의 모습을 보고 먼발치에서 어설프게나마 묵례를 했다.

엘리나 블루벨은 유명 인사였다. 그녀의 가문인 블루벨 후작가는 윈터나이트를 제외하고 아마릴리스 제국에서 가장 강한 가문으로 알려져 있었다. 또한 아마릴리스 황실에서 주최했던 기사 토너먼트에 나가 모든 기사들을 꺾고 우승을 차지한 장면을 본 사람이라면 엘리나를 잊을 수 없을 것이다. 시녀 역시 귀족이기에 그 광경을 본 적이 있었다. 그래서 현재 엘리나의 모습에 더 적응할 수가 없었다.

냉담하고 진중했던 여기사인 엘리나는 엘쟈네스의 한마디에 기뻐하거나 우울해하는 등 단순한 모습을 보이고 있었다. 며칠 전 엘쟈네스에 대한 시녀들의 찬양에 끼어들어 역시 그렇다며 동조했을 때는 심장이 떨어질 듯 놀랐다. 시녀는 엘쟈네스를 존경 어린 눈으로 바라보는 엘리나에게서 시선을 거두었다. 적응이 되지 않는 모습이었다. 이해는 갔지만.

사실 엘쟈네스를 열렬히 흠모하는 시녀 역시도 마님은 그 어떤 누구보다도 고귀하고 존경스러운 분이라고 생각하고 있었다.

집사는 마님이 나가실 수 있도록 바로 준비하겠다고 했다. 엘리나는 엘쟈네스가 드레스를 갈아입을 수 있도록 도움을 주었다.

154

"드레스는… 어두운 회색이 좋겠구나. 머리는 틀어 올리고. 장신구는 걸치지 않겠어."

윈터나이트 영지는 곳곳에 기사단이 있었기에 다른 곳보다도 치안이 안전한 곳이었다. 대공가의 기사단에 들어가지는 못했지만 윈터나이트 영지에 소속된 기사라는 사실만으로도 큰 영광이라는 모양이었다. 그러나 만약의 상황은 배제할 수 없다. 엘쟈네스는 가급적 눈에 띄지 않기로 마음먹었다.

"그러고 보니, 각하는 오늘 영지 순찰을 나가신다고 했지."

"화이트 기사단이 동행하기로 했습니다."

"아룬델 때문이니?"

"네. 저는 확신하고 있습니다."

엘리나가 진중하게 대답했다. 렌은 영지의 시찰이라는 명목으로 아룬델을 수색할 예정이었다. 아룬델. 엘쟈네스는 아룬델이 윈터나이트의 적대 세력이며, 윈터나이트처럼 가문 내의 어떤 마법을 지니고 있다는 사실밖에 이해하지 못했다. 그러나.

"각하가 무사하셔야 할 텐데."

"무사하실 겁니다."

걱정을 하는 엘쟈네스에게 엘리나가 보기 드물게 확고한 어조로 말했다. 그녀가 생각하기에 대공은 걱정을 할 만한 존재가 아니었기 때문이다.

"각하는 강하십니다. 화이트 기사단 모두가 달려들어도 이길 수 없을 겁니다. 저희는 단 한 번도 대공 각하를 걱정한 적이 없습니다."

"그렇구나."

엘리나의 말을 들은 엘쟈네스가 풋 웃음을 터뜨렸다. 엘리나의 말을 듣자 걱정이 사그라졌다. 엘리나는 결코 빈말을 하지 않으니까. 엘쟈네스는 잠시 마력을 흘려보냈다. 파괴의 마법은 전쟁을 제외하고 일상생활에서 쓸 일이 거의 없었다. 로벨리아 왕국에서 엘쟈네스의 마법은 골치 아픈 것이었다.

그 자체가 불길하게 받아들여졌던 데다 엘쟈네스가 공작 영애였기에 써먹기 애매했던 것이다. 그동안은 의도적으로 마법을 쓰는 것을 자제했다. 그랬기에 아카데미를 졸업한 이후 다시 제대로 쓰게 된 것은 화이트 기사단의 공간을 파괴할 때가 처음이었다. 기사들이 있어 안전할 테지만 혹시나 모를 상황을 대비하고 싶다.

아래로 내려가자 평범하지만 고급스러운 재질로 되어 있는 마차 한 대가 서 있었다. 너무 튀지 않으면서 재산이 있다는 것을 적당히 보여줄 만한 외형이었다.

마부의 옷을 입은 블랙 기사단 하나가 말을 몰았다. 보이지는 않았지만 여러 블랙 기사단원들과 화이트 기사단원 하나가 눈에 띄지 않게 따라오고 있다고 했다. 이내, 마차 안에는 엘리나와 엘쟈네스 둘만 남게 되었다.

창밖으로 이제 완연한 가을 풍경이 스쳐 지나갔다. 나뭇잎이 노란빛과 붉은빛으로 물들었고 하늘은 푸르렀다. 바람이 마차 안의 커튼을 부드럽게 흔들고 지나갔다. 커튼이 흩날리다 제자리에 멈췄다. 그러던 중 엘쟈네스가 입을 열었다.

"여동생이 하나 있단다."

우연처럼 문득 들려오는 목소리.

"모든 사람들이 그 애를 좋아했어. 그리고 나는 그 애와 정반대였지. 모든 사람들이 나를 꺼려했어. 기사들도 마찬가지였지."

엘쟈네스는 바깥의 풍경을 바라보고 있었다. 어두운 회색 드레스와 하얀 피부가 잘 어울렸다. 틀어 올린 머리마저도 숨이 멎을 듯 잘 어울렸다. 밖에는 푸른 하늘이 펼쳐져 있었다. 말은 계속되었다.

"말은 무섭지. 기사들의 말은 더욱 무섭더구나. 사람의 입은 공기보다도 가볍단다. 말이 입을 타고 퍼져 나가는 건 순식간이지. 그래서 기사를 믿지 않아."

156

"그렇군요."

엘리나는 조용히 대답했다. 엘쟈네스를 향하는 눈은 올곧았다. 엘리나는 그 기사들을 비난하지는 않았다. 엘쟈네스에게 어설픈 위로의 말을 건네지도 않았다. 그저 차분히 말했을 뿐이다.

"저는 기사란 검으로 말하는 존재라고 생각합니다. 기사의 검은 주인을 베지 않습니다."

"그렇구나."

이번에는 엘쟈네스가 긍정했다. 세상에 크로커스 공작가의 기사단 같은 기사단만 있지는 않을 것이다. 엘쟈네스는 자신의 기사에 대한 불신이 편견이라는 것을 알고 있었다. 세상에는 좋은 기사가 많다. 알고만 있던 그 사실이 실감난 것은 엘리나를 만나면서부터다. 엘쟈네스는 가볍게 인사했다.

"알려주어서 고맙다, 리나."

"그저 의견일 뿐이지만 도움이 되었다니 기쁩니다."

윈터나이트 영지의 남쪽으로 달리던 마차가 두어 시간 후 도착했다.

바깥에서 항구의 바다 내음이 전해졌다. 시녀장 후보들이 올 때까지는 아직 시간이 남았다. 한곳에 계속 정차해 있기에는 마차가 눈에 띄었던 데다 점심 식사를 해야 했기 때문에 여관 하나를 통째로 빌렸다. 곧 늦은 오후가 되었다. 시녀장 후보들이 도착할 시간이었다.

"시녀장 후보들을 데려오겠습니다."

"그러도록 하렴."

엘쟈네스에게 말한 블랙 기사단원들이 시녀장 후보들을 데리고 오기 위해 나갔다. 후보는 총 세 명이었다. 본래는 네 명이었으나, 한 명은 다른 주인을 찾았다며 정중히 사죄하는 연락을 보냈다.

겨울이 다가올수록 해가 지는 시간이 빨라졌다. 벌써 노을이 지고 있었다. 그때 여관의 문이 열렸다.

"실례합니다."

블랙 기사단원과 함께 들어온 것은 서른 중후반쯤 되어 보이는 여인이었다. 유순한 인상의 여인은 엘쟈네스에게 고개를 숙였다.

"마님을 뵙습니다. 베스라고 불러주십시오."

"알겠다, 베스. 리나, 다른 후보들의 도착 시간은 언제지?"

"모두 이 시간에 맞추어서 오기로 했습니다."

잠시 후 여관의 문이 열렸다. 차분해 보이는 인상의 여인이 들어왔다. 여인은 들어와 엘쟈네스에게 인사했다.

"비 각하를 뵙습니다. 아이라라고 불러주시면 됩니다."

후보 셋 중 둘이 모였다. 베스는 유순하고 푸근한 여인이었고, 아이라는 차분하면서도 자애로워 보이는 여인이었다. 각자의 장점이 달라 둘 중 누군가를 쉽게 정할 수 없었다. 나머지 한 명의 후보는 오지 않고 있었다.

이제 저녁이 되었다. 시계를 확인한 블랙 기사단 하나가 나가려던 찰나, 오지 않은 한 명의 후보를 마중 나갔던 블랙 기사단원이 들어왔다. 이미 약속 시간에서 한 시간이 다 넘어가고 있었다. 블랙 기사단원은 사색이 되어 있었다.

"비 각하. 후보가 행방불명되었습니다."

"어떤 일인지 자세히 보고하렴."

"분명 후보는 팬지에서 윈터나이트로 출발하는 배를 탔습니다. 항구에는 30분 일찍 도착할 예정이었다고 합니다. 그러나 후보가 배에서 내린 흔적이 없습니다. 배 안을 수색하고 왔지만 후보의 짐만 남아 있는 상황입니다."

엘쟈네스는 시녀장 후보들을 보며 물었다.

"아이라, 베스. 이 상황에 대해 어떻게 생각하지? 내가 무엇을 해야 좋을 것 같니?"

베스는 걱정스러운 얼굴로 엘쟈네스에게 요청했다.

"수색을 하러 가야 합니다. 마님, 심상치 않은 일입니다. 후보가 위험에 빠졌을 가능성이 높습니다. 여러 일에 연계되어 있을 가능성이 높습니다."

"이 여관보다 더 안전한 곳으로 가야 합니다. 후보를 납치했다는 건 비 각하의 존재에 대해서도 알 가능성이 높다는 뜻입니다. 이 일에 더 이상 연계되지 않아야 합니다."

아이라는 차분한 얼굴로 고개를 숙였다. 엘쟈네스는 두 사람을 번갈아 보았다. 렌은 아룬델이라는 세력을 추적하러 가겠다고 했다. 시녀장 후보가 사라진 것도 관련된 일일까. 잠시 생각하던 엘쟈네스는 결정했다.

"수색이 낫겠구나. 지금쯤 후보가 위험에 빠졌을지도 모르니."

엘쟈네스와 일행은 여관 밖으로 나왔다. 바깥은 어두워져 있었다. 항구의 가로등은 본래 밝았으나 오늘은 유독 꺼질듯이 어두운 가로등만이 거리를 밝히고 있었다. 블랙 기사단원들은 혹시나 모를 위협에 대비해 엘쟈네스를 보호했다. 화이트 기사단원 하나는 보이지 않는 곳에서 일행을 따라오고 있을 것이다. 베스와 아이라가 엘쟈네스의 뒤를 따랐다.

그때였다. 걷다 나온 넓은 골목 안쪽을 바라본 베스의 눈이 커졌다.

"저건⋯!"

곧바로 베스가 달려가기 시작했다. 골목 안은 어두웠다. 골목의 크기조차도 알 수 없었다. 베스를 붙잡을 새도 없었다. 베스는 무언가에 홀린 사람 같았다. 이내 베스의 모습이 골목 안으로 사라졌다. 엘쟈네스는 골목 안을 바라보았다. 몇 초가 지났다. 이 상황을 판단하기도 전, 고요했던 골목 안에서 찢어지는 듯한 베스의 비명 소리가 들려왔다.

✦

"비 각하, 어떻게 하시겠습니까?"

긴장감이 사람들을 에워쌌다. 블랙 기사단 하나가 엘쟈네스에게 물었다. 골목으로 뛰어든 베스마저 사라졌다. 긴박한 상황이었다. 사방이 다시 조용해졌다. 어둠 속을 바라보았으나 베스가 뛰어간 방향은 알 수 없었다. 아이라가 엘쟈네스를 말렸다.

"가지 않는 게 좋겠습니다. 비 각하, 너무 위험합니다."

시녀장 후보 하나는 이미 사라졌고 다른 하나는 골목 안으로 뛰어들어 가 버렸다. 기사들은 골목 안에서 베스가 무엇을 발견했는지 파악하기 위해 안을 들여다보았으나 어두워 알 수 없었다.

'아룬델.'

시녀장 후보들이 들어왔을 때부터 이상하다고 생각했었다. 베스가 골목 안으로 뛰어들어 가버린 지금, 상황에 대해 파악할 수 있었다. 이것은 아룬델이 개입된 일이다. 엘쟈네스는 아이라에게 대답했다.

"괜찮다. 상황은 파악했으니까. 따라오렴."

블랙 기사단 넷이 엘쟈네스를 호위했다. 엘리나는 엘쟈네스의 곁에 붙어 있었다. 아이라가 그 뒤를 조심스럽게 따랐다. 골목 안은 어두웠다. 잠시 멈춰 서 있자 어둠에 눈이 차차 적응되었다. 제법 넓은 곳이었다. 깊이 걸어들어 갈수록 점차 적막만이 그들을 감싼다. 인기척은 없었다.

골목 안에 작은 공터가 있었다. 이곳은, 막다른 길이었다. 공터를 나가는 길은 들어왔던 길 외에는 존재하지 않았다.

베스는 보이지 않았다. 그리고 공터 바닥에 한 구의 시체가 있었다. 앞서 걷던 블랙 기사단원이 엘쟈네스에게 뒤를 돌아보며 보고했다.

"비 각하. 제가 확인해보고 오겠습니다."

그의 눈이 순간 크게 뜨였다. 엘쟈네스와 엘리나. 그 뒤의 아이라. 이미 다른 블랙 기사단원들은 존재하지 않는다. 맨 뒤에서 따라오던 동료는, 피를 흘리며 비틀거리고 있었다. 고요한 어둠 속에서 일어난 일이었다. 기사는 무어라 말하려 했으나 입을 열지 못했다. 그의 갈비뼈 사이로 차가운 검날이 박혀들었던 것이다.

그 정면에, 유순하고 푸근한 중년의 여인 베스가 칼을 들고 있었다. 이내 기사는 말을 잇지 못한 채 쓰러지고 말았다. 엘쟈네스는 입을 열었다.

"너로구나, 베스."

처음부터 베스가 이상하다고 생각했다. 윈터나이트에 속하지 않은 사람은 엘쟈네스를 마님이라고 부를 수 없었다. 윈터나이트 사람이 아니었기 때문이다. 이것은 윈터나이트만의 관습이었다. 그랬기에 아이라는 엘쟈네스를 비 각하라고 불렀다. 그러나 베스는 처음부터 엘쟈네스를 마님이라고 불렀다. 자원한 시녀장 후보가 윈터나이트의 중요한 관습에 대해 알지 못한다는 것이 이상했다. 베스가 골목으로 뛰어든 순간부터 엘쟈네스는 베스가 자신을 유인한다는 것을 알아챘다. 피하지 않고 들어온 것은 이미 이 주변이 장악되었다는 사실을 깨달아서였다. 어디에도 인기척이 전혀 없었다.

"그렇지요, 마님."

베스는 아무렇지도 않게 유순한 얼굴에 튄 피를 닦아냈다. 사람을 찔렀는데도 죄책감 하나 보이지 않는다. 엘쟈네스는 바닥에 놓인 한 구의 시체가 귀족 여자라는 사실을 알아냈다. 베스 대신 왔어야 할 시녀장 후보일지도 모르겠다. 무사히 도착한 시녀장 후보는 처음부터 아이라 하나였다. 다른 후보들의 생사는 장담할 수 없었다.

"반항할 생각은 하지 않는 게 좋습니다. 귀찮아지는 건 질색이라서요."

베스는 말했다.

"애초부터 표적은 나였구나."

"그렇지요. 괴물로 태어난 대공의 핏줄은 건드릴 수가 없으니."

"괴물?"

"모르셨을 리가. 윈터나이트가 평범하지 않다는 사실을 잘 알 텐데요?"

베스가 웃었다. 유순한 느낌의 얼굴이 이제 입이 찢어져라 웃고 있었다. 기분 나쁜 광경이었다. 엘쟈네스는 윈터나이트가 내려오는 마법이 있다는 사실을 알았다. 그것을 겨울의 마법이라고 부르고, 대공만이 그 마법을 소유한다는 말을 들었다. 베스는 노래하듯 부르짖었다.

"윈터나이트, 윈터나이트. 그 저주스러운 이름!"

"제정신이 아닌 것 같습니다."

아이라가 창백한 얼굴로 속삭였다. 중년의 여자는 혼자만의 세계에 빠진 사람 같았다. 베스의 눈동자는 광기로 번들거렸다. 광인의 몰골이었다.

"아룬델은 무수한 세월 겨울을 쫓았답니다, 비 각하. 얼어붙어 모든 것이 멸망할 때 그것이 얼마나 완벽한지 아십니까? 모르시겠지요. 그 아름다움을 이해하지 못하시겠지요."

문득 렌과 나누었던 대화가 엘쟈네스의 머릿속을 스쳐 지나갔다. 엘쟈네스는 화이트 기사단의 존재 의의에 대해 물었고, 렌은 대답했다.

"그들은 겨울을 베어냅니다."

겨울을 벤다는 것이 어떤 말인지 이해하지 못했었다. 그러나 베스의 말을 듣자 알 수 있었다. 겨울은 존재하는 어떤 것이다. 바닥에 쓰러진 블랙 기사 셋. 아직 화이트 기사 한 명이 남아 있다. 이런 상황에서는 최대한 시간을 끌어야 한다. 엘쟈네스는 베스의 말을 조합해 그대로 던졌다.

"네가 아룬델이고, 윈터나이트가 겨울을 베어내는 것을 막아야 모든 것이 얼어붙어 멸망한다는 거구나."

"그렇습니다, 마님. 저는 베스 아룬델. 우리는 겨울이 모든 것을 삼키기를 바란답니다."

베스가 킬킬 웃었다. 엘리나가 엘쟈네스에게 낮게 속삭였다.

"뒤따라오던 화이트 기사단의 동료가 대공 각하께 갔습니다."

곧 렌이 지원하러 온다는 이야기였다. 혼자만의 세계에 빠진 베스는 꿈꾸는 듯한 눈을 하고 있었다. 베스의 관심은 오로지 자기 자신에게 쏠려 있는 것 같았다. 엘리나와 아이라는 주위를 경계했다.

골목에 드리운 어두운 그림자에서 사람들이 슬금슬금 나오고 있었다. 모두 무장한 사람들이었다.

"마님. 저희는 정말 기쁘답니다. 오늘은 축제와도 같지요! 마님이 이렇게 손안에 들어오다니! 이런 행운이 있을까요. 대공의 핏줄이 있는 한 아룬델은 윈터나이트에 발을 들여놓을 수가 없었지요."

무력 집단의 눈 역시도 베스처럼 초점이 이상했다. 베스의 주인은 아룬델을 둘로 나누었다. 한쪽은 윈터나이트 대공을 상대하고 있을 것이다. 적당히 도망치면서. 그들은 모두 발이 빠른 자들이었다. 그리고 이곳에 있는 무리는 모두 뛰어난 무력을 가진 이들이었다. 윈터나이트의 기사들은 골목에 들어온 순간부터 차례차례 해치워진 후였다. 이제 대공비를 지키는 기사는 없다. 남은 것은 무력한 대공비와 시녀장 후보. 시녀 하나가 전부였다. 엘쟈네스가 물었다.

"너희 무리 중 몇이 이 자리에 있지?"

"허튼 생각은 하지 않는 게 좋답니다. 마지막 남은 무리 중 강한 이들이 모두 이곳에 왔으니까요. 모두 마님을 위해서랍니다."

베스가 손짓했다. 그녀는 기분이 좋은 상태였다. 올해를 끝으로 이 세상은 가장 완벽한 종말을 맞을 것이다. 베스의 손짓에 따라 집단이 대공비를 향해 다가갔다. 아무것도 하지 못한 채 집단의 손아귀에 들어갈 엘쟈네스를 보자 우월감이 들었다. 베스는 깔깔 귀신처럼 웃으며 조롱했다.

"마님은 겨울의 마법조차 받지 않으셨다지요! 윈터나이트 대공비 중 가장 손쉬웠습니다. 자, 목숨만 붙어 있다면 어떤 짓을 해도 상관없답니다. 마음대로 하세요."

그 말에 따라 아룬델 집단이 엘쟈네스를 에워쌌다. 아이라는 식은땀을 흘렸지만 침착한 얼굴만은 크게 변하지 않았다. 시녀장 후보인 그녀가 비명을 지른다면 주인인 엘쟈네스마저 놀랄 것이다.

순간 베스의 눈이 엘쟈네스를 향했다. 많은 인원들에 둘러싸여 있는데도 엘쟈네스는 표정 변화 하나 없었다. 옆에 선 시녀와 시녀장 후보 역시 크게 놀란 표정이 아니었다. 어째서 윈터나이트 대공처럼 무심한 낯짝을 하고 있는 것일까? 베스는 이를 갈았다. 베스 아룬델은 윈터나이트를 증오했다. 이것은 아룬델의 본능이었다.

어차피 대공비가 할 수 있는 일은 없다. 오늘 밤의 사냥감은 도망칠 수 없다. 그래서 그들은 여유로웠다. 나갈 곳은 없다. 이 인원을 떨쳐내고 도망칠 수도 없을 것이다. 그때 아이라가 엘쟈네스 앞을 막았다.

"비 각하. 도망치십시오. 이곳은 제가 지키겠습니다. 오는 동안 이곳까지 하얀 작은 야광석들을 떨어뜨렸습니다. 누군가가 그 흔적을 발견한다면 이곳으로 올 것입니다."

도망치려면 지금이 기회였다. 아이라는 조급해졌다. 침착했던 그녀의 얼굴이 절박해지고 있었다. 엘쟈네스는 가만히 서 있을 뿐이었다. 단호한 진갈색의 눈동자는 조금의 미동도 없이 다가오는 이들을 향하고 있었다. 마침내 엘쟈네스를 향해 몇몇 남자들의 손길이 다가왔다.

"그럴 필요 없습니다."

순식간의 일이었다. 무언가가 빠르게 스쳐 지나감과 동시에 다가오던 이들이 물러났다. 그들의 몸에서 피가 흐르고 있었다. 이내 남자 둘은 비틀거리며 쓰러지고 말았다.

아이라는 엘쟈네스 옆에 있던 시녀를 바라보았다. 시녀는 허벅지에서 꺼낸 단도를 들고 있었다. 요정 같은 외양이었지만 그 누구도 시녀에게 함부로 덤빌 수 없었다. 대단한 실력자였다. 대공과 맞먹을지도 모르는. 시녀의 날카롭게 빛나는 예리한 검날 끝에 검은 피가 약간 묻어 있었다. 엘리나는 다가오는 모든 무리를 바라본 후 엘쟈네스에게 말했다.

"검은 주인의 적을 뱁니다. 제가 이들을 베고 오겠습니다, 비 각하."

"엘리나 블루벨 경."

"네."

엘쟈네스는 나직하게 명했다.

"허가한다."

엘쟈네스의 말이 떨어지기가 무섭게 엘리나가 빠른 속도로 쇄도했다. 아룬델 무리에도 검을 쓰는 자들이 있었다. 하나는 엘리나의 목을 노렸고 하나는 다리를 노렸다. 엘리나는 검 하나를 흘려보내며 순식간에 둘을 베어냈다. 무리의 일원들이 잠시 멈칫했다. 순식간에 몇을 베었는데도 시녀는 지친 기색 하나 없었다. 고고한 얼굴로 시녀가 모든 이들을 훑어보았다.

"강한 이는 없군."

그들은 시녀의 말에 발끈했다. 항구에 온 인원들은 집단 중에서도 제일가는 무력 인원들이었다. 성별과 나이에 상관없이 모든 이들이 강했다. 그랬기에 대공비를 호위하던 기사들을 쓰러뜨리는 데 얼마 걸리지 않았던 것이다. 기사들도 쓰러뜨렸는데 시녀 하나 쓰러뜨리지 못할 리 없다. 도발에 넘어간 적들은 그렇게 생각하며 시녀에게 달려들었다.

겨울의 마법을 제치고 본다면 대공조차도 엘리나의 검술을 따라가지 못할 것이다. 제국에서도 순수한 검술로 엘리나의 상대가 될 만한 자는 많지 않았다. 엘리나는 상대가 겨울의 마법이 깃든 강한 존재가 아니라면 그 누구에게도 검으로 지지 않을 자신이 있었다. 이 자리의 상대가 몇 백이라도 엘리나는 모조리 벨 수 있었다.

엘리나가 한 번 움직일 때마다 달려든 이들 몇이 떨어져나갔다. 단도이기에 사거리가 짧을 텐데도 엘리나에게 가까이 다가갈 수가 없었다. 엘리나는 대공에게로 향한 동료를 떠올렸다. 동료에게 깃든 겨울의 마법이 그를 대공에게로 데려다줄 것이다. 그 전까지 이들을 여기 묶어두어야 했다.

많은 인원이 쓰러졌다. 그때 혼란을 틈타 엘쟈네스 쪽으로 다가온 몇이 있었다. 이들은 엘리나와 다른 일원들이 싸울 때 엘쟈네스의 곁으로 슬금슬금 접근해왔다. 모든 이목이 엘리나에게 쏠릴 때 대공비를 인질로 잡으려는 심산이었다. 그러나 그들은 그렇게 하지 못했다.

엘쟈네스에게로 손을 뻗었던 남자의 옷자락이 잘려나갔다. 다른 덩치 큰 남자가 접근했으나 그 순간 살갗이 벗겨졌다. 그들은 이곳에 어떤 마법이 있다는 사실을 깨달았다.

붉은빛이 도는 머리칼의 대공비가, 이쪽으로 손을 똑바로 뻗고 있었다.

그녀의 하얀 손가락을 타고 흐르던 마력이 점점 실체화되기 시작한다. 파괴적인 기운을 타고 흐르는 것이 벽처럼 둘러져 있었다. 거대한 마법이었다. 대공비에게 접근하려는 시도를 하는 순간 그들은 죽을 것이다. 본능적인 깨달음에 소름이 돋았다.

"어째서일까?"

베스 아룬델은 중얼거렸다. 예상대로 되지 않았다. 아룬델 무리는 항구를 장악했다. 대공비가 생각보다 빨리 덫에 걸려들어 모든 일이 순조롭게 이루어지리라고 생각했다. 그러나 달랐다. 대공비는 차분한 얼굴을 하고 있었으며 대공비의 시녀는 단신으로 무력 집단 대다수를 베어버린 상태였다. 아룬델의 주인은 실패하지 않아야 한다고 말했다.

"왜 생각과 다를까?"

166

베스는 유순한 얼굴로 중얼거렸다. 젊은 시절의 전대 대공 부부는 아룬델을 집요하게 추적했다. 본래 윈터나이트와 비등했던 아룬델 세력은 완전히 파훼되고 말았다. 순혈의 아룬델은 전대 대공의 손에 모두 죽었다. 남은 것은 아룬델의 피가 어설프게나마 섞인 자들뿐이었다. 베스 아룬델은 늙은 아룬델의 장로들과 함께 달아났다. 그러나 아룬델은 이미 와해되어버렸다. 진정한 아룬델의 주인이 돌아온 것은 그때였다. 숨을 죽이고 살아왔다. 이제야 나서게 되었는데 왜 대공비를 잡는 일부터 어그러진 것인지. 알 수 없었다. 베스의 눈동자가 번뜩였다.

한편, 잭은 달리고 있었다. 잭은 화이트 기사단에서 가장 빠른 기사였다. 그는 화이트 기사단에서 가장 약했고, 보통의 기사 한 명도 이기기 버거워했다. 검술 실력은 보잘것없었다. 힘과 속도가 모자랐기 때문이다. 검에 대한 감각도 부족했다. 그러나 그는 그 누구보다도 빠른 발을 지니고 있었다. 그는 하루 종일 달려도 크게 지치지 않았다. 겨울의 마법이 그에게 달리는 능력을 선물해주었기 때문이다.

"헉… 헉…."

잭이 달릴 때마다 풍경이 바람과 함께 순식간에 스쳐 지나갔다. 바로 상황을 보고해야 했다. 항구가 아룬델에게 접수되었다. 마님이 위험했다. 잭은 마법을 한계까지 끌어올려 달리고 있었다. 빨리. 더 빨리. 시간이 없다. 심장이 터질 듯 아파왔다.

"저렇게… 많은…."

잭의 목소리가 바람에 파묻혔다. 잭은 이를 악물었다. 저렇게 많은 아룬델이 있을 것이라고는 생각조차 하지 못했다. 겨울의 마법은 베스 아룬델을 보자 거칠게 날뛰었다. 다른 이들은 아룬델의 논리에 감화된 광신도에 불과했지만 베스 아룬델은 진짜 아룬델이었다.

마법이 잭을 대공에게 이끌었다. 대공은 멀리 떨어지지 않은 곳에 있었다. 잭은 마지막 힘을 쥐어짜내 달렸다. 마침내 그는 주인 앞에 도착했다. 잭은 무릎을 꿇듯 그 앞에 주저앉았다. 한계치를 넘었는데도 참으며 달렸기에 다리 힘이 풀렸던 탓이다. 대공은 말했다.

"고하십시오."

"아룬델…! 아룬델이 나타났습니다!"

"지금 어디에 있습니까."

"항구의 골목에 있습니다! 비 각하가 그 사이에 계십니다."

"베스 아룬델이, 그녀와 가까이 있습니까."

"그렇습니다!"

잭은 거칠게 터져나오는 숨을 억누르려 노력하며 요지를 전달했다. 심장이 터질 것만 같았다. 그의 심장이 터져나가지 않는 것은 겨울 마법의 본주인인 대공이 곁에 있기 때문이다. 대공의 피에 흐르는 겨울의 마법이 그를 안정시켰다. 간신히 호흡을 진정시킨 후 잭은 위를 올려다보았다. 대공이 조용했다.

그는 순간 굳어버렸다. 대공은 그저 서 있었으나 무시무시한 위압감이 그를 짓누르는 것을 느꼈다. 검은 눈이 섬뜩하리만치 고요했다. 대공은 어떤 감정을 격하게 드러낸 적이 없었다. 윈터나이트의 핏줄 자체가 격한 감정은 느끼지 못하도록 설계되었을지도 모른다는 생각을 했었다.

대공이 이런 표정을 지을 때 그는 두려웠다. 차라리 분노를 표출했다면 이렇게까지 두렵지는 않을 것이다. 대공의 분노는 차갑고 고요했다. 그리고 겨울과 닮아 있었다. 대공은 그 어느 때보다도 차갑게 타오르고 있었다. 이곳에 있던 무리는 이미 대공의 손에 모조리 죽었다. 항구의 아룬델과 겨울을 숭상하는 무리들은 대공의 눈에 띄는 순간 남김없이 몰살당하리라. 하나도 남김없이. 잭은 직감했다.

이내 화이트 기사단이 출발했다.

※

잠시 바람이 불었다. 비릿한 향이 진하게 풍겨왔다. 마침 들어온 가로등 불빛을 받아 공터가 환해졌다. 빛에 의해 바닥에 쓰러진 이들의 모습이 드러났다. 압도적인 광경이었다. 엘리나 블루벨은 바람에 날리는 옅은 금발을 대강 올려 묶었다. 죽은 자는 단 하나도 없었으나 그 누구도 움직일 수가 없었다. 엘리나에게 혈을 눌리거나 일어설 수 없도록 혈관을 베였기 때문이다. 수많은 이들이 신음하거나 겨울을 중얼거리며 핏발 선 눈으로 허공을 노려보았다.

엘리나 홀로 그 사이에서 서 있었다. 시녀복 레이스와 리본이 바람에 날렸다. 죽이지 않고 가볍게 제압할 정도의 실력 차이. 이제 남은 것은 베스 아룬델과 베스 아룬델을 지키기 위해 둘러싼 몇 명뿐이었다. 베스 아룬델은 엘리나를 노려보며 짓씹었다.

"네년! 화이트 기사단이구나. 그래, 화이트 기사단이야. 분명해."

엘쟈네스는 천천히 걸어갔다. 아이라는 이 반나절도 안 되는 시간에 일어난 일을 보며 자꾸만 떨리는 몸을 다잡았다. 대공비를 따라야 했다. 엘쟈네스의 걸음마다 기품이 묻어났다.

"리나, 이쪽으로 오렴. 내가 상대할 테니."

그제야 베스는 엘쟈네스를 노려보았다. 대공비는 윈터나이트의 핏줄과 닮아 있었다. 일이 일어났는데도 침착한 얼굴과 괴물 같은 마력이 그 증거였다. 대공비의 마법은 인간의 한계를 뛰어넘은 경지였다. 실체화된 파괴의 마법을 썼는데도 대공비는 지친 기색 하나 없었다. 베스는 갑작스럽게 웃음을 터뜨렸다.

"가관이구나. 가관이야! 괴물은 서로 모이는구나. 오오, 그래. 똑같지. 똑같아. 괴물 대공이 괴물 신부를 들였어. 방해하는 건 같구나."

"미쳤구나."

"미친 건 윈터나이트지. 그들은 우리를 방해해왔어. 오랜 세월 동안. 주인이 돌아오기 전까지 우리는 짓밟히고 있었지."

"주인? 아룬델을 말하는 거구나."

"내게 캐물으려고 하지 마."

유순하고 포근한 얼굴이라고 생각했던 얼굴이 흰자위까지 드러내며 엘쟈네스를 노려보고 있었다. 주인은 결코 실패하지 말라고 말했다. 그렇다면. 베스는 손을 들어 올렸다. 엘쟈네스는 베스의 손끝에 맺히는 어떤 것을 발견하고 말았다.

"비 각하. 겨울이 무엇인지 아시오?"

"나는 알지 못해."

"이제부터 보여주겠소. 이것은 아주 아름답지."

베스는 히죽거리며 주위에 있는 자신의 호위들에게 손을 뻗었다. 파괴의 마력이 베스를 베어버린다. 그러나 베스의 손끝에 맺힌 것은 여전히 존재했다. 생기가 돌던 호위들의 얼굴이 점차 말라붙어가기 시작했다. 베스는 마력에 취해 있었다.

"이것이 아룬델의 마법이지! 내 주인이 준 것. 누구도 막을 수 없어."

그것은 정의할 수 없는 어떤 것이었다. 엘쟈네스는 살아오면서 이토록 불길한 것을 본 적이 없다. 베스를 둘러쌌던 호위들이 쓰러졌다. 동시에 베스의 손과 팔이 다시 자라나기 시작했다.

저것은 세상에 존재해서는 안 될 것이다. 엘쟈네스는 직감했다. 생명을 빨아먹고 피어난 기운이 불길하게 일렁거렸다. 본능이 섬뜩한 경고를 보냈다. 엘쟈네스는 손을 들었다. 파괴의 마력이 흘러넘쳤다. 그러나 저것을 공격할 자신은 없었다. 베스가 사용하는 저것은 이 세상의 것이 아니었다. 공격은 먹히지 않을 것이다.

"자, 원터나이트의 새 마님. 아름답지 않습니까? 겨울은 이것과 동일합니다. 대공은 평생 이 아름다움을 모를 테지요. 아룬델이 윈터나이트를 결코 이해할 수 없듯이. 이 마법과 동일한 곳에서 온 겨울이 온 세상에 퍼지는 순간 우리의 삶은 가장 아름답게 끝난답니다."

베스가 두 팔을 벌렸다. 불길하게 맺혀 있던 그것이 다가오는 순간 엘쟈네스는 자신의 마력마저도 소용없다는 사실을 깨달았다. 아룬델의 마법이 소리 없이 엘쟈네스를 지키는 파괴의 벽을 뚫기 시작했다. 그것은 아무런 저항도 받지 않은 채 마력을 지나쳐 이곳으로 오고 있었다. 파괴의 마력은 오로지, 그것들의 속도를 느리게 만들 뿐이었다.

이내 그것이 엘쟈네스를 바로 마주했다. 베스가 광인처럼 웃었다.

"비 각하. 잘 가십시오. 비 각하의 죽음은 우리에게 도움이 될 것이니!"

이것은 아룬델의 주인이 베스에게 직접 준 마법이었다. 이 자리에 겨울의 마법을 받은 이는 단 하나도 없었다. 누구도 아룬델의 마법을 막지 못한다.

베스의 마법이 엘쟈네스에게 스며들기 시작했다. 차갑고 시렸다. 엘쟈네스는 죽음을 직감했다. 눈을 감자 오롯이 한 사람이 떠올랐다.

'렌.'

점점 몸에 냉기가 침입하기 시작했다. 의식이 흐려진다.

순간 베스가 비명을 질렀다. 엘쟈네스는 눈을 떠 흐릿해지는 앞을 바라보았다. 베스의 어깨는 뚫려 있었다. 아룬델의 힘이 통하지 않는 상대는 겨울의 마법을 받아들인 윈터나이트가의 일원들뿐이었다.

"윈터나이트…! 윈터나이트 대공!"

베스는 증오로 이를 갈면서 몸부림쳤으나 남자에게 거역할 수 없었다. 압도적인 위압감이었다. 검은 제복을 입은 남자는 주저 없이 베스의 어깨를 베어버렸다. 그 행동에는 한 치의 망설임도 없었다.

엘쟈네스는 그가 자신의 남편인 렌이라는 사실을 깨달았다. 그리고 렌이 자신을 볼 때 얼마나 다정한 얼굴을 했는지도. 렌은 검을 사용하기 전 엘쟈네스에게 말했다.

"눈 감으십시오. 엘쟈."

아이라는 엘쟈네스의 눈을 바로 가렸다. 어지러웠다. 엘쟈네스는 비틀거렸다. 베스가 보낸 마법이 닿은 이후로 냉기가 온몸에 퍼지기 시작했기 때문이다. 이 세상의 것이 아니었다. 이런 마법이 있다는 말은 들어본 적도 없다. 한기와 오한이 들었다. 베스가 무어라 저주를 퍼붓는 소리가 들렸지만 곧 끊겼다.

점점 심장마저 차가워졌다. 점차 정신마저 혼미해지기 시작한다. 이제는 현재의 상황을 파악할 수도 없다. 눈이 가려지기 전 어렴풋이 본 렌의 모습이 엘쟈네스가 유일하게 떠올릴 수 있는 것이었다.

'렌.'

베스의 비명 소리가 다시 들려왔다. 눈이 가려져 이 모든 소음들이 더 생생하게 들려왔다.

"윈터나이트! 빌어먹을 윈터나이트…!"

베스는 분한 얼굴로 발악했으나 말을 채 잇지 못했다. 모든 부정한 것들을 베어내는 겨울의 마법이 베스의 어깨에 박혀들었기 때문이다. 대공은 베스를 내려다보고 있었다.

아룬델의 오랜 숙원은 늘 윈터나이트로 인해 저지되었다. 그랬기에 아룬델은 윈터나이트를 증오했다. 아룬델 세력이 줄어든 이후 그들은 윈터나이트의 상대가 되지 못했다.

렌은 피를 토해내는 베스를 내려다보았다. 겨울에 비해 아룬델이 불러낸 마법은 추잡하고 보잘 것 없었다. 그러나 이것마저도 세상에 존재하기에는 너무 위험한 것이었다. 베스 아룬델은 이 작은 것을 쓰는 대가로 자기 육체와 몇 사람의 목숨을 앗아갔다.

매개체인 한쪽 팔을 베어내는 것으로 저 세상의 마법은 끊겼다. 겨울을 상대하는 윈터나이트에게는 하잘것없이 약한 것이었다. 그러나 그의 아내는 이 별것 아닌 것에 의해 죽을 수도 있었다. 대공은 고요했으나 베스는 본능적인 공포감을 느꼈다. 베스의 동공이 확장되었다. 베스 아룬델은 몸을 떨다 대공에게 엎드려 간청했다.

"제… 제발… 제발…."

윈터나이트의 검날에 닿자 마법이 잔존하던 안쪽도 곧 무력해졌다. 공포가 목구멍을 틀어막은 듯 말이 제대로 나오지 않았다. 살고 싶었다. 아니, 대공에게서 달아나고 싶었다. 죽음이 두려운 것은 아니었다. 대공이 두려웠다. 베스는 횡설수설 중얼거렸다.

"대공 각하. 거래를 청하겠습니다. 저를 살려주십시오. 제가 가문의 다른 이 몇을 압니다. 아룬델 가문은 거의 다 몰살당한 상태입니다. 각하의 부모가 계속해서 추적하고 있으니까요!"

엘쟈네스는 렌을 보지 못했다. 아이라가 계속 충실하게 눈을 가리고 있었기 때문이다. 반면 고개를 들어 렌의 눈을 마주한 베스는 얼어붙고 말았다. 말을 내뱉을 수 없다. 차가웠다. 그리고 검었다. 격한 감정 하나 보이지 않고 고요했으나 위압감은 베스를 짓누르고 있었다.

그제야 베스는 원초적인 공포에 사로잡히고 말았다. 대공은 역대 윈터나이트 중에서도 가장 강한 괴물이었다. 그 누구도 현 대공처럼 완벽한 윈터나이트일 수는 없을 것이다. 베스는 중얼거렸다.

"안 돼…."

도망칠 수는 없었다. 대공의 화이트 기사단이 이 공터 주위를 둘러싸고 있었으니까.

"렌은…. 괜찮은…."

엘쟈네스의 눈은 여전히 가려져 있었다. 엘쟈네스는 창백한 얼굴로 비틀거렸다. 화이트 기사단원들은 그런 아내의 모습에 대공이 더 깊고 차갑게 분노했다는 것을 알았다. 지금까지 그 어떤 적을 만나면서도 발현된 적 없던 거대한 겨울의 마법이 발현되고 있었다. 겨울의 마법은 윈터나이트 대공의 상태에도 영향을 받는다.

대공의 검은 차갑고 냉혹했다. 대공을 오래 보아온 화이트 기사단마저도 서늘한 기세에 눌려 감히 가까이 가지 못할 정도였다. 곧 모든 것이 끝났다.

화이트 기사단과 엘리나는 렌에게 예를 취했다. 렌은 아이라에게 기대듯 서 있는 엘쟈네스의 앞으로 다가갔다.

"엘쟈."

대공의 목소리는 나직하고 부드러웠다. 렌을 오래 보아온 화이트 기사단은 알 수 있었다. 대공은 대공비가 놀라지 않도록 조용히 그녀를 부르고 있는 것이었다. 그러나 대공비는 말이 없었다. 아이라가 조심스럽게 엘쟈네스의 눈을 가렸던 손을 치웠다. 달빛이 은은한 공터에는 수십 구의 시체가 널려 있었다. 엘쟈네스는 그 광경에 놀라지 않았다. 그럴 수 없었다는 표현이 더 정확하리라. 엘쟈네스는 창백한 인상으로 눈을 감고 있었다.

아룬델이 쓰던 저 세상의 마법은 겨울과 얼핏 닮은 듯했지만 조잡하고 불순물이 낀 더러운 것이었다. 그것들이 엘쟈네스에게 스며들었다. 엘쟈네스의 손과 발은 얼음장처럼 차가웠다. 겨울의 마법을 받은 화이트 기사단이었다면 누구든 엘쟈네스가 저 세상의 마법에 당하기 전에 검으로 베어버릴 수 있었을 것이다.

엘리나 블루벨은 유일하게 대공에게 맹세를 바치지 않았다. 그랬기에 겨울의 마법이 없어 아무것도 할 수 없었다. 엘리나는 무력감에 고개를 떨어뜨렸다. 알렉은 엘리나의 어깨에 손을 올렸다.

"네가 있어서 비 각하를 지킬 수 있었던 거야."

"아니다…."

엘리나는 고개를 숙였다. 겨울의 마법을 받지 않았어도 엘리나는 언제나 강했다. 겨울의 마법이 없어도 겨울을 베어낼 수 있는 상황에서 주인으로 인정하지 않은 대공에게 굳이 맹세를 바쳐 겨울의 마법을 얻을 필요는 없다고 생각했다.

그 판단이 뼈저리게 후회되었다. 눈앞의 주인을 지키지 못했다는 사실이 충격적이었다. 엘리나는 그제야 깨달았다. 그녀는 오만했다. 강했기에 자신의 강함을 과신했다. 엘리나는 주먹을 움켜쥐었다. 그동안 한없이 안일하게 살았다. 다시는 이런 일을 겪지 않으리라. 주인의 앞을 가로막는 것은 모조리 베리라. 그리고 지켜내리라. 엘쟈네스를. 눈물을 흘리는 파란 눈에 결심의 빛이 감돌았다.

엘쟈네스의 몸이 차기에 한시도 지체할 수 없었다. 엘쟈네스는 보온을 위해 커다란 담요들에 둘러싸인 채 마차에 눕혀졌다. 렌은 엘쟈네스에게서 시선을 떼지 않은 채 마차가 급하게 달리는 동안 계속해서 손을 잡아주었다. 그나마 다행인 것은 블랙 기사들의 목숨이 붙어 있다는 점이었다. 운이 좋았다.

"실종된 나머지 시녀장 후보를 찾았습니다!"

기사 하나가 외쳤다. 그러나 정신이 없어 그마저도 신경 쓸 여력이 없었다. 화이트 기사단원들의 분위기마저도 침체되어 있었다. 마차가 순식간에 워프 게이트를 넘었다. 대공성의 안쪽으로 이어진 워프 게이트 위에 마차가 나타났다. 엘쟈네스가 대공의 방으로 옮겨지는 데는 얼마 걸리지 않았다. 대공비의 목숨이 걸린 일이다. 신속할 수밖에 없었다. 엘쟈네스는 침대에 눕혀졌다.

"추위…."

미약한 말소리가 들렸으나 곧 꺼지듯 사라졌다. 렌은 알아챘다. 엘쟈네스는 아프다는 내색을 하지 않는 데 익숙한 사람이다. 정확히는 누구도 자신의 아픈 상태에 관심을 가지지 않는 데에 익숙한 사람 특유의 체념이었다. 정말 견딜 수 없을 때, 그녀는 가냘픈 소리를 낸다.

그것에 이상하게 마음이 아려왔다. 로벨리아 왕국은 큰 곳이었다. 크로커스 공작가의 영애라는 위치는 결코 낮지 않았을 것이다. 무슨 일이 있었기에. 렌의 검은 눈이 엘쟈네스를 내려다보았다. 그는 엘쟈네스의 손을 놓지 않고 있었다. 가녀린 손을 놓으면 그녀가 어딘가로 사라질 것 같았다.

그때 집사가 들어왔다. 집사의 가문은 윈터나이트와 아룬델에 관해 연구해왔다. 숨겨진 마법사들. 그들은 대대로 윈터나이트를 모시며 윈터나이트와 아룬델의 마법에 대해 공부했다. 마력의 흐름을 파악한 집사는 말했다.

"마님은 위험한 상태입니다, 각하."

"방법은 겨울의 마법을 주는 것뿐입니까."

"…그렇습니다."

집사가 순순히 긍정했다.

"그렇게 하겠습니다."

렌은 고개를 끄덕였다. 집사가 나갔다. 엘쟈네스는 간간이 입술을 미약하게 달싹이고 있었다. 내뱉는 숨은 가냘팠다. 엘쟈네스가 죽어가고 있다. 렌은 그 차가운 입술에 입술을 맞대었다. 엘쟈네스가 힘없이 눈을 떴다 감았다. 뜨거웠다. 치열을 가르고 남자의 혀가 들어온다. 렌은 엘쟈네스에게 키스했다.

※

"엘리나. 네 잘못이 아니야."

알렉이 부드럽게 말했다. 대공비가 쓰러진 지 이틀째였다. 대공비가 겨울의 마법을 받고 안정되었다는 소식이 들린 이후, 엘리나는 방 안에만 처박혀 있었다. 알렉은 침대에 앉아 가라앉은 눈을 한 엘리나에게 말했다.

"비 각하는 곧 일어나실 거야. 무사하시댔어. 너는 겨울의 마법을 받지 않았으니, 아룬델의 마법은 네가 어쩔 수 없는 부분이었어."

알렉은 최대한 엘리나를 건드리지 않으려고 노력하며 말했다. 화이트 기사단의 다른 동료들도 엘리나를 걱정하고 있었다. 화이트 기사단 자체가 같은 동지 의식을 가지다 보니 서로 가까운 편이었다. 알렉 또한 마음이 좋지 않았다. 늘 냉랭하고 고고한 얼굴을 하던 녀석이 어두운 얼굴을 하자 신경이 쓰였던 것이다. 엘리나는 알렉과 가장 가까운 동료였으니까. 한참 후에야 엘리나가 입을 열었다.

"나는 내가 완벽하다고 생각했다."

"완벽하지. 외모, 집안, 재력, 검술. 뭐가 딸려. 심지어 나보다 인기도 많잖아. 네가 화이트 기사단에서 가장 팬이 많은 기사일 거야."

알렉은 엘리나의 기분을 풀어주기 위해 너스레를 떨었다. 심각한 상황이었으나 말로 내뱉고 보니 다 사실이었다. 시녀들은 다른 화이트 기사단은 본체만체했지만 엘리나에게는 갖은 먹거리와 손수건을 가져다주었다. 이 녀석은 무슨 소설에서 튀어나온 인물이라도 되나, 알렉은 생각했다. 엘리나는 말이 없었다. 알렉은 엘리나가 하고 싶은 말을 할 때까지 천천히 기다려주었다.

"내가 강하다고 생각했다. 비 각하를 충분히 지킬 수 있을 거라고 생각했어."

"아룬델의 마법은 어쩔 수 없었어. 너도 알잖아."

"난 그걸 참을 수 없어."

알렉은 엘리나의 눈을 바라보았다. 파란 눈동자가 어떤 강렬한 빛으로 일렁거리고 있었다. 엘리나는 어떤 기분을 느끼는 걸까. 어떤 기분을 느끼고 있을까. 지금까지 단 한 번도 실패한 적 없는 녀석이 실패를 겪었다. 상상조차 할 수 없었다. 알렉은 엘리나의 눈물이 떨어질 수 있도록 방문을 닫고 조용히 나갔다. 엘리나는 다시 일어설 것이다. 그리고 성장할 것이다. 알렉은 자신의 파트너를 믿었다.

※

렌은 엘쟈네스를 보고 있었다. 대공이 일을 하지 않고 마님의 곁에 앉아 있는데도 뭐라고 말하는 사람은 없다. 누구도 대공을 방해하고 싶지 않아 했다. 렌의 뒤에 서 있던 집사가 조용히 말했다.

"오늘이면 깨어나실 겁니다. 파괴의 마력과 겨울의 마법이 충돌해 안정이 되기까지 오래 걸린 것뿐입니다."

"그렇습니까."

그의 아내는 아직 눈을 뜨지 못하고 있다. 렌은 엘쟈네스를 보며 상념에 잠겼다.

겨울의 마법. 윈터나이트를 대대로 옭아매온 것이었다. 아니, 이제는 윈터나이트 그 자체였다. 겨울의 마법은 격렬한 감정을 느끼지 못하게 했다. 그랬기에 윈터나이트 대공들은 모두 이성적이고 냉정한 편이었다. 렌의 아버지인 전대 대공부터 겨울의 마법은 약화되었다. 렌의 감정은 오롯이 그 자신의 것이다. 집사가 고개를 숙여 인사했다.

"그럼 저는 이만 가보겠습니다."

"수고했습니다."

집사가 나가자 방 안에는 엘쟈네스와 렌 둘만 남았다. 엘쟈네스는 눈을 감은 채 숨을 쉬고 있었다. 고른 호흡 소리가 들려왔다. 창백했던 뺨에는 장밋빛이 돌았다. 대리석처럼 창백했던 피부는 이제 싱그러웠다. 렌은 엘쟈네스의 뺨에 손을 가져갔다.

"엘쟈."

낮은 목소리가 방 안에 울렸다. 엘쟈네스는 눈을 뜨지 않았다. 렌의 선택은 이기적인 것이었을지도 모른다. 전대 대공 부부는 늘 아룬델을 소탕하러 다녔다. 대공위를 물려받고 나서야 렌은 그것이 그들의 사랑이라는 것을 깨달았다. 부모는 렌의 목숨을 지켰다.

같은 길을 엘쟈네스에게 걷게 하는 것은.

"저는."

대답할 이는 없었다. 방 안은 조용했다. 들리는 것은 엘쟈네스의 고른 숨소리뿐이었다. 엘쟈네스에게 마법을 주기 전, 이성은 경고했다. 상황만 놓고 보자면, 죽는 편이 겨울의 마법에 속박되는 것보다 낫다고. 반려에게 고통을 안겨줄 셈인가?

그러나 엘쟈네스는. 엘쟈네스를 만나 교감하고 감정을 나누고 함께 잠들면서부터 렌의 삶이 달라졌다. 이성적인 판단을 하고 생각을 할 여유가 없었다. 엘쟈네스가 위험에 빠졌다는 소식을 들었을 때도 그랬다. 그답지 않았다. 베스 아룬델을 벨 때 차가운 분노로 가득 차 있었던 것도. 엘쟈네스가 쓰러진 후 어떤 생각을 할 수 없었던 것도.

"후회하지 않습니다."

엘쟈네스는 죽을 수 없었다. 그녀는 살아 있어야 했다. 엘쟈네스는 렌의 곁에서 웃어야 했다. 그의 욕심이 어떤 결과를 낳을지라도.

렌이 밀어 넣은 겨울의 마법은 엘쟈네스의 몸에 스며들었다. 심장에 자리한 겨울의 마법이 저 세상의 마법을 몰아냈다. 엘쟈네스의 몸에 남은 아룬델의 부정한 흔적들을 태워냈다. 엘쟈네스에게 본래 있던 파괴의 마력은 겨울의 마력과 점차 융화되어 갔다. 렌은 그 과정을 보는 내내 엘쟈네스의 손을 잡고 있었다.

마침내, 엘쟈네스의 속눈썹이 파르르 떨렸다. 렌은 그녀를 바라보았다. 마법에 걸린 것 같았다. 진갈색의 눈동자가 드러났다. 가슴이, 떨려왔다. 렌은 엘쟈네스에게 물었다.

"엘쟈. 정신이 듭니까."

"렌, 이리 가까이 와요."

엘쟈네스가 작게 웃었다. 엘쟈네스는 잠을 자고 일어난 사람 같았다. 살아 있어서 다행이라는 생각이 가장 먼저 들었다. 겨울의 마법을 받은 이상 그 어떤 부정한 것도 엘쟈네스를 감히 해하지 못할 테니까. 저 세상의 것들과 겨울은 엘쟈네스의 발치에 무릎을 꿇을 것이다. 렌은 엘쟈네스에게 가까이 다가갔다. 엘쟈네스가 팔을 벌렸다.

"안아줘요."

렌은 엘쟈네스를 끌어안았다. 살아 있는 사람의 심장 박동 소리가 들려왔다. 엘쟈네스는 모든 상황을 어렴풋이 기억하고 있었다. 렌이 엘쟈네스를 구했다. 그리고 엘쟈네스의 생명을 구했다. 엘쟈네스는 미약하게 숨을 내쉬고 있을 때 입안으로 들어온 시린 마법을 기억했다. 엘쟈네스는 본능적으로 깨달았다. 이것은 겨울의 마법이다. 강대하고 순수한 마법이 엘쟈네스의 마력과 함께 흐르고 있었다.

엘쟈네스가 렌에게 몸을 기댔다. 이 순간 렌은 충족감을 느꼈다. 전해지는 엘쟈네스의 체온이 따스했다. 렌은 천천히 엘쟈네스를 잡았다. 엘쟈네스가 렌을 보았다. 눈이 마주치는 순간 렌은 고개를 숙여 가볍게 입술을 마주 댔다. 두근거리는 심장 소리가 들려왔다. 이내 엘쟈네스가 눈을 감았다. 서로에게 묻지 않아도 뜻을 알 수 있었다. 입술이 완전히 포개진다. 뜨거웠다.

렌은 엘쟈네스를 보다 다시 눈을 감았다. 점차 남녀 사이에 있을 법한 열기가 둘을 잠식했다. 렌의 입술이 엘쟈네스의 목에 닿았다.

그 분위기를 깬 것은 두 번의 노크 소리였다. 집사가 급한 소식을 전하기 위해 온 것이다. 렌의 허락에 들어온 집사가 정중히 고개를 숙였다.

"각하. 시녀장 후보와 블랙 기사단원들이 깨어났습니다."

"알겠습니다. 위치는 어디입니까."

"양쪽 다 병실에 눕혀두었습니다."

묘한 기류가 방 안에 흘렀다. 엘쟈네스는 말했다.

"같이 가요. 렌."

"몸은 괜찮겠습니까."

"괜찮아요. 그리고 렌이 있잖아요."

렌은 거절하지 못했다. 복도로 나온 두 사람은 천천히 걸어갔다. 엘쟈네스는 렌에게 물을 것이 많았다. 겨울의 마법을 받은 지금은, 윈터나이트에 대해 더 알아야겠다는 생각이 들었다.

"그녀가 쓴 마법과 렌이 제게 준 마법은 무엇이었나요? 솔직하게 말해줘요, 렌."

"그것은."

렌의 이야기가 시작되었다. 먼 옛날 누구도 모르는 어떤 일로 인해 세계가 뒤집혔다. 대륙의 사람이라면 모를 수가 없는 이야기였다. 마법 전쟁. 겨울이 만들어졌다. 윈터나이트와 아룬델이 탄생했다. 엘쟈네스는 물었다.

"베스가 보여준 것이 그 '겨울'인가요?"

"아닙니다. 그것은 아룬델이 겨울을 모방해 불러낸 저 세상의 마법에 불과합니다."

겨울은 가장 맑고 깨끗하고 순수한 에너지였다. 새하얀 그것은 어떤 형태로 겨울마다 윈터나이트의 북쪽 숲에 나타났다. 2개월간의 겨울 안에 겨울을 베어내지 못하면 세상 모든 것이 얼어붙은 채 세계가 멸망한다.

엘쟈네스는 몸속에 흐르는 시린 마법을 이끌어냈다. 겨울의 미법. 엘쟈네스의 심장에서부터 시작되어 파괴의 마력과 함께 흐르던 것이 실체화되었다. 파괴의 마력은 그것을 받아들여 한층 더 강해진 상태였다. 엘쟈네스는 아룬델의 마법을 떠올렸다.

'다음에는 그것들을 태워버릴 수 있을 것 같아.'

이내 두 사람은 병실에 도착했다. 노크를 하자 안에서 목소리가 들려왔다.

"네, 들어오세요."

문을 열자 보인 것은 밝은 인상으로 웃고 있는 처음 보는 여자였다. 세 시녀장 후보 중 한 명이 베스의 손에 죽었다. 살아남은 시녀장 후보. 이곳에 있는 사람은 무사히 발견된 나머지 한 명의 후보였다.

엘쟈네스와 렌이 들어가자 문가에 다가온 아이라가 엘쟈네스에게 차분히 인사했다. 살아남은 시녀장 후보와 함께 있었던 모양이다.

"비 각하를 뵙습니다."

"기사들의 상태는 어떠니, 아이라?"

"잠시 출혈이 심해졌지만 신체와 목숨에는 지장이 없습니다. 비 각하."

"다행이군요."

옆에서 말하는 렌을 본 아이라가 허리를 숙여 정중하게 인사했다. 렌은 고개를 끄덕여 인사를 받았다. 밝은 인상의 여자는 머리를 조금 긁적이며 웃었다.

"죄송합니다. 각하. 비 각하. 지금 목과 허리를 구부릴 수가 없습니다. 탈출하는 과정에서 무리를 해서 그만 다쳐버리고 말았어요. 줄리라고 불러주시면 됩니다."

엘쟈네스와 렌은 수긍했다. 줄리는 아이라와 다르게 쾌활한 인물이었다. 그러면서도 영특했다. 줄리의 말은 절대 선을 넘는 법이 없었다. 아이라도 줄리를 마음에 들어 하는 눈치였다. 대공과 대공비를 본 블랙 기사단원들은 황급히 몸을 일으키려 애썼다.

"쉬십시오. 부상이 심합니다."

"감사합니다, 각하."

렌의 말에 기사들이 고개를 숙이며 침대의 등받이에 몸을 기댔다. 출혈이 심해 고비를 넘겼다는 기사가 있었는데 모두 나은 듯했다. 아이라는 외상 없이 건강해 보였다. 줄리 역시도 큰 탈은 없어 보였다. 아이라가 줄리에게 눈짓했다. 줄리는 엘쟈네스와 렌에게 공손히 인사한 후 이야기를 시작했다.

"저희는 전대 시녀장님께서 각 나라를 돌아다니며 선택한 인재들이라고 해요. 제가 도착한 것은 도착 예정 시간에서 정확히 20분 전이었어요. 저는 정보를 모으는 데 특출한 편이랍니다."

죽은 후보는 줄리와 서신을 주고받던 사이였다. 팬지에서 오는 배가 30분이나 일찍 도착했다는 말을 들었지만, 죽은 후보의 모습은 보이지 않았다.

'무언가 있어.'

별일이 아닌 것처럼 보였지만 감은 그렇게 경고했다. 줄리는 곧 항구의 사람들을 만나며 자연스럽게 이상한 점에 대해 묻기 시작했다. 줄리는 밝은 인상으로 사람들에게 호감을 주어 누구와도 금세 친해질 수 있는 친화력이 있었다. 그렇게 해서 몇 가지 사실을 알아냈다.

"팬지요? 이미 물어본 사람이 있소."

"한 시간 전부터 이 주변을 수상쩍게 돌아다니는 사람이 나타났소."

줄리는 주위를 둘러보다 이내 수상한 행동을 보이는 몇 사람을 발견할 수 있었다. 항구의 분위기가 흥겨움에도 불구하고 그들은 모두 어두운 얼굴을 하고 있었다. 눈빛은 이상한 빛으로 번들거렸다. 모두 한 무리인 걸까. 그중 유순한 인상의 여자가 눈에 들어왔다. 왠지 모르게 눈길이 가는 여자였다.

줄리는 말했다.

"그 여자가 베스 아룬델이었어요."

여자는 평범해 보였으나 계속 손가락 모양을 조금씩 바꾸고 있었다. 수화를 바탕으로 해 만들어진 수신호였다. 줄리는 어렵지 않게 뜻을 유추할 수 있었다.

"동쪽에 까마귀 없음. 남쪽에 까마귀. 서쪽과 북쪽에도 까마귀 없음."

그것을 확인하자 피가 식는 것 같았다. 까마귀란 윈터나이트 대공을 뜻하는 은어였다. 이곳에서 무언가 일어나고 있다. 줄리는 태연하게 이것저것 들여다보며 항구를 한 바퀴 돌았다. 유순한 여자의 손동작을 바라보던 남자들을 지나치는 순간 깨달았다.

'오른팔에만 근육이 많이 있어.'

검을 잡는 사람이었다. 오른손잡이들은 오른팔을 주로 사용했기 때문이다. 유순한 인상을 지닌 중년 여자의 손 역시도 보통 여자의 것이라기에는 너무 거칠었다. 팬지에서 온 후보가 실종된 것과 이들은 관련이 있다.

'당장 대공가에 연락해야 해.'

그러나 그럴 수 없었다. 입이 막혀버렸으니까. 줄리는 그제야 들켰다는 사실을 깨달았다. 중년의 여자는 소름 끼치도록 차가운 눈으로 줄리를 내려다보았다. 그때부터 기억이 없다.

줄리가 깨어난 것은 블랙 기사단들이 쓰러진 후였다. 줄리는 그들을 지혈했다. 블랙 기사단을 살린 것은 줄리인 셈이었다. 이야기는 거기까지였다. 줄리의 얼굴이 진지해졌다.

"하지만 석연치 않은 점이 많았습니다."

"어떤 점에서?"

"왜 그 사람들이 굳이 비 각하를 노린 것일까요?"

"좀 더 자세히 설명해주겠니, 줄리?"

"시녀장님은 아룬델을 추적하기 위해 저를 정보에 특화되도록 키웠어요. 이들은 지금까지 전혀 모습을 드러내지 않고 살았습니다. 이번에 비 각하를 노린 무리들은 아룬델의 마지막 전력일 거예요. 왜 자살이나 다름없는 일을 했는지 모르겠습니다. 결국은 대공 각하의 손에 죽을 게 분명한데도 물러나지 않았어요."

"아룬델의 주인…."

엘쟈네스는 말했다. 줄리의 말처럼 이상한 점이 많았다. 베스 아룬델은 아룬델의 주인이 내린 명령대로 행동한다며 광기에 물든 눈을 했다. 엘쟈네스는 말했다.

"시간을 끌기 위해 벌인 일인지도 모르겠구나."

"시간을 끌기 위해서요?"

"아룬델의 주인이 돌아왔다는 말을 들었어."

윈터나이트의 이목을 돌리려고 저지른 일. 분명히 더 큰 목적이 숨겨져 있으나, 답이 나오지 않았다.

"아…!"

무언가를 생각하던 줄리가 나지막이 외쳤다. 갑작스럽게 죽은 후보에 대한 사실이 떠올랐기 때문이다.

"죽은 후보와 편지를 주고받을 때, 제게 항구에 언제 도착하느냐는 질문을 계속해서 했어요. 제게 일찍 도착할 수 없냐고 물었고요."

"조사를 해보아야겠군요."

아이라가 차분하게 말했다.

시녀장은 아이라로 정해졌다. 아이라의 침착함을 높이 평가했기 때문이다. 줄리는 부시녀장이 되었다. 아이라는 엘쟈네스를 우선시할 줄 알았다.

무슨 일이 생긴다면 엘쟈네스를 잘 보좌할 것이다.

기사들의 편안한 휴식을 위해 렌과 엘쟈네스는 병실에서 나왔다.

"죽은 시녀장 후보에 대해서는 좀 더 알아보아야겠지만 줄리와 기사들이 무사해서 다행이에요."

"엘쟈가 제 곁에 있는 것이 가장 다행입니다."

렌의 손이 엘쟈네스의 얼굴에 닿았다. 생기가 도는 뺨이 따스했다. 엘쟈네스의 손이 렌의 손 위에 닿았다. 엘쟈네스가 웃었다.

"구해주어서 고마워요, 렌. 렌과 다시 만날 수 있어서 가장 기뻐요."

"저는 엘쟈에게 겨울의 마법을 주었습니다."

렌은, 무겁게 그녀에게 물었다.

"그래도 괜찮습니까."

"렌이 저를 살려준 덕분에 이 자리에 있는걸요."

의식이 흐릿할 때 누군가가 엘쟈네스의 손을 잡아주었다. 리리엘은 태어날 때부터 몸이 약했다. 온 집안사람들은 리리엘을 챙겼다. 엘쟈네스는 아플 때에도 아프다고 말해본 적이 없었다. 리리엘처럼 죽을병이 아니었으니까.

렌은 엘쟈네스를 계속해서 간호했다. 이 남자에게 나는 중요한 사람이구나. 그때 희미하게 느꼈다. 엘쟈네스는 렌의 손을 잡았다.

"걱정 말아요. 이제는 겨울의 마법이 있으니 아룬델이 저를 해칠 수 없을 거예요."

"저는 엘쟈의 남편입니다. 그런 상황이 다시 온다면 제가 엘쟈를 지킬 겁니다."

진지한 목소리는 낮고 매혹적이었다. 렌은 자신이 엘쟈네스를 어떻게 보고 있는지 아는 걸까. 렌의 눈에 엘쟈네스가 오롯이 비치고 있었다. 엘쟈네스는 대답할 수 없었다. 마법에 빠진 것 같았다.

"아침은 방에서 먹을 겁니다."

"식당까지 걸어갈 수 있는걸요."

"엘쟈는 더 쉬어야 합니다. 제가 염려됩니다."

승자는 렌이었다. 엘쟈네스를 배려하고 세심하게 신경 써주는 렌의 태도에는 상냥함이 묻어났다. 둘은 침실로 향하는 복도에 접어들었다. 침실로 들어가는 커다란 문 앞에 익숙한 인형이 보였다. 긴 옅은 금발과 요정 같은 외모. 신비한 파란 눈동자의 여기사였다.

"리나?"

엘쟈네스가 자신도 모르게 엘리나를 불렀다. 엘리나는 엘쟈네스를 바라보았다. 마님은 무사했다. 다행이었다.

"네."

엘리나는 대답했다. 지금까지 단 한 번도 겨울의 마법을 사용하고 싶다는 생각을 한 적이 없었다. 겨울의 마법이 없어도 엘리나는 강했다. 그 사실이 엘리나를 자만하게 만들었는지도 모른다. 아룬델의 마법이 엘쟈네스에게 닿던 밤, 엘리나는 아무것도 할 수 없었다. 아룬델의 마법을 베어낼 수 있는 것은 오직 겨울의 마법뿐이었다.

겨울의 마법이 없어도 주인을 지킬 수 있다고 오만하게 생각했건만. 엘리나는 이틀 내내 잠들지 못했다. 대공에게 맹세의 서약을 바치지 않은 것은 대공이 자신의 주인이 아니라고 생각해서였다. 그것은 지킬 사람이 없었기에 가능한 일이었다. 지금 엘리나에게 가장 필요한 것은 겨울의 마법이었다. 엘리나는 렌의 앞에서 한쪽 무릎을 꿇었다.

엘리나의 주인은 엘쟈네스였다. 블루벨 가문의 기사들은 단 한 사람만을 주인으로 인정했다. 엘리나에게 있어 대공은 주인의 부군에 불과했다. 그러나 상관없었다. 무슨 수단을 쓰더라도 엘쟈네스를 지킬 수 있다면. 엘리나의 눈은 그 어느 때보다도 진지했다. 블루벨 가문의 사람들이 본다면 손가락질을 할 것이다. 주군이 아닌 다른 사람에게 서약을 바쳐 힘을 얻어낸다는 불명예? 그래도 좋다. 엘리나는 절박했다. 중요한 것은 명예 따위가 아니었다. 대공은 엘리나에게 물었다.

"엘리나 블루벨 경. 무슨 일입니까."

"대공 각하께 부탁을 드리러 왔습니다."

"말씀하십시오."

엘리나는 이틀 내내 생각하고 생각했던 말을 뱉어냈다. 더 강해질 것이다. 누구도 범접할 수 없는 기사가 되어 비 각하를 지키리라.

"제게 겨울의 마법을 주셨으면 합니다."

엘리나 블루벨. 화이트 기사단의 일거수일투족은 렌에게 보고된다. 엘리나가 방 안에 틀어박혀 이틀째 나오지 않았다는 소식도 전해진 후였다. 화이트 기사단의 다른 동료들은 그것이 대공비를 지키지 못한 자책감 때문이라고 생각하고 있다고 했다. 렌은 담담하게 물었다.

"그 말의 의미를 알고 있습니까."

"알고 있습니다, 각하."

"주인이 아닌 자에게 평생의 맹세를 바치겠다는 이야기입니다."

렌은 엘리나에게 큰 감정을 가지고 있지 않았으나, 엘리나의 눈을 본 다른 사람이라면 그 강렬한 빛에 사로잡히고 말았을 것이다. 엘리나가 지키고자 하는 사람은 엘쟈네스다. 엘리나는 렌에게 대답했다.

"그러나 제 주인을 지키지 못하는 것보다는 낫습니다. 명예란 허울 좋은 이야기라는 걸 깨달았습니다. 주인을 지키지 못한다는 무력함에 비해서 그것들은 모래알만도 못한 가치 없는 것들입니다."

엘리나의 눈동자에서 빛나는 것은 어떤 신념이었다. 엘쟈네스는 엘리나의 분위기가 이전보다 더 차분하고 진중해졌다는 것을 느꼈다. 외적 요소의 변화 때문이 아니었다. 엘리나의 심경에서 일어난 변화가 엘리나의 분위기를 달라지게 만든 것이다. 엘리나는 정중하게 고개를 숙였다.

"맹세의 서약을 바치겠습니다. 제 마음은 변함이 없습니다."

"엘리나 블루벨 경의 주인은 누구입니까."

"비 각하입니다. 어느 주인을 모시든 제 가장 깊은 마음은 비 각하를 따를 겁니다. 그러나 감출 수 있습니다."

"그렇습니까."

렌은 엘쟈네스의 손을 잡고 있었다. 엘쟈네스는 새삼 엘쟈네스가 아닌 타인을 대하는 렌의 태도가 어딘가 건조하다는 것을 깨달았다. 렌의 검은 눈에는 별다른 감정이 없었다. 대공과 대공가에 속한 기사의 대화라고는 믿을 수 없을 만큼 대화에는 머나먼 간격이 존재했다. 렌의 그 선이 무뎌지는 것은 오직 엘쟈네스 앞에서였다.

"맹세의 서약을 바치겠습니다."

"알겠습니다."

엘리나는 말했고, 렌은 대답했다.

엘쟈네스는 엘리나를 바라보았다. 겨울의 마법을 받은 순간부터 대공비는 대공과 유사한 권한을 누릴 수 있다. 엘쟈네스는 맹세의 서약을 바친 기사에게 겨울의 마법을 줄 수 있다. 엘리나도 그 사실을 알 것이다. 그러나 엘리나는 엘쟈네스에게 말하지 않았다. 어째서. 엘쟈네스는 물었다.

"리나. 왜 내게는 겨울의 마법을 달라고 요청하지 않은 거니?"

"비 각하가 제 주인이시기 때문입니다."

엘리나는 대답했다. 이것은 엘리나의 순수한 진심이었다.

"비 각하가 기사를 원치 않으신다면, 그 뜻을 따를 겁니다. 제게 있어서 가장 중요한 것은 비 각하입니다. 비 각하의 의견이 곧 제 뜻입니다."

엘리나는 기사였다. 엘쟈네스가 엘리나를 거두어주지 않아도 엘쟈네스는 엘리나의 주인이었다. 기사에 대해 말하던 엘쟈네스는 쓸쓸한 얼굴을 하고 있었다. 그때 엘리나는 엘쟈네스를 이해하게 되었다. 엘쟈네스는 기사에 대해 좋은 기억이 전혀 없었다. 그랬기에 엘리나를 받아줄 자신이 없다고 말한 것이다. 엘쟈네스의 기사가 되지 않아도 좋다. 엘쟈네스를 지킬 수만 있다면. 마차를 타고 지나가며 엘쟈네스는 기사를 믿지 않는다고 말했다.

이제 엘리나는 알 수 있었다. 엘쟈네스의 말에 실린 것은 체념이었다는 사실을. 엘쟈네스는 기사에 대해 정말로 어떤 기대조차 없었다.

엘쟈네스에게 엘리나 블루벨 경이라고 불렸던 밤을 기억한다. 긴박한 상황이었기에 엘쟈네스의 명을 받았던 그 상황. 엘리나는 그날을 기억하며 살 것이다. 엘쟈네스가 자신을 엘리나 경이라고 부르던 순간을 추억하고, 오만해지지 않도록 엘쟈네스가 쓰러지던 순간을 기억하며 살 것이다. 그것이 엘리나의 각오였다. 엘쟈네스가 엘리나를 신뢰하지 않아도 좋았다. 지킬 수만 있다면. 엘리나는 그렇게 생각했다.

그 순간 엘쟈네스가 어쩔 수 없다는 듯 웃었다.

"리나. 대공 각하에게 맹세의 서약을 바칠 필요는 없단다."

"네…?"

우아한 미소에 엘리나는 순간 넋을 잃고 엘쟈네스를 바라보았다. 엘쟈네스가 엘리나를 향해 웃고 있었다. 주인은 말했다.

"너는 이미 내 기사란다."

엘리나는 그 순간 숨을 쉬는 것조차 잊어버리고 말았다. 온 세상이 멈춘 것 같았다. 엘쟈네스의 말을 믿을 수 없었다. 이것은 블루벨 가문의 기사들이 평생 꾸는 꿈이었다. 블루벨 가문의 기사들은 주인에게 나의 기사라고 불리는 순간만을 고대했다. 고대했던 순간이 왔는데. 정작 떨림에 어떤 말도 할 수가 없었다.

"꿈입니까…?"

엘리나는 떨리는 목소리로 물었다. 깨어나면 사라져버릴 꿈처럼 엘쟈네스의 말은 달콤했다. 엘쟈네스는 웃으며 고개를 저었다. 엘리나는 늘 엘쟈네스에게 진심으로 부딪쳐왔다. 그랬기에 엘쟈네스는 크로커스 공작가의 기사들에 의해 생겼던 편견의 틀을 부숴버릴 수 있었다. 이제 엘쟈네스가 살아갈 곳은 로벨리아 왕국이 아니었다. 아마릴리스 제국의 이 원터나이트 성이었다.

"꿈이 아니야. 리나, 검을 이리로 주렴."

엘리나의 진심이 완전히 엘쟈네스에게 맞닿았다. 엘쟈네스는 어느 순간 부터 엘리나를 받아들이고 말았다는 사실을 인정하게 되었다. 엘쟈네스의 기사. 엘리나 블루벨. 엘쟈네스는 엘리나가 건넨 검을 받아 들었다.

"한쪽 무릎을 꿇고 앉으렴."

엘리나는 그 말에 따라 한쪽 무릎을 꿇은 채 엘쟈네스 앞에 앉았다. 자신 이 무엇을 하는지조차 알지 못했다. '내 기사.' 방금 엘쟈네스가 엘리나를 그 렇게 불렀다. 엘쟈네스가 검을 들었다. 이것이 현실이라면 죽어도 좋다. 그 만큼 행복했다. 검 끝이 엘리나의 어깨 위에 올라갔다. 엘쟈네스는 평생 말 할 일이 없을 것이라고 생각했던 서약의 첫 부분을 읊었다.

"엘리나 블루벨 경. 이 자리에서 경은 나의 기사가 될 것이다. 경은 내게 경의 운명을 걸 것을 맹세하는가?"

엘리나가 처음 검을 잡은 것은 어릴 적이었다. 북쪽의 아이들은 주인과 그 주인을 지키는 기사에 대한 동화를 읽고 자란다. 기사는 주인을 지키고 오로지 한 주인만을 섬겼다. 그것이 아마릴리스의 기사였다. 북쪽의 기사 였다. 어린 엘리나는 그 동화를 읽으며 늘 주인을 꿈꾸었다. 몇 년이 넘도록 엘리나에게 와닿는 인물이 전혀 나타나지 않아 포기하게 된 후에는 그 기억 을 잊고 있었다.

이제 기억났다. 엘리나는 검을 처음 잡았을 때부터 주군을 맞이하는 이 순간을 고대해왔다. 그랬기에 검을 잡았다. 그랬기에 검을 휘둘렀다. 이 꿈결 같은 순간에 그 기억이 엘리나를 잠식했다. 벅차오르는 감격을 어찌할 수 없었다. 엘리나의 눈에 눈물이 고였다. 엘리나는 읊었다.

"제 영혼이 당신의 영혼을 지킬 것입니다. 제 모든 것이 당신에게 소유되며 제 검은 오로지 당신을 위해 존재할 것입니다."

"그것을 허가하노라."

맹세의 서약.

그것이 완전히 이루어진 순간 엘쟈네스의 심장에 깃들었던 겨울의 마력이 움직이기 시작했다. 시린 겨울의 마법은 엘쟈네스의 심장에서 검으로 흘렀다. 검날에 투명하게 맑고 푸르스름한 빛이 감돌고 있었다. 겨울의 마법은 엘리나의 몸에 잠재되어 있지만 쓸 수 없었던 마법을 쓸 수 있도록 허가했다. 이로써 엘리나의 영혼이 엘쟈네스에게 종속되었다. 엘리나는 엘쟈네스에게 묶인 기사다. 그 사실에 행복해졌다. 엘쟈네스는 말했다.

"내 기사가 되어주어서 고맙구나. 엘리나 경."

엘리나의 몸은 그전과는 비교도 되지 않게 강해졌다. 하루 종일 검을 휘둘러도 지치지 않을 체력이 생겨났다. 맑고 차가운 기운이 엘리나의 잠재된 힘을 이끌어냈다. 엘리나는 천천히 일어섰다. 맹세의 서약이 끝났다. 엘쟈네스의 눈동자에는 이제 엘리나를 향한 신뢰의 빛이 담겨 있었다. 그것을 본 순간 엘리나의 눈에서 눈물 한 방울이 떨어졌다.

"어…?"

엘리나는 자신이 울고 있다는 사실조차 몰랐다. 눈물이 계속해서 떨어진 후에야 자신이 울고 있다는 사실을 깨달았다. 너무나도 기뻤다. 엘쟈네스의 기사가 된 이 순간이 너무나도 기뻐 어쩔 수 없었다. 엘리나가 울며 가장 먼저 한 말은 이것이었다.

"마님이 기사를 다시 믿게 되셔서 다행입니다…"

나쁜 기억을 이겨내게 되어 다행이라는 뜻이었으나 말로 내뱉으니 바보처럼 들렸다. 엘리나의 말을 알아들은 엘쟈네스가 웃었다. 엘쟈네스가 엘리나의 검을 다시 건네주었다. 검집이 손에 들어오자 실감이 났다. 이 모든 것은 꿈이 아니다. 엘쟈네스에게 인정받았다. 정말로. 주군이 손수건을 내밀었다. 그 손길이 우아하고 다정했다.

"리나, 눈물을 닦으렴. 왜 울고 있는 거니."

"비 각하가 상냥하시기 때문입니다."

"내가? 그런 기억은 없구나."

"윈터나이트에서 전속 시녀에 대한 것은 마님의 권한입니다. 마님이 원하는 인물을 지목해야만 전속 시녀가 결정된다는 사실을 알고 있습니다. 저는 멋대로 자원했습니다. 마님을 지키겠다는 명목이었습니다. 그런데도 비 각하가 내치지 않아주셔서… 얼마나… 기쁜…."

엘리나의 눈에서 눈물이 떨어졌다. 이 벅차오르는 감격을 억누를 수가 없었다. 엘쟈네스의 손수건으로 눈물을 닦을 수가 없었다. 이 손수건마저도 너무나 귀중했다. 그것을 본 엘쟈네스는 손수건으로 엘리나의 눈물을 직접 닦아주었다.

"그래. 네 말이 맞아. 너를 거절하지 않았단다. 집사에게 거절의 말을 할 수 있었지만 그러지 않았어. 처음에는 나 자신조차 이유를 몰랐지만 나는 너를 믿고 싶었던 것 같구나."

엘리나는 그저 울며 감사하다는 말을 계속할 뿐이었다. 엘쟈네스는 엘리나를 달래주었다. 렌은 엘쟈네스와 엘리나가 주군과 기사로 이어지는 순간을 지켜보아주었다. 엘리나 블루벨은 그렇게 엘쟈네스의 단 하나뿐인 기사가 되었다.

이후 엘쟈네스는 엘리나 외의 호위 기사를 두지 않았다. 엘리나 외의 전속 시녀도 들이지 않았다. 엘리나는 그 후로도 낮에는 전속 시녀의 일을, 밤에는 기사의 일을 했다. 겨울의 마법을 받은 후로 엘리나의 수면 시간이 짧아졌던 것이다. 가장 강한 기사의 탄생이었다. 뛰어넘을 수 없는 벽인 대공을 제외하고서 엘리나를 이길 수 있는 사람은 없었다.

"그래. 참 잘된 일이지. 잘된 일인데…."

알렉은 모처럼 화이트 기사단의 연무장에 온 엘리나를 보았다. 겨울의 마법을 받은 후 엘리나를 이길 수 있는 기사가 없어졌다. 검술 실력이 가장 뛰어났던 엘리나에게 힘과 속도까지 부여되었다. 이제 엘리나는 괴물 수준이었다. 기사단장 렉더 마이어는 엘리나에게 기사단장 자리를 물려줄 생각까지 하고 있는 것 같았다. 알렉은 질린 얼굴로 한구석을 보았다.

"그래서 비 각하께서 그때 내게 오늘은 다른 목걸이를 착용하겠다고 하셨다."

"오오!"

엘리나의 말에 다른 기사단원들이 반응했다. 엘리나가 하는 이야기는 별것이 아니었다. 그저 대공비 각하가 골라놓았던 목걸이와 반지 대신 다른 걸 착용했다는 이야기였다. 별것 아닌 이야기를 들으며 환호하는 기사단원들이나 아주 자랑스러운 일인 것처럼 말하는 엘리나. 기사단원들 다수가 이미 엘리나에게 물든 후였다.

"여기가 기사단인 건지 비 각하의 추종자 무리인 건지…."

알렉은 고개를 저었다. 당분간 이런 일상은 변하지 않을 것 같다.

4

겨울 준비

친애하는 엘쟈네스에게,

　잘 지내고 있나요? 수도는 이미 겨울이 다 되었답니다. 그리 추운 날씨가 아닌데도 어제 첫눈이 내렸어요. 보내준 편지는 잘 받아 보았어요. 레이라와 세실리아도 편지를 잘 받았다고 말하더라고요. 겨울이 오기 전 오라는 초대에 저희가 응해도 될까 싶네요. 하지만 엘쟈를 직접 보고 싶은걸요. 겨울 준비가 한창이라는 말은 들었지만, 염치 불고하고 저희는 윈터나이트 영지에 갈까 해요. 무엇보다 엘쟈가 초대했는걸요. 엘쟈를 향한 우정에서 나오는 사랑스러운 고집이라고 여겨주세요.

당신의 영원한 친우, 루이자 바이올렛.

⁂

　아마릴리스의 사교계를 논할 때 세 꽃을 빼놓는 사람은 없을 것이다. 루

이자 바이올렛. 레이라 시네라리아. 세실리아 에델바이스. 이 세 명은 엘쟈
네스가 오기 전까지 사교계에서 가장 높은 자리에 있었다. 그러나 세 명의
아가씨는 새로 온 대공비에게 완전히 빠져버렸다. 엘쟈네스의 결혼식 후부
터 네 사람은 편지를 주고받고 있었다. 루이자 바이올렛은 차가운 인상의
미녀였으나 친우들의 편지를 읽을 때면 기분 좋은 얼굴로 웃고는 했다. '저
마녀!' 루이자 바이올렛의 까칠한 성미를 건드리지 않기 위해 돌아다니던 유
진 바이올렛이 말을 걸었다.

"루이자."

"응, 싫어."

"내가 무슨 말을 할 줄 알고."

"뭐가 되었든 네가 말하는 건 다 싫어."

"저게 진짜. 오라버니라고 안 불러?"

"나보다 먼저 태어났으면 뭐해. 그 값을 못 하는걸."

저걸 진짜. '사교계에서 루이자 바이올렛을 외치는 남자들이 이 모습을
좀 보아야 할 텐데.' 유진 바이올렛은 치를 떨었다. '유진 바이올렛을 쫓아다
니는 여자들이 저 모습을 좀 보아야 할 텐데'라고 생각한 것은 루이자 바이
올렛도 마찬가지였다.

바이올렛 공작가는 아마릴리스 황가와 윈터나이트 대공가 다음으로 지고
한 가문이었다. 그 권세도 대단했지만 바이올렛가의 두 자녀 역시도 유명했
다. 유진은 잠시 거울을 들여다보았다. 루이자와 닮은 옅은 금발. 그리고 곱
상한 얼굴. 바이올렛 중 소수에게만 나타난다는 보랏빛 눈동자는 여자들을
매료시키기에 충분한 것이었다. '내가 좀 매력이 넘치지.' 미소 짓는 유진에
게 루이자가 새침하게 말했다.

"내 거울 그만 보고 나가. 어차피 못생긴 건 똑같으니까."

"루이자 너야말로 마귀할멈이 따로 없거든."

"아휴. 그만들 해요. 성인이 된 지 몇 년이 넘었는데도 싸우시니 원."

지나가던 유모가 두 사람을 말렸다. 루이자와 유진은 옆에 붙기만 하면 으르렁거렸다. 바이올렛 공작 부부와 유모는 성인이 되면 조금 나아질 거라고 생각했다. 그러나 그 생각은 큰 오산이었다. 유진이 서른 살이 거의 다될 때까지, 루이자가 결혼 적령기가 될 때까지 두 사람의 다툼은 멈추지 않았다.

"그래도 이제 몸싸움은 하지 않으시니 다행인 건지."

유모는 한숨을 쉬었다. 유진이 나가버린 후 혼자 남은 루이자는 편지를 쓰고 있었다. 우아한 필체였다. 유진과 루이자 둘 다 서로 붙어 있지만 않으면 참 괜찮게 보였다. 루이자만 해도 대공비가 오기 전까지는 사교계의 주인으로 지내고 있었으니까.

"두 분이 마주치지만 않으면 참 좋을 텐데…."

유모는 오늘도 이루어질 리 없는 소원을 빌어보았다.

"무엇을 읽고 있습니까."

침대에서 루이자 바이올렛의 편지를 한창 읽던 엘쟈네스에게 렌이 물었다. 대공가에는 느긋한 분위기가 감돌았다. 대공의 결혼 후 찾아온 평화였다. 아랫사람들은 알게 모르게 대공에게 영향을 받는다. 대공이 전처럼 일에만 몰두하지 않게 되자 고용인들의 분위기 역시도 부드러워졌다. 렌의 보좌관도 많이 들어왔기에 렌이 전처럼 일을 할 필요는 없었다. 엘쟈네스는 대답했다.

"루이자의 편지를 읽고 있어요."

"바이올렛 영애 말입니까."

"맞아요, 렌."

엘쟈네스는 편지를 내려놓았다. 시녀장과 보좌관들이 일을 분담했기에 두 사람이 맡은 일의 양이 적어진 상황이었다. 둘의 기상 시간은 자연스럽게 늦춰졌다. 그러나 이른 아침부터 눈이 떠지는 것은 어쩔 수 없었다. 렌은 엘쟈네스를 뒤에서 끌어안았다. 엘쟈네스는 자연스럽게 머리를 기대었다.

"렌과 있으니 좋네요. 일찍 일어나니 어쩐지 기분이 이상하지만."

"저도 마찬가지입니다. 엘쟈, 팔을 약간 올리겠습니다."

렌은 팔을 올려 엘쟈네스를 다시 안았다. 엘쟈네스는 렌에게 물었다.

"렌. 루이자와 레이라, 세실리아가 초대를 기쁘게 받아들이겠다고 했어요."

"잘되었습니다."

"겨울 준비를 할 때 바쁘다는 말을 들었는데 괜찮을까요?"

"엘쟈의 친우들이니 괜찮습니다. 오히려 좋습니다."

엘쟈네스는 결혼식 때 만났던 세 영애와 잘 지내고 있는 모양이었다. 렌은 세 영애를 윈터나이트 저택으로 초대하지 않겠냐는 제안을 했고, 엘쟈네스는 받아들였다.

"렌이 북쪽에서는 신분이 높은 친우가 다른 친우들을 먼저 초대해야 하는 문화가 있다고 말해주어서 다행이에요. 남쪽은 친우를 초대하는 문화가 없거든요."

"어째서입니까."

"남쪽은 혼란스러우니까요. 친우를 가장한 적이 집 안에 들어올 것을 경계해서예요. 대신 사람을 만날 수 있는 공개된 가게들이 많아요. 찻집처럼요."

"그렇군요. 신기합니다."

"북쪽이 더 신기한걸요."

"그렇습니까."

렌은 엘쟈네스를 천천히 눕혔다. 거리가 가까웠다. 서로의 고개가 겹쳐졌다. 엘쟈네스는 눈을 감았다. 달콤했다. 엘쟈네스를 안은 렌의 팔은 단단했다. 두 사람의 거리는 가까워진 상태였다. 렌은 엘쟈네스와 함께 누워 있었다. 밝은 빛 아래에서 품에 안긴 엘쟈네스는 눈부시도록 아름다웠다. 적갈색 머리칼이 아름다운 붉은빛으로 구불구불 늘어졌다. 하얀 쇄골과 팔목이 드러났다. 우아했던 아내가 흐트러진 채 렌을 올려다보는 것은 놀랍도록 자극적인 모습이었다. 렌은 엘쟈네스의 손에 키스했다. 손바닥에서 하얀 손가락 사이사이로. 손끝에 입술이 닿자 엘쟈네스가 움찔거렸다.

"이상한 기분이 들어요, 렌."

그의 아내는 그가 얼마나 인내하고 있는지 모를 것이다. 렌은 말했다. 낮은 목소리가 매혹적으로 울렸다.

"가만히 있으십시오. 참기가 힘듭니다."

"못 참겠어요."

"지금 제 앞에서 그런 말을 하지 않는 편이 좋을 겁니다."

손가락에 이가 가볍게 닿았다. 엘쟈네스가 다시 움찔거렸다. 이 이상 엘쟈네스에게 손댄다면 자제할 수 없을 것 같았다. 렌은 얇은 란제리 사이로 드러나는 하얀 어깨를 만지다 옷을 올려주고 손을 내렸다. 흐트러진 옷이 엘쟈네스의 어깨를 가렸다. 별다른 일을 하지 않았는데도 엘쟈네스와 함께 있으면 시간은 빠르게 흘러갔다. 서로의 체온을 느끼는 것이 좋았다. 함께 있을 때면 모든 걱정이 녹아내리는 것 같았다. 렌은 눈을 감았다. 엘쟈네스의 심장 소리가 렌의 심장 소리와 겹쳐져 들렸다. 렌은 엘쟈네스를 품 안에 안았다. 엘쟈네스는 렌에게 더 깊이 안겼다.

"뭐라고요?"

원터나이트로 출발하기 이틀 전, 루이자는 바이올렛 공작 말을 이해하지 못해 되묻고 말았다. 바이올렛 공작의 앞에는 아들인 유진 바이올렛과 딸인 루이자 바이올렛 둘이 서 있었다. 바이올렛 공작의 말을 이해하지 못한 것은 유진 또한 마찬가지였다.

"무슨 말을 하시는 건데요?"

사람들은 바이올렛 공작에게 자식들이 있어 참 좋겠다고 말했다. 보랏빛 눈동자를 가진 유진 바이올렛은 냉랭한 인상의 잘생긴 미남이었고, 정치와 외교 분야에서 뛰어난 두각을 드러내고 있었다. 차가운 인상이지만 아마릴리스 제국에서 손에 꼽힐 정도로 미인인 루이자 바이올렛은 모든 영애들에게 존경을 받고 있었다. 겉으로는 그렇게 보였다.

공작의 앞에서, 성인 남녀인 딸과 아들은 서로를 곱지 않은 눈으로 보고 있었다. 속으로 한숨을 쉰 공작이 말했다.

"원터나이트 대공가에 함께 가라고 말했다."

"말도 안 돼요. 제 친우의 집에 저게, 아니 오라버니가 왜 함께 가야 하는 건가요."

"저도 싫습니다."

둘은 서로를 바라보지조차 않고 말했다. 공작도 굳이 유진과 루이자를 함께 보내고 싶지는 않았다. 그러나.

"우리는 전대 대공, 르윈스키에게 빚이 있다. 그가 내 친우인 것은 알겠지. 젊은 시절, 나는 대공가의 집사에게서 책을 한 권 빌려왔다. 그 책 안에 무엇이 있는지는 잘 알 거다."

"원터나이트의 마법…."

"그걸 무사히 전달해야 한다. 루이자, 너는 그 책을 지킬 수 있겠느냐?"

"아니요."

루이자는 순순히 대답했다. 바이올렛 공작과 전대 윈터나이트 대공은 친한 친우 사이였다. 렌과 루이자, 유진은 그렇지 않았지만. 아카데미에 다닐 때 렌의 평판이 최악이었기 때문이다. 어릴 적엔 그럭저럭 안면이 있었으나 아카데미 시절 이후에는 아예 교류조차 없었다. 젊은 윈터나이트 대공은 정치와 사교 이 두 가지 모두에 관심이 없었다. 그렇기에 유진과 루이자는 대공과 사적으로도 가깝지 않았다. 바이올렛 공작은 말했다.

"마음 같아서는 내가 가고 싶으나 친우의 아들에게 찾아갈 수는 없지. 그러니 유진 네게 맡기는 거다. 대공가의 집사가 책을 보내달라는 편지를 보냈다. 적임자는 유진, 너뿐이다."

"알겠습니다."

유진은 결국 수긍했다. 바이올렛 공작이 저렇게까지 말하는데 어쩔 수 없기 때문이다. 책의 내용은 유진도 읽어본 적이 없다. 책에는 마법이 걸려 있었다. 유진과 루이자는 방 밖으로 나왔다. 둘은 서로를 한심하다는 듯 쳐다본 후 돌아서서 걸어갔다.

상냥한 친우 루이자에게,

답장 잘 받았어요. 초대에 응해주어서 기뻐요. 윈터나이트에는 아직 겨울이 오지 않았답니다. 곳곳에서는 겨울을 맞이하기 위한 축제 준비가 한창이에요. 루이자가 도착할 무렵과 축제 시기가 맞물릴 것 같아요. 루이자가 오는 날을 기다리고 있답니다. 보내준 찻잔 세트가 너무 예뻐 쓸 수가 없네요. 당분간은 찻잔을 감상만 할 것 같아요. 모두가 윈터나이트에 도착하는 날이 기대되네요.

아직 겨울이 오지 않은 윈터나이트 영지에서, 엘쟈네스 윈터나이트.

※

아침에 일어나자 레이라와 세실리아의 편지가 와 있었다. 레이라 시네라리아는 북쪽의 사교계에서 보기 드문 사랑스러운 미인이었다. 레이라의 편지에는 꽃을 가꾸려고 했지만 실패했다는 소식과 요즘 리본에 관심을 두게 되었다는 소식이 적혀 있었다.

세실리아 에델바이스는 재치 있고 현명한 미인이었다. 세실리아의 편지에는 사교계에 대한 소식이 즐거운 말투로 적혀 있었다. 두 사람은 윈터나이트 영지에 편지가 도착할 때쯤 출발할 것이라는 추신을 적었다. 답장을 적을 필요는 없을 것 같다.

"렌, 세 영애가 출발한다고 해요."

"즐거워 보이는군요."

"세 영애를 만나는 게 기대되거든요."

엘쟈네스는 또래의 영애들과 난생처음 교류를 가지는 것이었다. 그랬기에 즐거움을 느끼고 있었다. 오늘은 할 일이 없었다. 겨울이 가까워지자 업무의 양이 줄어들기 시작했다. 엘쟈네스는 렌의 무릎 위에 앉아 있었다. 외설적인 자세라고 생각하기 쉬우나 두 사람 사이에 흐르는 것은 친밀감과 다정함이었다. 엘쟈네스는 윈터나이트의 전래 동화를 읽고 있었다.

"어머나."

나쁜 마법사는 아름다운 소녀를 차지하고 싶어 했기에 보석 장신구들을 만들었다. 착용한 사람이 마법사를 사랑하는 마법에 빠지는 장신구들이었다. 아름다운 소녀가 장신구들을 걸치고 보석으로 된 빗으로 머리를 빗고 있었다. 엘쟈네스가 삽화에서 눈을 떼지 못하자 렌이 물었다.

"보석을 좋아하십니까."

"좋아해요. 아름다운 것을 보는 일이 좋은걸요. 북쪽의 삽화는 남쪽의 삽화보다 더욱 정교하고 예뻐서 좋아요."

렌은 엘쟈네스가 좋아하는 것들을 언제나 해주고 싶었다. 엘쟈네스가 기뻐하는 얼굴을 보고 싶었기 때문이다. 엘쟈네스는 꽃을 좋아했다. 겨울이 지나면 정원에 유리 온실이 만들어지기로 결정되어 있었다. 지금은 엘쟈네스에게 보석을 선물하고 싶었다. 렌은 입을 열었다.

"잠시 후 윈터나이트 영지로 함께 나가시겠습니까."

"윈터나이트 영지로요?"

"네. 살 것들이 있습니다. 대공가의 내부 개편 때문입니다."

"보고서에 올라왔던 대공가 내부의 이야기군요. 크게 바꿀 점은 없는 것 같아요, 렌."

"대공가 내부를 꾸미는 것은 안주인의 권한입니다. 크게 바꾸지 않아도 상관없습니다. 바꾸기를 원하는 부분만 바꾸시면 됩니다."

엘쟈네스는 잠시 고민하다 말했다.

"좋아요. 해야 할 일이 없는 것도 아니니까요."

"일이 있습니까?"

"안살림이 다 그렇듯이요."

"엘쟈는 대단한 사람입니다."

렌은 담담하게 칭찬했다. 생각해보니, 리리엘은 엘쟈네스가 후계자 대리로서 하는 일들에 대해 욕심을 냈다. 리리엘이 그 일들을 하지 못한 것은 크로커스가의 가보가 리리엘을 후계자로 적합하지 못하다고 판단했기 때문이었다. 크로커스가의 직계들은 태어나면 황금 잔 모양의 가보를 잡는다. 가보에 붉은 포도주가 차오르면 후계자 자격이 있다는 글자, '네스'를 이름에 넣어주었으나 포도주가 아닌 액체가 차오르거나 아무것도 차오르지 않는 경우는 이름에 '네스'를 넣어주지 않았다.

엘쟈네스와 요하네스는 '네스'라는 글자를 받았으나 리리엘은 받지 못했다. 그랬기에 후계자 후보가 되지 못했다. 그런 가치들로부터 자유로워진 것은 렌 덕분일 것이다.

"저는 감각이 좋은 편이 아닙니다. 그래서 엘쟈의 일이 대단하다고 생각합니다."

렌은 성별이나 귀함, 천함을 따져 어떤 일을 파악하는 법이 없었다. 그는 누군가를 깔보거나 무시하지 않았다. 그런 렌이 좋았다.

점심이 되었다. 엘쟈네스와 렌은 준비를 마치고 마차에 올랐다. 마부는 엘리나의 파트너인 화이트 기사단원 알렉이었다. 다른 화이트 기사단원들도 보이지 않는 곳에서 마차를 따라오고 있을 것이다. 베스 아룬델 사건 이후, 윈터나이트가는 마님의 안전에 신중을 가하고 있었다.

"무슨 생각을 합니까."

"곧 겨울이라는 게 믿기지 않는다는 생각요. 그리고 사실은 무엇을 살지에 대해 생각하고 있었어요."

마차가 출발한 후 엘쟈네스는 창밖의 풍경을 바라보며 겨울을 위해 필요할 물건들을 머릿속으로 헤아렸다. 노랗고 붉게 물든 잎이 반절 이상 바닥에 떨어졌다. 나무들은 앙상해지고 있었다. 날씨는 평소에 비해 쌀쌀했다. 엘쟈네스는 가져온 숄을 더 넓게 둘렀다. 렌은 마차 안에 있던 담요를 덮어 주었다.

"도착하면 춥지 않을 겁니다."

거리로 사람들이 지나가는 것이 보였다. 엘쟈네스는 렌에게 물었다.

"렌, 우리는 어디로 가고 있나요?"

"장인의 거리입니다. 본래 윈터나이트는 나무와 보석 등 좋은 재료가 많아 각 분야의 장인들이 모여 살고 있습니다."

"기대되네요."

마차가 큰길에서 우측 방향으로 움직였다. 엘쟈네스는 바깥으로 보이는 풍경들을 바라보고 있었다. 옅은 머리색을 가진 사람들이 돌아다니고 있었다. 겨울을 맞이하기 전 축제가 열린다는 말을 들었다. 사람들의 분위기는 흥겨워 보였다. 이내 마차가 멈추었다.

"각하, 비 각하. 도착했습니다."

알렉이 말했다. 엘쟈네스는 먼저 내린 렌의 손을 잡고 마차에서 우아하게 내려섰다. 엘쟈네스가 본 동화의 그림처럼 아름다운 집들이 있었다. 붉은 지붕의 집들과 기다란 집들이 눈에 띄었다. 거리는 넓었다. 곳곳에 보이는 동상들마저도 모두 예술적인 것들이었다. 엘쟈네스는 집들의 앞에 걸린 나무 간판들에 그림과 글씨가 새겨져 있는 것을 발견했다. 엘쟈네스와 가장 가까이 있는 곳은 커튼을 파는 집이었다. 대공가의 커튼이 마음에 걸리던 참이었다. 엘쟈네스는 렌과 함께 발걸음을 옮겼다. 가게 문이 열렸다.

"어서 오십시오, 대공 각하. 오늘은 무슨 일이십니까?"

"비와 가구를 보러 왔습니다."

"그러시군요. 마음껏 둘러보십시오. 허허."

가게의 흔들의자에 앉아 있던 노인이 너털웃음을 터뜨렸다. 노인은 렌이 들어오자마자 렌을 알아보고 인사를 건넸다. 가게 안은 넓고 아름다웠다. 벽면의 그림들은 섬세하고 우아한 문양으로 이루어져 있었다. 무엇보다도 가장 아름다웠던 것은 여러 가구들이었다. 이불도 그에 뒤지지 않았다. 엘쟈네스는 이불 한 채를 발견하고 잠시 멈추었다.

"이불에 달과 별이 가득 그려져 있어요. 정말 예뻐요, 렌."

"밤하늘 이불이군요. 저도 어릴 적 덮었었습니다."

"어머나. 밤하늘 이불요?"

"굴리쉬라는 한 청년이 태양과 내기를 해 이겼습니다. 굴리쉬는 소원의

대가로 가장 아름다운 이불을 요구했고, 태양은 굴리쉬에게 그 어떤 것보다
도 아름다운 밤하늘 자락을 잘라주었습니다. 굴리쉬는 늘 밤하늘을 덮고 잤
다고 합니다. 북쪽은 일찍 해가 지기에 이런 동화가 많습니다."

엘쟈네스는 밤하늘 이불을 몇 채 고르고 가구를 주문했다. 엘쟈네스가 주
문한 물품은 윈터나이트 대공가로 올 것이다. 부부는 다정하게 손을 잡고
나왔다.

다음으로 들어간 가게의 주인은 긴 머리를 묶은 중년의 남자였다. 남자는
엘쟈네스가 처음 들어온 순간부터 눈을 떼지 못하고 있었다. 그의 눈에 비
친 것은 순수한 예술적인 감탄뿐이었다.

"각하, 오랜만입니다. 이분은 비 각하이십니까?"

"그렇습니다. 제 비입니다."

"각하만큼이나 아름다운 빛깔을 가진 분이시군요. 불쾌했다면 사과드리
겠습니다. 비 각하, 저희들에게 있어 각하의 검은색은 영감을 주는 아름다
운 것이기 때문에 저희는 종종 각하를 모델로 삼습니다."

그는 엘쟈네스를 한 번 보더니 수첩을 꺼내 그 위에 문양들을 그려나갔
다. 엘쟈네스가 알아본 것은 장미밖에 없었다. 남자는 빠른 속도로 그림과
글씨를 마구 휘갈겼다. 엘쟈네스가 방문한 가게의 장인들은 남자와 비슷한
반응을 보였다. 렌은 그런 일에 익숙한 듯 보였다. 걷던 엘쟈네스가 물었다.

"렌은 이곳에 자주 왔나요?"

"…실은, 어릴 적부터 이곳에 자주 와 모델이 되고는 했습니다."

"확실히 북쪽에 오고 나서 렌 이외엔 검은 머리와 검은 눈동자를 가진 사
람을 본 적이 없네요. 렌처럼 멋진 사람도 드물고요."

"제가 멋지다는 이야기입니까?"

"제 눈에는 그래요, 렌."

렌은 묘한 기쁨을 느끼고 있었다. 렌은 자신이 다른 이들에 비해 수려한

외양을 가졌다는 사실을 알았다. 살면서 미남이라는 칭찬을 수도 없이 들었던 것이다. 다른 것보다도, 엘쟈네스의 눈에 긍정적으로 비치는 것이 기쁘다. 그는 묘한 충족감을 느꼈다.

물건을 다 샀는데도 렌이 어디론가 가고 있다. 엘쟈네스가 물었다.

"렌. 지금은 어디에 가고 있나요?"

"살 것이 있습니다."

"물품들은 다 산 것 같은데. 혹시 빠뜨린 게 있나요?"

그때 눈앞에 하얀색의 가게 하나가 나타났다. 사람이 없는 곳이었다. 렌은 그곳의 문을 열었다.

"여기가 오려던 곳입니다."

렌을 뒤따라 가게에 들어간 엘쟈네스가 눈을 크게 뜨고 말았다. 지금까지 한 번도 본 적이 없는 영롱하고 아름다운 조명들이 유리관을 비추고 있었다. 화려하고 반짝이는 보석들이 그 안에서 빛을 발하고 있었다. 엘쟈네스는 장신구들을 바라보았다. 모든 것이 아름답고 세련되었다. 렌은 말했다.

"갖고 싶은 것이 있다면 무엇이든 사십시오. 모두 엘쟈를 위한 것들입니다."

●━━━━━━━━●

프리케 아르메리아

프리케 아르메리아는 리리엘 크로커스와 두 번째로 절친한 친우였다. 본래 리리엘 크로커스 영애와 가장 가까웠던 것은 로벨리아 왕가의 막내 왕녀인 아리타 로벨리아였기 때문이다. 그녀가 1년 전 시집을 가게 되면서 프리케는 점차 리리엘의 가장 친한 친우가 되어가는 중이었다. 프리케는 차분했고 리리엘은 활기찼다. 사람들은 정반대 이미지인 리리엘과 프리케가 친우라는 사실에 종종 놀라고는 했다. 사실 그 추측대로 프리케 아르메리아와 리리엘은 본래 접점이 거의 없던 사이였다. 본래였다면 그랬을 것이다. 뒷골목에 잘못 접어들었다 건달들에게 둘러싸인 그녀를 리리엘이 구해준 것이 둘의 운명 같은 만남이었다. 프리케 아르메리아는 사랑스러운 친구를 무척 좋아했었다.

"프리케!"

"리리엘."

언덕 위에 있던 리리엘이 프리케를 불렀다. 로벨리아 왕국의 국민 중 리리엘을 모르는 사람은 거의 없을 것이다. 긴 금발이 바람에 흩날릴 때마다 찬란하게 반짝거리며 빛났다. 검술로 다져진 몸매는 늘씬하고 아름다웠다.

프리케는 리리엘에게 차분히 대답하며 언덕을 올라갔다.

리리엘 크로커스는 로벨리아에서 가장 사랑받는 영애였다. 리리엘은 다른 영애들과 달리 검술과 정치에 관심이 많았고, 활발한 성격을 가지고 있었다. 간혹 리리엘을 싫어하는 소수의 사람들도 있었지만 그런 사람들도 리리엘을 직접 만나서 겪고 리리엘이 검을 휘두르는 것을 보면 곧 리리엘을 사랑하게 되었다.

한때는 그런 리리엘이 자랑스러웠다. 분명 그랬었다. 프리케 아르메리아는 리리엘에게 물었다.

"리리엘. 공작 부인께서 맡긴 일은?"

"하고 싶지 않은걸. 그냥 와버렸어. 어머니는 나도 평범한 귀족 여자가 되기를 강요하셔."

리리엘은 머리를 아무렇게나 쓸어 올렸다. 그 모습마저도 아름다웠다. 프리케는 리리엘에게 어떤 말을 하려다 침묵을 선택했다. 프리케가 리리엘이 이상하다는 것을 깨달은 날은 얼마 전이었다. 아름다운 외모와 선한 마음씨. 강한 검술 실력. 악녀라고 불리는 자신의 언니마저 감싸는 자비로움. 그랬기에 사람들은 리리엘을 성녀라고 불렀다. 프리케는 차분하게 물었다.

"내정 살림을 나눠 하자고 말씀하신 거지?"

"맞아. 하지만 하지 않을 거야. 나는 안살림이나 하며 살고 싶지 않아."

한때는 리리엘의 이런 말을 들으며 배울 점이 많다고 생각했다. 리리엘은 진취적이었고 보통의 영애와 다른 길을 가기를 원했으니까.

이제는 리리엘의 말이 이상하게 들렸다. 귀족 영애가 자신에게 주어진 일을 내팽개쳤다는 말에 뭐라고 대답해야 할까. 리리엘은 프리케의 침묵을 할 말을 잃은 것으로 해석한 듯했다. 리리엘이 프리케의 어깨에 기대었다.

"내가 꼭 평범한 귀족 영애로 살아가야 하는 걸까? 나는 잘 모르겠어, 프리케."

리리엘의 말이 쓸쓸하게 들렸다. 예전이었다면 리리엘의 말에 동조하거나 공감하기 위해 노력했을 것이다. 그러지 않게 된 건 언제부터였을까. 프리케는 잔디밭 위의 돗자리에 앉아 생각했다. 바람이 불었다. 붉은 단풍잎 하나가 어디에서인가 날아왔다.

"이 주변에 단풍나무가 있었나?"

"글쎄."

아, 붉은빛을 보자 떠올릴 수 있었다. 정확히는 리리엘의 언니인 엘쟈네스 크로커스가 떠난 후부터였을 것이다. 기억을 더듬자 곧 확신할 수 있었다. 리리엘이 단풍나무에 대해 이야기하는 동안 프리케는 '그녀'를 떠올렸다.

엘쟈네스 크로커스는 리리엘 크로커스의 언니. 리리엘과는 다른 이미지였던 것으로 기억한다. 자유로운 이미지의 리리엘과는 달리 엘쟈네스는 기품이 있는 전형적인 귀족 영애에 가까웠다. 둘은 마법의 속성마저도 대조되었다. 리리엘의 마법은 치유의 속성을 띠고 있었으나 엘쟈네스의 마법은 파괴의 속성을 띠고 있었다. 한집안의 자매가 어떻게 이렇게 다를 수 있을까. 가장 대조적이었던 것은 둘의 성격이나 가치관이었다. 리리엘을 사랑하는 모든 사람들은 리리엘을 눈물짓게 하는 엘쟈네스를 미워했다.

프리케는 그중에서도 객관적인 시각을 가진 편이었다. 엘쟈네스는 단호했으나 선을 넘는 법이 없었다. 리리엘의 말에 반대했으나 인신공격을 한 적은 결코 없었다. 사람들의 시각은 프리케와 다른 듯했다. 리리엘의 주변에 있는 고위 귀족 자제들이 엘쟈네스에 대한 적대감을 가지자 곧 다른 이들도 영향을 받기 시작했다. 엘쟈네스에 대한 평가 대부분은 대중 심리에 의한 악의에서 비롯된 것들이었다. 리리엘이 말했다.

"귀족이라는 건 정말 끔찍해. 돈과 권력에 취해 타인을 짓밟고 가식 뒤에 숨어 서로를 난도질할 뿐이지. 나는 귀족이 아니야. 내 영혼은 늘 혁명의 가운데에 있어."

"그렇구나."

리리엘은 프리케의 대답을 동조의 뜻으로 알아들은 것 같았다. 그러나 프리케의 말은 동조의 뜻이 아니었다. 프리케는 왜 지금까지 리리엘의 말을 자유분방하고 순수한 영혼의 뜨거운 외침으로 여겼는지 이해할 수 없었다.

처음 리리엘이 이상하다고 느낀 것은 엘쟈네스 크로커스가 떠난 후, 리리엘과 함께 여느 때처럼 자선 활동을 나갔을 때였다. 리리엘은 가난한 왕국민들과 빈민들에게 무언가를 나눠주는 것을 좋아했다. 좋은 취지였기에 언제나처럼 많은 귀족들이 참여했다. 언제나처럼 자선 행사를 이끄는 것은 리리엘이었고, 귀족들은 리리엘이 하자는 대로 따랐다.

이번에 리리엘이 나눠준 것은 기름기가 있는 고기였다. 빈민들이 먹을 일이 없었을 테니 먹어볼 기회를 주겠다는 것이다. 문제가 생긴 것은 바로 며칠 후부터였다. 쓰러지는 사람들이 많아졌다. 로벨리아 왕궁에서는 이 일에 대한 조사를 시작했다. 조사 결과는 리리엘을 원인으로 지목하고 있었다. 그전까지는 단 한 번도 일어난 적 없는 일이었다. 빈민들은 고기를 먹어본 적이 없었기에 상할 때까지 아꼈다 상한 고기를 먹었다고 했다. 일찍 먹은 이들도 별다를 것은 없었다. 처음 먹는 기름진 음식 때문에 내장에 탈이 난 것이다. 쓰러진 빈민들은 죽어갔다. 치료를 할 돈이 없었기 때문이다.

"왜 그런 일이 생긴 거지? 지금까지는 한 번도 그런 일 따위 없었는걸."

리리엘은 억울하고 처연한 얼굴을 했다. 프리케 아르메리아는 그때 처음으로 리리엘에게 의문을 느꼈다. 리리엘의 자선 사업은 언제나 완벽했다. 그러나 리리엘은 자신이 하는·일에 대한 기본적인 이해도 없는 것 같았다.

"지금까지는 첫째 공녀님이 일을 해왔습니다요."

사정을 아는 빈민들은 입을 모아 말했다. 그들은 리리엘의 자매인 엘쟈네스가 언제나 리리엘의 뒷수습을 해주었다고 말했다. 이 이야기가 퍼져 나가지 않은 것은 리리엘의 추종자들 때문이었다. 그들이 리리엘을 위해 자선 사업에 관련된 소문을 묻어버렸기 때문이다. 현 로벨리아 왕국에서 실질적 권세를 가진 이들을 거스르면서까지 리리엘의 실수나 사고에 대해 언급하려는 사람은 없었다.

그럼에도 불구하고 리리엘이 이상하다는 것을 눈치챈 사람은 많았다. 프리케 아르메리아 본인이 그런 경우였다. 프리케는 점점 리리엘과 리리엘을 둘러싼 로벨리아의 모든 것이 이상하다는 사실을 깨달았다.

"리리엘."

"응, 프리케."

"아무것도 아니야."

'왜 로벨리아 왕국의 사람들이 너를 사랑하는지 궁금해.' 프리케는 질문을 삼켰다. 프리케처럼 리리엘이 이상하다는 사실을 깨달은 이들은 마법에서라도 깨어난 것처럼 하나둘씩 정신을 차렸다. 어느 순간부터 상당수의 귀족들은 리리엘의 사상이 삐뚤어져 있다는 점을 눈치챘다. 리리엘은 혁명국에 대한 환상과 그곳에서 일어난 일들에 대한 동경이 있었으나 단지 그뿐이었다. 프리케는 리리엘이 의무는 다하지 않으면서 권리만을 누린다고 했던 엘쟈네스의 말에 공감하고 말았다. 그녀가 옳았다. 사람들 역시 엘쟈네스 크로커스가 옳았다고 말했다. 리리엘의 언행에 대해 쉬쉬하며 지적하는 사람들이 점차 늘고 있었다. 언제부터인가 리리엘에 대한 험담을 늘어놓는 사람도 나타나기 시작했다. 공교로운 점은 그것들이 모두 사실이라는 점이었다.

리리엘 크로커스는 자기 자신의 사상에 지나치게 심취해 있었다. 또한 드레스나 보석 등 사교계의 영애들이 누리는 것을 낮잡아 말하는 습관이 있었다. 여러 가지 단점이 많았지만 누구도 리리엘에게 뭐라고 말하지 않았다. 아름다운 외모, 검술 실력, 그럴싸해 보이는 말들. 그리고 수많은 사람들의 편견.

사람들은 리리엘 크로커스에게 성녀라는 이미지를 뒤집어씌웠고, 엘쟈네스 크로커스에게는 악녀라는 이미지를 뒤집어씌웠다. 사람들이 꺼렸던 악녀 엘쟈네스는 어쩌면 자신의 생각과 다른 사람이었는지도 모른다. 수면 아래 잠겨 있던 것들은 최근 들어 조금씩 드러나고 있었다. 프리케는 조용히 물었다.

"원래는 내정 살림을 누가 처리해왔어?"

"엘쟈네스 언니가. 언니는 그런 일을 하는 것을 좋아했지만, 나는 검을 휘두르는 게 더 좋아. 내정 살림은 머리가 빈 사람들이 하는 일 같아. 차라리 가치 있는 정치를 하는 게 낫겠어. 하지만 어머니는 허락하지 않아."

어린애 같은 말이었다. 크로커스 공작 부인이 내정 업무에 치여 사교계조차 나오지 못한다는 소문은 유명했다. 악녀라고 불렸던 엘쟈네스. 그녀의 빈자리로 인한 파급이 생각보다 컸다. 프리케는 리리엘이 어떤 일도 하지 않고 하고 싶은 것만을 하며 살고 있다는 사실을 몰랐다. 남쪽의 귀족 가문들은 업무를 직계 혈족들에게 맡겼다. 모든 귀족들은 가문의 업무를 했다.

당연히, 자연스럽게 리리엘이 그 일들을 하고 있겠거니 생각했다. 그 일들을 모두 엘쟈네스가 해왔을 것이라고 생각한 이는 아무도 없었다. 리리엘에 대한 무수한 소문들이 퍼지자 리리엘의 단점이 끝없이 눈에 들어오기 시작했다. 고위 귀족 부인들은 엘쟈네스 크로커스가 결혼해 떠난 이후 크로커스가와의 관계를 은근한 방식으로 끊어버렸다. 리리엘 주변의 남자들 중 넋이 나간 듯한 얼굴을 하고 돌아다니는 남자들도 생겨나고 있었다. 리리엘의 추종자들 중 리리엘의 일을 떠맡은 영식들은 리리엘 그로거스라는 이름을 들을 때마다 치를 떨었다.

"리리엘, 정말로 다행이야."

"무슨 소리야?"

"아무것도 아니야."

다행이다. 그녀가 리리엘 크로커스라서. 리리엘에 대한 어떤 소문이 돌든 그것들은 오래가지 않았다. 리리엘에 대한 편견이 사람들의 눈을 멀게 한 것일까. 아니면 사람들이 홀리기라도 한 것일까. 리리엘의 주변 사람들이 조금씩 빠져나가기는 했지만 그 자리를 채울 사람은 많았다. 사람 하나 정도가 사라져도 리리엘은 눈치채지 못할 것이다. 프리케는 주제를 돌렸다.

"리리엘. 이번 왕실 무도회 초대장은 받았니?"

"이번에는 다이아몬드와 금을 새겨서 보냈지 뭐야. 칼도 참. 보석을 이런 일에 쓰는 대신 가난한 이들을 돕자고 말했는데 말이지. 내게 드레스까지 보내왔어."

"그렇구나."

리리엘의 이상한 점들에 대해 지금까지 왜 눈치채지 못했는지 알 수 없었다. 보석과 드레스를 사치품이라고 말했으나 무도회에서 가장 화려하고 아름답게 빛나는 것은 늘 리리엘이었다. 리리엘은 선물을 거절하는 법이 없었다. 칼은 칼레스 왕자의 애칭이었다. 칼레스 로벨리아 왕자가 리리엘의 가장 열렬한 구혼자라는 것은 유명한 사실이었다. 아아. 프리케는 진심으로 말했다.

"리리엘. 너는 정말로 운이 좋구나."

리리엘은 지금까지 평판조차 관리하지 않고 살아왔다. 사교계에 갈 필요도 느끼지 못했다. 사교계에서 엘쟈네스 크로커스의 입지가 엄청나게 넓었기 때문이다. 엘쟈네스를 악녀라고 부르며 뒤에서 헐뜯는 무리도 엘쟈네스 앞에서는 발아래 엎드리며 복종했다. 엘쟈네스는 그런 여자였다. 엘쟈네스가 사라지고 나서야 프리케는 그녀가 대단한 사람이라는 사실을 깨달았다. 리리엘은 사교계에서 말이 떠도는 것을 그저 혐오할 뿐 막지 못했다. 자선 사업을 벌였지만 수습을 해주는 사람이 없자 결과는 늘 최악으로 돌아왔다.

엘쟈네스와 친했던 귀부인들은 남편을 설득해 크로커스가와 조금씩 멀어 졌다. 지금은 미세한 멀어짐이었으나 나중에는 관계가 단절될 것이다.

리리엘의 추종자 중 상당수가 엘쟈네스 크로커스가 결혼으로 떠나게 된 이후 변하게 되어버렸다는 사실 역시도 유명했다. 리리엘 크로커스에 대한 사모의 감정을 주체하지 못해 엘쟈네스 크로커스와 약혼했다 파혼한 전적 이 있는 카멜리아 백작은 넋이 나간 사람처럼 자주 허공을 쳐다보았다.

프리케는 그 모습을 본 적이 있었다. 그는 북쪽을 바라보고 리리엘을 한 번 바라본 뒤 술을 털어 넣었다. 냉소적이고 거만했던 예전 모습과는 너무 나도 달랐다. 이 사실들이 퍼지지 않은 이유는 칼레스 로벨리아 왕자가 왕 위를 물려받을 가능성이 컸기 때문이었다. 별다른 일이 없다면 리리엘은 왕 비가 될 것이다. 많은 것이 삐걱거렸으나 크로커스 공작가는 겉으로는 잘 유지되고 있었다. 프리케 아르메리아 하나가 사라진다고 해도 리리엘은 잘 지낼 것이다. 그랬기에 프리케는 말할 수 있었다.

"리리엘. 이번 왕실 무도회에서는 아무래도 덴드로비움 영애와 담소를 나 누게 될 것 같아."

"그래? 덴드로비움 영애는 비싼 보석들로 치장하는 것 같았어. 드레스도 지나치게 화려하고. 그녀의 외양 때문에 그녀가 꺼려져."

"괜찮아. 겉보기만으로 사람을 평가할 수 있는 건 아니니까."

정말로 겉보기만으로 사람을 평가할 수는 없다. 천사처럼 아름다운 얼굴 의 리리엘 크로커스는 끔찍했고, 악녀라고 불리던 엘쟈네스 크로커스는 떠 난 후 사람들이 가장 많이 추억하는 사람이 되었다. 덴드로비움 영애는 리 리엘과 사이가 좋지 않은 편이었다. 꾸미는 것을 좋아하고 사교계를 즐겼기 때문이다. 그래도 상관없다. 리리엘보다는 나으니까. 프리케는 말했다.

"아마 그때는 너와 다니지 못하게 될 거야."

"그렇구나. 아, 책을 놓고 오고 말았어. 프리케, 잠시만 기다려줄 수 있어?"

"아니야. 곧 갈 참이었거든. 잠시 여기에 머물다 갈게."

"그래? 그렇다면 알았어."

리리엘은 지금 프리케가 어떤 말을 하고 있는지에 대해 깊이 생각하지 않을 것이다. 자신의 일이 아니니까. 리리엘은 남의 말을 주의 깊게 듣지 않는 버릇이 있었다. 그랬기에 프리케의 절교 선언을 이렇게 태연하게 받아들일 수 있는 것이리라. 리리엘은 곧바로 멀어져갔다. 이것이 프리케와의 마지막이라는 사실마저 모르는 사람 같았다. 프리케는 뒤돌아 속삭였다.

"안녕. 리리엘 크로커스."

담담한 말소리를 들은 것은 지나가는 바람뿐이었다. 리리엘을 좋아했었다. 아주 많이. 그러나 리리엘의 자기중심적인 강요와 생각 없는 말들을, 의무는 지지 않은 채 권리를 누리면서 귀족들을 비판하는 행태를 이제는 더 이상 참을 수 없었다. 홀로 선 프리케는 리리엘과 맞추었던 펜던트를 목에서 풀고 이내 그것을 땅에 떨어뜨렸다. 리리엘에 대한 우정을 다시 되새겨보려 했지만 그것은 산산조각 나버린 펜던트처럼 흩어지고 바스러져 손에 잡히지 않았다.

5

겨울나기

엘쟈네스는 요구 사항이 적은 편이었다. 그랬기에 렌은 엘쟈네스가 좋아하는 것들을 바로바로 기억해두었다. 엘쟈네스가 난생처음으로 렌에게 강하게 요구한 것은 대공가의 내정 업무를 처리해줄 인력이었다. 그 후 엘쟈네스는 어떤 것도 요구하지 않았다.

모든 것을 안겨주고 싶었다. 엘쟈네스가 원한다면 아마릴리스 제국 전체마저도 발아래에 가져다줄 수 있었다. 그러나 그의 아내는 아무것도 달라고 하지 않았던 것이다. 렌은 보석을 보며 나직한 탄성을 내뱉는 엘쟈네스를 바라보았다. 마음에 들어 해서 다행이었다.

"예쁘다."

보석을 보는 것만으로도 기분이 좋아졌다. 엘쟈네스는 렌을 보며 웃었다. 그는 엘쟈네스의 옆에 서서 유리관 안의 귀고리들을 함께 바라보았다. 엘쟈네스의 시선이 진주 귀고리 한 쌍에 닿았다. 렌은 보석에 무관심한 편이었지만 엘쟈네스와 함께 보석을 보는 일은 나쁘지 않다는 사실을 깨달았다.

"마음에 듭니까."

"정말 아름다워요. 그렇지 않나요?"

"그렇습니다."

귀고리를 보던 엘쟈네스는 렌에게 이야기를 하는 동안 렌의 시선이 단 한 번도 귀고리를 향한 적이 없다는 사실을 깨달았다. 렌이 바라보는 것은 즐겁게 이야기를 하는 엘쟈네스였다. 착각일 것이다. 엘쟈네스는 쓸데없는 생각을 지워버렸다.

"모든 보석이 상등품입니다. 이 진주는 팬지에서 난 것입니다."

"정말요? 어떻게 알았어요, 렌?"

"공부를 한 적이 있습니다."

심미안을 기르는 것은 대공가 후계자의 의무였다. 전대 대공은 렌과 달리 정치계에 큰 영향을 미쳤다. 그는 늘 렌에게 가치를 알아보는 눈에 대해 가르쳤다. 전대 대공비 역시도 심미안을 기르도록 렌을 교육했다. 보석에 대해서까지 알게 된 것은 '그녀'의 요청 때문이었다. 지나간 일이다. 렌은 엘쟈네스를 바라보았다. 장신구를 많이 봐두기를 잘했다는 생각이 들었다. 진갈색 눈동자는 즐거운 빛으로 반짝거리고 있었다. 엘쟈네스는 물었다.

"렌. 제가 이 장신구를 착용해볼 수 있을까요?"

"가게의 모든 것을 착용해도 됩니다. 엘쟈의 것들입니다."

그는 유리관을 직접 열어주었다. 장신구는 온도와 습도에 민감하다. 빛에도 예민하게 변질될 수 있다. 그러나 이 가게의 것들이라면 관계없다. 렌이 다 사들였으니까. 그 이야기를 아내에게 할 수 없어, 그는 망설였다.

"유리관을 함부로 열어도 되나요?"

"괜찮습니다. 특수한 기술로 인해 변질되지 않을 겁니다."

렌은 엘쟈네스에게 신뢰감을 주는 데 성공했다. 렌을 바라보던 엘쟈네스가 고개를 끄덕인 후, 손을 뻗었다.

"이 토파즈 귀고리는 정말 아름다워요."

"엘쟈에게는 토파즈도 잘 어울립니다."

엘쟈네스는 풀어내려 늘어뜨렸던 머리칼을 귀 뒤로 넘겼다. 옆의 유리관 위에 거울이 있었다. 토파즈 귀고리가 엘쟈네스의 귀에서 빛나고 있었다. 엘쟈네스는 그것을 사기로 결정했다. 갖고 싶은 것들이 많았다.

"로벨리아에서는 이런 화려한 장신구를 보기가 어려웠어요."

"유행이었습니까."

"그런 셈이네요."

로벨리아 왕국의 젊은 귀족층은 수수한 디자인을 선호했다. 리리엘의 영향이었다. 리리엘은 보석을 낮잡아 생각했다. 리리엘에게 있어 장신구는 부담스럽고 장착하면 무거울 뿐인 거추장스러운 것에 불과했다. 또한 머리가 나쁘고 사치를 즐기는 것에 대한 증거로 취급했다. 리리엘은 과한 장신구를 한 사람을 보면 가난한 사람들과 굶주리는 사람들에 대해 이야기했다. 리리엘에게 많은 영향을 받은 젊은 귀족층은 큰 행사가 있지 않은 한은 차츰 수수하고 차분한 디자인의 작은 장신구들만을 걸치고 다니게 되었다.

엘쟈네스는 그런 리리엘의 말에 아랑곳하지 않고 원하는 것을 마음껏 착용하고 다녔다. 수수하고 차분한 디자인의 작은 장신구들은 비쌌다. 작은 것으로 그 사람의 부와 재력을 보여주는 방법에는 한계가 있었기 때문이다. 점점 더욱 더 값비싼 보석들이 사용되기 시작했다. 엘쟈네스가 하고 다니는 귀고리와 목걸이 모두를 합쳐도 그것들을 사지 못할 만큼 가격은 올라갔다. 리리엘은 그 사실을 잘 몰랐다.

'돌이켜보면, 거의 고의처럼 느껴지는구나.'

리리엘은 엘쟈네스가 화려한 장신구를 하고 다니는 것을 보며 사치를 그만두라고 눈물로 호소했다. 보석을 좋아한다는 사실을 수치스럽게 생각하라고 했던가. 엘쟈네스는 그 말을 듣지 않았다. 엘쟈네스가 주어진 한도에서 자신의 자산을 어떻게 쓰는지에 대해 리리엘이 관여할 이유는 없었다. 그런 대치는 엘쟈네스가 윈터나이트로 떠나기 전까지 이어졌다.

리리엘의 곁에서 벗어나 다행이다. 그런 상념이 들었다. 지금 그녀는 안온하다. 엘쟈네스가 누려보지 못한 이 평온에 이름을 붙인다면, 행복이라고 할 수 있지 않을까.

"예쁘다. 이것도 걸어볼래요, 렌."

엘쟈네스는 이번에는 투명하고 푸른 다이아몬드가 박힌 목걸이를 집어 들었다. 귀고리와 세트로 만들어진 것이었다. 목걸이의 이음 고리를 풀고 그것을 목 뒤로 가져갔다. 그러나 잘 연결되지 않았다. 머리를 풀고 온 데다 뒤가 잘 보이지 않았기 때문이었다. 그때 엘쟈네스의 손 위로 렌의 손이 겹쳐졌다.

"도와드리겠습니다."

낮은 목소리가 바로 뒤에서 들려왔다. 엘쟈네스는 머리칼을 약간 들어 올려 렌이 목걸이를 쉽게 연결하도록 도와주었다. 렌의 시선이 느껴졌다. 렌은 엘쟈네스의 드러난 목을 바라보고 있었다. 엘쟈네스는 어렵지 않게 렌의 모습을 상상할 수 있었다. 렌의 시선이 닿았겠지. 엘쟈네스를 바라볼 때 그 검은 눈은 깊어지고는 했다.

묘한 긴장감이 공기를 타고 흘렀다. 엘쟈네스는 물었다.

"다 되었나요?"

"아직입니다."

렌은 이미 목걸이의 이음 고리를 연결한 후였다. 엘쟈네스가 조금 더 긴장한 것이 느껴졌다. 그는 거짓말을 하고 있었다. 그 자신조차 이유를 알 수 없었다. 이대로 엘쟈네스에게 손대고 싶다는 충동이 느껴졌다. 그것은 갈증이었다. 이름을 붙인다면 갈증이라는 표현이 가장 적합하리라. 렌은 목걸이 줄을 내렸다. 목걸이가 엘쟈네스의 목에 온전히 우아하게 걸쳐졌다.

"다 되었습니다."

"고마워요."

묘한 긴장감이 그제야 깨졌다. 엘쟈네스는 내심 숨을 내쉬었다. 렌 역시
도 마찬가지였다. 그는 엘쟈네스에게서 눈을 떼기 위해 노력했다. 엘쟈네스
는 그의 인내를 알지 못할 것이다. 렌은 엘쟈네스와 마주 섰다.

"렌?"

엘쟈네스의 미소는 역효과를 불러일으켰다. 가게의 장인은 아직 오지 않
았다. 렌은 엘쟈네스를 순간 끌어당겼다. 강한 힘이었으나 아프지는 않았
다. 그는 엘쟈네스의 목에 입 맞추었다. 엘쟈네스가 움찔거렸다.

"렌…!"

"싫으십니까."

"싫지 않아요. 이상한 기분이… 들지만요."

"무슨 기분입니까."

"잘 모르겠어요."

"지금부터 알아보도록 하십시오."

그는 엘쟈네스의 목 아래로 점차 내려갔다. 드러난 쇄골에 숨결이 닿았
다. 이 이상 내려가지는 않았다. 엘쟈네스는 도망쳐버리리라. 그 순간 그런
생각이 들었다. 렌은 지금까지 여자에게 이런 식으로 행동할 수 있을 거라
고 생각하지 않았다. 그는 쇄골의 선을 입술로 덧그렸다.

엘쟈네스가 움찔거렸다. 혀가 뜨겁게 닿아왔다. 감촉은 생소했으나 나쁘
지 않았다. 이내 이가 쇄골을 조금씩 깨물어갔다. 엘쟈네스는 눈을 감았다.
자극적이었다. 감촉도 그러하였으나 렌의 검은 눈이 가장 그랬다. 이내 엘
쟈네스가 참을 수 없는 어떤 감각을 느낄 때쯤 렌이 엘쟈네스에게서 떨어졌
다. 렌은 엘쟈네스의 옷을 올려주었다.

"장인이 15분 뒤쯤에 올 겁니다."

위험했다. 엘쟈네스와 렌 둘 다 그렇게 생각했다.

렌은 혼란스러움을 느꼈다. 겉으로는 서늘하고 무심해 보였으나 많은 상

념이 렌을 잠식한 상태였다. 어떤 여자에게도 이런 기분을 느낀 적이 없었다. 정욕과는 달랐다. 여자여서가 아니었다. 엘쟈네스였기에 그런 기분을 느꼈다. 왜 그녀만은 다른 것일까. 저택에 돌아가는 동안 두 사람은 아무 일 없던 것처럼 행동했다. 그러나 무언가가 서서히 달라지고 있었다. 평소와 같았지만 그 사이에는 아슬아슬함이 존재했다.

며칠 후, 윈터나이트 저택은 분주해졌다. 마님의 친우들이 방문하는 날이기 때문이다. 저택 곳곳이 단장되었다. 시녀장인 아이라와 부시녀장인 줄리가 이리저리 돌아다니며 바쁘게 지시를 내리고 있었다. 블랙 기사단원들은 저택 이곳저곳을 살폈다.

"별문제 없습니다."

"이쪽도 마찬가지입니다!"

화이트 기사단원들도 모처럼 밖에 나와 돌아다니고 있었다. 화이트 기사단원들은 블랙 기사단원들을 따라다니며 이야기를 나누었다. 두 기사단은 나름대로 사이가 좋은 편이었다. 서로를 인정했기 때문이다.

블랙 기사단은 화이트 기사단의 실력을 존중했고 화이트 기사단은 블랙 기사단의 일을 존경했다. 사람들이 통상적으로 생각하는 기사의 업무는 모조리 블랙 기사단이 맡아 했기 때문이다.

"우리가 뭐 도와줄 일은 없소?"

"가만히 계시오. 물건 부수지 말고."

두 기사단은 농담을 주고받았다. 소년 집사인 율리히가 이리저리 돌아다니며 사람들을 통솔하고 있었다. 이제 율리히도 제법 집사다운 면모를 보이고 있었다. 소년은 고용인들에게 일을 지시하며 바쁘게 돌아다녔다. 화이트 기사단원 중 가장 발이 빠른 잭이 멀리서 달려왔다.

"손님들이 오고 계십니다!"

10분 후, 마차들이 윈터나이트 저택의 정문을 통과했다. 바이올렛가, 에델바이스가, 시네라리아가의 문장이 그려진 세 대의 마차였다.

여정 내내 바이올렛가의 마차 안은 시끄러웠다. "드디어 도착했네." 유진 바이올렛은 루이자 바이올렛에게 말했다.

"루이자, 대공비는 천사가 분명해."

"엘쟈가 상냥하기는 하지. 그런데 왜 그런 말을 해?"

"너와 어울려주잖아. 천사가 아니라면 대공비가 뭐가 모자라서… 악!"

루이자의 구두가 유진의 발을 세차게 찍었다. 소리를 듣고 있던 세실리아와 레이라는 고개를 저었다. 여기까지 오는 내내, 바이올렛 남매는 계속 이 상태였다. 진짜 아프다며 투덜거리던 유진이 창밖을 바라보았다. 그 순간 유진은 행동을 멈추고 말았다.

"뭐 해?"

루이자가 이상하다는 듯 물었으나 대답할 수 없었다. 서른이 다 되도록 유진은 연인을 사귀지 않았다. 루이자의 눈이 유진의 시선 끝을 따라갔다. 루이자는 말했다.

"엘쟈네스?"

유진 바이올렛. 정치계와 외교계의 거물.

마법같이, 그는 한 여자에게 첫눈에 반해버리고 말았다. 상대는 윈터나이트 대공비, 그것도 유부녀였다. 보랏빛의 눈동자가 떨렸다. '미친 게 틀림없다.' 유진은 생각했다.

"세 명 모두 도착했어요."

엘쟈네스는 마차가 가까워지는 것을 보았다. 엘쟈네스는 렌과 며칠간 묘한 거리를 두었다는 것도 잊은 채 미소 지었다. 진갈색의 눈동자가 앞을 향하고 있었다.

"그렇군요."

마차에서 내려 엘쟈네스에게 가장 먼저 다가온 것은 레이라 시네라리아였다. 그녀는 엘쟈네스를 보며 기쁜 듯 웃었다.

"엘쟈. 드디어 만나게 되었네요."

"반가워요, 레이라."

"이날만을 기다렸어요, 엘쟈."

"어머나, 세실. 드레스의 빛깔이 정말로 예쁘네요."

"엘쟈의 숄도 예쁜걸요. 작은 방울이 달려 있네요. 이건 레이라가 만들어 준 건가요?"

"맞아, 세실. 내가 만들었어. 그런데 엘쟈, 이번에는 유진 바이올렛 공자가 함께 왔어요."

"아. 루이자의 오라버니군요."

유진 바이올렛. 차기 바이올렛 공작이 함께 올 것이라는 서신을 받았기에 엘쟈네스는 부드럽게 고개를 끄덕였다. 그랬기에 엘쟈네스는 레이라와 세실리아의 눈짓을 보지 못했다. 아직도 바이올렛가의 마차에서 사람은 내리지 않고 있었다. '무슨 일이 있나.' '내버려둬. 하루 이틀이야.' 레이라와 세실리아는 우아하게 눈짓을 주고받았다.

"안 내려?"

"내려야지."

"너 무슨 일 있어?"

"없어… 없다…."

"오빠라고 부르라는 말 안 해?"

루이자 이 멍청이는 이럴 때에만 눈치가 없어. 유진은 옅은 한숨을 쉬었다. 영애들과 무수한 하룻밤을 보냈으나 먼발치에서 보는 것만으로도 유진을 떨리게 하는 여자는 처음이었다. 유진은 마차의 문을 열고 내렸다. 미친 짓이라는 걸 아는데도. 그녀를 가까이에서 보고 싶었다. 첫사랑은 마법과도 같았다. 얼굴도, 어떤 사람인지도 모르는 여자가 반짝거리며 빛을 내고 있었다. 대공비가 우아하게 인사했다.

"어서 와요. 루이자. 바이올렛 공자."

"반가워요, 엘쟈."

"반갑습니다, 비 각하. 제가 불청객이 아닐지 걱정되는군요."

유진은 관례대로 엘쟈네스의 손등에 입술을 가져다댔다. 정중한 사죄의 의미였다. 손이 가늘다. 대공비의 손은 루이자의 것보다 컸지만 유진보다 한참 작았다.

잠시 멈칫했던 유진은 곧바로 대공에게 인사했다. 바이올렛 공작가와 대공가는 아마릴리스 제국에서 가장 큰 가문들이었다. 두 가문은 의도적으로 대립과 마찰을 피해왔다. 유진이 손을 내밀었다.

"반갑습니다, 대공 각하."

"반갑습니다. 공자."

대공의 목소리는 낮고 서늘했다. 유진은 대공의 얼굴을 보고 잠시 감탄했다. 과연 윈터나이트였다. 윈터나이트 대공들은 대대로 뛰어난 외모를 가졌다는 말이 있었다. 지금 중년이 된 전대 대공을 보며 세기의 미남이라고 생각했던 적이 있는데, 현 대공 역시도 만만치 않았다.

"…그래서 그 찻잔이요, 루이자."

"어머나."

'제길.' 애써 다른 생각을 하던 유진이 속으로 내뱉었다. 대공비의 차분한 목소리가 듣기 좋았다. 온 신경이 그녀의 목소리에 집중되었다. 이야기를 나누는 것은 네 여자였지만 유진에게 들리는 목소리는 단 한 사람의 것이었다.

렌은 차기 바이올렛 공작을 바라보았다. 공자라고 불렸지만 그가 공작이나 다름없다는 사실을 누구나 알고 있었다. 현재의 바이올렛 공작이 은퇴 준비를 하며 유진 바이올렛에게 많은 권한을 물려주었기 때문이다. 두 사람은 사무적인 대화를 나누었다.

"아버지께서 대공가에 책 한 권을 가져다주라고 말씀하셨습니다."

"집사에게 들었습니다."

"네. 어떤 책인지는 알 수가 없더군요. 곧바로 보내드리겠습니다."

"호의에 감사드립니다. 공자."

대화를 나누며 유진은 렌이 제법 괜찮은 사람이라 생각했다. 대공은 사람을 배려할 줄 아는 남자였다. 대화에 언제나 정중한 선이 그어져 있었지만 그것은 사람과 사람 사이를 편안하게 해주었다.

윈터나이트 영지에 온 네 명의 손님은 여독을 풀기 위해 각자의 방으로 들어갔다. 방에 올라온 엘쟈네스는 렌의 어깨에 머리를 기댔다.

"즐거워 보입니다."

"맞아요, 렌. 기분이 좋거든요."

엘쟈네스의 맑은 웃음소리가 들렸다.

'당신이 저와 함께 있을 때에도 그렇게 느껴준다면 좋겠습니다.'

렌의 말은 나오지 않았다. 렌은 불현듯이 그가 바뀌었다는 사실을 깨달았다. 엘쟈네스의 차분한 얼굴이 점점 미소를 띠게 되었듯, 그의 무표정한 얼굴은 부드러워졌다. 대공의 방에 있는 거울에 두 사람의 모습이 비쳤다. 그녀가 렌과 함께 있었다. 렌은 지금까지 알지 못했다. 자신이 엘쟈네스를 바라볼 때 어떤 눈을 하는지. 렌은 세상에서 가장 소중하고 사랑스러운 것을 바라보듯 그녀를 보고 있었다. 엘쟈네스가 눈을 감고 말했다.

226

"윈터나이트에 온 후로 하루하루가 즐거워졌어요. 고마워요, 렌."

그의 모든 일상이. 그의 단조로웠던 일과가. 지겹다고 생각했던 삶 역시도 바뀌었다. 렌은 엘쟈네스에게 말했다. 사랑만은 줄 수 없다고. 엘쟈네스 역시도 말했다. 사랑만은 주지 않겠다고.

그는 엘쟈네스와 무엇을 하고 있는 것일까. 이것이 정말로 단지 부부로서 존중하고 배려하는 것에 불과한 것일까. 렌은 눈을 감았다. 이 이상은 위험했다. 몇 년간 무감각했던 내면이 뒤흔들렸다. 엘쟈네스가 사랑스럽게 보였다. 거리를 두어야 한다는 사실을 알았지만, 엘쟈네스와 함께 있는 이 순간 가장 충족감을 느끼고 있었다.

"엘쟈."

"왜요, 렌?"

"…아무것도 아닙니다."

엘쟈네스가 웃었으면 좋겠다. 지금처럼 아무것도 모른 채 웃어도 좋았다. 그의 아내는 그가 무슨 생각을 하고 있는지 결코 알지 못할 것이다. 렌의 머리가 엘쟈네스의 머리에 맞닿았다. 순간 심장이 뛰었다. 엘쟈네스는 곁의 렌을 의식했다. 렌은 아무 말도 하지 않은 채 엘쟈네스에 기대어 눈을 감고 있었다. 보석상에 다녀온 이후 많은 것이 바뀌었다. 렌은 엘쟈네스의 목과 쇄골에 입을 맞추었다. 그 어두운 눈이 잊히지 않았다. 싫은 것이 아니었다. 오히려. 그 순간 엘쟈네스의 심장이 뛰었다. 사랑만은 기대하지 말라. 이것을 잊어버릴 생각은 없었다. 잊지 않을 것이다. 결코.

하지만, 가능한 일인지는 모르겠다.

⚜

"아버지가 전달하라고 하신 책입니다."

며칠 후, 유진은 윈터나이트의 집사에게 책을 전달했다. 바이올렛 공작이 유진에게 맡긴 책이었다. 집사가 정중하고 부드럽게 감사 인사를 올렸다.

"감사드립니다, 바이올렛 공자님."

"실례가 되지 않는다면 아버지께서 이 책을 빌린 이유를 알 수 있겠습니까?"

"이런. 아직 모르셨습니까?"

"공교롭게도 듣지는 못했습니다."

"그렇다면 따로 알려드리지 않아도 될 것 같군요. 필요하지 않아 바이올렛 공작께서 말씀하시지 않으셨을 겁니다."

집사는 책을 받아 들며 말했다. 어쩐지 어려운 인상이라는 느낌을 받았다. 유진은 예의 바르게 선을 긋는 집사에게 수긍해 보였다.

"그렇군요. 단순한 호기심이었으니 크게 생각하시지 않아도 될 것 같습니다."

"이해해주셔서 감사합니다."

이 책은 유진이 어릴 적부터 바이올렛 공작가에 있던 것이다. 책의 존재를 아는 이는 바이올렛가의 직계 혈족들뿐이다. 그러나 바이올렛 공작이 이 책을 왜 빌린 것인지, 어떤 용도로 썼는지 아는 이는 없었다. 차기 바이올렛 공작인 유진조차도 몰랐다. 유진은 문득 집사의 말을 되새기다 물었다.

"책이 필요했다면 제게 말씀해주셨을 거라는 말입니까?"

"이런. 늙은이가 말실수를 했군요. 비슷하다고 생각하시면 됩니다."

책의 존재도 수수께끼였지만 집사의 말 또한 수수께끼였다. 집사가 유진에게 허투루 말을 흘릴 리가 없다. 유진에게도 이 책이 필요할 수 있었다는 말인가? 저 책은 대체 어떤 용도라는 말인가.

바깥 정원에서는 네 여자가 담소를 나누고 있었다. 대공비의 옆에 앉아 있던 루이자의 눈빛이 냉랭해졌다. '뭘 봐. 나도 기분 안 좋거든.' 두 남매를

중재한 것은 재치 넘치는 세실리아와 레이라였다. 두 사람은 당황하지 않고 루이자에게 먼저 권유했다.

"내일 열리는 겨울맞이 축제 이야기를 하고 있었잖아. 가보지 않을래?"

"좋은 생각이야. 루이자, 난 축제에 가고 싶어."

"그래. 그러도록 하자."

루이자가 고개를 끄덕였다. 저 모습만 보면 차갑고 우아한 귀족 영애처럼 보이는데. 세실리아는 고개를 조금 저었다. 레이라는 엘쟈네스에게 축제에 대해 이것저것 물었다. 그때 엘쟈네스가 유진에게 권유했다.

"바이올렛 공자도 축제를 즐기지 않으시겠어요? 이번 축제는 가장 규모가 크다고 해요."

"성의에…. 감사드립니다."

엘쟈네스의 시선을 받자 확 어지러워졌다. 유진은 대공비의 시선을 약간 피했다. 결혼을 한 여자다. 더군다나 윈터나이트 대공의 비다. 레이라가 루이자에게 귓속말로 속삭였다.

"네 오라버니 왜 저래?"

"엘쟈네스의 신분 때문이겠지."

루이자가 대수롭지 않게 대답했다. 유진 바이올렛은 사람들을 능숙하게 대했다. 그는 특히 영애들을 대하는 데 익숙했는데, 사교계에서의 일 때문이었다. 아마릴리스 황가의 일원들과 젊은 윈터나이트 대공은 사교계 활동을 많이 하지 않았다. 자연스럽게 영애들의 표적이 된 것은 유진이었다. 그는 하룻밤을 보내기는 했으나 어느 영애에게도 마음을 주는 법이 없었다. 만일 유진이 친우의 오빠가 아니었더라면, 루이자와 다투는 모습을 보지 않았다면 레이라와 세실리아도 유진에게 호감을 느꼈을 것이다. 영애를 익숙하게 대하는 유진이 유독 엘쟈네스 앞에서는 이상해졌다.

잠시 말이 없던 유진은 예를 취했다.

"상냥한 권유에 다시 한 번 감사드립니다."

이 자리에서 유진의 반응을 신경 쓰는 이는 없었다. 하지만 대공비와 가까이 있자 어지러워졌다. 대공비는 어떤 향수를 쓰는 걸까. 그 향기마저도 지나치게 마법처럼 매혹적이었다. 존재 자체가 매혹적인 사람. 유진은 대공비를 그렇게 평가했다. 자리를 뜬 후에도 대공비의 존재는 그를 잡고 놓아주지 않았다.

아룬델의 혈족들은 늘 세상이 얼어붙어 죽음에 빠지는 꿈을 꾸었다. 이 얼마나 황홀하고 달콤한 미래란 말인가. 온 세상에는 눈이 내릴 것이다. 차디찬 추위가 모든 것을 뒤덮어버릴 것이다. 죽어가는 사람들 중에서는 아룬델 자신들도 있으리라.

아룬델의 새 주인은 눈을 떴다.

"으아악!"

"자, 들으십시오. 인간은 죽음에 이르는 순간 가장 완벽해집니다."

베스 아룬델이 아룬델의 추종자들 다수를 데려간 후, 추종자가 거의 사라졌다. 남은 신도들은 사람을 끌어오기 위해 수단 방법을 가리지 않았다. 의자에 묶인 남자가 비명을 질렀다. 결국 구해줄 사람이 아무도 없다는 사실을 깨달은 그는 멍하니 광신도의 말을 따라했다.

"가장 황홀한 경지가 죽음입니다…."

아룬델을 따르는 이들은 광신도들이었다. 이들은 죽음이 인간을 가장 완벽하게 만들어준다고 믿었다. 윈터나이트에게 죽은 사람들은 순교를 한 것이었으며, 동사한 사람들은 가장 황홀하게 죽어간 이들이었다. 광신도들의 목적은 세상 모든 이들과 함께 얼어붙어 멸망하는 것이었다. 허무맹랑한 교리로 보일 수 있었지만 이들에게는 그것을 이루어줄 주인이 있었다. 아룬델의 새 주인은 의자에 묶인 남자에게 다가갔다.

"내가 누구지?"

"내가 지금 무슨 짓을…! 이거 놔!"

"내가 누구일까?"

발버둥 치던 남자는 아룬델의 주인을 보는 순간 움직임을 멈추었다. 매혹적이었다. 그는 자신도 모르게 홀린 눈으로 대답했다.

"당신은 저의 주인이십니다."

아룬델의 피는 섬뜩한 광기를 전이시켰다. 유리알 같은 눈동자에 남자가 담겼다. 아룬델의 주인은 그 자리에서 남자를 산 채로 먹어 치웠다. 남자는 죽어가며 기쁜 미소를 띠었다. 남자는 이 세상에서 사라지고 말았다. 남은 것은 이리저리 흩어진 핏자국이었다.

"한 사람이 순교했습니다."

광신도들은 손을 모으며 고개를 숙였다. 아룬델의 새 주인을 제외하고 이제 남은 아룬델은 없었다. 광신도들도 몇 되지 않았다. 경건한 분위기의 지하 성당은 텅 비어버렸다. 아룬델의 주인은 턱을 괴었다. 억양에는 음성이 없었다.

"베스 아룬델은 죽었지."

"네. 그녀와 함께 나갔던 무리가 순교했습니다."

"그래. 베스는 죽어. 남은 아룬델은 나 혼자지."

베스 아룬델은 처음부터 시선을 끌기 위한 미끼였다. 아룬델의 주인은 이미 윈터나이트 안에 들어온 상태였다. 베스 아룬델이 시선을 끌어준 덕분이었다. 아룬델의 주인은 마치 인형처럼 보였다. 그는 보통 사람들이 보이는 눈의 깜빡임이나 미동을 보이지 않았다. 숨소리도 들리지 않았다. 섬찟하고 투명한 눈동자가 먼 곳을 향했다. 의문을 표하는 문장이었으나 말에는 고저가 없었다.

"그런데 어째서 다른 아룬델의 존재감이 느껴지는 걸까?"

"마님, 차를 내왔습니다."

"어머나. 블루벨 경!"

"안녕하십니까."

엘쟈네스와 세 영애는 화기애애한 시간을 보내고 있었다. 엘리나는 차를 가져와 영애들의 잔에 따라주었다. 마님의 친우들이다. 반드시 완벽하게 대접해드릴 것이다. 엘리나는 그렇게 생각했지만 세 영애는 엘리나의 존재만으로도 즐거워하고 있었다. 아마릴리스의 귀족 중 엘리나 블루벨이라는 기사를 동경하지 않는 사람이 어디 있을까. 또한 엘쟈네스에게서 배우는 것들은 모두 유용했다.

"식당에 푸른 커튼을 치는 것은 좋지 않아요."

"어머나. 어째서요, 엘쟈?"

"푸른색이 식욕을 감퇴시킨다는 연구 결과가 남쪽에 있거든. 남쪽은 식사 자리에 초대한 상대에 대한 적대감을 표현할 때 푸른색 커튼을 달아요."

"당장 푸른 커튼이 필요한 건 저 같아 보이는데요. 이곳에 와서 너무 많이 먹고 있어요."

레이라의 말에 모두가 웃었다. 낭랑한 웃음소리가 울려 퍼졌다.

"왜 웃는 거예요, 엘쟈. 정말로 여기 와서 살이 쪘는걸요."

"전혀 그렇지 않아요, 레이라. 그리고 저는 레이라가 너무 사랑스러워서 웃은 거예요."

엘쟈네스는 차분하고 단호했으나 이런 식으로 웃을 때가 있었다. 아름답다. 세 영애는 엘쟈네스를 보며 그렇게 생각했다. 웃음기가 담긴 눈은 휘어져 있었고 살짝 벌린 입술 사이로는 하얀 치아가 드러났다. 레이라는 엘쟈네스의 손을 잡았다.

"엘쟈야말로 사랑스러워요."

"레이라도 참."

"정말인데…."

엘쟈네스는 레이라의 말을 가볍게 듣는 눈치였다. 자리에 있던 세실리아는 아까부터 이곳을 향하는 시선의 주인공 둘을 바라보았다. 한 사람은 윈터나이트 대공이었고, 한 사람은 유진 바이올렛이었다. 세실리아는 엘쟈네스를 불렀다.

"엘쟈, 궁금한 것이 있어요."

"무엇인가요, 세실?"

"결혼 생활은 어때요?"

짓궂은 질문을 던진 세실리아가 누구보다도 우아하게 미소 지었다. 세 영애 모두 아직 결혼을 하지 않았기에 결혼에 대해 궁금하던 참이었다. 다른 두 영애의 시선이 엘쟈네스에게 몰렸다. 두 영애가 까르르 웃었다. 엘쟈네스는 보기 드물게 당황하고 있었다.

"나쁘지 않아요."

"정략결혼인데 나쁜 점은 없나요? 각하와 사이가 좋지 않다든지…."

"그런 점은 없어요. 우리는 서로를 배려하고 존중하는걸요. 소설에서나 나올 법한 불꽃같은 사랑은 없지만, 저는 각하와 결혼해서 다행이라고 생각해요."

"그래요?"

세실리아의 눈이 가늘어졌다. 엘쟈네스를 의심스럽다는 듯 바라보자 두 영애가 웃음을 참았다. 단호한 엘쟈네스가 당황하는 것은 재미있는 광경이었다. 두 영애는 엘쟈네스가 귀엽다고 생각했다. 세실리아는 눈썹을 위로 한 번 올린 후 웃었다.

"그래서 각하와 어젯밤 정원에서 입맞춤을 하셨군요? 불꽃같은 사랑이 없어서?"

"뭐라고요? 세실!"

엘쟈네스의 뺨이 붉어졌다. 엘쟈네스를 이토록 당황하게 한 사람은 세실리아가 처음이었다. 다른 두 영애는 엘쟈네스의 표정 변화를 보며 숨도 쉬지 못한 채 웃고 있었다.

"그래요. 편안한 배려와 존중이겠죠. 그러니 바깥에서 각하와….."

"세실!"

결국은 엘쟈네스마저 웃음을 터뜨리고 말았다. 세실리아의 표정이 익살스러웠던 것이다. 엘쟈네스는 모르겠지만, 대공의 마음은 확실했다. 대공은 집무실의 창가에서 이쪽을 보고 있었는데 세실리아와 루이자, 레이라가 엘쟈네스와 함께 앉아 있다는 사실마저 모르는 것 같았기 때문이다. 세실리아는 중얼거렸다.

"각하야 그럴 만한데 문제는."

세실리아는 저 멀리서 이곳을 바라보는 유진 바이올렛을 살폈다. 세실리아가 대놓고 쳐다봤으나 그는 세실리아의 시선을 눈치채지 못한 듯하다. 시력이 좋지 않은 레이라는 유진의 모습을 발견하지 못했고, 루이자는 유진과 등을 지고 있었기에 보지 못했다. 유진의 마음에 대해 눈치챈 것은 세실리아 하나뿐이다.

"뚫리겠네. 뚫리겠어."

"뭐라고?"

"응? 내가 뭐라고 했어, 루이자?"

"잘못 들었나 봐."

세실리아는 모른 척 태연하게 대답했다. 같은 고위 귀족이니 현명하게 잘 대처하지 않을까. 그러나 유진의 시선은 언젠가 눈치챌 수밖에 없는 종류였다. 윈터나이트 대공이 겉으로는 무던해 보이지만 세실리아가 볼 땐 아내를 위해 무엇이라도 할 남자다.

"과연 대공이 모를 수 있을까."

세실리아는 턱을 괸 채 중얼거렸다. 그래도 유진 바이올렛은 제법 완벽한 남자였다. 황태자는 너무 신분이 높았고, 황자들은 그다지 외모가 뛰어난 편이 아니었다. 그나마 가장 수려한 것은 막내 황자였지만 병약하고 신경질적이었기에 세실리아의 취향은 아니었다.

엘쟈네스가 웃자 유진 바이올렛의 보랏빛 눈동자가 떨렸다. 세상은 오래 살고 볼 일이었다. 저 유진 바이올렛이 저런 얼굴을 하다니. 루이자와 있을 때는 단순해 보였지만 그는 냉철한 권력자였다. 단단히 홀렸다. 엘쟈가 매력적이기는 하지.

하지만 유진 바이올렛 자체가 타인의 아내와 부정을 저지를 사람이 아니기도 하고, 엘쟈네스 또한 알아서 선을 그을 것이다. 당분간 모른 척하면 재미있는 광경을 볼 수 있을 것 같았다.

'한 가지 더.'

엘쟈네스는 대공과의 편안하고 안정적인 관계에 대해 이야기했다. 그런데 와보니 정작 두 사람의 눈빛은 생각과 다르지 않은가.

'어쩐지 최근 편지에 대공 각하에 대한 소식이 없다 했지.'

대공은 엘쟈네스를 바라보고 있었다. 대공에 대해 이야기하는 엘쟈네스의 눈은 달콤하게 반짝거렸다. 두 사람은 서로가 서로를 어떻게 보는지 모르는 것이 분명하다. 아니면 서로 감추고 있다고 생각하거나. 두 사람에게 필요한 것은 솔직한 대화였다.

"어쨌든, 그러면 축제에 간다는 거죠?"

레이라가 말했다. 세실리아가 흐름을 흘려보낸 사이 이야기가 많이도 진행된 모양이었다. 엘쟈네스와 루이자의 시선을 태연히 받으며 세실리아가 생각했다. 가까이에서 듣던 유진이 다가온다.

"그렇다면, 영애들을 제가 에스코트하겠습니다."

유진에게 무뎌진 레이라와 루이자는 몰랐으나, 누가 봐도 유진이 엘쟈네스에게 호감이 있는 상황이었다.

그 순간, 시선이 느껴졌다. 모를 수가 없을 만큼 강렬한. 세실리아가 순간 숨을 삼켰다. 창가에서 이 모습을 내려다보는 대공의 표정에 변화는 없었다. 그러나.

'걸렸구나.'

전대 윈터나이트 대공은 독점욕이 강했다. 그가 대공비에게 사심을 가지고 접근하는 남자들을 눈빛 한 번으로 쫓아버렸다는 것은 유명한 사실이었다. 젊은 윈터나이트 대공은 전대 윈터나이트 대공처럼 강렬하거나 화려하지 않았다.

'하지만 저런 타입이 발동이 걸릴 때 무서운 법이지.'

서늘한 미남자의 속이 어떨지 상상조차 되지 않았다. 그는 엘쟈네스에게 접근하는 유진 바이올렛을 내려다보고 있었다. 세실리아는 순간 대공의 검은 눈에 어두운 그림자가 드리워졌던 것을 놓치지 않았다. 세실리아가 보기에 대공은 이미 자신의 마음을 거의 자각한 것 같았다.

'어떻게 되려나.'

결과가 무엇이든, 세실리아는 엘쟈네스가 행복하면 그만이었다. 축제는 내일이다. 어쩌면, 내일을 기점으로 많은 것이 달라질지도 모르겠다.

어릴 적 부모님과 바이올렛 공작 부부가 교류를 했었다는 기억은 있지만 렌이 직접 바이올렛가의 일원들에게 연락한 적은 없었다. 바이올렛 남매와 렌은 데면데면한 사이였다. 사실 윈터나이트와 바이올렛이 한순간이나마 활발하게 교류했다는 것이 신기할 정도였다. 윈터나이트가 황제의 말을 따르고 충성하는 데 비해 바이올렛은 다른 귀족들의 의견에 귀를 기울였기 때문이다. 황가와 귀족가가 충돌할 일은 없었지만, 두 가문의 이해는 달랐다.

렌이 유진 바이올렛을 신경 쓰게 된 것은, 그가 윈터나이트 대공가에 도착하면서부터였다. 집사가 렌에게 물었다.

"무엇을 보십니까?"

"아무것도 아닙니다."

집사의 주인은 아래를 내려다보고 있었다. 집사는 주인이 마님을 보고 있다고 생각했다. 윈터나이트의 새 마님은 대단한 사람이었다. 마님이 오자 내정 살림이 제대로 이루어지기 시작했다. 또한 윈터나이트가의 위상이 점차 높아지기 시작했다. 마님이 뛰어난 사교술을 가지고 있었기 때문이다. 사교계의 세 꽃은 마님을 자연스럽게 높여주었다. 아마릴리스의 여성 귀족들은 마님을 흠모하며 이름을 전했다. 한 가지 아쉬운 점이 있었다면, 마님 스스로 그런 점들을 대단하지 않다고 생각한다는 것이었다. 집사는 미소를 지었다.

"마님은 대단한 분이시지요."

"저 역시 그렇게 생각합니다."

고요하고 정적이었던 윈터나이트가 점차 바뀌어가고 있었다. 마님이 모든 것을 바꾸었다. 집사의 주인마저도. 집사는 주인이 마님을 다정한 눈길로 바라본다는 것을 알았다. 대답하던 렌의 눈길이 다시 유진에게 닿았다.

"바이올렛 공자군요."

"네."

"20년 전에 이곳에 놀러 오신 적이 있습니다."

"어릴 때라 기억나지 않습니다."

"그때 바이올렛 공작께 책을 빌려드렸지요."

집사의 눈은 아득한 추억을 그리고 있었다. 집사의 집안은 아룬델과 원터나이트에 관한 마법을 모두 배웠다. 화이트 기사단에게 겨울의 마법이 깨져 나갈 경우 보수를 하기도 했다. 집사는 말했다.

"바이올렛 공작가의 직계는 아룬델의 마법에 민감한 편입니다."

"아룬델의 마법 말입니까."

"보랏빛 눈동자가 그 증거입니다. 젊은 시절, 바이올렛 공작께서 아룬델에게 홀린 적이 있으시지요. 그래서 빈 책에 아룬델의 마력을 막는 마법진을 그린 후 빌려드렸습니다. 다행히 바이올렛 공자는 아룬델을 만난 일이 없는 것 같습니다. 민감한 체질이 아니라 그런 듯합니다."

"그렇습니까."

집사는 주인이 자신의 말을 듣고 있지 않다는 사실을 눈치챘다. 신경 쓰일 만하다. 유진 바이올렛은 늘 엘쟈네스의 주위를 맴돌고 있었다.

"어머나, 정말요?"

높은 목소리가 바람에 실려온다. 여자들이 웃음소리를 냈다. 그중에서도 엘쟈네스는 아름다웠다. 유진 바이올렛 역시 그 광경을 홀린 듯 바라보고 있었다. 렌은 그제야 깨달았다. 렌의 눈에 아름답게 비치는 보석은 다른 이들에게도 보석이라는 사실을.

렌은 며칠간 엘쟈네스를 조금씩 피해왔다. 엘쟈네스 역시 그런 렌을 붙잡지 않았다. 그 사이 유진 바이올렛이 점점 거리를 좁히고 있었다. 먼 거리였으나 렌의 귀에는 대화 내용이 들렸다.

"원터나이트의 축제는 정말 예쁘다고 해요."

"책으로 보았지만 그래도 기대되는걸요."

유진 바이올렛이 나선 것은 그때였다. 그가 말했다.

"그렇다면, 제가 영애들을 에스코트하겠습니다."

그 순간 렌이 잡은 창틀에 금이 갔다. 유진 바이올렛은 멍청한 남자가 아니었다. 그가 엘쟈네스에게 자신의 마음을 고백하는 날은 결코 오지 않을 것이다. 엘쟈네스 역시도 배우자를 내버려두고 외도를 할 여자가 아니었다. 하지만 내면에 잠들어 있던 무서운 충동이 속삭였다. 엘쟈네스는 그의 것이다. 그가 엘쟈네스의 것이듯.

"각하…. 각하!"

"아."

집사의 부름조차 듣지 못한 모양이었다. 렌은 정신을 차렸다. 지금 느끼는 이 감정을 무엇이라고 생각할지 알 수 없었다. 그러나 한 가지는 확실했다. 렌은 유진 바이올렛이 엘쟈네스에게 다가가는 것을 원하지 않았다. 두 사람 사이에 아무 일이 없더라도 마찬가지였다. 렌은 커튼을 쳤다. 그는 이내 눈을 감았다.

렌이 방으로 돌아오지 않는다. 엘쟈네스는 렌을 기다렸으나 렌이 보낸 것은 정중한 서신뿐이었다. '일을 마치고 가겠습니다.' 렌의 필체가 확실했다.

'일이 끝나지 않았다는 걸까.'

렌은 밤새도록 오지 않았다. 차라리 다행일지도 몰랐다. 렌을 어떻게 대해야 좋을지 알 수 없었으니까. 엘쟈네스에게만큼은 무뎌지는 그의 선. 흐려진 그것을 넘는 사이 엘쟈네스가 바뀌게 되었다. 더 이상은 위험했다. 그때 노크 소리가 들려왔다.

"엘쟈, 있어요?"

문을 열자 윈터나이트의 새하얀 원피스를 입은 레이라가 서 있었다. 레이라는 엘쟈네스와 눈이 마주치자 빙긋 웃었다.

"루이자와 세실리아는 아직 옷을 갈아입고 있어요. 잘 어울려요?"

"정말 예뻐요, 레이라."

"다행이에요. 잘 어울려서. 자, 어때요? 전설 속의 소녀 같아요?"

레이라가 제자리에서 빙글 돌았다. 겨울을 맞이하는 사람들은 윈터데이 전설 속의 소녀와 같은 옷차림을 했다. 엘쟈네스는 문득 웃었다.

"엘쟈, 왜 웃는 거예요? 하는 수 없었어요. 구두를 신었지만 치마가 너무 길었는걸요."

"그런 이유가 아니에요, 레이라."

렌은 이야기 끝에, 소녀가 여장한 초대 대공이라는 말을 덧붙였다. 웃던 엘쟈네스는 갑작스럽게 입을 다물었다. 깨달았다. 이제 엘쟈네스의 일상에서 렌은 빼놓을 수 없는 존재였다. 왜 렌이 엘쟈네스의 일부가 될 때까지, 그것을 눈치채지 못한 것일까. 엘쟈네스가 갑작스럽게 입을 다물자 레이라가 엘쟈네스를 걱정하는 얼굴을 했다.

"왜 그래요, 엘쟈? 괜찮아요?"

"괜찮아요, 레이라."

"지금 쓸쓸한 얼굴을 하고 있어요."

"아니에요. 그저 졸려서 그랬을 뿐이에요."

"외출을 해도 괜찮은 거예요? 졸리지 않겠어요?"

"아주 잠시였으니, 괜찮아요."

이렇게 흔들리는 시간도 아주 잠시일 것이다. 엘쟈네스는 그렇게 생각하려고 애썼으나 정말로 그럴 것인지는 장담할 수 없었다.

"엘쟈."

"어머나! 세실!"

세실리아를 본 레이라가 놀라 입을 벌렸다. 세실리아는 늘 완벽한 상태로 다녔다. 루이자와 레이라도 자기 관리를 충실히 했지만 세실리아처럼 빈틈 없이 철저하게 하진 않았다. 세실리아는 갈색의 머리를 풀어 늘어뜨리고 안경을 쓴 채였다. 옷은 평민의 것 같았으며 얼굴에는 화장기가 거의 없었다. 세실리아는 웃었다.

"한 번쯤은 이렇게 지내보고 싶었어. 답답했거든."

"깜짝 놀랐어. 수도의 사람들이 보면 뒤집어질걸."

"늘 나를 엄격히 통제한다는 게 쉬운 일은 아니잖아. 그게 반드시 정답이지도 않고. 내가 과하게 치장을 하고 왔다면 축제를 즐기지 못했을 거야. 한 번쯤은 마음이 가는 대로 할 필요도 있지. 안 그래요, 엘쟈?"

"그렇죠."

엘쟈네스는 대답했다. '마음이 가는 대로.' 리리엘이 자주 외치던 말이었다. 엘쟈네스는 그랬기에 오점을 남기지 않으려고 애썼다. 계획이 틀어지는 일은 있을 수 없었다. 내뱉은 말은 반드시 지켜야 했다. 세실리아는 웃었다.

"이 세상에 정답은 없어요. 물론 적당한 선은 지켜야겠지만, 내가 하고 싶은 대로 행동해야 할 때도 있어요. 엘쟈, 내 말을 명심해요."

세실리아는 엘쟈네스의 내면을 꿰뚫어보기라도 한 듯 말하고 있었다. 세실리아 에델바이스에 대해 사람들은 가장 재치 있고 현명한 여인이라 말했다. 엘쟈네스는 지금 무엇을 하고 싶은 것일까. 엘쟈네스는 마음의 소리에 귀를 기울여보기로 했다. 렌과 어떻게 하고 싶은지, 무엇을 해야 할지 생각할 필요가 있었다.

"그렇게 할게요, 세실."

엘쟈네스의 대답에 세실리아는 빙긋 미소 지었다.

유진 바이올렛과 엘쟈네스 그리고 세 영애는 마차를 타고 윈터나이트의 큰 광장으로 향했다. 발아래에는 나뭇가지들이 가득했다. 유진이 엘쟈네스를 잡았다.

"비 각하, 조심하시길."

"감사해요."

날은 제법 쌀쌀했다. 겨울이 다가오고 있어서일까. 광장은 들뜬 분위기로 가득 차 있었다. 곳곳에 밝은 등불이 걸렸다. 광장에는 전나무들이 세워져 있었는데 나무마다 커다란 붉은 열매와 금빛 리본이 달려 있어 환상적인 광경을 연출하고 있었다.

"와…. 정말 예쁘네요."

레이라가 두 손을 모으며 감탄했다. 장인들은 손가락 크기의 등불을 만들어 나무에 걸어놓았다. 황홀한 불빛들이 일렁였다. 광장 가운데에 커다란 모닥불이 피워져 있었다. 보이지 않는 곳에서 일행을 호위하던 기사들도 그 광경을 보며 감탄을 내뱉었다. 망나니 조제프가 엘리나에게 말했다.

"해마다 보지만 언제 봐도 참 예쁜 광경이란 말이야. 술이 있다면 좋을 텐데."

"단장이 널 금주시키지 않으면 내게 벌을 내리겠다고 하셨다."

"아이씨. 설마 진짜 마시겠냐."

엘리나가 무서웠던 조제프가 두 손을 내저었다. 허술하게 보이지만 그래도 조제프는 최고의 호위 기사였다. 암살자 한 명도 놓치는 법이 없었기 때문이다. 화이트 기사단은 조제프를 망나니라고 불렀지만 윈터나이트 영지 바깥의 사람들은 조제프를 이렇게 불렀다. 미친 개. 조제프가 문득 마님 옆에 서 있던 차기 바이올렛 공작을 가리켰다.

"그런데 알렉. 좀 이상하지 않아?"

"마님을 집요하게 쳐다보기는 하는군…. 무슨 꿍꿍이지?"

엘리나가 끼어들었다. 이상한 의심이다. 조제프도 엘리나한테 물든 녀석

중 하나였다. 알렉은 이어질 대화를 예측하며 고개를 절레절레 저었지만,
조제프는 혼란스러워 보였다.

"그게 아니야. 그게 아니라. 아니 이상하다니까."

"그새 술이라도 마셨어? 단장 불러주리?"

조제프는 횡설수설거리다 알렉의 한마디에 아연실색을 했다. 그러던 조
제프가 다시 고개를 저었다. 그는 진지한 얼굴을 하고 있었다.

"제길. 그게 아니란 말이야. 내가 이상하다고 말하는 건 바이올렛 공자가
아니라고."

"그럼 뭔데. 말해봐."

"내가 이상하다고 말한 건 마님이야."

알렉은 농담이라고 생각했으나 조제프의 얼굴은 거짓 한 점 없었다.

"뭐? 지금 농담해?"

"저걸 봐. 아무리 봐도 이상하잖아."

조제프는 손가락질했다. 알렉은 대공비를 보았으나 조제프를 이해할 수
없었다. 차라리 비 각하에 대해 잘 아는 엘리나가 판단하는 게 좋겠지. 엘리
나 역시 엘쟈네스를 살폈지만 아무것도 발견하지 못한 모양이었다. 엘리나
가 고개를 저었다.

"나 역시도 모르겠다."

"마님은."

말하려던 조제프가 식은땀을 흘리며 침묵했다. 그는 더 이상 입을 열지
않았다.

"확실하지는 않으니까…."

무언가 이상했다.

엘쟈네스 일행은 가면을 파는 곳으로 가고 있었다.

"와. 여러 개가 있네요."

가게에서 파는 가면은 윈터데이의 설화와 관련된 것이었다. 세실리아가 가면 하나를 집어 들었다.

"하얗고 아무 무늬도 없네."

"이건 화려한 장식이 그려져 있어."

루이자가 집어 든 푸르스름한 가면은 화려했다. 축제에는 온갖 인파가 몰렸다. 곳곳에서 온 여행자들과 주변 영지민들이 거리를 가득 채웠다. 고귀한 신분의 사람들과 낮은 신분의 사람들이 한데 어우러졌다. 가게의 주인은 말했다.

"이쪽에 있는 가면은 모두 겨울의 가면입니다요."

"그렇군요."

루이자가 대답했다. 소녀의 가면도 있었다. 소녀의 가면에는 하나같이 눈물 자국이 표시되어 있었다. 가면의 뺨에 눈물 모양으로 붙은 보석이 반짝였다. 거리에서는 연극이 펼쳐지고 있었다.

"겨울이시여, 이 혹독한 추위를 멈추어주세요. 모든 영지민들이 죽어가고 있습니다. 무엇을 원하시나요. 어떻게 해야 차디찬 눈이 내리지 않을까요. 제발 제게 답을 알려주세요. 제가 가진 모든 것을 드리겠습니다."

소녀처럼 분장한 거리의 배우가 무릎을 꿇었다. 겨울 역할을 맡은 배우는 그 말을 듣고 크게 웃다 두 팔을 벌렸다.

"참으로 딱하도다! 나는 겨울. 이 냉기는 모든 것을 잡아먹어야 끝날 것이다. 오오. 방법을 알려달라고? 나는 원한다면 모든 걸 가질 수 있지. 원한다면 어디에든 갈 수 있지. 내게 필요한 것은 아무것도 없다."

두 배우가 완벽한 연기를 펼친 덕에 사람들은 잔뜩 몰입된 상태였다. 겨울이 외칠 때마다 아가씨들은 움찔거렸고 소녀가 애원할 때마다 사람들은 탄식하는 소리를 냈다. 겨울은 큰 소리로 불길하게 웃었다. 세 영애 역시도 연극에 몰입해서 보고 있었다. 유진은 대공비가 주위를 둘러보는 것을 놓치지 않았다. 그는 대공비에게 말을 걸었다.

"연극이 취향에 맞지 않으십니까?"

"그렇지는 않아요. 재미있게 보고 있답니다."

"그렇군요."

대공비의 눈은 먼 곳을 향하고 있었다. 엘쟈네스는 사려 깊었다. 또한 아름다웠다. 등불에 비친 엘쟈네스의 모습을 보며 유진은 대공이 부럽다고 생각했다. 엘쟈네스는 대공의 비였다. 대공은 엘쟈네스를 유진과 함께 내보내면서도 초조하지 않았을 것이다. 결국 엘쟈네스는 대공의 아내일 테니까. 한구석에서는 흥겨운 거리 음악이 연주되고 있었다. 유진은 충동적으로 물었다.

"춤추시겠습니까?"

그는 미친 것이 틀림없었다. 한 번만. 단 한 번만 춤을 춘다면 이날의 기억을 가지고 살아갈 것이다. 유진은 자신의 생각이 핑계에 불과하다는 사실을 알았다. 한번 달콤함에 손을 댄다면 더 큰 달콤함을 원하게 될 텐데.

제길. 아무것도 모르는 대공비는 고개를 끄덕였다. 유진의 얼굴에 별다른 표정 변화가 없었기 때문이리라. 그녀는 유진의 춤 신청을 단순한 사교행위로 생각하는 것 같았다. 유진은 태연한 사람처럼 보이기 위해 노력하는 중이었다. 보랏빛의 눈동자에 불빛이 비쳤다. 거리의 음악에 사람들은 제멋대로 춤췄다. 유진은 대공비의 손을 잡았다. 음악에 맞춰 그녀가 유연하게 움직였다. 대공비가 움직일 때마다 매혹적인 향기가 났다. 미칠 것 같았다. 유진이 손을 뻗은 순간이었다.

"잠시."

낮은 목소리였다. 하얀 가면을 쓴 남자가 엘쟈네스를 부드럽게 이끌었다. 렌과 닮았다. 이 시간에 렌이 이곳에 올 리가 없는데도 불구하고 그런 생각이 들었다. 불빛과 다소 떨어져 있어 외형을 구분하기가 힘들다.

엘쟈네스가 무언가 말을 하려는 순간 남자의 손가락이 입술에 닿았다. 남자는 아무 말도 하지 않았다. 남자의 하얀 가면에는 눈물 모양의 보석 하나가 붙어 있었다. 그 순간 엘쟈네스는 남자가 렌이라는 사실을 눈치챘다.

"소녀의 가면이군요."

렌이 고개를 끄덕였다. 엘쟈네스는 그가 렌이라는 사실을 모르는 것처럼 말했다. 둘 모두가 엘쟈네스가 가면을 쓴 남자가 렌이라는 사실을 눈치챘다는 것을 알고 있었지만 입 밖으로 말하지 않았다.

춤을 추는 이 시간이 꿈결과도 같았다. 엘쟈네스는 웃고 있었다. 가면 속 렌의 입술도 약간의 호선을 그렸다. 사랑만은 하지 말라. 둘은 이 순간 그 말을 잊었다. 모든 것을 잊어버렸다. 어떤 자제도 없이, 온전히 서로에게 닿을 수 있었다.

"이렇게 즐겁게 춤추는 건 오랜만이에요."

유진 바이올렛은 엘쟈네스에 대한 감정을 감추지 않았다. 그런 남자에게 아내를 맡길 인간은 없지, 렌은 생각했다.

사랑은 렌을 고통스럽게 만들었다. 전대 윈터나이트 대공 부부는 렌을 사랑했으나 아룬델을 쫓느라 곁에 있어주지 못했다. 이해했으면서도. 그들에게 간혹 죄책감을 느낀다. 아카데미 시절, 사랑한다고 믿었던 여자는 렌을 밀어냈다. 아카데미를 함께 다닌 귀족들이 렌을 괴물이라고 배척한 것은 그녀 때문이었다.

그것이 사랑이라고 믿어왔다. 사랑은 늘 렌을 고통스럽게 만들었다. 그렇기에 렌은 지금까지 스스로를 속여왔다. 엘쟈네스에게 가진 감정이 사랑일 리 없다고.

렌이 엘쟈네스에 대한 감정을 인정하게 된 것은. 아이러니하게도 유진 바이올렛과 엘쟈네스가 함께 춤을 추는 광경을 보면서였다. 사랑만은 줄 수 없다고 말했으나 그렇게 말한 그가 엘쟈네스를 사랑하고 말았다.

서로를 사랑하지 않기로 말했기에 오히려 편안했다. 선은 하나둘 지워졌고 엘쟈네스는 그에게 비처럼 서서히 스며들어갔다. 렌은 눈을 감았다. 흘러넘치는 감정을 주체할 수 없었다. 모든 것이 흔들렸다. 그가 평온하게 잠재웠던 것들이 정처 없이 흔들리고 있었다. 그는 이토록 큰 감정을 느껴본 적이 없었다.

"제 친우가 오늘 말했어요. 마음이 가는 대로 행동하라고."

렌은 가면을 쓰고 있었다. 오늘 밤은 솔직해질 수 있을 것이다. 밤의 불빛은 화려하게 일렁였다. 음악은 나직하게 들려왔다.

엘쟈네스는 렌에게 좀 더 밀착했다. 약혼자였던 카멜리아 백작을 떠올렸다. 한때는 서로 호감을 가진 사이였다. 나중에는 사이가 나빠졌으나 그때는 그랬다. 엘쟈네스는 사랑이 두려웠다. 사랑은 사람의 눈을 멀게 만든다. 이런 것이 사랑이라면 하지 않겠다고 몇 번을 다짐했던가. 그랬기에 렌에게 가진 감정이 사랑이라는 사실을 인정하지 못했다. 그러나 엘쟈네스의 내면은 줄곧 말해왔다.

그녀는 렌을….

"이 밤이 끝나면 솔직해질 수 없을 거예요."

엘쟈네스는 마침내 내면의 소리를 듣고 말았다. 모든 것이 일렁이며 조금씩 파문을 그리고 있었다. 멈춰버렸다고 생각한 세상이 다시 움직이고 있었다. 렌을 만나기 전까지 엘쟈네스의 삶은 단조로웠다. 엘쟈네스의 손에 쥐어진 것은 수많은 의무와 밀린 일들뿐이었다. 늘 할 일이 많았다. 지칠 틈조차도 없었다. 움직여야 했다. 할 일은 많았다. 엘쟈네스가 멈추면 그 모든 것들은 날카롭게 크로커스가로 돌아올 것이다. 좋아서 많은 양의 업무를 맡아서 한 것이 아니다. 의무감은 언제나 엘쟈네스를 짓눌렀다. 해야만 한다는 생각이 엘쟈네스를 지배했다.

그런 일상에 익숙해졌을 무렵, 엘쟈네스의 세계는 단조로운 색으로 물들어버렸다.

"나는 당신을…."

아룬델의 마법이 스며들었을 때 엘쟈네스는 죽음의 순간을 담담히 받아들였다. 지금까지 그 누구도 엘쟈네스의 인생에 개입한 적이 없었기 때문이다. 누군가가 구해줄 것이라는 기대는 버렸다.

죽음에 다다른 순간 렌이 나타났다. 생사를 오가는 중 필사적인 힘으로 이를 악물고 버텨냈다. 저 세상의 마법에 의해 온몸이 냉기로 얼어붙어 죽지 않은 것은 엘쟈네스가 버텼기 때문이었다.

렌이 엘쟈네스를 구했다. 렌과 함께 살고 싶다고 생각했다. 왜 이것을 잊고 있었을까. 이미 엘쟈네스의 세계는 렌으로 가득했다. 렌과 함께 본 꽃과 렌과 함께 나눈 대화들. 모든 것에 렌이 물들어 있었다. 그것을 온전히 깨달은 것은 바로 지금 이 순간이었다.

단순한 인간적인 호감이 아니었다. 엘쟈네스는 렌을. 처음 북쪽으로 와 렌을 만난 순간부터 서서히 젖어든 이 감정 역시도. 너무도 뚜렷하고 명확했기에 모를 수 없었다. 엘쟈네스는 감정에 압도당해 제대로 입을 열 수 없었다.

그 순간이었다.

"비 각하! 위험합니다!"

갑작스럽게 마법 하나가 날아왔다. 마법을 베어낸 것은 엘리나의 파트너인 알렉이었다. 알렉은 식은땀이 흐르는 것을 느꼈다. 엘리나가 알렉과 등을 맞대고 섰다. 망나니 조제프는 사람들을 지켰다. 단조로운 하얀 가면을 쓴 무리가 갑작스럽게 나타났다. 어떤 조짐도 없었다. 그들은 갑작스럽게 나타난 것 같았다. 엘쟈네스가 물었다.

"무슨 일이지?"

"아룬델입니다."

그 순간 엘쟈네스의 심장에 깃든 겨울의 마력이 으르렁거리기 시작했다. 겨울의 마력은 자신의 정적을 향해 이를 드러냈다. 알렉은 날아오는 마법 하나를 베어내며 다급히 보고했다.

"이들 모두가 아룬델의 마법을 쓰고 있습니다!"

급박한 상황에서 망나니 조제프가 멈추었다. 그는 대공비를 바라보았다. 그 순간 조제프는 대공비에게서 느낀 위화감의 정체를 알아채고 말았다. 겨울의 마력이 반응하지 않았지만 이 느낌은 분명했다. 조제프는 자신도 모르게 얼굴을 굳히고 말았다. 역시.

"아룬델…."

흰 가면을 쓴 무리가 왜 나타난 것인가. 한 가지는 확실했다. 무리가 노리는 것은 엘쟈네스였다.

"비 각하!"

유진은 하얀 가면의 남자가 엘쟈네스를 데려간 후 정신을 차렸다. 미친 짓을 할 뻔했다. 유진은 스스로를 진정시키려고 애썼으나 이상하게 심장이 뛰었다. 아플 정도로 심장이 뛰었다. 가슴을 잡고 숨을 고르게 쉬자 조금 괜찮아졌다. 겨우 진정시켰던 심장이 다시 빠르게 뛴 것은 엘쟈네스를 공격하는 무리가 나타나면서였다. 사람들은 기사들이 마법을 순식간에 베어내자 이것 역시 연극이라고 생각하는 것 같았다. 소란에 루이자와 레이라, 세실리아가 유진의 곁으로 다가왔다. 레이라가 사색이 되었다.

"이건 연극의 일부가 아니야. 저 사람들은 정말로 엘쟈네스를 죽이려고 하는 거야."

"기사들이 지키고 있으니 괜찮을 거야. 나서지 말아야 해. 만일 우리가 나서서 일이 커진다면 귀족들이 윈터나이트 영지의 치안에 대해 문제 제기를 할 거야."

세실리아가 말했다. 엘쟈네스가 걱정되었다. 그러나 그들은 이 상황에서 마저도 이성적이어야하는 귀족이었다. 엘쟈네스에게 한, 마음 가는 대로 행동하라는 말은 어쩌면 세실리아 본인이 가장 듣고 싶던 말인지도 모른다.

그때 세실리아는 하얀 가면의 남자를 발견했다. 가면에는 눈물 모양의 보석이 붙어 있었다. 남자는 밤의 주인 같았다.

'대공….'

걱정할 필요는 없을 것이다. 그런 생각이 들었다.

한편, 엘쟈네스는 이들이 이상하다는 것을 느꼈다. 가면을 쓴 남자들은 엘쟈네스만을 집요하게 노려왔다. 그런데 그들은 엘쟈네스를 죽일 만한 마법을 날리지 않았다. 흰 가면의 남자들이 쓴 마법이 발현될 때마다 겨울의 마력이 반응했다. 엘쟈네스를 지키던 엘리나가 말했다.

"아룬델의 무리 중 하나입니다. 비 각하."

"베스 아룬델의 무리가 마지막 남은 아룬델의 무리라고 들었는데."

"맞습니다. 이자들은 지난번 상대했던 무리와 다릅니다. 이들은 아룬델에게 홀린 이들입니다."

알렉이 곧바로 대답했다. 알렉이 윈터나이트 기사단에 소속된 지도 10년이 넘었다. 전대 대공 부부가 아룬델들을 추적했을 때 숱하게 보아온 광경이었다. 궁지에 몰린 아룬델들은 사람들을 세뇌시켜 장기말처럼 사용했다.

"홀린 이들?"

"아룬델은 사람을 매혹시키고 이성이 흐려지게 만듭니다. 그들 고유의 마법입니다. 이들이 어떤 명령을 받았는지는 모르겠습니다. 이 사람들은 아직 잠식되지 않았습니다."

남자들의 눈에는 초점이 없었다. 흰 가면의 남자들이 광신도들이 아니라는 것을 알게 된 이상, 죽일 수 없었다. 단 한 번에 남자들을 제압해야 했다.

남자들은 반들거리는 눈으로 엘쟈네스에게 마법을 날렸다. 한 남자가 왈칵 피를 토했다.

"생명을 깎는 대가로 마법을 쓰고 있습니다!"

이 자리의 화이트 기사단은 세 명이었다. 엘리나, 알렉, 그리고 조제프. 세 사람이 남자들을 제압해야 하는 상황이었다. 조제프는 손님들을 지키고 있었다.

"최대한 빨리 쓰러뜨려야 해."

"그러나 혼자만으로는 힘들 것 같군."

혼자서 다수를 제압하는 건 문제가 없지만 빠르게 제압할 자신이 없었다. 그 사이에 이들은 죽을지도 모른다. 또한 엘쟈네스의 안전이 문제였다. 비 각하를 완벽히 지켜야 할 텐데. 그때 나선 것은 눈물 모양의 보석이 붙은 가 면을 쓴 남자였다.

세 사람은 처음부터 그의 존재를 알고 있었다. 겨울의 마법을 준 주인이 며 마법의 근원이 그의 심장에 깃들어 있는데 어떻게 모를 수 있겠는가. 대 공은 바닥에 떨어진 검을 들었다. 검날이 뭉툭한 모조 검이었다. 이내 사람 들이 환호성을 질렀다.

"잘한다!"

윈터데이 설화의 소녀는 남자 영웅으로 묘사되는 경우도 많았다. 렌이 순 식간에 움직여 흰 가면을 쓴 남자 하나를 쓰러뜨렸다. 사람들은 흥미진진한 거리 공연에 흥겹게 소리쳤다. 짙은 살기는 거짓이 아니었다. 렌이 남자들 을 차례차례 쓰러뜨릴 때마다 사람들은 박수를 쳤다. 마침내 렌의 모조 검 이 마지막 남자를 기절시켰을 때, 사람들은 우레와 같은 함성 소리를 냈다.

"최고의 공연이다!"

모든 남자들이 바닥에 쓰러졌을 때, 엘쟈네스는 겨우 숨을 돌렸다. 대중 은 이상했다. 사람들은 눈앞의 광경에 사로잡혀 정상적인 생각을 하지 못하는 것처럼 보였다.

"윽."

"왜 그래? 뭐 하는 거야. 유진. 유진. 오라버니."

유진은 심장을 부여잡았다. 그는 엘쟈네스에게서 나던 매혹적인 향기가 온 사방에 진하게 퍼졌다는 사실을 깨달았다. 심장이 아팠다. 놀란 루이자가 유진을 흔들었으나 유진은 반응하지 못했다. 유진은 향기의 주인을 바라보았다.

'붉은… 머리카락.'

엘쟈네스가 아니었다. 붉은 머리칼의 주인은 화려한 가면을 쓴 소년이었다. 겨울을 상징하는 가면. 유진의 시야가 흐려졌다. 그는 헐떡이며 숨을 쉬었다. 북쪽에 붉은 머리칼을 가진 사람은 거의 없었다. 선연한 붉은색이 그의 시야에 들어왔다. 소년이 손을 들어 올렸다. 유진은 소년의 존재가 자신을 짓누른다는 것을 깨달았다.

이것은. 대공비에게서 느껴지던 것과 같은. 다음 순간 소년이 거대한 마력을 보냈다. 안 돼. 엘쟈네스가 위험했다. 그러나 걱정할 필요가 없었다. 사람들은 허공에 떠오른 빛덩이를 보고 있었다. 그들은 멍하니 그것을 바라보고 있었다.

"아룬델의… 마법…."

알렉이 혼이 빠진 사람처럼 중얼거렸다. 저렇게 거대한 마력을 다룰 수 있는 이는 대체 누구인가.

그 순간 푸른빛을 띤 마력이 거대한 마력을 막아냈다. 파괴의 마력이었다. 대공비의 마력은 곧바로 거대한 마력을 소멸시켰다. 망나니 조제프는 혼란스러워하는 얼굴로 두 마력을 번갈아 보았다.

"엉망이군요."

마법진을 통해 급하게 나타난 집사가 곧바로 유진 바이올렛에게 다가갔다. 그는 바이올렛의 특성 때문에 아룬델의 마력에 취한 상태였다. 유진은 집사가 다가오자 몸이 편해졌다는 것을 느꼈다.

"숨을 쉬십시오. 공자님."

유진은 집사의 말에 따라 숨을 쉬었다. 붉은 머리칼의 존재는 어디로 갔는지 보이지 않았다. 자리를 뒤덮었던 무언가가 걷혀가기 시작했다. 유진은 막혔던 숨을 내쉬듯 호흡했다. 대공비에게서 나던 것과 비슷한 매혹적인 향기가 사라졌다. 동시에 사람들도 의아한 기색을 보이기 시작했다.

"공연이 끝났나?"

"그것도 모르고 멍하게 서 있었네."

사람들은 주위를 둘러보다 흩어졌다.

저택에 있어야 할 집사가 윈터나이트의 거리에 온 것. 이것은 엘쟈네스가 만난 하얀 가면이 심상치 않은 일임을 뜻했다. 엘쟈네스의 맥박을 짚던 집사가 말했다.

"비 각하. 믿기 힘드시겠지만."

조제프는 엘쟈네스에게서 아룬델이 느껴진다고 말했다. 그를 혼내는 대신, 집사는 엘쟈네스를 자세히 살폈다. 그리고. 조제프의 말은 사실이었다.

"비 각하의 몸에 아룬델의 마력이 흐르고 있습니다. 혹시 짚이는 일이 있으십니까? 그들의 마력은 사람을 매혹시킵니다."

아룬델의 마력. 엘쟈네스의 머릿속에 불현듯 떠오른 것은 리리엘이었다. 리리엘을 사랑하는 사람들은 리리엘 하나만 보이는 양 행동했다. 사람들은 리리엘의 허술한 말을 들으며 엘쟈네스에게 손가락질했다.

왜 지금 그 일이 떠오른 것일까. 집사는 엘쟈네스에게 설명했다.

"바이올렛 공자님은 비 각하의 마력에 취하셨었습니다."

"그게 무슨 뜻이죠?"

"바이올렛 공작가의 체질은 마력에 쉽게 물드는 것입니다. 특히나, 아룬델에 취약하지요. 하지만 그 정도의 마력은 베스 아룬델에게 당한 정도로 흡수할 만한 것이 아닙니다."

잠시 말을 끊었던 집사가 다시 말을 이었다.

"비 각하의 몸에 흐르는 아룬델의 마법은 본래 잠재되어 있던 것으로, 뒤늦게 발현된 것으로 생각됩니다. 어쩌면 비 각하의 가문 전체에 아룬델의 마법이 흐를지도 모릅니다."

'리리엘.'

하지만, 확신할 수는 없었다. 엘쟈네스는 베스 아룬델을 보았다. 그런 불길한 기운을 리리엘에게서 느낀 적은 한 번도 없다. 무엇보다도. 남쪽과 북쪽의 접점은 최근에서야 생겨났는데 크로커스가 일족이 아룬델의 마력을 가지고 있을 리가 없다.

"엘쟈?"

문득 세 영애가 눈을 깜빡이는 것이 보였다. 엘쟈네스는 집사에게 가볍게 눈짓하고 그들에게 다가갔다. 세 영애 역시도 어느 정도 정신이 지배되었던 상태였다.

'아룬델의 마력 때문인가.'

엘쟈네스에게 유진이 영향을 받은 만큼은 아니었으나, 그들 역시 매혹되었을지도 모르는 일이다. 엘쟈네스는 드물게도 깊은 한숨을 내쉬었다. 하지만 그때. 세실리아가 엘쟈네스에게 말했다.

"엘쟈, 저희는 이만 들어가볼게요."

"벌써요?"

"저희가 일찍 들어가는 것이니, 엘쟈는 이곳에서 좀 더 시간을 보내요."

"세실."

"쉿. 제 말뜻을 잘 알잖아요?"

세실리아가 빙긋 웃었다.

아룬델과 관련된 일이 벌어졌다. 유진과 하얀 가면의 남자들은, 기사들에 의해 윈터나이트 저택으로 간 후였다. 많은 것이 풀리지 않았지만 아직 할 일이 남아 있었다. 엘쟈네스가 지금 이 순간 가장 보고 싶은 사람은, 렌이었다.

"고마워요, 세실."

세실리아는 대답 대신 손을 흔들어 보이고 떠나갔다. 엘쟈네스는 주위를 둘러보며 렌을 찾았다. 문득 눈에 붉은빛이 들어왔다. 엘쟈네스는 군중 속에 서 있는 선명한 붉은 머리칼의 소유자를 보았다. 그는 소년이었다. 얼굴에 씌워진 가면은 화려한 문양이 그려진 옅은 푸른색이었다. 겨울의 가면. 가면을 쓴 소년과 엘쟈네스는 마주 보고 있었다. 저토록 선명한 붉은 머리칼은, 아룬델의 상징.

이 일은 저 소년으로 인해 벌어진 것이리라. 그때 한 무리의 인파가 몰아닥쳤다. 재미난 구경거리가 있다는 소식을 들은 것이다. 사람들이 지나간 끝에, 소년은 없었다. 기묘한 느낌이었다. 이야기를 들은 기사들이 수색을 하러 갔지만, 소년을 찾지 못할 것이라는 강한 직감이 들었다.

※

축제의 밤이 거의 막바지에 다다랐다. 엘쟈네스는 인파를 헤치며 걸어갔다. 곧 그녀는 가면을 쓴 남자를 발견했다. 눈물 모양의 보석이 달린 밋밋한 가면. 그러나 어느 곳에 있어도 그를 알아볼 수 있었다.

전나무에 달린 붉은 열매와 금빛 리본. 그리고 작고 황홀한 불빛들. 엘쟈네스는 렌의 가면을 천천히 벗겼다. 말은 필요 없었다. 두 사람이 서서히 가까워졌다. 엘쟈네스는 눈을 감았다. 말하지 않아도 서로가 같은 것을 느낀다는 사실을 알고 있었다. 먼저 말한 것은 렌이었다.

"엘쟈. 당신을 사랑합니다."

두 사람은 서로에게 서서히 스며들었다. 길지 않은 말에 절절한 감정이 담겼다. 지금 이 순간, 다른 말은 필요하지 않다. 마침내 엘쟈네스의 진심이. 렌의 진심이. 맞닿았다. 온 세상이 상대방의 색채로 물들어 있었다. 내쉬는 숨결마저도 달콤했다.

"사랑해요."

엘쟈네스는 말했다. 이내 두 사람의 그림자가 겹쳐졌다. 모든 것이 이제야 제자리를 찾았다.

※

"엘쟈, 일찍 가서 너무 아쉬워요."

"다음에는 제가 수도로 갈게요. 루이자가 보내준 찻잔을 보며 루이자를 기억할 거예요."

"마음에 들어서 너무 기뻐요. 저 화상만 아니었어도 좀 더 오래 있을 수 있었을 텐데. 아쉽네요."

'저걸 진짜.' 루이자는 유진을 함부로 대하는 것을 엘쟈네스에게 들킨 후로는 저렇게 대놓고 유진에게 매정하게 굴었다. 유진은 말을 애써 참았다. 바이올렛 공작은 유진이 공작처럼 아룬델의 마력에 민감하다는 소식을 듣자마자 유진을 불렀다. 아룬델에 대한 것은 극비 사항이었기에 유진만이 알고 있었다. 책은 다시 유진의 손에 들어오게 되었다. 오랜 세월이 지난 후에야 유진은 이 책을 다시 돌려주게 될 것이다. 그의 부친인 바이올렛 공작이 그랬듯이. 루이자와 유진이 마차에 오른 후, 레이라가 엘쟈네스의 뺨에 입을 맞추었다.

"엘쟈, 다음에 다시 봐요."

"편지를 보낼게요, 레이라."

"엘쟈."

"세실리아."

"잘 있어요."

"고마워요, 세실리아."

엘쟈네스는 세실리아를 안았다.

세 대의 마차가 윈터나이트를 벗어났다. 유진은 창밖을 바라보았다. 윈터나이트 대공가가 멀어지고 있었다. 유진은 아룬델의 마력에 이끌려 잠시 엘쟈네스에게 빠졌다고 생각했다. 엘쟈네스의 마력에 영향을 받은 것은 사실이었다. 그러나 유진이 대공비에게 느꼈던 감정은 단지 그것만이 아니었다. 유진의 짧은 열병은 끝이 났다. 다시 차기 바이올렛 공작으로 돌아갈 때였다. 유진은 짧은 기억을 묻어두었다. 진실은 아무에게도 이야기하지 않고 간직할 것이다. 마차가 바이올렛 공작가를 향해 달렸다.

렌은 엘쟈네스를 사랑한다. 엘쟈네스는 렌을 사랑한다. 두 사람은 서로의 마음을 확인했다. 그 후 달라진 점은 많지 않았다. 이미 두 사람은 많은 것을 함께하고 있었기 때문이다. 입술과 입술이 닿았다. 렌의 손이 엘쟈네스의 몸에 부드럽게 닿았다.

"하아…."

엘쟈네스의 숨소리가 달콤했다. 렌과 엘쟈네스는 침대에서 많은 시간을 보냈다. 곧 첫날밤을 보내게 될 것이다. 엘쟈네스는 요즘 직감하고 있었다. 두렵지는 않았다. 렌이라면 좋았으므로.

부부는 아침을 먹은 후 밖으로 나갔다. 오늘은 첫눈이 내린 날이다. 2개 월간의 겨울에는 아무것도 살 수 없을 정도로 기온이 떨어진다지만, 아직은 추운 정도에 불과했다. 엘쟈네스는 눈에 대해 알고 있었으나 본 적이 없었다. 로벨리아는 사시사철 따뜻했기 때문이다. 엘쟈네스는 넋을 잃고 눈이 내린 광경을 보고 있었다.

"렌, 풍경이 너무 예뻐요."

세상은 온통 새하얀 빛으로 물들어 있었다. 하얀 눈이 고요하게 윈터나이 트의 뜰을 덮고 있었다. 나무마저도 새하얀 빛을 띠고 있었다. 아마릴리스 에서 눈이 내리는 것은 흔한 일이었다. 그랬기에 렌은 엘쟈네스가 눈을 보 며 감탄하고 있다는 사실을 뒤늦게 깨달았다.

"눈이 마음에 듭니까."

"마음에 들어요. 눈이란 게 이렇게 아름다울 거라고 생각하지 못했는걸 요."

"저도 어릴 적에는 눈을 좋아했습니다."

"지금은요?"

렌은 드물게 아내의 눈을 피했다. 엘쟈네스가 즐거워하는데 초를 치고 싶 지 않았기 때문이다. 엘쟈네스는 렌의 침묵을 보며 웃음을 터뜨렸다.

"렌은 눈을 별로 좋아하지 않는군요."

"많이 봐서 그럴 겁니다."

북쪽 사람들이 눈을 쓰레기라고도 부른다는 것을 알려줄 수는 없었다.

"제 눈에는 신기하고 아름다워 보여요. 로벨리아에는 눈이 내리지 않거든요."

"북쪽은 겨울마다 눈이 내립니다. 해마다 보게 될 겁니다."

"눈을 만져봐도 될까요?"

엘쟈네스의 눈이 아이처럼 빛나고 있었다.

"장갑을 낀다는 조건이라면 좋습니다. 목도리와 장갑을 가져다주십시오."

렌은 지시했다. 지나가던 고용인이 서둘러 저택으로 뛰어 들어갔다. 대공은 한눈에 보아도 알 정도로 마님을 아꼈다. 마님이 자주 앉는 창가에는 커다란 흔들의자가 놓여졌다. 마님이 좋아하는 먹거리는 식탁에 유독 자주 올라오고는 했다. 이제 온 대공가의 사람들이 마님을 향한 대공의 사랑을 알 정도였다.

엘쟈네스는 고용인이 가져온 장갑을 꼈다. 렌이 엘쟈네스의 목에 목도리를 감아주었다. 엘쟈네스의 뺨이 약간 발그레해졌다.

"더워요, 렌."

"눈을 만지다 보면 추워질 겁니다."

렌은 아내의 뺨에 입을 맞추었다. 엘쟈네스는 화답으로 렌의 입술에 입을 맞추었다. 렌은 그녀가 자신에게 입을 맞출 때 발끝으로 선다는 사실을 깨달았다. 귀여웠다. 한번 사랑을 자각한 남자는 놀랄 정도로 변해 있었다.

엘쟈네스는 눈이 쌓인 곳으로 천천히 다가갔다. 새하얀 눈이, 햇빛을 받아 보석처럼 빛을 흩뿌리며 빛나고 있었다. 엘쟈네스는 조심스럽게 눈이 쌓인 곳에 손끝을 가져갔다. 작은 눈뭉치가 날아온 것은 그때였다. 반사적으로 파괴의 마력을 손끝에 모은 엘쟈네스는 뒤를 돌아보았다. 그리고 이내 웃음을 터뜨리고 말았다. 파괴의 마력은 날리는 눈가루처럼 파스스 흩어지고 말았다. 맑은 웃음소리에 렌이 시선을 조금 피했다.

"이런 놀이가 있다는 것을 알려드리고 싶었습니다."

"눈싸움에 대해서는 저도 알아요. 지금까지 북쪽 동화를 얼마나 많이 읽었는데요."

엘쟈네스가 웃었다. 눈이 손안에서 가루처럼 부서졌다. 장갑을 끼고는 눈의 감촉을 제대로 느낄 수 없었다. 엘쟈네스는 장갑을 벗어 눈을 만졌다. 녹은 눈의 물기가 엘쟈네스의 손바닥에 달라붙었다. 차갑고 부드러웠다. 엘쟈네스의 손에 닿은 눈들은 금세 스르르 녹아버렸다. 동시에 손이 차가워졌다. 신기함에 계속해서 눈을 만지자 손이 금세 추위로 붉게 변했다.

다가온 렌이 엘쟈네스의 손을 잡았다. 그의 체온에 손이 따뜻해졌다. 엘쟈네스의 손이 다시 원래 색으로 돌아오자 렌은 엘쟈네스가 벗은 장갑을 다시 끼워주었다.

"차갑습니다."

"장갑을 끼지 않으면 동상에 걸릴지도 모르겠어요."

"그러니 조심해야 합니다."

엘쟈네스가 웃었다. 앞서 걷던 엘쟈네스는 잠시 허리를 숙였다 펴며 일어났다. 엘쟈네스의 손이 약간 움직이고 있었다. 렌은 엘쟈네스를 바라보았다. 엘쟈네스가 뒤돌아 렌을 불렀다.

"렌."

동시에 어설프게 뭉친 눈덩이가 날아왔다. 렌의 시력은 눈덩이의 움직임을 읽어냈다. 피할 수도 있었으나 렌은 우연인 것처럼 맞아주었다. 엘쟈네스는 모르는 사실이었지만 그는 윈터나이트 영지의 모든 아이들 중 가장 눈싸움을 잘하는 아이였다. 겨울에 관련된 놀이 중 렌이 못하는 것은 없었다. 엘쟈네스는 즐거워하는 얼굴을 하고 있었다. 그녀의 눈동자에 드물게 장난기가 어렸다.

"이 정도면 제법 잘 던지는 편이 아닌가요?"

"그렇군요."

렌은 이내 눈을 뭉쳐 엘쟈네스에게 느리게 던졌다. 엘쟈네스는 가까스로 그것을 피했다. 엘쟈네스는 허리를 숙여 다시 눈을 던졌다. 렌은 몸을 틀어 어깨 부근에 맞은 뒤 엘쟈네스를 바라보았다. 엘쟈네스가 뒤로 물러섰다. 그는 아이처럼 까르르 웃는 엘쟈네스에게 눈을 뭉쳐 던졌다. 눈싸움이 시작되었다.

엘쟈네스가 던지는 눈뭉치는 여러 개였으나 어설프고 크기가 일정하지 않았다. 렌이 던진 눈뭉치는 엘쟈네스의 몸에 닿으면 쉽게 풀리고는 했다. 그는 엘쟈네스가 적당히 피하고 적당히 맞을 수 있을 만큼만 눈뭉치를 던졌다. 엘쟈네스는 점차 요령이 붙었는지 갈수록 실력이 늘고 있었다. 엘쟈네스의 실력이 뛰어나질 무렵부터는 렌도 봐주지 않았다.

"렌! 반칙이에요."

"눈싸움은 원래 비열한 사람이 이기는 법입니다."

엘쟈네스의 팔에 눈뭉치가 부딪쳤다. 눈이 엘쟈네스의 몸에 부딪치며 부서져 바닥으로 떨어졌다.

렌은 손쉽게 그녀를 가지고 놀았다. 엘쟈네스는 렌이 몸을 사용하는 것이라면 무엇이든 잘한다는 사실을 알게 되었다. 렌은 그녀를 정확히 몰았다. 눈을 던지고 도망치며 막다른 길에 도착해서야 엘쟈네스는 렌의 손바닥 안에서 놀았다는 사실을 깨달았다.

렌은 엘쟈네스를 내려다보았다. 바로 뒤에는 건물의 벽이 있었고 옆에는 나무들만이 있었다. 몰렸음에도 불구하고 즐거웠다. 엘쟈네스를 내려다보는 렌의 검은 눈동자도 다정했다.

"더 도망칠 곳이 있습니까."

"없네요. 잡히면 어떻게 되나요?"

"눈 세례를 맞아야 합니다."

"차가운 건 싫어요."

"맞지 않는 방법이 있습니다."

"뭔데요?"

"제게 입을 맞춘다면 봐드리겠습니다."

렌의 말에 엘쟈네스가 웃었다. 엘쟈네스는 렌의 뺨에 입을 맞추었다. 렌은 떨어지려는 엘쟈네스의 고개를 돌려 시선을 마주했다. 곧 엘쟈네스가 눈을 감았다. 렌은 그녀에게 키스했다. 엘쟈네스와 함께 있는 시간이 즐거워 요즘은 일하는 중에도 엘쟈네스를 계속 떠올리고는 했다. 엘쟈네스는 이제 눈 위에 발자국을 새기고 있었다.

"재미있습니까."

"재미있어요. 렌은 재미있지 않나요?"

"어릴 적 눈 위에 발자국을 새기는 것을 좋아했습니다."

"렌은 이미 어릴 적에 이 놀이를 마쳤군요."

"다른 놀이도 가르쳐드리겠습니다."

렌은 작은 눈을 뭉쳐서 눈뭉치를 만들었다. 엘쟈네스는 그가 눈뭉치를 던지려는 줄 알았으나, 그는 그대로 눈뭉치를 굴리고 또 눈을 덧대 커다란 눈덩이를 만들었다. 렌은 그 눈덩이를 햇빛이 들지 않는 곳에 놓았다. 그리고 그 눈덩이보다 작은 눈덩이를 만들어 올렸다.

"아, 이건 눈사람이에요. 그렇죠?"

"맞습니다."

엘쟈네스가 작은 가지를 주워다 코를 만들었다. 렌은 긴 나뭇가지로 팔을 만들었다. 눈사람의 눈 부분에는 작은 돌멩이를 붙였다. 잘 만든 것은 아니지만 그럭저럭 훌륭한 눈사람이었다.

"엘쟈도 만들어보십시오."

"어렵지 않을까요?"

"도와드리겠습니다."

"그렇다면 좋아요."

엘쟈네스는 다소 어설픈 손길로 눈을 뭉쳤다. 렌은 엘쟈네스에게 어떤 식으로 눈을 뭉쳐야 좋을지에 대해 설명해주었다. 엘쟈네스가 어려워하면 그 부분을 대신 도와주기도 했다. 눈을 처음 만져보았던 탓에 기술이 부족했다. 엘쟈네스는 열심히 굴리고 만들었으나 눈덩이는 둥글고 고른 렌의 것에 비해 울퉁불퉁하고 찌그러진 형태를 띠게 되어버렸다. 잘 다지지 못했기 때문이었다. 눈사람의 눈과 코, 입이 삐뚤빼뚤하게 붙었다. 팔은 렌이 꽂아주었다. 눈사람 두 개가 정원에 나란히 섰다.

"다음에는 더 잘 만들 거예요."

"지금도 훌륭합니다."

"렌의 것이 너무 잘 만들어졌는걸요."

"윈터나이트에서만 20년 넘게 살아왔습니다. 눈사람을 못 만드는 것이 더 이상할 겁니다."

"렌보다 눈사람을 잘 만드는 사람은 많나요?"

"있었지만 드물었습니다."

처음 만났을 때 엘쟈네스가 무표정하다고 생각했었는데. 차분하고 진지했던 얼굴은 렌을 볼 때마다 웃어주었다. 렌은 엘쟈네스의 몸에 붙은 약간의 눈을 털어주었다. 목도리도 더 단단히 매만져주었다. 엘쟈네스가 아직 추운 곳에서의 요령이 없었기 때문이다.

평화로운 시간이었다. 두 사람은 손을 잡고 저택 쪽으로 향했다.

그때였다. 아득히 먼 곳에서 소리가 들려온 것은. 어떤 거대한 파장이 엘쟈네스를 스쳐 지나갔다. 그것은 장엄한 부름이었다. 동시에 맑고 청량했다. 엘쟈네스는 심장의 마력이 반응하는 것을 느꼈다. 시린 바람이 불자 소리가 멈추었다. 엘쟈네스는 심장 부근에 손을 올렸다. 부름의 소리가 더 이상 들리지 않았음에도 불구하고 심장이 계속해서 뛰고 있었다.

"다음. 덤벼라."

"진짜 세네."

"이러다가 단장까지 꺾는 거 아냐?"

겨울은 화이트 기사단의 시간이었다. 화이트 기사단원들은 오랜만에 활기찬 하루를 보내고 있었다. 모든 기사 단원들이 야외의 연무장에서 자유롭게 대련했다. 그중에서도 돋보이는 것은 엘리나 블루벨이었다.

"이번에는 우리 둘이다!"

용병 출신인 헤븐과 피스가 나섰다. 둘은 완벽한 호흡을 자랑했다. 화이트 기사단원들은 환호성을 질렀다.

"좋아! 그대로 이겨버려!"

"본때를 보여줘라!"

엘리나는 검술 실력이 가장 약한 기사단원부터 시작해 가장 강한 기사단원에게로 향하고 있었다. 대부분의 화이트 기사들이 이미 엘리나에게 쓰러졌다. 엘리나의 검이 헤븐의 검을 흘려보냈다. 동시에 엘리나를 뒤에서 노리던 피스가 숨을 삼켰다.

"헉."

엘리나의 검날이 어느새 목 아래 들어와 있었다. 엘리나는 곧이어 엘리나의 허점을 찔러오는 헤븐의 검을 상대했다. 눈이 마주친 순간 헤븐은 엘리나가 일부러 빈틈을 보였다는 사실을 깨달았다.

'당했다.'

동시에 엘리나의 검이 무서운 속도로 쇄도했다. 패자는 두 사람이었다. 기사들은 비명을 질렀다.

"야! 미쳤냐! 둘이 한 사람한테 지면 어떡하냐!"

"엘리나 저게 괴물인데, 어쩌라고!"

"피스. 적당히 해."

엘리나는 거의 괴물처럼 강해졌다. 겨울의 마법을 허락받지 못했을 때에도 겨울의 마법을 사용하는 다른 기사단원들과 비등한 힘과 속도를 냈던 녀석이다. 망나니 조제프가 엘리나의 검 아래에서 손을 들었다. 조제프의 얼굴은 사색이었다.

"하… 항복."

"술을 적당히 마시는 게 좋겠군."

"네가 센 거거든!"

조제프는 소리쳤으나 엘리나의 입꼬리가 약간 올라간 후였다.

"그 실력으로는 마님을 지킬 수 없을 거다."

"말 다했냐! 야!"

알렉은 이마를 짚었다. 대공비를 사랑하는 모임은 최근 와해되고 있었다. 그들의 충심이 나날이 심해졌던 것이다. 조제프가 고래고래 고함을 질렀으나 엘리나는 냉랭한 얼굴로 입꼬리를 약간 올릴 뿐이었다. 이런 날이 올 줄 알았지. 엘리나는 전속 시녀이기에 허락된 마님이라는 호칭을 사용하며 기사단원들을 약 올렸다. 힘없는 게 죄였다.

다른 기사단원들은 차마 엘리나에게 덤벼들지 못하고 소리만 지를 뿐이었다. 엘리나의 검이 멈춘 것은 부기사단장인 원의 앞에서였다. 전직 암살자 출신답게 원의 검술은 조용했고, 빈틈만을 노려왔다.

엘리나의 검술과는 정반대였다. 결국 엘리나가 항복 선언을 했다.

"졌습니다, 부단장."

"강해졌군요."

원은 온화하게 웃었다. 다정한 미남처럼 보이는 외모와 달리 그의 눈동자는 무서울 정도로 무감정했다. 하지만 엘리나를 눈여겨보는 것은 확실했다.

원이 자신을 차기 부단장으로 점찍어둔 것도 모른 채, 엘리나는 감사의 예를 취했다. 소리가 들려온 것은 그때였다.

"이건."

엘리나의 눈동자에 하늘이 담겼다. 소리는 겨울바람처럼 시렸다. 맑은 종소리 같은 것들이 한꺼번에 울려왔다. 아니면 거대한 뿔피리 소리 같았다. 바람이 불자 그것은 다시 들리지 않았다. 엘리나는 정신을 차렸다.

"겨울의 소리야, 엘리나."

"이게 말인가?"

"축하해. 드디어 겨울의 소리를 듣게 되었구나."

알렉은 엘리나에게 덕담을 건넸다. 어깨를 두 번 두드려주자 엘리나가 의아한 얼굴을 했다.

"뭐야. 왜 그걸 설명하고 있어? 아! 엘리나 너 올해 처음 겨울의 마법을 사용할 수 있게 된 거지? 알 만하다. 악!"

"손이 미끄러졌군."

"너 일부러 그랬지!"

"모르는 이야기다."

다가온 망나니 조제프가 킬킬거리자 엘리나는 실수인 양 조제프를 후려쳤다. 조제프는 욕설을 사용하지 않고 엘리나에게 욕을 하는 신기한 재주를 보여주었다.

스치기만 해도 사람을 얼어 죽게 만든다는 윈터나이트의 겨울을 버틸 수 있는 이들이 있다. 그들은 바로 겨울의 마법을 이어받은 사람들이다. 대공과 화이트 기사단은 윈터나이트의 겨울에 움직였다. 본격적인 추위가 시작되는 것은, 겨울의 소리가 들렸을 때부터였다.

"올해도 가야 하네."

"가기 싫다."

"가서 가장 신나서 날뛰는 건 너잖아."

"그러게. 사실은 가고 싶었던 것 같다. 정정할게. 와, 가기 좋다."

화이트 기사단원들은 만담을 나누었다.

겨울의 소리가 들리면 윈터나이트 북쪽 숲 끝의 문이 열렸다. 한때는 봉인된 땅 역시도 아마릴리스의 일부였지만 먼 과거의 일일 뿐이다. 그 안에서 겨울의 마법을 사용하는 이들은 겨울을 베어냈다. 그것을 방해하는 존재가 아룬델이었다. 물론 듣기만 했을 뿐이다. 세월이 지나며 아룬델 세력이 약해지고, 윈터나이트의 세력은 강해졌으므로. 이제 떠나야 할 때였다. 모든 화이트 기사단원들이 여정 준비를 시작했다.

며칠이 지났다.

"렌. 겨울의 땅은 어떤 곳인가요? 마법으로 봉인되었다고 했잖아요."

"그곳이 옛 아마릴리스 수도입니다."

"어머나. 아마릴리스요?"

"오래전 아룬델은 마법으로는 아마릴리스에서 가장 큰 귀족 가문이었습니다. 모든 사람들이 아룬델에게 매혹되었습니다."

엘쟈네스는 축제를 기억했다. 그리고 유진 바이올렛을 떠올렸다. 그는 엘쟈네스에게서 시선을 떼지 못했다. 그것이 아룬델의 마법. 매혹된 옛 귀족들의 모습을 어렵지 않게 떠올릴 수 있었다. 그들은 흐려진 눈으로 아룬델을 보며 찬양했으리라. 렌이 말을 이었다.

"그때 겨울이 풀려났습니다. 본래 윈터나이트는 대공가였으나 권세가 높지 않았습니다. 제 선조는 가까스로 그것을 막았으나, 이미 겨울에게 잡아먹힌 땅은 봉인되었습니다. 봉인된 그곳을 겨울의 땅이라고 부릅니다."

"가서 겨울을 베어내요?"

"어렵지는 않을 겁니다."

"그렇군요. 다행이에요."

렌은 엘쟈네스를 안고 있었다. 오늘 엘쟈네스가 입은 옷은 뒤쪽에 단추가 달려 있는 드레스였다. 혼자서는 벗을 수 없었다. 렌의 손이 느리게 단추를 풀어냈다. 엘쟈네스는 숨을 멈추었다. 엘쟈네스의 목뒤에는 렌이 남긴 화인이 몇 개 남겨져 있었다. 엘쟈네스의 숨결이 떨렸다. 렌은 그 위에 입을 맞추었다. 렌이 낮게 웃었다. 엘쟈네스는 렌의 손을 잡았다.

"렌. 안 돼요. 간지러운걸요."

"아직 아무 짓도 하지 않았습니다."

렌은 최근 자신이 은근히 짓궂은 성격이라는 사실을 알게 되었다. 엘쟈네스가 달아날수록 그는 엘쟈네스를 쫓고 싶었기 때문이었다. 어릴 적 렌은 영지에 놀러 가 대장을 맡았던 장난꾸러기 소년이었다. 렌의 성격이 변하게 된 것은 자라나면서부터였다. 이렇게 아무 생각도 하지 않고 타인을 대한 것이 얼마 만이던가. 렌은 엘쟈네스의 등 뒤 단추를 다시 채워주었다. 화이트 기사단원이 보고를 하러 올 시간이었다.

"렌. 장난치지 말아요."

엘쟈네스가 웃으며 뒤돌아 렌과 마주했다. 엘쟈네스는 자신이 잘 웃는 성격이라는 사실을 알게 되었다. 렌 앞에서는 얼마든지 평범한 여자가 될 수 있었다. 무리해서 사교계를 나가고 업무를 처리하며 딱딱한 얼굴을 하지 않아도 된다. 굳이 권위를 보일 필요도 없었다. 렌은 엘쟈네스 자체를 사랑했다. 엘쟈네스가 어떤 모습일지라도 그는 그녀를 사랑할 것이다. 그 사실이 행복했다. 둘은 입을 맞추었다. 잠시 후 노크 소리가 들려왔다.

"들어오렴."

시녀가 작은 손수레를 밀며 들어왔다. 손수레 안에는 엘쟈네스가 좋아하는 과자들이 가득했다. 커다랗고 진한 초콜릿이 잔뜩 박힌 과자, 은은한 박하향이 나며 설탕 가루가 입혀진 과자, 버터를 사용해 고소하게 구운 과자까지. 그리고 시녀의 옆에는 엘리나가 서 있었다.

"리나?"

"안녕하십니까, 비 각하."

엘리나는 기사단원복을 입고 있었다. 화이트 기사단을 상징하는 하얀 제복이었다. 엘리나는 당황하고 있었다. 시녀가 대공의 방에 들어가는 것과 기사가 대공의 방에 들어가는 것은 의미가 달랐다. 정식으로 비 각하의 허락을 받았어야 하는데. 엘리나의 얼굴을 본 엘쟈네스가 웃음을 터뜨렸다. 엘리나가 왜 들어왔는지 이해했던 것이다.

"리나, 착각했구나."

"죄송합니다. 대공 각하. 비 각하."

"괜찮아. 렌, 괜찮아요?"

"엘쟈가 좋다면 상관없습니다."

"그런데 무슨 일이니, 엘리나? 아, 이 과자는 이쪽에 놓아주렴."

시녀는 영민하게 모든 일을 빠르게 마무리하고 다시 조용히 나갔다. 엘리나는 얼굴이 붉어질 것 같았다. 겉으로는 표정 변화가 없었으나 그랬다. 엘리나의 실수에도 웃어주시다니 마님은 얼마나 상냥한 분이란 말인가. 대공이 명령했다.

"보고하십시오."

"모든 화이트 기사단원이 여정 준비를 끝냈습니다."

"알겠습니다."

엘리나의 말에 렌이 고개를 끄덕였다. 엘쟈네스는 두 사람의 말을 듣고 있었다. 그러던 중 그가 엘쟈네스에게 말했다.

"엘쟈. 미안합니다."

"아니에요, 렌."

그가 엘쟈네스를 위험에 빠뜨리고 싶어 하지 않는다는 걸 알고 있었다.

그는 자신이 겨울의 마법을 준 탓에 엘쟈네스가 해를 입을까 늘 염려했다. 렌의 검은 눈동자에 죄책감이 담기기 전, 엘쟈네스는 렌의 손을 잡았다. 무언의 위로였다. 렌은 그 손길에 위안을 느꼈다. 두 사람은 미소 지었다.

"저는 이만 가보겠습니다."

엘리나가 보고했다. 각하와 비 각하는 함께 있었다. 엘리나의 신비로운 파란 눈은 늘 엘쟈네스를 향한 동경으로 빛나고 있었다. 나가려던 엘리나는 엘쟈네스와 렌을 바라보았다. 무언가를 발견했던 것이다. 두 사람은 다정하게 손을 잡고 있었다.

엘리나도 주군의 손을 잡을 줄 알았다. 두 손을 내려다보았지만 엘리나의 손은 비어 있었다. 엘리나는 부러움을 느꼈다. 엘리나의 얼굴을 본 엘쟈네스가 의아한 기색으로 물었다.

"리나, 무슨 문제라도 있니?"

"없습니다, 비 각하."

"그렇구나."

엘쟈네스는 미소로 답해주었다. 이상하게 시무룩했던 엘리나의 얼굴에 기쁨이 가득 담겼다.

"그러면 비 각하. 대공 각하. 저는 정말로 나가보겠습니다. 나오시는 대로 출발하실 수 있을 겁니다."

엘리나가 즐겁게 문을 닫은 후 엘쟈네스는 고민하는 얼굴을 했다. 때때로 그녀와 엘리나의 세계가 많이 다른 것 같다는 생각이 들었다. 엘리나는 사소한 것에도 기뻐했다. 엘쟈네스가 아무것도 하지 않았는데 감동을 받는 일도 자주 있었다.

"엘리나는 가끔 특이하게 보여요, 렌."

"기분 탓일 겁니다."

렌은 진실을 알고 있었으나 말하지 않았다. 엘리나는 엘쟈네스와 지나치게 가까웠다. 엘리나는 대개 엘쟈네스가 드레스에 우아하게 팔을 끼웠다거나, 눈을 감았다 뜨는 동작이 위엄 있다거나 하는 사소한 것들에 감명을 받았다. 엘쟈네스는 엘리나를 좋아했다. 그랬기에 렌은 엘리나의 행동에 대해 굳이 설명하지 않았다. 엘쟈네스는 대공과 엘리나의 사이가 점점 더 삭막해지고 있다는 사실을 몰랐다. 두 사람이 서로를 외면하지 않는 것은 엘쟈네스 앞에서만이었다.

⸱

"어이, 엘리나! 준비가 완전히 끝났다고 말했어?"

"말했다. 두 분이 나오는 대로 출발할 수 있다고도 전했다."

엘리나는 모든 준비를 마친 화이트 기사단으로 돌아갔다. 마침 집사가 기사단원들의 손목을 짚어 겨울의 마법이 흐르는 것을 체크하고 있었다. 망나니 조제프는 심각한 얼굴로 말했다.

"저, 요즘 자꾸 몸이 근질거리는데 어디 문제가 있는 거 아닐까요."

"일을 시키라는 하늘의 계시군요."

집사는 간략히 대꾸하며 조제프의 손목에서 손을 뗐다. 조제프는 실언을 했다며 고개를 마구 저었다.

"저분도 은근 매정하단 말이야."

그 광경을 보던 알렉은 중얼거렸다. 윈터나이트 집사의 가장 큰 본분은 겨울의 마력을 손보는 것이었다. 집사는 윈터나이트를 모시며 겨울의 마법에 관련된 모든 일을 보좌했다. 소년 집사 율리히가 다가왔다. 알렉은 인사했다.

"안녕, 율리히."

"안녕하세요, 알렉."

"키가 좀 큰 것 같다?"

"자주 움직인 탓이죠."

율리히는 곱상한 얼굴로 빙긋 웃었다. 알렉은 떨떠름한 얼굴로 고개를 끄덕였다. 집사의 일, 겨울의 마법을 연구하고 관리하는 일을 시작하며 율리히는 어마어마한 스트레스에 시달리기 시작했다. 화이트 기사단이 치는 사고가 만만치 않았기 때문이다. 벽을 수리하는 마법을 최근에 많이 요청하긴 했는데 설마 그걸 비꼰 건 아니겠지. 율리히의 얼굴은 티끌 한 점 없이 밝고 명랑했다. 집사가 대공과 대공비를 제외한 이들에게 매정하듯 율리히도 갈수록 성격이 나빠지는 것 같았다.

"착각이겠지…."

"뭐가?"

"아니야."

"예비 집사가 방금 내게 화이트 기사단원답다고 칭찬해주었다."

엘리나가 자랑스럽게 말했다. 율리히의 머릿속 화이트 기사단원의 이미지는 결코 좋지 않았다. 좋을 리가 없었다. 율리히가 집사의 일을 이어받을 때 화이트 기사단이 우르르 일거리를 만들었기 때문이다. 비꼬는 거 맞는 것 같은데…. 알렉은 엘리나에게 말했다.

"그거 칭찬 아니야."

"알렉, 너는 정말 삐뚤어졌군."

"됐다 됐어."

당사자는 원래 진실을 모른다. 최근 기물을 가장 많이 두드려 부순 것은 망나니 조제프가 아닌 엘리나였다.

"비 각하는 잘 계셔?"

"오랜만에 뵈니 더 빛나고 더 근사하시더군."

"그야 네 눈에는 언제나 그렇겠지."

272

엘쟈네스를 만나기 전까지의 엘리나는 무뚝뚝하고 딱딱한 편에 가까웠다. 표정 변화가 적고 감히 가까이 하기 힘든 인상이 강했다. 물론 화이트 기사단의 멤버들은 신경조차 쓰지 않았다. 알렉은 엘리나의 저 행복해하는 모습이 어디까지 갈 것인가에 대해 궁금해하고 있었다. 물론 진정한 주인을 만나는 것은 모든 기사의 꿈이었다. 엘리나가 행복해하는 것을 이해하지 못하는 바는 아니었다.

"비 각하는 세상에서 가장 완벽한 분이시지. 그러니 모두와 함께 비 각하에 대한 상세한 이야기를 나누어야겠다."

엘리나는 대공비에 미친 것이 틀림없었다. 엘리나의 이야기에 감명을 받는 다른 화이트 기사단원들도 이상했다. 알렉은 귀를 막았다. 이 사소한 소란이 끝나게 된 것은 대공과 대공비가 나오면서였다. 화이트 기사단이 엘쟈네스와 렌을 향해 예를 취했다.

"겨울의 심장이 그대와 함께."

두 사람은 고개를 끄덕인 후 마차에 올랐다. 렌은 엘쟈네스가 혹여나 다치지 않도록 마차에 타는 것을 도와주었다. 창밖을 보던 엘쟈네스는 화이트 기사단들 역시 말이 아닌 마차에 탄 것을 보고 렌에게 말을 건넸다.

"화이트 기사단도 마차를 타고 가네요."

"말이 필요 없는 곳이기 때문입니다."

"어째서요?"

"가보면 알게 될 겁니다."

렌은 말하며 엘쟈네스의 뺨에 입을 맞추었다. 기사들의 마차가 바로 옆을 지나가고 있었다. 갈수록 렌이 능청맞아지는 것 같다. 렌은 평소와 다를 것 없는 태연한 얼굴을 하고 있었다. 엘쟈네스는 이내 웃어버렸다. 엘쟈네스를 바라보는 렌의 검은 눈은 왜 이다지도 상냥하게 느껴지는 것인지. 렌은 창밖을 바라보는 엘쟈네스에게 바깥의 광경에 대해 설명해주었다.

"이곳은 대공성의 북쪽 길입니다."

"렌과 와본 적은 없군요."

"끝없는 나무와 숲뿐입니다. 가을에는 겨울을 맞이하기 전 나무를 베러 온 나무꾼들이 많아 같이 오지 못했습니다."

"전나무는 모두 이곳에서 온 것이군요."

"그렇습니다."

엘쟈네스는 밖을 바라보았다. 창밖으로 숲이 끝없이 펼쳐져 있었다. 나무꾼이 나무를 베어갔다는 말을 입증이라도 하듯 몇몇 나무들의 밑동이 베인 것이 보였다. 키가 큰 나무들의 위에는 온통 눈이 내려앉아 있었다. 눈이 내린 시린 겨울의 숲은 아름다웠다. 렌은 풍경을 바라보는 그녀에게 말했다.

"혹시 작은 엘쟈에 대해 기억하십니까."

"작은 엘쟈요?"

잠시 되묻던 엘쟈네스는 작은 엘쟈가 눈을 내리게 하는 요정의 이름이라는 것을 떠올렸다. 렌이 엘쟈네스를 만난 첫날 해준 이야기였다. 그날 둘은 화기애애한 분위기로 이야기를 나눴다.

사랑만은 하지 말자고 했으나, 결국 이렇게 서로 사랑에 빠지게 될 줄 누가 알았을까. 엘쟈네스는 렌의 손을 잡았다. 렌은 감성이 풍부한 편은 아니었음에도 불구하고 잠시 작은 감상에 빠졌다. 그는 창밖을 바라보며 다시 이야기를 했다.

"봉인된 옛 아마릴리스의 땅에서 볼 수 있을 겁니다."

렌은 더 말해주지는 않았다. 오후에 출발했기에 해가 저물어가고 있었다. 마침내 마차가 한 지점에서 멈추었다. 엘쟈네스는 창밖으로 보이는 거대한 절벽을 바라보았다.

"절벽…."

절벽은 끝도 없이 펼쳐져 있었다. 저 먼 까마득한 아래에 바다가 있었다.

절벽이 너무 드높았기에 아래로 내려갈 엄두조차 나지 않았다. 비행 마법을 소유한 사람조차도 저 아래로 내려갈 수는 없을 것이다. 렌이 말했다.

"이곳이 북쪽의 끝입니다."

"저 바다로 내려가는 건가요?"

"아닙니다. 저것은 마법에 불과합니다."

바다에 노을이 번지는 것이 눈에 들어왔다. 주변에는 커다란 오두막 한 채가 있었다. 화이트 기사단원 한 명이 오두막으로 들어갔다. 그는 율리히를 지키기 위해 온 것이었다. 본래 여정에 따라오는 것은 집사였지만, 이번부터는 율리히가 같이 왔다. 율리히는 책 한 권을 들고, 자리에 섰다. 모든 사람들은 짐을 발치에 두었다. 엘쟈네스는 렌의 손을 잡고 있었다.

노을이 차츰 져갔다. 율리히가 무언가를 말하기 시작했다. 동시에 날씨가 점차 혹독해지기 시작했다. 버틸 수 없는 추위가 몰려왔다.

"렌, 이것이 마법인가요?"

"네. 당황하지 말고 제 손을 잡으십시오."

눈보라가 심해지자 율리히의 모습이 사라져버렸다. 맑은 밤하늘에는 쏟아질 듯 밝은 별들이 떠 있었다. 눈보라는 지상에서 불고 있었다.

엘쟈네스는 언제부터인가 주변이 온통 하얀 빛으로 물들고 있다는 것을 인지했다. 차가운 눈송이들이 북풍과 함께 엘쟈네스의 뺨을 스치고 지나갔다. 발밑에는 새하얀 눈이 쌓여 있었다. 거대한 마법이 펼쳐졌다. 마법 전쟁 이전의 것들이었다. 봉인되어 묻혀 있던 땅이 그 모습을 드러냈다. 겨울의 마법을 소유한 윈터나이트만이 이 땅에 발을 디딜 수 있었다.

끝이 보이지 않을 만큼 거대했던 절벽들이 양옆으로 서서히 움직였다. 잘못 본 것이 아니었다. 쿠르르릉 소리와 함께 발밑이 흔들렸다.

눈앞의 광경은 장엄했다. 거대한 절벽이 문처럼 열리고 있었다. 그 안에서 새하얀 눈보라가 쏟아지고 있었다. 새하얀 빛이 퍼져 나갔다. 방금 전까지의 풍경은 사라지고 없었다.

"렌…."

엘쟈네스는 주위를 둘러보았다. 이곳은 새하얀 설원이었다. 머리 위의 하늘 역시 새하얀 빛이었다. 눈이 끝없이 내린다. 엘쟈네스는 문득 겨울의 마법이 거세게 고동치고 있다는 사실을 깨달았다. 겨울의 마법이 이 땅과 만나자 기뻐하고 있었다.

겨울의 땅. 이곳이 렌이 말했던 장소라는 것을 알 수 있었다. 기사들은 모두 익숙한 듯 대화를 나누고 있었다. 주위를 둘러보는 것은 엘리나와 엘쟈네스뿐이었다. 그 순간, 엘쟈네스의 몸 안에서 마법이 쏜살같이 나왔다. 엘쟈네스는 당황해 마법을 바라보았다. 그러나 그것은 빛처럼 빠르게 사라져 보이지 않았다.

"렌, 방금 무슨 일이 일어난 거죠?"

"엘쟈의 마력이 늑대를 불렀습니다."

"늑대…."

겨울의 마법이 되돌아오고 있었다. 마력은 넘실거리며 춤을 추었다. 엘쟈네스는 마력들과 함께 오는 새하얀 것들을 바라보았다. 바람을 타고 무언가가 오고 있었다. 그것은 동물이 아니었다. 아주 오래된 정령과도 같은 것. 엘쟈네스는 새하얀 늑대들을 바라보았다.

많은 늑대들이 기사단의 곁에 섰다. 엘쟈네스에게도 늑대 하나가 다가왔다. 늑대의 금빛 눈동자가 태고의 마법을 전해왔다. 엘쟈네스는 손을 뻗었다. 마침내 그녀의 손이, 늑대에게 완전히 닿았다.

외전

란제크 카멜리아 백작

'란제크.'

그녀의 머리는 적갈색이었다. 크게 구불거리며 우아하게 내려오던 그것. 진갈색의 눈동자가 그를 향했다. 그는 아카데미 시절에 있었다. '가지 마. 내 곁에 있어줘.' 그는 손을 내밀었다. 그러나 그녀는 잡히지 않았다.

"헉…!"

란제크는 숨을 몰아쉬며 일어났다. 또다. 그 꿈이었다. 방 안은 어두웠다. 잠든 지 두 시간도 되지 않은 새벽이었다. 눈을 뜨면 그녀를 그렸다. 눈을 감으면 그녀가 나왔다.

"제기랄."

란제크는 눈을 감았다.

모든 것은, 윈터나이트 대공의 청혼서가 오면서 시작되었다.

�֎

란제크 카멜리아는 그 유명한 카멜리아 백작이었다. 카멜리아가는 백작 가문이었으나 다른 백작 가문과는 격이 달랐다. 유서 깊었으며 대대로 여러 나라의 귀비를 배출했기 때문이다. 그러나 카멜리아 가문에는 문제가 한 가지 있었다. 카멜리아 가문의 일원에게는 유전적인 결함이 있었던 것이다. 그것이 카멜리아가의 영애들이 왕비가 아닌, 귀비가 된 이유였다.

카멜리아가에는 남자가 태어나지 않았다. 가문은 대개 데릴사위를 들임 으로써 이어졌다. 그러던 중 태어난 것이 란제크 카멜리아였다. 란제크는 태어나면서부터 큰 주목을 받으며 살아왔다.

"네게 무엇이라도 줄 수 있단다."

백작 부인, 실질적으로 카멜리아가의 가주나 다름없는 란제크의 어머니 는 그렇게 말했다. 공작가에 필적할 만한 권세와 무한한 부. 카멜리아가는 란제크를 귀하게 키웠다. 란제크 카멜리아는 어딜 가든 떠받들어졌다. 란제 크가 손에 넣지 못하는 것은 없었다. 란제크 자신 역시 부족함을 전혀 느끼 지 못했다.

란제크는 큰 키와 훌륭한 외양을 가지고 있었다. 그의 금발과 파란 눈에 여자들은 달콤한 한숨을 내쉬고는 했다. 우수한 성적과 좋은 머리 역시 란 제크에게 주어진 것들이었다. 란제크 카멜리아가 차츰 오만해진 것은 당연 한 수순이었다.

다만 란제크는 자신을 비교적 객관적으로 볼 줄 알았다. 그는 자기 자신 의 능력을 알았기에 거만했다. 그의 냉소적인 성격마저도 사람들에게는 매 력으로 비친 듯했다. 란제크 카멜리아는 왕실 무도회에 참석해 샴페인 잔을 들었다. 지나가던 영애가 공손하게 인사했다.

"안녕하세요. 카멜리아 백작님. 혹시 제게 시간을 내주실 수 있으신가요?"

"안녕하십니까. 지금은 썩 기분이 좋지 않군요. 요청에 감사드리나 다음에 뵙겠습니다."

란제크 카멜리아의 직설적이고 무례한 거절에 영애는 한마디도 하지 못한 채 얼굴을 붉히고 물러가버렸다. 이런 일은 종종 일어났고 란제크 카멜리아의 성격은 널리 알려져 있기에 이 상황에 대해 지적하는 사람은 없었다. 쉬고 있는 란제크 카멜리아에게 굳이 말을 건 영애의 잘못이기도 했다. 란제크 카멜리아에게 말을 걸 기회를 보던 영애들은 다시 자신들만의 이야기를 나누기 시작했다. 란제크는 눈을 감았다. 영애와 같은 말을 하던 사람이 있었다.

"카멜리아 영식. 제게 시간을 내주실 수 있으신가요?"

이제는 미친 것 같았다. 사소한 일 하나에도 그녀가 떠올랐으니. 란제크 카멜리아가 그녀의 빈자리를 느끼게 된 것은 그녀가 떠난 후의 일이었다. 엘쟈네스 크로커스는 란제크보다 한 살 어린 영애였다. 그녀는 그 유명한 리리엘 크로커스와 자매였다. 영애들 중 한 무리가 소곤거리고 있었다. 작은 목소리였으나 란제크는 그 말을 들을 수 있었다.

"리리엘 크로커스 영애를 위해 악녀와 약혼하신 분이죠."

"어머나. 정말 로맨틱하네요."

사교계에서 란제크 카멜리아는 이미 유명 인사였다. 그가 아카데미의 정원에서 리리엘 크로커스를 만난 후 이 오랜 사랑을 시작했다는 소문을 모르는 이가 없었다. 많은 영애들이 그의 비극적인 사랑을 안타까워했다. 소문은 그러했다. 란제크는 도수가 높은 샴페인을 아무렇게나 털어 넣었다.

"빌어먹을…."

"정원에서의 만남은 아주 로맨틱했을 거예요."

술기운이 오르자 그 붉은 머리칼이 떠오른다. 아니지. 붉지만은 않다. 붉은빛을 띠고 있는 오묘한 적갈색이었다. 도수가 높은 술이 한 번에 확 올라왔다. 란제크 카멜리아는 그 열기에 비틀거렸다. 모든 것이 일렁거렸다. 시야가 물에 잠긴 것처럼 온통 흔들리고 어지러워졌다. 란제크는 잠시 눈을 감았다. 그날의 모습이 떠오르는 듯했다. 아카데미의 정원이었다. 장미나무가 있었다. 나무의 모습까지도 잊히지 않았다. 소문은 거짓이었다. 그가 아카데미의 정원에서 만난 사람은 리리엘 크로커스가 아니었으니까.

"실례합니다, 영식."

란제크가 만난 사람은 엘쟈네스 크로커스였다. 리리엘 크로커스가 입학하기 전까지, 엘쟈네스는 화려한 외양에 비해 소극적인 영애였다. 누군가가 엘쟈네스를 주목했다면 단지 크로커스 공작가의 이름 때문일 것이다. 란제크는 벤치에 놓인 책을 줍는 엘쟈네스 크로커스를 바라보았다. 그녀의 목소리는 부드럽고 우아했다. 그것이 엘쟈네스와의 첫 만남이었다.

"죄송합니다, 영식. 리리엘, 무례를 사과드리렴."
"싫어요, 언니. 잘못한 사람은 이쪽인걸요."

란제크에게 있어 여자란 늘 귀찮은 존재였다. 카멜리아 백작위를 물려받기 전까지 란제크는 오만에 취해 살았다. 영애들은 란제크를 보며 매달리고 애원했다. 란제크가 거만하게 굴어도 그들은 기뻐했다. 그랬기에 리리엘 크로커스의 존재는 충격에 가까웠다. 리리엘은 란제크의 성의 없는 말한마디에 인상을 찌푸리더니 그날부터 무례를 사과하라며 쫓아다니기 시작했다. 재미있는 여자였다. 그러나 란제크는 리리엘에게 사과하지 않았다. 왜냐하면.

"정말 죄송합니다, 영식."
"언니가 왜 사과하는 거예요!"

엘쟈네스 크로커스의 목소리가 듣기 좋았다. 엘쟈네스 크로커스는 란제크에게 남성의 의무를 강요하지 않았다. 란제크에게 강하게 보이라는 말을 하거나 남자다운 행동을 하라는 말을 하지 않았다. 그녀는 란제크를 란제크 자체로 존중했다. 리리엘 크로커스에게 사과할 생각은 없었다. 그래야 엘쟈네스를 좀 더 볼 수 있을 테니까. 아아, 그랬다. 그랬었지. 란제크는 지나가던 시종을 불렀다.

"동일한 것으로 한 잔 더."
"알겠습니다."

시종이 고개를 끄덕이고 샴페인을 한 잔 더 가져왔다. 독주가 스며들었다. 몸 안에 불길이 일었다. 그는 왜 리리엘 크로커스를 사랑한다고 생각했던 것일까. 세상이 술기운으로 인해 빙글빙글 돌았다. 그는 왜 엘쟈네스 크로커스와 파혼한 것일까. 리리엘을 사랑하는 모든 젊은 귀족들이 엘쟈네스에게서 등을 돌리던 날이 있었다. 엘쟈네스는 리리엘의 뺨을 때렸다. 리리엘은 고개를 숙인 채 파들파들 떨었다. 망신을 당한 리리엘은 처연한 눈물만을 흘릴 뿐이었다. 전부터 엘쟈네스가 리리엘을 질투한다는 소문을 들었으나 믿지 않았다. 그러나 눈으로 보니 믿지 않을 수 없었다. 엘쟈네스 크로커스도 똑같았다. 그는 엘쟈네스 크로커스를 용서하지 못했다.

"괜찮으십니까?"
"아아, 괜찮습니다."

중년의 남성 귀족이 물었다. 어느새 비틀거리며 걷고 있었던 모양이다. 란제크는 정신을 차리고 맑은 공기를 쐬기 위해 테라스로 나왔다. 밤하늘은 맑았다. 란제크는 테라스의 난간에 머리를 대고 기대었다. 떨어질 염려는 없다. 떨어지더라도 상관없다. 안전장치가 되어 있을 테니. 아니. 지금 심정으로는 다 모르겠다는 생각이 들었다. 술기운에 귀가 먹먹해졌다.

"리리엘… 크로커스…."

고개를 숙인 란제크가 몸을 떨었다. 그는 웃고 있었다. 란제크가 진실을 알게 된 것은 엘쟈네스가 떠나버린 후였다. 완전히 놀아났다. 그가 지금까지 무엇을 하고 있었는지 알지 못했다. 란제크는 자신이 리리엘을 사랑한다고 생각했다. 리리엘의 자유로움과 쾌활함 그리고 밝은 웃음. 그래서 엘쟈네스가 싫었다.

리리엘은 란제크가 엘쟈네스의 화려한 외양에 질렸다고 생각했지만 그는 엘쟈네스가 웃지 않아 지긋지긋하다고 생각했다. 두 사람 사이는 완전히 틀어졌다. 약혼자의 의무를 지키기 위해 정기적으로 만나는 자리에서, 엘쟈네스는 단 한 번도 웃지 않았다. 그 우아한 얼굴과 기품 있는 태도를 보면 화가 났다. 그는 엘쟈네스 크로커스에게 화를 냈다. 냉소적인 말을 하거나 비꼴 때도 있었다. 그러나 그 무표정한 얼굴이 변하는 법은 없었다. 엘쟈네스는 찡그리지조차 않았다. 란제크의 말은 엘쟈네스에게 닿지 않는 것처럼 느껴졌다.

란제크의 유일한 안식처는 리리엘 크로커스였다. 리리엘 크로커스는 다른 영애들과 달랐다. 수많은 남자들이 리리엘의 곁에 있었다. 란제크 카멜리아는 처음으로 패배를 맛보았다. 카멜리아보다 더 큰 재력을 가진 가문이 있었다. 신분으로는 칼레스 로벨리아 왕자에게 뒤졌다. 그의 감정은 경쟁심이었을지도 모른다. 오기가 그의 눈을 가렸다.

란제크는 알지 못했다. 누구도 그가 엘쟈네스 크로커스에게 품은 감정에 대해 알려주지 않았다. 엘쟈네스 크로커스는 몰랐겠지만 그녀를 싫어하는 사람만 있었던 것은 아니다. 몇몇 영식은 엘쟈네스 크로커스가 지나가면 눈을 떼지 못하고는 했다. 사교계에 참석한 모든 사람들이 여왕처럼 우아하고 아름다운 엘쟈네스 크로커스를 홀린 듯 바라보았다. 엘쟈네스를 사치스럽다고 욕하던 귀족 영애들마저도 엘쟈네스의 아름다운 모습을 보면 입을 다물지 못했다. 사교계가 어울리는 여자였다. 그만큼 빛나던 여자였다. 그런 점이 싫었다. 엘쟈네스는 젊은 귀족들이 모두 자신을 싫어하는 건 아니라는 사실을 몰랐을 것이다. 란제크가 그들의 입을 막았다.

"엘쟈네스…. 엘쟈네스 크로커스…. 엘쟈네스…. 윈터나이트…."

혀가 마비된 듯 잘 움직이지 않았다. 이제는 웃음조차 나오지 않았다. 리리엘에게 윈터나이트 대공의 청혼서가 온 며칠 후, 그는 엘쟈네스 크로커스와 파혼했다. 엘쟈네스는 루카르엔 윈터나이트 대공에게로 떠났다. 그녀를 놓친 것은 란제크 카멜리아 그 자신이었다.

"란제크, 무슨 술을 이렇게 마셨어요."

그를 부축하는 손길이 있었다. 리리엘 크로커스였다. '다 집어치워.' 그가 엘쟈네스를 보내면서까지 곁에 둔 여자는, 지긋지긋하도록 멍청했다. 리리엘 크로커스의 혁명 타령은 말도 안 되는 망상에 불과했다. 자신을 다른 영애들과 다르다고 말하는 것은 웃기지도 않았다.

"란제크."

그는 이런 여자 때문에 엘쟈네스를 보냈다. 리리엘 크로커스의 얼굴에는 걱정이 가득했다. 리리엘 크로커스는 검에 능숙했다. 아름다웠다. 성적 또한 상위권이었다. 그가 아는 것은 여기까지였다. 여기까지만 맞는 사실이었다. 리리엘은 남자들에게 여지를 주었지만 한 사람에게만 그런 것은 아니었다. 리리엘은 란제크가 사랑을 속삭이면 밀어냈고, 지금처럼 란제크가 자신에게 냉담하면 다가왔다. 리리엘 본인은 그것을 우정이라고 생각한다는 게 우스웠다. 그는 눈먼 장님이었다.

엘쟈네스가 없어지자 리리엘의 모든 단점들이 보이기 시작했다. 엘쟈네스의 빈자리는 맨 처음 그렇게 다가왔다. 리리엘 크로커스의 추종자들은 이제 리리엘이 만든 일을 수습해야만 했다. 그곳은 개미지옥과 같았다. 빠져나갈 수는 없을 것이다.

"란제크, 물이라도 가져올게요."

투명한 녹음의 눈동자에 걱정이 어렸다. 리리엘이 나간 후, 란제크는 테라스를 내리쳤다. 감각이 마비되어 아프지도 않았다. 흘러내리는 액체가 피인지 술인지는 알고 싶지도 않았다. 술만 마시면 엘쟈네스가 떠올랐다. 아니, 언제나 엘쟈네스가 떠올랐다. 엘쟈네스를 잊고 싶어 잠이 드는 순간마저도 엘쟈네스가 나타났다. 엘쟈네스가 떠난 뒤부터 그는 이상해졌다. 그래, 엘쟈네스는 윈터나이트 대공과 있을 것이다. 엘쟈네스가 그와 함께한다는 생각만으로도 화가 치밀어 올랐다. 엘쟈네스가 웃겠지. 엘쟈네스는 나신으로 대공 앞에서. 상상이 뒤죽박죽 뒤엉켰다. 란제크는 비틀비틀 움직였다. 차가운 밤공기가 열이 오른 목덜미에 닿았다.

"멍청한…."

이제 카멜리아 백작은 망가졌다. 냉소적이고 거만하던 그는 없었다. 늘 여유롭게 오만한 눈빛으로 누군가를 깔아 내려다보던 그는 없었다. 그럴 여유가 없었다. 그런 생각도 나지 않았다. 리리엘 크로커스가 멍청하다고 욕할 필요는 없었다. 정말로 멍청한 것은 란제크 카멜리아 자신이었으니까. 그는 너무 늦게 엘쟈네스에 대한 감정을 깨달았다. 그녀를 보낸 것은 그 자신이었다. 란제크는 한때, 그를 보는 엘쟈네스의 눈이 부드러웠다는 사실을 떠올렸다. 그가 조금만 더 솔직했더라면. 그가 그의 감정을 조금만 더 일찍 깨달았다면. 그는 좀 더 좋은 결말을 맞이했을 것이다. 헛소리. 란제크는 그 생각을 지워버렸다. 그것이 진실에 가깝다는 사실을 알면서도 외면하는 것에 가까웠다.

그는 비틀거리며 아무렇게나 남은 술을 털어 넣으려다 잔에 아무것도 들어 있지 않다는 사실을 깨달았다. 달은 밝았다. 란제크는 샴페인 잔을 바닥에 집어던졌다. 맑은 유리 파편이 산산조각 나며 흩어졌다. 그는 저것을 이어 붙일 방법을 알 수 없었다. 앞으로도 결코 알 수 없을 것이다. 달빛을 받은 파편 몇 개가 빛을 내고 있었다. 왕실 무도회의 밤이었다.

6

겨울 베기

푸른빛이 쏟아진다. 늑대에게 엘쟈네스의 정보가 깃들기 시작했다. 엘쟈네스의 심장에 깃든 마력이 쏜살같이 움직였다. 갑작스럽게 머릿속으로 어떤 소리가 파고들었으나, 내용은 알아들을 수 없었다. 렌이 말했다.

"이들은 마법 전쟁 시절에 쓰던 말을 사용합니다. 본래 이들은 겨울이면 언제든 겨울의 마력에 반응해 나타났으나, 지금은 옛 아마릴리스의 땅에만 존재합니다. 이들 역시도 여기에 봉인되었습니다."

하얀 눈과 늑대. 맑은 별들. 렌이 엘쟈네스를 이끌었다.

"우선, 이곳에 있는 윈터나이트 저택으로 갈 겁니다. 늑대의 등에 오르십시오."

"좋아요."

엘쟈네스는 늑대의 등에 올랐다. 살아 있는 생물이라는 느낌은 없었다. 그들은 어딘가 정령에 가까운 존재들 같았다. 겨울바람이 불기 시작했다. 출발할 시간이었다. 엘쟈네스가 눈을 감았다.

"비 각하는 아주 능숙하시군."

"그러게. 늑대를 처음 타보셨을 텐데 곧바로 타셨네."

"마님께서 못하시는 일은 없다."

엘리나의 말에 알렉이 고개를 저었다. 대공비에 대한 무슨 말이 나와도 늘 자랑스러워하는 게, 이제는 기가 찰 지경이었다. 엘리나는 대공비가 수프를 숟가락으로 떠먹는다는 말만 해도 박수를 치는 게 아닐까. 어쩐지 신빙성 있는 가정이었다. 어느새 모든 짐은 늑대의 아공간에 보관되었다.

"엘쟈. 떨어질 위험은 없으니 안심하십시오."

"그 말을 들으니 안심이 되네요."

말이 끝나기가 무섭게 늑대들이 움직이기 시작했다. 늑대들은 겨울바람을 탔다. 그들의 질주는 눈송이가 바람을 타고 움직이는 것보다도 빨랐다. 엘쟈네스에게 실린 겨울의 마법이 기쁘게 반응했다. 늑대들은 하늘을 달렸다. 엘쟈네스는 새하얀 태양을 보았다. 하늘 역시도 흰색이었다. 늑대들이 한 번 발을 디딜 때마다 주변의 풍경이 바뀌었다.

"엘쟈. 나무들을 보십시오."

어느새 그들은 하얀 숲을 지나고 있었다. 엘쟈네스는 렌의 말에 따라 나무를 보았다. 그리고 눈을 크게 떴다. 나무에 눈이 쌓인 것이 아니었다. 모든 나뭇가지가 새하얀 색이었다. 하얀 나무. 하얀 잎사귀. 그것이 아련하고도 아름다웠다.

그때였다. 까르르 웃는 작은 소녀의 웃음소리가 들려온 것은. 머리 위로 은빛의 가루가 반짝이며 흩날리기 시작했다.

"어머나."

엘쟈네스는 그토록 작은 소녀를 본 적이 없었다. 소녀의 볼은 상기되어 있었고 눈동자는 장난기로 빛났다. 손바닥만 한 소녀가 지팡이를 휘둘렀다. 엘쟈네스의 눈이 놀라움으로 물들었다.

"작은 엘쟈…."

렌이 들려준 이야기 속의 요정은 정말 존재했던 것이다. 소녀가 날며 엘쟈네스에게 다가왔다. 작은 엘쟈는 호기심 어린 눈으로 엘쟈네스를 바라보다 이내 방긋 웃었다. 조그마한 지팡이를 휘두르자 지팡이 끝에서 은빛의 눈보라가 불어나왔다. 환상적인 장면이었다.

엘쟈네스가 내민 손가락 끝에 닿은 작은 엘쟈는 무척 수줍어하더니, 갑작스럽게 푸른빛의 무언가를 열심히 들이마셨다. 닿는 것들을 모조리 파괴하는 무시무시한 마력이었으나, 배가 부른 것처럼 소녀가 방긋 웃었다. 다행히 다친 기색은 없었다. 엘쟈네스는 놀란 기색을 감추지 못했다.

"렌, 작은 엘쟈가 마력을 먹어버렸어요."

"본래 겨울의 마법을 먹으며 살아가는 존재입니다."

곧, 새하얀 나무들 사이로 오색의 아름다운 빛들이 흘러나왔다. 기나긴 숲의 끝이 보이기 시작했다. 새하얀 출구가 보였다. 엘쟈네스와 렌이 멀어졌다. 작은 엘쟈는 숲을 벗어나자 고민하는 기색을 보이더니 눈을 꼭 감고 일행을 따라갔으나, 누구도 그 사실을 알지는 못했다.

마침내 거대한 성벽이 보였다. 아마릴리스 황성을 둘러싼 것과 비슷한 종류였다. 출입구로 보이는 거대한 문은 열려 있었다. 이곳이 옛 아마릴리스의 수도인 것일까. 윈터나이트에 남아 있는 오래된 북쪽 건물들과 비슷한 양식의 건물이 많다. 거리와 집들 그리고 거대한 저택들. 이 거대한 도시 안에 사람은 단 하나도 없었다. 도시는 멈추어버린 것 같았다.

"시간이 멈춘 것 같아요."

엘쟈네스는 말을 내뱉고서야 이토록 매서운 겨울바람이 부는데도 건물들이 깎여나간 곳 하나 없다는 사실을 인지했다. 봉인 마법에 의해 모든 것이 까마득한 오래전 모습 그대로 유지되어 있었다.

"렌, 저것이 윈터나이트의 저택인가요?"

엘쟈네스는 가장 커다란 저택을 가리켰다. 수도에서 황궁을 제외하고 가장 커 보이는 건물이었다. 렌은 고개를 저었다.

"저것은 아룬델 공작가입니다."

"아룬델이 공작위를 받았었나요?"

"과거에는, 그렇다는 말을 들었습니다."

윈터나이트 저택은 숲 방향에 있었다. 사람 하나 없는 건물들을 지나칠 때마다 바람 소리가 공허하게 들려왔다.

숲으로 가는 길목에 거대한 신전이 나타났다. 지붕은 없었다. 오직 네 개의 기둥만이 있을 뿐. 자세히 보니 신전의 이곳저곳이 금이 간 상태였다. 다른 풍경과 다를 바 없이 지나치려던 엘쟈네스가 순간 멈추었다.

'저것은….'

크로커스 공작가의 사람이라면 결코 모를 수가 없는 것. 그러나 왜 이곳에 있는 것일까? 아니. 눈에 들어온 저것이 엘쟈네스가 아는 물건과 같으리라고 확신할 수는 없었다. 멈춘 엘쟈네스를 따라 화이트 기사단과 렌이 신전을 올려다보았다.

"아룬델의 신전입니다."

"저것이… 아룬델의 신전이라고요?"

엘쟈네스는 신전을 바라보았다. 렌이 말했다.

"겨울이 풀려나던 해는 아룬델의 권세가 강했습니다. 아룬델 자체가 하나의 종교라 칭할 만큼."

신전의 앞쪽에 거대한 제단이 있었다. 그녀는 늑대에서 내려 자신도 모르게 걸어갔다. 이 거대한 장소는 몇천 명을 수용할 수 있을 정도로 컸다. 발걸음 소리가 유난히 크게 울렸다. 곳곳에는 그림이 붙어 있었다. 망나니 조제프가 양 팔을 쓸었다.

"으 소름끼쳐."

눈을 감은 채 꿈을 꾸듯 웃고 있는 귀부인들의 초상이 있었다. 가까이 다가가자 그림의 실체가 보였다. 귀부인들의 얼굴은 창백했다. 머리칼에는 서리가 붙어 있었다. 아룬델이 꿈꾸는 세상. 곳곳에 걸린 초상에 그려진 사람들은 모두 황홀한 표정을 한 채 동사한 이들이었다. 기사들은 소곤거렸다.

"이런 게 과연 종교가 되었을까?"

"축제 때의 일을 기억하잖아. 아룬델의 정신 지배력이 강했으니 가능했던 일이겠지."

"그런데 비 각하는 왜 이런 곳에 온 거야?"

"그거야 나도 모르지."

천천히. 엘쟈네스는 제단 앞으로 다가갔다. 엘쟈네스가 먼발치에서 보았던 그림은, 머리 위에 걸려 있었다. 그녀는 숨을 삼켰다. 크로커스 공작가에 대대로 물려져왔던 왕의 정물이다. 이 그림이 있다는 뜻은, 설마. 엘쟈네스는 아래를 바라보았다. 제단 아래에서 무언가가 반짝였다. 황금 잔이 떨어져 있었다. 엘쟈네스는 그것을 주워 들었다.

"정말로…."

"무슨 일입니까. 엘쟈."

엘쟈네스가 잔을 잡자 빈 잔이 빛나기 시작했다. 곧 잔에는 포도주가 차올랐다. 마법과도 같은 광경이었다. 렌이 잔에 손을 대자마자 그것은 비어버렸다. 엘쟈네스는 겨울맞이 축제에서 일어난 일을 잊지 않았다. 집사는 엘쟈네스의 몸에 아룬델의 마력이 흐르고 있다고 말했다. 엘쟈네스가 발견한 잔은 크로커스에 있는 것과 같은 것이었다. 교류가 없었던 남쪽과 북쪽인데, 이런 일이 가능한 것일까. 엘쟈네스는 의아하게 바라보는 렌에게 설명했다.

"크로커스가는 직계 혈족에게 황금으로 된 잔을 쥐게 해요. 잔에 포도주가 차오르면 후계자의 자격을 얻고 '네스'라는 글자를 이름에 넣어주지요.

잔에 다른 액체가 차오르거나 잔이 비어버리면 후계자로 인정되지 않아요. 이건 크로커스가의 잔과 동일한 물건이에요."

심지어 진품이었다. 이것이 대체 왜 여기에 있단 말인가. 그것도 아룬델의 신전에. 크로커스가는 아룬델과 관련이 있는 것인가. 엘쟈네스는 무심코 기둥 윗부분을 바라보다 말을 잃고 말았다. 엘쟈네스를 따라 고개를 들던 화이트 기사들도 말을 잃고 말았다.

"저건 크로커스 아니야?"

화이트 기사단이 기사로서 알아야 할 것들에 대해 잘 모르기는 했지만 고위 귀족 가문이 가문의 문양을 저렇게 그린다는 사실은 알고 있었다. 크로커스. 엘쟈네스의 친가. 신전에 메아리치는 것은 이 상황에 대해 이해하지 못한 망나니 조제프의 목소리뿐이었다.

"리리엘…"

그 순간 불현듯 엘쟈네스의 머릿속에 떠오른 것은, 리리엘이었다. 엘쟈네스는 로벨리아에서 자라며 당연하다고 여겨왔던 것들이 사실은 이상한 것들이라는 사실을 아마릴리스에 와서야 알게 됐다. 모든 사람들은 리리엘의 말을 믿고 따랐다. 리리엘의 말을 거역하는 엘쟈네스는 악녀로 알려졌다. 리리엘은 절대적이다. 그것은 리리엘이 태어날 때부터 엘쟈네스에게 학습된 개념이었다. 윈터나이트의 옛 수도에 있는 크로커스가의 문양. 어릴 적부터 보였던 리리엘의 기묘함. 그리고 아룬델의 마법.

"비 각하, 저것을 보십시오!"

신전의 벽에 무언가가 나타나고 있었다. 빛이 신전의 벽에 비치고 있었다. 이내 누군가의 기억이 벽에 재생되었다.

"*이것은 세상에 있어서는 안 될 것들입니다.*"

후드를 눌러쓴 남자가 말했다. 그자가 후드를 벗자 엘쟈네스의 눈이 커졌다. 남자의 후드 안에서 나타난 것은 찬란한 금발과 녹색의 눈동자였다. 그는 놀랍도록 리리엘과 유사한 외모를 가지고 있었다. 남자의 손에서 하얀 빛이 나왔다. 부상자가 일어났다. 죽어가는 이는 생명을 되찾았다. 크로커스의 치유 마법이었다. 남자는 붉은 머리를 가진 아이를 내려다보았다.

"윈터나이트 대공 각하. 이 마법의 절반을 가져가겠습니다. 이로써 아룬델은 파멸의 길을 걷게 될 것입니다. 대신 세월이 지난 후 마법은 주인을 찾아갈 겁니다."

"방법은 없소?"

"없습니다. 아룬델의 마법은 마침내 그 주인을 부를 겁니다. 그러나 그 전까지는 크로커스의 피에 흐르겠지요."

그가 붉은 머리칼을 가진 아이에게 손을 댔다. 아이의 심장에 깃든 붉은 기운이 요동쳤다. 남자는 그것을 손으로 쥔 후 집어삼켰다. 그의 입안으로 붉은 마력이 들어갔다. 남자의 몸이 이리저리 움직였다. 붉은 마력이 요동치고 있었다. 한참의 사투 후, 남자가 일어났다.

"황금 잔 하나는 제가 가져가겠습니다. 이 정도의 대가는 받아야겠지요. 이제 크로커스가의 핏줄에는 아룬델의 마법이 흐를 겁니다. 크로커스의 직계들 모두 아룬델의 마법을 물려받게 될 겁니다. 그러나 그들 중 누구도 아룬델의 마법을 사용할 수는 없을 겁니다. 아룬델의 마법이 그 주인을 부르기 전까지는."

남자의 머리색이 점점 변하기 시작했다. 화이트 기사단원들은 숨도 쉬지 못한 채 그 놀라운 광경을 바라보았다. 대공비의 머리칼에 흐르는 붉은빛과 같은 아름다운 붉은빛이 금빛을 잡아먹었다.

"어어! 저 사람! 비 각하와 닮았어!"

기사단원 하나가 자신도 모르게 소리쳤다. 남자가 황금으로 된 잔을 쥐고 뒤돌아보는 순간, 엘쟈네스는 그 남자가 크로커스의 선조 중 한 명이라는 사실을 깨달았다. 가장 번영한 선조의 초상화에 나왔던 인물이다. 아주 오래전 황금 잔으로 무한한 영광을 누렸다고 전해졌던 이름 모를 남자. 벽에 나타났던 기억은 이내 사라져버렸다. 사방이 고요해졌다.

'이것이 무슨 일이란 말인가.'

엘쟈네스는 차분하게 가늠했다. 크로커스. 윈터나이트. 아룬델의 마법. 재생되었던 기억 마법은 엘쟈네스가 본 것만으로도 제 역할을 다했다는 듯 스러져버렸다. 저 말에 따르면, 크로커스 공작가는 대대로 아룬델의 마법을 물려받는 것이 된다. 문득 렌이 말했다.

"엘쟈. 축제 때 엘쟈에게 달려들었던 남자들을 기억하십니까."

엘쟈네스는 그들을 기억했다. 흰 가면을 쓴 채 공격해오던 사람들. 그들은 윈터나이트로 옮겨져 집사에게 관리되었다. 그러나 그들은 깨어난 후, 아무것도 기억하지 못했다. 다만 입을 모아 동일한 말을 했을 뿐이다.

"잘 기억나지는 않지만 누군가가 붉은 머리를 한 여자를 공격하라고 말했습니다."

행방을 찾으려고 해도 찾을 수 없었던, 선연한 붉은 머리칼의 누군가도 기억하고 있었다. 아룬델의 마법이 그 주인을 부르는 것이 무슨 뜻인지는 알 수 없다. 렌은 말없이 엘쟈네스의 손을 잡았다. 혼란스러운 것은 그도 마찬가지였다. 엘쟈네스가 온 것은 우연이 아닌지도 모른다. 인터나이트에게

서 파생된 겨울의 마법이 화이트 기사단원들을 윈터나이트로 이끌었듯, 엘
쟈네스에게 흐르는 아룬델의 마법이 엘쟈네스를 윈터나이트로 이끈 것일지
도 모른다.

"괜찮습니다. 제가 엘쟈를 지킬 겁니다."

렌의 낮은 목소리가 엘쟈네스를 진정시켰다. 잡은 손이 단단했다.

"조금 더 상황을 지켜보겠습니다. 우선은 윈터나이트 저택으로 가는 것이
좋겠습니다. 겨울은 윈터나이트의 겨울이 끝날 무렵에 나타납니다."

겨울을 베어내자마자 돌아가야겠다. 두 사람은 그렇게 생각했다.

"알겠어요. 고마워요, 렌."

신전에서 나온 윈터나이트 일행은 옛 윈터나이트의 저택으로 향했다. 윈
터나이트 저택은 숲에 위치했다. 황궁과 가까운 아룬델 공작가와는 대조적
인 모습이었다. 엘쟈네스가 저택에 디딜 때 갑작스럽게 새하얗던 하늘이 검
게 물들어갔다. 동시에 은하수가 펼쳐졌다.

"곤란하게 되었습니다."

렌은 잠시 끝없는 어둠 너머를 바라보았다.

"무슨 일인가요, 렌?"

"이 땅에는 위험한 것들이 많습니다. 아직 알려지지 않은 마법이 존재합
니다. 밤에는 숲 또한 위험합니다."

더군다나, 이곳의 밤과 낮은 일정하지 않다. 들려오는 설명을 들으며 엘
리나가 밤하늘을 올려다보았다.

"갑작스럽군."

"마법 때문일 거야. 아, 맞아. 엘리나, 웬만하면 이 주변을 벗어나지 마."

"왜?"

"지형까지 바뀌니까."

알렉은 설명했다. 백야가 찾아오면 잠들 수 없다. 그러나 차라리 백야가 나았다. 밤이 찾아오면 많은 것들이 무작위로 바뀌었기 때문이다. 어떤 때에는 거센 눈보라가 몰려왔고 수도 전체가 금이 간 얼음 구덩이가 되는 경우도 있었다. 무사한 곳은 오직 윈터나이트 저택뿐이었다. 설명을 들은 엘리나가 고개를 끄덕였다.

"알겠다. 당분간은 기사단에만 처박혀 있어야겠군. 그런데 이곳에서 지낼 수는 있는 건가? 아무것도 공급되지 않는 것 같은데."

"걱정 마. 최고의 광경을 보게 될 테니까."

알렉은 장담했다.

도착한 옛 윈터나이트 저택의 규모는 작은 편이었다. 본 저택은 대공 부부 둘이 쓸 예정이었다. 고용인들의 숙소에는 놀랍게도 따뜻한 난로불이 켜져 있었다. 식탁에는 만찬이 가득했다. 모든 이불은 부드럽고 포근했다. 저택 안에는 먼지 하나 보이지 않았다.

엘리나는 놀란 눈치였다. 알렉 역시도 이곳에 처음 왔을 때는 놀랐었다. 모든 것들이 최상의 상태로 자정마다 다시 돌아갔기 때문이다. 알렉은 장난스럽게 물었다.

"놀랐나?"

"아주 놀랐다. 이 놀라운 광경을 비 각하에게 보고해야겠군."

알렉은 엘리나를 잡았다.

"가긴 어딜 가."

"역시 알렉 너도 비 각하를 흠모하고 있었군. 날 방해하지 않는 게 좋을 거다. 약하다고 봐줄 생각은 없다."

"아니. 두 분은 신혼이잖아, 엘리나."

엘리나의 얼굴이 충격으로 물들었다. 역시나 잊고 있었다. 무슨 생각을 하는지 안 봐도 알 것 같았다. 불쌍한 녀석. 알렉은 엘리나의 어깨를 두드려 주었다.

"굉장하네요."

윈터나이트 저택 안의 시간은 멈춘 상태였다. 자정이면 이것들은 다시 최상의 모습으로 돌아갔다. 식당의 큰 테이블에는 화려한 저녁 만찬이 차려져 있었다. 포크와 나이프, 식기 모두 사용되지 않은 상태였다. 음식은 주인을 기다리기라도 하듯 아직도 김을 내고 있었다.

"드셔도 됩니다."

"아무 문제도 없을까요?"

"옛 아마릴리스 땅을 봉인한 후 대대로 이곳에 왔지만 아무 문제도 없었다고 알고 있습니다. 실제로도 문제없었습니다."

"다행이네요. 사실 배가 고팠거든요."

엘쟈네스는 미소 지었다. 두 사람은 천천히 식사를 시작했다. 조용한 가운데 달그락거리는 소리가 조금씩 들려왔다. 겨울 축제 때부터 많은 일이 있었다. 오늘 하루는 신비한 일들을 더 많이 겪은 참이었다. 엘쟈네스는 식탁의 포도주를 잔에 따라 마셨다. 대공가에서의 생활과 크게 다를 것은 없었다. 식사를 마친 후에는 침실에 가 시간을 보냈다. 엘쟈네스는 침대에 앉았다. 이불은 부드러웠고 바닥에 깔린 카펫에는 윤기가 돌았다. 곳곳에는 작은 촛불이 켜져 있었다. 렌이 고개를 숙였다. 엘쟈네스는 눈을 감았다. 두 사람은 입을 맞추었다. 렌과의 키스는 언제나 엘쟈네스를 떨리게 만들었다. 엘쟈네스는 위를 올려다보았다. 이곳은 대공가와 달랐다. 저택에는 엘쟈네스와 렌뿐이었다. 고용인이나 시녀는 없었다. 엘쟈네스는 올려다보았다.

"렌…."

말하지 않아도 렌이 무엇을 하려는지 알 수 있었다. 엘쟈네스는 가까운 시일 내에 두 사람이 첫날밤을 가질 것이라는 사실을 직감하고 있었다. 두렵지 않았다. 엘쟈네스는 손길을 거절하지 않았다. 그가 렌이었기 때문이다. 렌이라면, 함께 밤을 보내도 좋다고 생각했다.

엘쟈네스는 렌의 눈을 보며 속삭였다.

"안아줘요, 렌."

"후회하지 않겠습니까."

"후회하지 않아요. 렌이라면 무엇을 해도 좋으니까."

그는 손에 들어와 자신을 온전히 내맡기는 엘쟈네스를 놓칠 생각이 없었다. 렌의 손이 얇고 가벼운 슬립 안으로 들어와 하얀 살결을 그러쥐었다. 그 대담한 손길에 놀란 엘쟈네스가 몸을 살짝 떨었다. 그러나 도망칠 곳은 없었다. 렌은 수줍게 드러난 엘쟈네스의 몸을 어루만졌다. 그녀를 가지고 놀 듯 가볍게 움직인 손에 엘쟈네스가 고개를 뒤로 젖혔다.

"흐읏…!"

약간의 취기가 올라왔다. 두 사람 모두 고위 귀족가의 일원으로서 성교육을 받은 적이 있었다. 엘쟈네스는 슬립을 끌어올리려고 했으나 렌의 손은 허락하지 않았다. 남자가 바라보는 게 이토록 얼굴을 달아오르게 만드는 것이었나. 그의 손길이 이렇게나 기분 좋은 것이었나.

처음 겪는 열기가 엘쟈네스를 어지럽혔다. 엘쟈네스의 뺨이 붉었다. 그녀는 잔뜩 흐트러진 상태였다. 렌은 농밀하게 입을 맞추기도 했고, 하얀 손목을 잡고 그녀의 손가락을 가볍게 깨물어보기도 했다. 그는 엘쟈네스의 쇄골을 살짝 깨물었다. 옅은 소리가 렌의 청각을 자극했다.

"어디를 맛보아도, 달콤합니다."

낮은 속삭임이 귓가를 뜨겁게 간질였다. 엘쟈네스가 렌을 붙잡았다. 흔들림과 열락이, 이내 두 사람 사이로 찾아왔다.

※

"엘쟈네스, 윈터나이트."

지독히도 낮은 목소리가 그녀를 불렀다. 엘쟈네스는 이제 렌의 완벽한 반 려였다. 정신적으로도, 육체적으로도 두 사람은 깊게 얽혔다. 이제 엘쟈네 스는 그에게서 벗어날 수 없을 것이다. 아니, 그가 그렇게 내버려두지 않을 것이다. 렌은 다른 여자들에게 가졌던 감정이 어린아이의 동경에 불과했다 는 사실을 깨닫고 있었다. 왜냐하면 그 누구도 렌을 이토록 뜨겁게 만든 적 이 없었기 때문이다. 두 사람은 뜨겁게 서로를 탐했다. 얼마 지나지 않아 절 정이 곧 찾아왔다. 엘쟈네스가 마침내 렌에게 매달리듯 그를 붙잡았다. 머 릿속을 새하얗게 비워버리는 쾌감이 그녀를 잠식했다.

"아아…! 렌!"

엘쟈네스는 자신이 소리를 지르고 있다는 사실을 인지하지 못했다. 감은 눈 사이로 쾌감의 증거인 눈물 한 방울이 흘러내렸다. 렌은 그것을 손가락 으로 닦아냈다. 두 사람은 서로를 안은 채 잠시 여운을 만끽했다.

창밖으로 보이는 밤하늘에 신비로운 녹색의 오로라 장막이 깔리고 있었 다. 유성 몇 개가 밝은 빛을 그리며 떨어졌다.

"이상해요."

"무엇이 말입니까."

"사실 아플 것을 각오했으니까요. 하지만."

현실은 달랐다. 아직도 여운으로 몸이 나른하게 늘어지고 있었다.

"서로를 사랑하기 때문이라고. 생각합니다."

렌은 엘쟈네스가 마음의 준비를 마칠 때까지 기다린 것을 후회하지 않았 다. 성급하게 그녀를 안았다면 결코 지금과 같은 감각은 느끼지 못했을 것 이다. 사랑하는 사람과 눈을 마주하고, 서로를 신뢰하며 어루만지는 것은 얼마나 행복한 일인가. 지금 이 순간이 더할 나위 없이 만족스러웠다. 그녀와 교감하는 이 순간이 계속 이어졌으면 좋겠다고 생각했다. 렌은 이제야 생의 의미를 찾았다. 그의 삶은 엘쟈네스를 위해 존재하는 것이었다. 함께 있는 이 순간 모든 것이 특별하게 다가왔다. 렌은 엘쟈네스의 뺨을 어루만졌다.

"엘쟈. 사랑합니다."

"렌, 사랑해요."

엘쟈네스 역시도 속삭였다. 서로에 대한 신뢰와 교감에서 우러나오는 감정이 둘을 감쌌다. 렌은 모든 순간에 늘 엘쟈네스를 바라보고 있었다. 그녀 엘쟈네스를 세상에서 가장 귀하고 아름다운 사람처럼 대했다. 그 동작 하나하나가 와닿았다. 그녀는 사랑받을 자격이 있는 사람이었다. 사랑스러운 사람이었다. 그것이 고스란히 전해졌다. 엘쟈네스는 렌을 끌어안았다. 렌은 엘쟈네스가 잠들 때까지 사랑한다는 말을 끊임없이 속삭여주었다.

시간이 얼마나 흘렀을까. 엘쟈네스는 렌의 품 안에서 눈을 떴다. 엘쟈네스가 눈을 뜨자 렌 역시도 눈을 떴다. 렌은 엘쟈네스의 이마에 입을 맞췄다. 엘쟈네스는 빙긋 웃었다.

"잘 잤어요, 렌?"

"몸은 괜찮습니까."

"괜찮아요. 아픈 곳도 없고요."

나신으로 안겨 있는 엘쟈네스를 느끼자 그녀를 가지고 싶다는 생각이 머릿속을 가득 채웠다. 렌은 엘쟈네스를 안기 전까지는 자신의 욕구의 정도를 알지 못했다. 겨울의 마법은 대상의 심장부에 깃들어 소유주를 지치지 않게 한다. 렌은 화이트 기사단원들이 겨울 마법의 도움을 느끼게 되는 것은 잠자리에서라며 지나가듯 했던 말을 실감했다. 엘쟈네스가 다정하다고 평했던 검은 눈동자가 짙은 욕망을 띠었다. 렌은 그녀를 부드럽게 애무하기 시작했다. 달콤한 감각에 엘쟈네스는 다시 렌을 붙잡을 수밖에 없었다. 그 몸짓은 밀어내는 것보다는 매달리는 것에 좀 더 가까웠다.

"렌… 엘리나가 올지도 몰라요…."

"그녀는 오지 않을 겁니다. 화이트 기사단이 갑자기 들어와 이 시간을 방해할 일도 없을 겁니다."

농밀한 입맞춤이 이어졌다. 지난밤을 암시하는 붉은 화인이 엘쟈네스의 몸 곳곳에 새겨져 있었다. 렌이 만든 흔적들이었다. 엘쟈네스는 이내 다시 눈을 감았다. 렌은 엘쟈네스를 자신의 품에 기대게 한 뒤 그녀의 목뒤 아래에 키스했다.

"렌…."

"밤은 아직 끝나지 않았습니다."

그의 말처럼 아침은 오지 않았다. 이내 방 안은 다시 열기로 가득 찼다.

❆

겨울의 땅은 아룬델의 피를 환영해주었다. 그것은 너무나도 쉽게 열렸다. '그'는 아룬델의 저택을 찾아냈다. 굳이 찾을 필요도 없었다. 시끄러운 소리들이 저 멀리에서부터 들려오고 있었으니까.

[우리를 풀어다오!]

[윈터나이트가 또다시 이 땅을 짓밟는다!]

음성의 주인들은 자신들의 목소리가 결코 누군가에게 닿지 않는다는 사실을 알면서도 울부짖고 있었다. 그들의 목소리는 악귀 같았다. 봉인되어 멈춘 땅에 오랜 세월 머무른 이들의 정신은 이미 붕괴된 상태였다. 이들에게 남은 것은 오로지 본능뿐이었다. 이성이라고는 없는 아룬델의 의식들이 생전에 하던 대로 무어라 말을 지껄이고 있었다.

[반드시 얼려버리리라!]

[후손이 올 것이다! 내 육체는 해방되리라!]

붉은 머리칼의 소년은 무기질적인 눈으로 저택을 바라보았다. 그는 천천히 걸어 아룬델의 저택에 도달했다. 누구도 반기지 않던 저택의 정문이 큰 소리를 내며 열렸다. 이곳은 윈터나이트가 결코 들어올 수 없는, 아룬델만의 장소였다. 누구도 찾지 않게 된 지 오래인. 핵심 세력이 줄어들며 아룬델들은 겨울의 땅은커녕, 윈터나이트에 발을 붙일 수조차 없어졌다. 전대 대공 부부가 순혈의 아룬델을 완전히 말살한 이후로 이곳에 들어올 수 있는 아룬델은 없었다. 물론 소년에게는 해당되지 않는 이야기였다.

"인공적으로 만들어진 아룬델도 가리지 않는구나."

마지막 아룬델은 중얼거렸다. 소년은 하늘을 바라보았다. 겨울의 땅에 오는 밤은 아룬델에게 힘을 가져다주었다. 아룬델이 지나갈 때 모든 지형은 평지로 변했다. 세차게 내리는 눈보라는 곧 그쳤다. 윈터나이트가 겨울의 낮에서 힘을 얻는다면, 아룬델은 겨울의 밤에서 힘을 얻는다.

정문을 통과하자 첫 번째 문이 나왔다. 마법으로 된 커다란 단두대였다. 위에는 시퍼런 칼날이 있었다. 소년은 첫 번째 문을 지나갔다. 칼날은 떨어졌으나 소년에게 닿지 못했다.

"듣던 대로야."

두 번째 문에는 손 모양으로 패인 곳이 있었다. 그러나 문의 마법이 원하는 것은 손을 올려두는 것이 아니었다. 소년은 말했다.

"가장 차가운 것. 가장 비천한 것."

그리고 문이 열렸다. 여기까지는 어렵지 않았다. 다음 과정도 어렵지는 않을 것이다. 문 안에서 눈보라가 치고 있었다. 소년은 발걸음을 옮겼다. 윈터나이트의 겨울에 찾아오는 잔혹한 냉기가 소년의 몸뚱이를 얼렸다. 손과 발은 금세 얼어붙었고, 온몸의 피가 식어 움직일 수조차 없었다. 그는 죽어가고 있었다. 얼어붙어서. 그 순간, 소년의 얼굴에 황홀한 미소가 떠올랐다. 이것은 모든 아룬델의 본능이었다. 세상을 얼어붙게 하지는 못했으나 그 자신을 파괴하는 것만으로도 즐거웠다. 그 순간 거짓말처럼 환영이 사라졌다. 아룬델의 마법 중 하나였다.

소년은 다시 걸어갔다. 광활한 실내가 나타났다. 온 벽에는 죽음의 그림이 걸려 있었고, 샹들리에는 꺼져가고 있었다. 대리석 바닥에는 붉은 카펫이 깔려 있었다. 소년은 아룬델들의 향기를 깊게 들이마셨다. 문득 괴기스러운 목소리가 물었다.

「너는⋯. 누구인가⋯.」

"나는 헬."

소년은 가장 부드러운 목소리로 답했다. 헬은 그에게 질문하는 이 영혼이 고통받고 있다는 사실에 기뻤다.

"마지막 아룬델."

헬이 말하기도 전 모든 것은 헬에게 개방되었다. 소년은 가장 화려한 문 안으로 다가갔다. 그리고 아룬델의 문명이 꽃피워낸 무수한 것들을 발견했다. 멈춰버린 에너지석 가공 장치가 눈에 들어왔다. 그 옆에는 아룬델의 마법을 이용해 에너지석을 만드는 방법이 쓰여 있었다. 여러 연구 결과들 중, 헬은 그것을 택했다. 나머지는 필요 없었다.

주변의 무수한 유리관 안에는 배양액과 아룬델들이 들어 있었다. 헬은 유리관 위에 손을 올렸다. 무기질적인 눈동자가 유리관 안을 향했다.

봉인된 옛 아마릴리스의 수도에 들어갈 때 윈터나이트의 집사는 겨울의 땅으로 향하는 문을 지킨다. 지금은 한밤중이다. 율리히는 식은땀을 흘리며 몸을 일으켰다. 이내 율리히는 심장을 붙잡았다.

"허억."

"뭐, 뭐야. 무슨 일이야?"

깨어난 화이트 기사단원이 잠이 덜 깬 채 놀라 주위를 둘러보았다. 율리히는 식은땀을 흘렸다. 소년은 현존하는 마법사 중 가장 큰 성취를 이룰 수 있을 만한 재능을 지닌 인재였다. 미묘하고도 낯선 감각이 살갗을 자극하는 것만 같다. 율리히는 창밖을 날카롭게 바라보았다. 밤이었다. 그러나.

방금 느꼈던 소름끼치는 감각을 설명할 수가 없었다. 겨울의 땅을 봉인한 마법은 윈터나이트가 집사들에 의해 관리되고 있었다. 방금 그것이 흔들린 것 같았다. 율리히는 화이트 기사단원을 툭 쳤다.

"경. 일어나세요. 봉급 값은 하셔야죠."

"뭐라고? 방금 봉급 값을 하라고 한 것 같은데…."

"착각이에요."

가시 섞인 날카로운 말투를 들었던 것 같은데…. 중얼거리던 화이트 기사단원은 어슬렁거리며 옷을 입었다. 그는 율리히가 잠꼬대를 했다고 생각하고 있었다.

"나도 네 나이 때에는 악몽을… 하암… 꿨어."

"헛소리 그만하시고 따라오세요."

율리히는 곧바로 등불을 들고 바깥으로 나왔다. 절벽 아래의 바다가 달빛을 받아 빛나고 있었다. 이 절벽은 윈터나이트의 수도 너머에 있는 바다와 마법으로 연결된 곳이었다. 율리히는 어두운 밤바다와 절벽을 바라보았다. 어떤 문제도 없었다. 흔들리는 부분도 없었다. 그는 절벽에 걸린 마법을 점검했다.

"꼬마야… 뭘 확인하는… 하암."

"기다려요."

율리히는 겨울의 땅으로 향하는 문을 점검했다. 율리히가 땅바닥에 진을 하나 그리고 마력을 잡아 움직이자 허공에 밝은 마법진이 나타났다. 매우 복잡한 형태를 띤 것이었다. 기사가 갑작스러운 빛에 놀라 마법진을 바라보았다.

"뭐야."

"이것만. 확인할게요."

율리히는 마법진의 구조와 원리를 모두 알고 있었다. 연결되어야 할 곳은 연결되고, 꼬아야 할 곳은 꼬아야 했다. 마법진의 모든 부분이 완벽했다.

'안심해야 하는 건가.'

다행이었다. 그래도 잠에서 깨었을 때에는 끔찍하고 절망적인 느낌을 받았었는데. 율리히는 눈을 감았다. 그가 꿈을 꿀 때 보였던 붉은빛은 다시 나타나지 않았다. 아니. 율리히는 이미 그런 것을 보았다는 사실조차 잊은 후였다. 그러나 그가 꾸었던 꿈은 마님에게로 이어지고 말았다.

소년은 마력이 부족해 꿈을 기억하지 못했으나, 마력이 강한 이에게 꿈은 다르게 작용했다. 이번에 꿈을 꾼 것은 엘쟈네스였다. 엘쟈네스는 세찬 흔들림을 느끼며 낯선 곳에서 눈을 떴다.

붉은색이 넘실거렸다. 엘쟈네스는 주위를 둘러보았다. 처음 보는 장소였다. 대리석 바닥과 창문을 가린 커튼들. 벽에 걸린 무채색의 초상화들은 하나같이 음울한 느낌을 풍겼다. 그 가운데, 원기둥 모양의 유리 수조들이 나열되어 있었다.

아. 수조 안에 담긴 것은 붉은 머리칼을 가진 사람이었다. 젊은 청년부터 소녀, 늙은이, 중년, 갓난아기 등등. 그들은 눈을 감은 채 배양액에 잠겨 있었다. 무수한 수조들 안에 있는 이 붉은 머리칼의 사람들은.

"아룬델?"

엘쟈네스가 물었다. 그 순간 유리알 같은 눈동자가 엘쟈네스를 향했다. 몸의 주인이 수조의 유리벽에 비친 자신의 얼굴을 바라보고 있던 것이다. 들켰다. 엘쟈네스는 본능적으로 눈을 감아버렸다. 몸의 주인이 말했다.

"엘쟈."

엘쟈네스는 눈을 떴다. 손이 떨리고 있었다. 호흡은 불규칙했다. 렌이 엘쟈네스를 내려다보고 있었다. 잠이 들었던 모양이었다. 엘쟈네스는 아직도 옛 윈터나이트 대공가의 침실에 있었다.

"나쁜 꿈을 꾸었어요."

"무슨 꿈입니까."

"수조 안에 붉은 머리칼을 가진 사람들이 있었어요."

섬뜩한 꿈이었다. 엘쟈네스는 렌에게 기대어 창밖을 바라보았다. 별들이 쏟아질 것처럼 밝게 빛나고 있었다. 환상적인 밤하늘이 유독 불길하게 보였다.

밤은 한 달이 다 되도록 끝나지 않았다. 이런 나날이 지속되자 화이트 기사단원들 역시 처진 분위기로 생활하고 있었다. 렌이 물었다.

"그래서 어떻게 끝났습니까. 그 꿈은."

"그 사람들이 아룬델이라고 생각한 순간 제 존재를 들키고 말았어요. 꿈 속의 저는 누군가와 시각을 공유하고 있었거든요. 이상한 꿈이죠?"

엘쟈네스는 나직하게 웃었다. 렌은 엘쟈네스의 목덜미에 입술을 묻었다.

"정말 단순한 꿈이었습니까."

다른 이가 이렇게 묻는다면 꿈이라고 대답했을 것이다. 그러나 엘쟈네스의 직감은 그렇지 않노라고 외쳤다. 그녀는 고개를 저었다.

"그저 꿈이 아니었어요."

단호하게 대답할 수 있었다. 그 순간 하얀 무언가가 창을 가렸다. 새까만 몸을 가진. 하얀 무언가. 렌과 엘쟈네스가 그것을 발견한 그 시간에, 화이트 기사단 역시도 심상치 않은 일을 목격하고 있었다.

방구석에 처박혀 아무렇게나 누워 있던 망나니 조제프가 문득 창가를 바라보았다.

"어…?"

"무슨 일이냐."

"설마 재미있는 일이 생긴 거냐?"

과묵한 기사단원들도 무료한 것은 마찬가지였기에 간만에 일어난 소란인가 싶어 조제프를 바라보았다. 조제프는 눈을 깜빡거리더니 얼이 빠진 사람처럼 말했다.

"방금… 유령이…."

화이트 기사단원들은 모두 창가를 보았다. 그러나 유령은 없었다. 당연한 일인지도 모른다. 기사 중 몇은 유령이라는 말에 흠칫한 상태였다. 엘리나가 말했다.

"내 눈에는 보이지 않는다."

"지금은 없어. 그런데 좀 전에 하얀 얼굴이…."

"으아악!"

기사들은 비명을 질렀다. 조제프는 술을 마시지 못해 무료한 상태로 누워 있던 중이었다. 창문에 시선이 간 것은 우연한 일이었다. 미세한 인기척을 느낀 것이다. 순간 창문에 있던 하얀 얼굴이 떨어져나갔다. 너무나도 순식간에 일어난 일이었다. 조제프는 머리를 헝클어뜨렸다. 밤이 계속되자 헛것을 보는 모양이다. 돌아가면 퇴마 의식이라도 받아야 하나. 조제프는 창가에서 시선을 떨어뜨렸다.

"에, 엘리나. 네가 단장 부단장을 제외하고서는 우리 중 가장 세니까 같이 가자…."

"어딜 말인가."

"화장실에 가고 싶은데…. 으으… 유령이라니…."

"어딜 같이 가려는 거야."

알렉은 엘리나와 동료들을 떨어뜨려놓았다. 하긴. 기사에게 성별이 어디 있겠냐만은. 그 순간.

"으아악!"

갑작스럽게 기사 하나가 비명을 질렀다. 그를 툭 치려던 알렉이 당황스러운 얼굴로 바라보았다. 기사는 바들바들 떨고 있었다. 그의 눈동자가 마구 흔들리는 것이 보일 정도였다.

"아, 아, 알렉. 내가 바, 방금. 유, 유…. 아니 저게 대, 대체…."

"더듬지 말고 말해봐. 너 왜 그러는 거야?"

"방금 하, 하, 하얀 어, 얼…. 으아악!"

그는 기억을 되새기다 비명을 지르며 주저앉아버렸다. 모두가 그 기사의 시선 끝을 바라보았다. 대공 각하와 비 각하가 머무는 저택. 순간 알렉의 표정도 이상해지고 말았다. 하얀 얼굴이 떠 있었다. 그것은 저택의 창문 안을 들여다보고 있었다.

이상한 느낌이 들었다. 알렉은 뒤를 돌아보았다. 뒤에 하얀 얼굴이 한 개 더 있었다. 그것도 그들을 바라보면서. 알렉이 소스라치게 놀랐다. 그는 입을 막았다. 비명을 지르지 않은 게 기적일 지경이었다. 하얀 얼굴은 순식간에 사라져버렸다.

"뭐야. 저게."

"나도 모르겠다."

"정말로 유령이 실존하기라도 하는 건가?"

두 사람은 대화를 나누고 있었다. 순간이었다. 하얀 얼굴이 엘리나를 향해 달려들기 전, 예리한 검날이 뒤쪽으로 뻗었다. 엘리나가 뒤를 보지도 않고 바로 하얀 얼굴을 찌른 것이다. 괴상한 비명 소리가 들려왔다.

"키이이이익! 케에에에에에에엑!"

하얀 얼굴이 몸부림치다 사라졌다. 어느새 엘리나와 알렉은 등을 맞대고 있었다.

"몸체는 검은색이었다."

"그래서 안 보인 거군. 얼굴만 떠 있다고 착각했잖아."

검은 몸체와 하얀 얼굴을 가진 악령들이 윈터나이트 저택 위에 무수히 떠 있었다. 겨울의 마법이 그것들을 향해 반응했다. 이례적인 일이었다. 그리고 원인은 단 하나뿐이었다. 아룬델. 알렉은 중얼거렸다.

"난 이제 아룬델이라면 지긋지긋하다고."

※

유리 수조들에 소년의 모습이 비쳤다. 청년이라기에는 앳된 티가 나는 소년이었다. 선연한 붉은빛의 머리칼이 수조의 배양액에 비쳤다. 유리 수조들 안에는 여러 아룬델들이 들어 있었다. 소년은 그 속을 바라보았다. 그는 마지막으로 남은 아룬델이었다. 아룬델의 추종자들마저 죽은 상황에서는 그랬다. 수조 안에 든 아룬델들이 아우성쳤다. 소년은 빙그레 웃었다. 소년의 귀에는 그 목소리들이 너무나도 똑똑하게 들려왔다.

[얼려 죽일 것이다…]

[네 몸을 다오! 네 목소리를 다오! 다시 그들에게 복수하리라.]

[나를 깨워다오!]

그들은 절규하거나 고함을 지르고 무어라고 외치고는 했다. 소년은 그 말들을 모두 들어주었다. 천 년이 넘도록 의식만 깨어 있는 아룬델도 있었다.

소년의 무감각한 눈동자가 유리 수조를 향했다.

"나는 깨우는 방법을 몰라. 하지만 내가 해야 할 건 알고 있지."

소년의 마력이 모였다. 그것들은 거세게 유리 수조를 부숴버렸다. 아아. 전대의 아룬델. 다시는 눈뜨지 못할 이들. 그들은, 살아남은 마지막 아룬델에게 흡수되는 편이 행복할 것이다. 헬은 아무렇게나 놓인 배양액 속 시체들을 바라보았다. 새하얀 이가 일순 드러났다. 그가 모든 것들을 먹어 치워 완벽해지는 동안, 악령들이 시간을 끌어주리라.

꽃

정체 모를 악령들이 몰려들었다. 그것들은 저주의 말을 퍼부으며 낄낄거리기도 했고 말없이 그들을 들여다보기도 했다. 화이트 기사단들은 나와서 악령들과 대치하거나 검은 악령들을 베어내며 소리쳤다.

"깜짝 놀랐잖아! 유령인 줄 알았다고!"

"유령이나 악령이나."

"유령은 베어낼 수 없지만 아룬델이 보낸 이건 벨 수 있지!"

밤하늘에는 별이 없었다. 아니. 하늘이 보이지 않을 만큼 많은 숫자의 악령들이 하늘을 뒤덮고 있었다. 몇이 있는지도 알 수 없었다. 화이트 기사단은 악령들을 베어내고 또 베어냈다.

"어딜!"

악령 중 그들을 공격하는 것도 있었고, 검을 피하더니 별안간 다른 위치로 순간 이동을 하는 것도 있었다. 베고 베어내도 악령의 숫자는 줄어들지 않았다. 한나절이 넘도록 전투를 했는데도 악령은 건재했다.

렌은 검을 들었다. 엘쟈네스도 하늘 위를 바라보았다. 아무것도 없는 것처럼 보였다. 그러나 하늘이 검었다. 별이 보이지 않을 만큼 수많은 악령들.

기사단은 지치지 않았으나 다소 버거워 보였다. 수가 너무 많았기 때문이다. 악령들은 엘쟈네스와 렌을 바라보았다. 그 순간이었다. 가면 같은 하얀 얼굴들이 입이 찢어질 것처럼 웃기 시작한 것은. 웃음소리는 들리지 않았으나 미소는 보였다.

"엘쟈. 조금 물러나 계십시오."

렌의 말이 끝나기도 전 악령이 달려들었다. 그것은 렌의 검에 의해 스러졌다. 엘쟈네스는 그제야 머리 위에 검은 무언가가 있다는 사실을 깨달았다. 사방을 경계하느라 머리 위를 경계할 생각을 하지 못했다. 화이트 기사단 모두가 완벽히 강한 것은 아니었다. 화이트 기사단의 전령인 잭이 빠른 발을 갖게 되었듯 검이 아닌 다른 능력을 부여받는 경우도 있었다. 화이트 기사단원들 역시도 인간이었다. 그들은 점차 지쳐가고 있었다. 기사단장인 렉더 마이어가 기사들을 격려했다.

"많이 베어냈다. 승산이 보인다."

"단장. 저것들이 사라지기는 하는 겁니까?"

"사라질 겁니다."

부기사단장인 원이 악령 몇을 순식간에 예리한 단도로 베며 말했다. 어둠 속에 녹아든 그의 모습은 그야말로 암살자다웠다. 감탄할 새는 없었다. 악령들이 점점 더 강해지기 시작했던 것이다. 원은 엘리나에게 말했다.

"저것들은 대공 각하와 비 각하를 보자 날뛰고 있습니다. 두 분의 안전에 주의하세요."

"알겠습니다."

그 말은 사실이었다. 악령들은 이제 마법까지 쓰기 시작했다. 그들이 내뱉는 불길한 말은 공격 마법으로 나타났다. 용암이 치솟아 올랐다. 검은 어둠이 칼날로 변했다. 지옥과도 같은 광경이었다. 악령들을 계속 상대하자 점점 감이 오기 시작했다. 악령들에게는 약점이 있었다. 핵을 단번에 찌르면 악령을 바로 없앨 수 있었다. 아룬델은 나타나지 않았다. 악령이 오던 방향을 바라보던 알렉은 악령들이 아룬델의 저택에서 오고 있다는 사실을 알아차렸다.

"대체 무슨 일이 벌어지는 거야!"

"비 각하!"

한 동료가 외쳤다. 렌은 엘쟈네스를 지키고 있었다. 그 순간 악령 몇이 꾸물거리며 뭉치기 시작했다. 검고 질척거리는 것들이 한데 합쳐졌다. 더 큰 악령이 태어나는 순간이었다. 악령은 엘쟈네스를 손가락질했다. 엘쟈네스의 몸이 이동했다. 순간 엘쟈네스는 위를 올려다보았다. 무수한 하얀 얼굴들이 불길하게 웃으며 내려오고 있었다. 이대로라면 잡아먹힐 것이다. 엘리나는 뛰었다. 검을 든 채. 악령은 엘쟈네스만을 정확히 가리켜 다른 악령들을 아래로 이동시킨 것이다. 렌은 바로 엘쟈네스에게로 이동했다. 그러나 때는 이미 늦은 후였다.

"비 각하!"

화이트 기사단이 손쓸 새도 없이 악령들이 대공비에게 달려들었다. 검은 악령들이 대공비를 에워싸고 뒤덮었다. 기사들이 이를 악물었다. 대공비는, 죽었을지도 모른다. 악령들은 입이 찢어져라 웃고 있었다. 춤을 추는 것들도 있었다. 눈을 뜨고 대공비를 빼앗긴 격이었다. 몇몇 기사들은 멍하니 멈춰서 허탈하게 그 광경을 바라보았다. 그 순간이었다. 검은 악령들 틈으로 빛이 새어나온 것은. 용병 출신의 파트너인 헤븐과 피스는 빛의 정체를 알아보았다. 그것은 마법의 흔적이었다. 피스가 얼른 외쳤다.

"비 각하가 살아 계신다!"

그 말은 사실이었다. 곧 빛이 퍼져 나가며 엘쟈네스를 에워쌌던 악령들을 완전히 소멸시켰다. 밤하늘에는 겨울의 마법이 실린 거대한 마법이 펼쳐졌다. 잘 놀라지 않는 무뚝뚝한 단장인 렉더 미이이도 그 순간만큼은 눈을 크게 뜨고 말았다. 겨울의 마법이 아득히 펼쳐졌다. 파괴의 마력은 순식간에 퍼져 나갔다.

순간 밤하늘이 푸르고 시린 빛으로 보였다. 그만큼 규모가 큰 마법이었다. 모든 것들이 푸른빛에 잡아먹힌 것처럼 보일 정도였다.

"이건…."

거대한 빛이 엘쟈네스에게 달려들던 악령들을 잡아먹었다. 파괴의 마법이었다. 마력이 모든 것들을 소멸시켜버린다. 상상을 초월하는 힘이었다. 곧바로 합류한 엘리나가 엘쟈네스에게 달려드는 악령 하나를 베었다. 화이트 기사단이 그토록 힘들게 상대해왔던 악령들 대다수가 순식간에 사라져 가고 있었다.

악령들은 다시 엘쟈네스를 방해하기 위해 달려들었지만 이미 늦었다. 윈터나이트 대공이 그들을 내려다보고 있었다. 가장 강한 겨울 마법의 주인인 대공의 검에 악령들은 어떤 힘조차 쓰지 못하고 무력하게 스러졌다. 대공과 대공비가 합세하자 악령들은 순식간에 사라졌다. 화이트 기사단원 중 누군가가 중얼거렸다.

"두 분 다 인간을 넘어서셨구먼."

그 말 외에는 어떤 감탄도 나올 수 없었다. 엘쟈네스의 마력은 어마어마했다. 악령은 서로를 복제했지만 엘쟈네스의 마력은 그것들마저도 전부 순식간에 파괴해버렸다. 악령의 수가 점점 줄어갔다. 악령들은 엘쟈네스를 노렸으나 접근할 수 없었다. 대공의 검에는 어떤 망설임이나 자비도 없었다. 검은 형체로 뭉치는 악령들도 있었으나 검날이 그것마저도 용납하지 못하겠다는 듯 휘둘러졌다. 무수한 악령들이 소멸되었다. 화이트 기사단조차도 할 수 없는 것들이었다. 모든 악령들이 사라져갈 때쯤, 누군가가 소리쳤다.

"아침이 온다!"

새하얀 인공 태양이 떠오르고 있었다. 검은 밤이 잡아먹히기 시작했다.

악령들은 발악했으나 더 이상은 발악조차 할 수 없었다. 하얀 낮이 악령들을 다 태워버렸다. 오랜 밤의 끝이었다. 또한 전투의 끝이기도 했다. 이제부터는 화이트 기사단의 시작이었다. 화이트 기사단원들은 검을 다시 잡았다.

※

깨진 수조 위에는 배양액 자국만 존재할 뿐이었다. 대리석으로 된 바닥. 그는 여전히 옛 아룬델의 저택 안이었다. 소년은 바닥에 엎드리듯 주저앉은 상태였다. 소년의 몸이 이따금 떨렸다. 아룬델의 마법들이 날뛰고 있었다. 만들어진 생명체의 한계였다.

'이것을 극복하기 위해서.'

크로커스가 가져간 마법이 필요했다. 붉은 머리칼의 소년은 쿨렁거리며 배양액을 토해냈다. 옛 아마릴리스의 땅이 봉인되지 않았을 무렵, 모든 것이 좋았다. 아룬델은 가장 큰 공작가인 동시에 가장 큰 종교이기도 했다. 사람들은 죽음이 안식을 준다는 것을 믿었다. 커다란 신전에서 집회를 열기도 했다. 반면 윈터나이트는 황제의 혈족이었으나 황제에게 미움을 받은 상태였다.

황제는 대대로 기억을 전승하는 이능이 있었다. 그러나 윈터나이트를 미워한 황제는 이능을 잘 사용하지 못했다. 그는 윈터나이트 대공가를 숲속으로 추방시키고, 아룬델을 가까이했다. 모든 상황이 순조로웠다. 힘이 없는 윈터나이트는 거대한 아룬델의 세력에 대응하지 못했다.

그리고 겨울이 풀려났다. 집어삼킨 아룬델의 기억 중 일부가 소년에게 들어왔다.

"윈터나이트와 아마릴리스는 끝까지 아룬델을 추적할 것이다. 너희는 갈

곳이 없다. 붉은 머리는 어느 곳에서든 배척되리라."

겨울의 땅이 봉인되고, 기억을 찾은 황제가 말했다. 그 후 아룬델은 급격하게 기울기 시작했다. 본래 겨울의 땅이 열리면 아룬델과 윈터나이트가 함께 들어왔으나 이제는 그럴 수조차 없었다. 아룬델은 쇠락했다. 붉은 머리에 대한 무수한 속설이 떠돌았다. 북쪽 사람들은 붉은 머리를 기피했다. 마녀사냥이 열리기도 했다. 아룬델이 머물 곳은 그리 많지 않았다.

그러나 소년은 웃고 있었다. 그는 이제 완전한 아룬델이었다. 하얀 낮이 시작되며 악령들은 사라졌다. 그에 비교되지 않을 만한 힘이 생겼다. 마지막으로 남은 악령 하나가 소년의 눈이 되어주었다. 악령은 사라지기 직전, 화이트 기사단과 대공이 겨울을 베는 모습을 보여주었다. 지금이 기회였다. 겨울의 땅을 벗어나 로벨리아로 갈 것이다. 왜냐하면.

"약속의 대가를 받아내야지."

리리엘 크로커스.

빙그레 웃은 마지막 아룬델은 그렇게 밖으로 걸어 나갔다. 이제 소년의 의지대로 움직이는 아룬델의 저택이 다시 굳게 잠겼다. 이곳은 결코 열리지 않을 것이다. 아룬델의 저택에서 일어나는 일을 눈치챈 이는 아무도 없었다.

엘쟈네스는 손을 내밀었다. 렌이 손을 잡았다. 엘쟈네스의 장갑은 날아간 뒤였다. 겨울의 땅에 깃들었던 마법이 엘쟈네스의 마법과 어우러져 발현되는 순간부터 엘쟈네스는 장갑을 벗어던졌던 것이다.

"손이 찹니다."

"렌의 손도 찬걸요."

"장갑을 끼고 있기에 괜찮습니다."

부부의 곁으로 화이트 기사단이 다가왔다. 옛 아룬델 공작가의 저택으로 보냈던 잭과 엘리나가 돌아왔다. 엘리나는 말했다.

"열리지 않습니다. 악령의 흔적도 찾아볼 수 없습니다. 창가에 커튼이 쳐져 있어 안을 볼 수도 없었습니다."

"고맙구나, 리나."

그때 소리가 다시 들려왔다. 신비한 푸른빛이 길을 만들고 있었다. 새하얀 눈보라가 푸른빛을 감싸며 일렁거렸다. 빛은 기하학적인 어떤 문양을 나타내고 있었다. 렌은 설명했다.

"겨울에게로 가는 길입니다. 겨울을 베어내면 여정은 끝이 납니다."

"바로 출발하면 되나요?"

"짐을 챙기고 출발해도 됩니다."

일정의 끝이었다. 두 달간의 여행이 끝나는 순간이었다. 겨울을 베어내고 나면 윈터나이트에 찾아온 혹독한 추위가 가신다고 했다. 기사들과 대공 부부는 아침을 먹고 짐을 챙겼다. 그리고 늑대를 불렀다. 낮이 되자 새하얀 늑대들이 나타났다. 늑대들은 길처럼 펼쳐진 푸른 자국을 따라 달렸다.

길이 이어진 곳은 엘쟈네스가 크로커스의 문양을 발견했던 신전이었다. 윈터나이트의 사람들은 늑대에서 내려 천천히 걸었다. 그때 신전에 마법이 걸리며 문이 나타났다. 겨울의 마법이 이 안에 겨울이 있다고 거세게 요동치며 알렸다. 그러나 문의 잠금장치 때문에 문이 열리지 않았다. 기사 하나가 말했다.

"젠장. 이런 식으로 골탕을 먹이다니."

겨울을 베러갈 때는 꼭 이런 관문이 하나씩 존재했다. 마법 전쟁 전의 사람들이 장난을 쳐놓았다는 가설이 가장 신빙성 있게 받아들여졌다. 암호를 알 수 없는 데다 긴박한 상황이었기에 기사 몇이 문고리 쪽을 파괴했으나 오히려 문이 더 단단히 잠겨버렸다.

"미친놈들! 뭐하는 짓이야!"

"지금 다 왔는데!"

화이트 기사단 내의 욕설은 금지였지만 드물게도 욕설이 터져나와버렸다. 엘쟈네스는 긴말을 하지 않았다. 그리고 가볍게 손을 들어 올렸다. 이내 파괴의 마력에 문이 사그라지듯 소멸되었다. 문이 열렸다. 아니, 문이 사라져버렸다. 화이트 기사단 중 몇은 말을 잃었다.

"엘리나, 따르렴."

"알겠습니다, 비 각하."

엘리나의 얼굴에는 엘쟈네스를 향한 자부심이 드러나 있었다. 어떠냐고 하며 대공비에 대해 자랑을 늘어놓는 무언의 표현을 기사단 모두가 알아들을 수 있었다. 화이트 기사단은 동의했다. 엘쟈네스는 그럴 가치가 있는 인물이었다. 신전은 추위로 인해 하얗게 물들어버린 상태였다. 바닥 위에 서리가 가득했다. 공기마저도 얼어붙어버렸다. 엘쟈네스는 천천히 발걸음을 옮겼다. 화이트 기사단원들이 앞장섰다. 극심한 추위가 찾아오자 몸이 얼어갔다. 한기가 몸의 감각을 앗아갔다. 드러난 얼굴마저도 얼어붙어버렸다. 겨울의 마법이 추위를 막아주었지만 그마저도 한계가 있었다. 말조차 잘 나오지 않았다. 그리고. 겨울이 있었다.

"보지 않게 조심해."

"알겠다니까."

기사들은 앞으로 나아갔다. 그들은 위를 보지 않으려고 애썼다. 겨울이 무어라 말하는 것처럼 울리는 소리를 냈다. 엘쟈네스는 무심코 위를 바라보았다. 희었다. 그것은 하얀빛이었다. 또한 너무나도 아득한 존재였다. 인간의 영역에서는 저것을 결코 이해할 수 없으리라. 겨울은 고귀하고 아름다웠으나 불길했다. 겨울이 하얗게 넘실거렸다. 원초적인 공포가 엘쟈네스를 감쌌다. 저것이. 풀려나면. 세상은 멸망할 것이다. 단순한 문장들이 진실이 되어 다가왔다. 공포에 얼어붙어 꼼짝도 할 수가 없었다. 겨울의 형체는 뚜렷하지 않아 얼핏 마력과 비슷하게도 보였으나 보통의 마법과는 비교도 되지 않을 만큼 무수한 세월을 담고 있었다. 세상의 온갖 악의와 불길한 증오가 저 아름다움에 존재했다. 누가 무슨 의도로 겨울을 만든 것일까? 알 수 없었다. 겨울이 한 번 움직일 때마다 연회장에는 얼음가루들이 떨어졌다. 아름다웠으나 결코 가까이 가고 싶지 않았다.

"트라우마에 걸릴 것 같아."

"저것 때문에 자살하는 사람들도 나오니까."

망나니 조제프가 겨울을 보지 않으려고 애쓰며 말했다. 겨울을 베어내는 것은 생각보다 쉬운 일이었으나 겨울 자체를 견디기가 힘이 들었다. 겨울은 불길하고 끔찍했다. 이 압도적이고 원초적인 공포감을 이기는 것은 쉬운 일이 아니었다. 겨울에게 눌리거나 닿는 순간 사람은 얼어붙어 죽어버렸다. 대대로 겨울을 베어내는 임무를 수행하는 윈터나이트 대공들의 감정 폭이 적은 것은 겨울에 견딜 만큼 무뎌야 하기 때문일지도 몰랐다. 렌은 엘리나에게 지시해 엘쟈네스의 눈을 가렸다.

"보지 마십시오. 엘쟈."

"저것이⋯. 겨울이군요, 렌."

엘쟈네스는 중얼거렸다. 저것이 겨울이다. 겨울 안의 심장을 파괴하는 것으로 일정은 끝이 난다. 겨울을 오래 봐온 기사들마저 질려 겨울에게 다가가지 못할 때, 렌은 샹들리에 아래로 순식간에 움직여 검을 들어 올렸다.

단 한 번이었다. 렌의 그 동작에 푸르게 빛나는 어떤 것이 깨져나갔다. 겨울의 심장이었다. 거대한 정적이 내려앉았다. 겨울이 사라지고 나서야 화이트 기사단은 숨을 쉴 수 있었다.

"끔찍했어."

"도망가지 않은 것만으로도 다행이지."

"대공 각하는 정말."

알렉은 말을 잇지 않았다. 그는 인간이라면 누구나 기피하고 두려워할 겨울을 보면서도 눈 하나 깜짝하지 않았다. 간혹 그들이 대공을 괴물이라고 느낄 때는 그랬다. 그러나 대공비는 대공의 손을 다정하게 잡아주었다. 엘쟈네스는 렌을 보며 미소 지었다. 대공은 행복해 보였다. 화이트 기사단은 생각했다. 저런 분이 대공비라 다행이라고. 겨울이 파괴되자 하얀 것들이 파편처럼 내려와 모든 것을 뒤덮었다. 하얀 빛이 눈앞을 감쌌다. 눈을 뜨자 처음 출발했던 오두막이 보였다. 마법이 끝나가고 있었다. 겨울은 멸망했고 윈터나이트의 목적은 끝났다. 작은 엘쟈가 날아와 눈을 흩뿌렸다.

"작은 엘쟈야, 아프구나."

엘쟈네스의 말에 작은 엘쟈는 뺨을 부풀린 채 엘쟈네스의 어깨 위에 앉았다. 몰래 숨어들었던 작은 엘쟈는 하루도 채 되지 않아 들켰다. 그들이 다시 떠나야 한다는 것을 아는 듯, 작은 엘쟈는 몇 번 서글프게 주위를 맴돌았다.

겨울의 땅이 그들을 완전히 밀어냈다. 옛 아마릴리스의 땅에 들어오기 전 보았던 거대한 절벽과 바다가 나타나고 있었다. 동시에 작은 엘쟈가 사라져 갔다. 오두막에 있던 소년 집사 율리히가 출발 준비를 마쳐놓은 상황이었다. 일행은 바로 대공 저택을 향해 출발했다.

겨울 준비를 할 때 베인 전나무들은 보이지 않았다. 밑동 대신 온전한 나무만이 존재할 뿐이었다. 이것도 마법의 흔적이리라. 윈터나이트 저택이 자정마다 최상의 상태로 돌아가듯, 이 나무들도 최상의 상태로 돌아가는 것이 분명했다. 공기가 선선했다. 엘쟈네스는 날씨가 따뜻해진 것을 느끼며 렌에게 물었다.

"렌, 날씨가 따스해졌어요."

"겨울이 끝났습니다. 엘쟈. 저기 윈터데이가 하나 피어 있군요."

"어머나. 예뻐라."

겨울이 끝났다는 것을 알리기라도 하듯 길에는 하얀 윈터데이 한 송이가 피어 있었다. 여름을 기다리지 못하고 피어난 성급한 꽃이었다. 렌은 돌아가면 아내에게 유리 온실을 지어주어야겠다고 생각했다. 좋아하는 꽃을 볼 수 있게 해줄 것이다. 그리고 그녀에게 편지를 쓰리라. 꽃 한 송이를 함께 보낼 것이다. 엘쟈네스가 있어 다행이었다. 내년이면 겨울은 다시 찾아올 것이다. 그래도 괜찮다. 서로만 곁에 있다면. 렌은 아내에게 입을 맞추었다.

7

여름나기

오랜만에 돌아온 아마릴리스의 하늘은 청명했다. 라시아는 여름용 모자를 쓰고 있었다. 항구에 여름 바람이 불어왔다. 바다 내음을 실은 바람이 라시아의 드레스 자락을 마구 흔들었다. 라시아의 약혼자, 발라디미르 아마릴리스 황자가 라시아의 손을 잡았다.

"라시아, 다시 고향에 온 것을 환영해!"

"고마워요, 발라디미르."

라시아가 타고 온 커다란 배가 다시 떠나갔다. 라시아가 없어도 아마릴리스는 여전히 잘 돌아가고 있었다. 평온하게. 발라디미르 황자가 말했다.

"이렇게 있으니 아카데미 시절 같군."

"그러네요. 모든 것들이 아주…. 생생하게 기억나요."

아카데미 시절. 라시아는 그 시절을 어렵지 않게 떠올릴 수 있었다. 라시아는 잠시 눈을 감았다 떴다. 모든 것이 방금 전 일처럼 선명하게 그려졌다. 라시아 블렌시아의 아카데미 시절은 늘 한 문장으로부터 회상되었다.

'어리석은 남자가 하나 있었다.'

320

블렌시아 가문은 시골의 작은 남작가였다. 아니, 남작가라고도 할 수 없었다. 블렌시아 남작가는 작위만 남은 평민 가문과 다름없었기 때문이다. 남작가가 겨우 번듯한 집 한 채를 가지게 된 것은, 현재의 블렌시아 남작 덕분이었다. 블렌시아 남작은 우연히 도박으로 큰돈을 번 천민이었다. 유흥에 빠져 대부분의 돈을 탕진한 그가 술을 먹고 사들인 것이 다 쓰러져가던 블렌시아 남작 직위였다. 주변 영지의 귀족들은 블렌시아 남작 부부를 비웃었다. 그도 그럴 것이, 블렌시아 남작은 배가 나온 우둔한 사내였고 블렌시아 남작 부인은 시끄럽고 천박한 여자였다. 사람들의 관심이 블렌시아 남작가에게서 사라질 즈음, 남작 부부의 사이에서 외동딸이 하나 태어났다.

"블렌시아 남작 부인! 맙소사…."

라시아가 열 살이 되던 때, 블렌시아 남작 부인을 조롱하러 온 주변 영지의 귀부인이 너무 놀라 부채를 떨어뜨렸다는 일화는 유명했다. 아둔하고 멍청한 블렌시아 부부. 그러나 그 사이에서 태어난 라시아 블렌시아는 그들 사이에서 태어났다고는 믿을 수 없는 미녀였다.

라시아 블렌시아의 얼굴은 전체적으로 순한 인상을 주었으나 눈 밑의 점이 그것을 묘한 분위기로 상쇄시켰다. 남자들은 라시아의 가녀린 순진함과 고혹적인 분위기에 매료되고는 했다.

라시아가 15세가 되던 해, 수많은 구혼자가 몰려들었다. 라시아 블렌시아의 인생에서 남자가 없었던 적은 없다. 라시아는 차츰 남자에 대해 익숙해지게 되었다. 남자는 쉬웠다. 그녀를 사랑하는 남자는 더더욱 손쉬웠다. 라시아는 그들과 몸을 섞지 않고도 그들이 그녀에게 홀려 허우적거리게 만들 수 있었다. 갈색 머리칼을 금빛으로 물들였다. 늘 미모를 가꾸었다. 라시아 블렌시아는 날이 갈수록 더욱더 아름다워졌다. 그녀에게 빠진 남자들은 모두 그녀를 극찬했다. 10대 후반 무렵 가게 된 아카데미에서, 라시아는 그 남자를 보았다.

"대공자! 여기를 봐주십시오."
"대공자!"

라시아는 아름다움이 다른 무수한 가치들에 비해 주목받지 못한다는 사실을 잘 알고 있었다. 그렇기에 권력과 재물, 명성을 가진 이들이 아카데미의 최상위층이라는 사실도 잘 알고 있었다. 그러나 대공자였던 루카르엔 윈터나이트를 보는 순간, 라시아는 손톱이 살에 파고들 만큼 주먹을 꽉 쥐고 말았다. 라시아 블렌시아는 처음부터 그가 싫었다. 모든 것을 다 가진 남자. 그럼에도 불구하고 루카르엔 윈터나이트의 눈동자는 무심했다. 당신은.
'모든 것을 다 가졌으면서.'
그의 눈동자가 싫었다. 루카르엔 윈터나이트는 자신이 가진 것들에 어떤 가치도 두지 않았다. 그것이 권력이든, 그 자신의 재능이든 간에.
그러던 어느 날 라시아는 아나스타샤 아마릴리스 황녀와 같은 수업을 듣게 되었다. 황녀의 마음을 얻기까지는 오래 걸리지 않았다. 라시아는 황녀의 가장 절친한 친우가 되었다. 남작가였던 블렌시아는 자작가로 승격하게 되었다. 황녀의 입김 덕이었다. 아나스타샤 황녀는 순진하게도 아마릴리스 황족들을 소개해주었다. 그중에, 루카르엔 윈터나이트가 끼어 있었다.

"처음 뵙겠습니다. 라시아 블렌시아라고 합니다."

라시아는 드레스 끝자락을 우아하게 들어 올렸다. 그의 눈동자가 라시아를 향하는 순간 짜릿한 쾌감이 차올랐다. 루카르엔 윈터나이트를 넘어오게 하는 것은 어렵지 않았다. 맥이 빠질 정도로 쉬웠다. 몇 번의 동석과 우연을 가장한 만남. 약간의 접촉과 가련한 말들. 루카르엔 윈터나이트도 다른 남자와 다를 바가 없었다. 아니, 그 이하였다. 라시아는 무수한 말들을 했으나 정작 그에게 마음이 있다는 말은 하지 않았다. 그럼에도 불구하고 루카르엔 윈터나이트는 라시아의 말 한마디면 늘 달려오고는 했다. 라시아가 사달라고 한 것이 손안에 들어오지 않은 적은 없었다.

"블렌시아 영애."
"아, 황자님."

멍청한 윈터나이트 대공자. 현재의 약혼자인 발라디미르 황자가 라시아에게 호감을 보인 것도 그때쯤이었다. 루카르엔 윈터나이트는 황녀들과 가까웠으나 황태자, 황자들과는 거리가 멀었다. 라시아는 그 이유를 알 것 같았다. 그는 지나치게 뛰어났다. 황위를 위협할 만큼.

라시아는 발라디미르 황자가 자신에게 접근하는 것마저도 기회로 삼았다. 발라디미르 황자는 곧 라시아에게 매료되었다. 그녀가 발라디미르 황자의 호감을 착실하게 쌓아 올리는 동안 루카르엔 윈터나이트는 아무 말도 하지 않았다. 윈터나이트 대공자와 아마릴리스 황자의 구애를 받는 영애. 아카데미의 모든 귀족들은 이제 라시아를 무시하지 못했다. 라시아는 둘 중 한 사람을 택해야 했다. 어쩌면 루카르엔 윈터나이트를 택해 그와 결혼했을지도 모른다. 그 일이 없었다면 그랬을지도 모른다.

"꺄아아아아아!"
"블렌시아 영애. 진정하십시오."

아카데미에 마법을 쓰는 괴한들이 들어온 날이었다. 그들이 라시아에게 달려드는 순간 검을 든 루카르엔 윈터나이트가 그들을 한 치의 망설임도 없이 베어버렸다. 라시아 블렌시아는 비명을 질렀다. 발치에는 피가 가득했고 그는 여전히 담담했다. 이 남자는 괴물이 아닌가. 그 일로 인해 루카르엔 윈터나이트에게 싫증이 났다. 라시아는 사람들에게 말했다.

"저 사람은 괴물이에요."

가련하게 바들바들 떨고 있는 라시아. 사람을 죽인 윈터나이트 대공자. 많은 아카데미 학생들이 그를 적대시하기 시작했다. 루카르엔 윈터나이트는 왜 학생들이 자신을 적대시했는지 알지 못할 것이다. 그는 자신이 사람의 목숨을 빼앗기에 배척당했다고 생각할 것이리라.

그러나, 틀렸다. 아카데미의 모든 학생들은 집안에서 귀하게 자란 귀족들이었다. 그들은 누군가가 자신들 위에 완벽히 군림한다는 사실에 열등감을 느꼈다. 완벽한 우상이었던 윈터나이트 대공자의 추락은 한순간이었다. 음습한 여론이 그를 매도했다. 타인의 질투심이 그의 목을 졸랐다.

소문이 확대될수록 루카르엔 윈터나이트는 고립되어갔다. 나중에 그의 곁에는 라시아밖에 남지 않았다. 처음 만났을 때와는 정반대의 상황이었다. 작은 시골 영지인 블렌시아에서 태어난 라시아는 위로 올라갔다. 윈터나이트 대공가에서 태어난 루카르엔은 나락으로 처박혔다.

라시아 블렌시아는 아카데미 졸업 후 발라디미르 아마릴리스 황자와 약혼을 했다. 루카르엔 윈터나이트는 끝까지 아무 말도 하지 않았다. 참 재미없는 남자였다. 황자의 약혼녀였던 라시아는 유학을 떠나야 했다. 공부할 것들이 많았다. 라시아 블렌시아는 떠나면서 루카르엔 윈터나이트에게 마지막으로 여지를 남기는 것도 잊지 않았다.

"황자님이 아니었다면 윈터나이트 공자를 사랑했을 거예요."

루카르엔 윈터나이트의 상처받은 검은 눈동자. 그것을 보자 웃고 싶었다. 루카르엔 윈터나이트는 이제 그녀에게서 결코 벗어날 수 없을 것이다. 그 흔들리는 얼굴을 볼 때마다 의미 모를 희열이 느껴졌다. 그도 어쩔 수 없는 사내였다. 그 아마릴리스 황녀와 아마릴리스 황자도, 윈터나이트 대공자도 너무나도 쉬웠다.

라시아는 이후 루카르엔 윈터나이트에 대한 소문을 들었다. 그는 아카데미를 졸업한 후 윈터나이트 영지에 틀어박혀 대부분의 시간을 보낸다고 했다. 그 어떤 영애도 만나지 않는다고 했다. 아직도 라시아의 짐 속에는 그가 사준 값비싼 보석들이 들어 있다. 루카르엔 윈터나이트는 라시아의 아래였다. 그는 그 사실을 결코 잊어서는 안 된다. 어리석은 남자. 현재는 대공이 된 윈터나이트. 라시아의 아카데미 시절에는 늘 그가 있었다.

"라시아. 오는 길에 힘들지는 않았어?"

"당신을 볼 생각에 들뜨기만 했는걸요. 발라디미르."

발라디미르 황자는 호탕하게 웃었다. 얼간이 같기 그지없었다. 황자 중 루카르엔 윈터나이트보다 뛰어난 자질을 가진 이는 없다. 그랬기에 그들이 루카르엔 윈터나이트를 견제한 것이리라. 황족들은 아카데미에 윈터나이트 대공자에 대한 좋지 않은 소문이 도는 것을 묵과했다. 또한 라시아가 루카르엔 윈터나이트와 가까웠다는 사실을 알면서도 발라디미르 황자와 약혼하는 것을 묵과했다.

그녀는 발라디미르 황자의 어깨에 살며시 기대었다.

"제가 없는 동안 아마릴리스에 기쁜 소식이 많았다고 들었어요. 신문마다 윈터나이트 대공의 결혼식에 대한 기사를 내보내더라고요."

"이런. 미안해, 라시아. 그때 아프다는 편지를 받았는데 그대를 보러 길

수가 없었어."

"괜찮아요. 이해하는걸요. 대공비 각하가 붉은 머리라는 말이 사실인가 요, 발?"

라시아는 발라디미르 황자의 애칭을 부르며 물었다. 황자는 고개를 끄덕 였다.

"그랬었지. 어떻게 안 거야?"

"아나스타샤가 이번 여름휴가를 같이 보내자고 했어요. 제가 뵐지도 모르 는 분인데 어떻게 신경 쓰지 않을 수 있겠어요?"

"머리색에 잠시 놀라기는 했지만 유능한 여자라고 들었어. 대공 부부가 사이가 좋다는 소문도 있고. 나쁜 사람은 아닐 거야."

황자는 약혼녀의 새침한 얼굴에도 그저 좋다는 듯 웃었다. 머저리. 라시 아는 황자의 말을 믿지 않았다. 많은 사람들이 윈터나이트 대공이 대공비를 사랑한다며 떠들었지만, 우스운 말들일 뿐이었다. 루카르엔 윈터나이트가 그녀와 아카데미의 일을 그렇게 쉽게 잊는다고? 말도 안 되는 소리.

귀하게 자란 높은 분들일수록 쉽게 상처받았다. 상처를 극복하지도 못했 다. 곱게 자라 험한 일 한번 해보지 않았으니 그럴 수밖에. 그래서 라시아가 아마릴리스에 온 것이다. 루카르엔 윈터나이트는 그녀의 충성스러운 개였 다. 그가 신부를 맞아들이고 평온하게 살아간다는 생각을 하면 불쾌감이 치 솟았다.

"라시아. 유학을 일찍 마쳤는데, 괜찮겠어?"

"이 나라에는 발이 있잖아요. 난 괜찮아요."

유학 기간을 채울수록 황자비는 존경받았다. 인내심과 학식을 겸비했다 고 여겨졌기 때문이다. 발라디미르 황자는 라시아가 돌아온 이유를 자기 때 문이라고 생각하고 있었다. 어쩌면 황자와 황녀 둘 다 다를 것이 없는지. 아 나스타샤 황녀는 라시아에게 여름을 나기 위해 황족들이 윈터나이트 별장으로 내려갈 때 함께 가자고 한 참이었다.

　행운의 여신이 라시아를 향해 웃고 있다. 라시아 블렌시아가 있는데 루카르엔 윈터나이트가 다른 여자를 볼 수는 없을 것이다. 라시아가 그를 그렇게 길들였으니까. 그 무심한 얼굴이 일그러지는 광경을 보고 싶다. 라시아는 금빛으로 물들인 머리칼을 넘기며 달콤하게 웃었다.

악녀는 변화한다 1

초판 1쇄 발행 2019년 3월 25일

지은이 누노이즈
발행인 박영규
총괄 한상훈
편집장 김기운
기획편집 김혜영 정혜림 조화연 **디자인** 이선미 **마케팅** 신대섭

발행처 주식회사 교보문고
등록 제406-2008-000090호(2008년 12월 5일)
주소 경기도 파주시 문발로 249
전화 대표전화 1544-1900 **주문** 02)3156-3681 **팩스** 0502)987-5725

ISBN 979-11-5909-958-8 04810
ISBN 979-11-5909-957-1(세트)
책값은 표지에 있습니다.